FALLENDE ENGEL

Das Bündnis der Sieben 03

Swantje Berndt

Bibliografische Information der Deutschen Nationalbibliothek:
Die Deutsche Nationalbibliothek verzeichnet diese Publikation in der
Deutschen Nationalbibliografie; detaillierte bibliografische Daten sind im
Internet über http://dnb.dnb.de abrufbar.

1. Auflage
Copyright © 2016 Swantje Berndt
Alle Rechte vorbehalten
Impressum: Swantje Berndt c/o Berndt & Berndt
Theaterstraße 16a, 14943 Luckenwalde
www.swantje-berndt.de
www.swantjesgeschichten.wordpress.com
Bildmaterial: Shutterstock.com, Jason Stitt, Victor Tongdee
Lektorat: Alexandra Balzer
Covergestaltung: Swantje Berndt

Herstellung und Verlag: BoD – Books on Demand, Norderstedt

ISBN: 9783741224379

INHALTSVERZEICHNIS

Prolog	5
Von Schuld und Sühne	13
Flüchtige Augenblicke	83
Die Dunkelheit hinter dem Licht	131
Nachtkälte	181
Fremde Augen	205
Das Geheimnis des Eremiten	235
Epilog	273
Danksagung	279
Weitere Romane von Swantje Berndt	281

PROLOG

»Thérèse?« Der Mann kam näher. »Erinnerst du dich?« Er hielt ein Amulett hoch. Es baumelte wie ein Pendel. »Du gehörst zu uns. Du schadest dir nur selbst, wenn du dich weigerst.«

Wieso nannte er sie Thérèse? Sie hieß Anne. Anne Perrin. Dennoch war ihr der fremde Name vertraut.

Er ging noch einen Schritt auf sie zu. So zögernd, als wäre sie ein Raubtier. »Niemand will dir etwas tun. Ich möchte dich nach Hause bringen.«

Eine sanfte Stimme. Trotz der Anspannung.

Die blauen Augen fixierten sie. Langsam strich er sich eine Strähne zurück, die ihm in die Stirn gefallen war. Der Rest seiner Haare war am Hinterkopf zu einem Knoten geschlungen.

»Du kennst mich.« Ein Lächeln erhellte die ernste Miene. »Auch wenn ich damals anders aussah.«

Die Hagerkeit des Gesichtes, die Schwermut des Blicks, die strenge Frisur. Ein Heiliger, der nie betete. Woher wusste sie das?

»Bitte, leg diese Kette um und du wirst dich erinnern.« Er kam näher, noch näher.

Ein Duft von Orangen streifte sie.

Der Anhänger funkelte in der Sonne. Keltische Zeichen. Ineinander verschlungen wie Schlangen.

Ein Auftrag, ein Mord. Präzise ausgeführt, ohne Skrupel oder Reue. Das war ihr Job. Bis sie der Heilige an den gesichtslosen Mann verraten hatte. Dafür hatte sie ihm den Tod geschenkt.

Kälte floss in ihr Herz. Nein. Sie hatte nie getötet. Nicht einmal, als sie vor zwei Wintern fast verhungert wäre. Jahr um Jahr kein Sommer. Bloß Nässe und Schnee schon im Juli. Eine Frau hatte ihr letztes Brot gestohlen. Thérèse war ihr nachgerannt, hätte sie beinahe ...

Thérèse? Sie hieß Anne! Und sie hatte nie Hunger gelitten. Sie verdiente mehr als genug mit der Agentur und an jeder Ecke gab es Supermärkte und Imbissbuden. Nur hier nicht. Krämerstände, ein Marktplatz, Frauen, die aus Fässern eingelegtes Gemüse verkauften.

»Thérèse«, sagte der Fremde eindringlich. »Du musst mir vertrauen. Ich kann dir helfen, wenn die Erinnerungen ...«
Geschrei. Direkt hinter ihr. Ein Bettler lag auf der Straße. Er war vor die Räder eines Fuhrwerks gestürzt. Der Kutscher fluchte, riss an den Zügeln. Der Mann kroch aus der Gefahr, drohte mit seiner Krücke.
Er verschwand. Auch die Gasse, auch die schwerfälligen Pferde. Prunkvolle Verzierungen in Gold. Sie überschwemmten die Wände des Zimmers. Der Duft zahlloser Blumen überdeckte nur mühsam den penetranten Geruch einer Frau.
Ein Samtvorhang streifte Jeannes Wange. Er verbarg sie. Ihr Ziel sähe lediglich die Klinge. Doch dann wäre es zu spät.
Das überhebliche Lächeln der grell geschminkten Lippen gefror, in dem Moment, als das Messer ins Herz drang. Der dottergelbe Stoff des Kleides färbte sich rot. Aufgerissene Puppenaugen, ein verzerrtes Gesicht. Es brach Krater in dicke Puderschichten. Die Mätresse des Königs sank zusammen. Eine Giftmischerin.
Jeanne verbot sich jegliches Mitgefühl. Es machte keinen Sinn, ihre Aufträge zu hinterfragen.
Anne keuchte. Wie konnte sie sich an einen Mord erinnern?
An einen falschen Namen?
»Sorry, Anne. Aber das war's für dich.« Ein Mann mit breiten Koteletten. Er stand vor ihr wie aus dem Boden gewachsen.
Wo war der Heilige mit dem Dutt?
»Deine letzte Joggingrunde.« Seine Finger schlossen sich um den Schaft eines zierlichen Schwertes. »Hoffentlich hast du sie genossen.«
Eine wundervolle Waffe. Sie schien federleicht zu sein. Ihr Glanz huschte wie ein scheues Tier den Stahl entlang.
Anne ging auf den Mann zu. Ihre Fingerkuppen kribbelten vor Erwartung, über die makellose Klinge zu streichen.
»Das würde ich lassen.« Er richtete die Spitze der Waffe auf sie. »Zwar sagen die anderen, du wärst gefährlich, aber hey!« Ein schäbiges Grinsen verzerrte das Gesicht. »Letztendlich bist du bloß eine Frau.«
Was wollte er von ihr? Plötzlich war er aufgetaucht, hatte sie in die Einfahrt gedrängt.

Müllcontainer, ein Lada mit fehlendem Nummernschild, zwei leere Bierflaschen auf einem Mauervorsprung, dunkle Fenster.

Kein Mensch außer ihr und ihm weit und breit.

»Dich quälen Flashbacks, nicht wahr?« Er trat einen Schritt auf sie zu. Zu zögernd für echten Mut. »Ist nervig. Kennen wir alle. Das weißt du.« Sein Lächeln wirkte gehetzt. »Baraq'el sagte, ich soll es schnell hinter mich bringen. Aber ...« Seine Zunge glitt über die Unterlippe. »Du bist verdammt schön, Zigeunerin. Und mir ist gleichgültig, dass du knapp am Wahnsinn vorbeischrammst.«

Wo waren der Bettler und die Frau im gelben Kleid? Weg.

»Mahawaj Baraq'el empfindet dich als Ärgernis.«

Unprofessionell. Wäre er geschickt worden, um sie zu töten, hätte er es längst erledigen müssen. Nun war es zu spät.

Für ihn.

Gott, ein Mann bedrohte sie mit einer Waffe und sie? Blieb stehen, schrie nicht, rannte nicht. Was war in sie gefahren?

Anne brach der Schweiß aus. Sie stolperte zurück.

»Ah, so gefällst du mir besser.« Er folgte ihr, die Klinge auf ihre Brust gerichtet.

Er würde sie töten. Dazu hatte er ihr aufgelauert. Wegen eines Kerls mit kompliziertem Namen, für den sie, wusste der Teufel warum, ein Ärgernis darstellte. Wo steckte die Angst? Eben war sie noch da gewesen.

»Weshalb bist du nicht hässlich?« Die Spitze senkte sich minimal. »Dann wäre es leichter für mich.«

»So wie du?« Auch wenn er ein alabasterhäutiger Prinz wäre, erledigte sie ihn mit links. Der Bastard wollte sie beseitigen. Dabei hielt er das fragile Schwert wie seinen Schwanz in der Faust. Gingen Baraq'el die Meister aus, dass er Schrott schickte?

Anne keuchte. In ihrem Kopf summte es wie in einem Wespenschwarm. Wer, zur Hölle, war Baraq'el?

»Du siehst nicht gefährlich aus.«

Ein fremdes Lachen. Nie zuvor gehört.

»Ich glaube, die Gerüchte über dich sind maßlos übertrieben.«

Wer immer der Mann war, er war neu im Geschäft.

Zuerst er, dann der Gesichtslose. Es machte nichts ungeschehen.

Ein Kind im Schnee. Steif wie eine Puppe. Liebe versickerte rot in gestampftem Lehmboden.

Linas Herz zerriss und scherte sich einen Dreck um den falschen Namen.

Oh Gott! Was geschah mit ihr? Anne blinzelte Tränen aus den Augen.

»Tut mir leid, Süße. Aber vielleicht bist du mir dankbar. Manchmal geht es schief und statt sich zu erinnern, bleibt nur Matsch aus zig Jahrhunderten im Hirn übrig.« Er holte aus.

Zu weit, zu langsam. Ein Stümper mit dem Schwert. Seine Arroganz drang ihm wie Schweißgestank aus den Poren. Wie viele hatte er getötet? Zwei? Drei? Auf Linas Gewissen lasteten Hunderte. Hatte er jemals seine Aufträge hinterfragt? Sich jemals verweigert? Jemals sein Herz verschenkt und dafür bezahlt?

Sie hatte es getan.

Die Bierflasche auf der Mauer. Ein Griff, und sie lag beruhigend schwer in ihrer Hand. Alles, was zählte, war Entschlossenheit. Zu töten, zu sterben. Lina war bereit. Ihr Angreifer nicht.

Sie schlug den Flaschenboden ab. Eine improvisierte, funktionierende Waffe. Sie hatte sie schon einmal benutzt. Lange her. Bei einem verräterischen Heiligen. Dabei hatte sie ihn gemocht. Nie geglaubt, dass er sie hintergehen könnte.

Der Kerl vor ihr riss die Augen auf. Sein Mund versuchte zu grinsen, blieb jedoch in der Bewegung hängen. Sein Blick flackerte zwischen den Scherben am Boden und dem Rest in ihrer Hand hin und her.

Er verlor den Fokus. Der erste Schritt zum Tod.

»Verschwinde oder bleib und stirb.« Es war fair, ihn zu warnen. »Ich werde nicht zulassen, dass du mich an deinen Boss verrätst.« Ihr Leben gehörte ihr. Sie würde es kein zweites Mal in stickiger Dunkelheit verlieren.

»Du bist wirklich verrückt.« Seine Finger schlossen sich viel zu verkrampft um das Heft.

Er sprang auf sie zu. Unbeholfen, steif. Die Entscheidung zu töten, durchsetzt mit Zweifel und Angst.

Lina schleuderte zerbrochenes Glas.

Das Klirren der Klinge auf dem Boden. Ein Gurgeln, das aus seiner Kehle drang. Seine Augen weiteten sich, erfassten seine ganz persönliche Wahrheit.

Ein schneller Tod.

Manche würden ihn darum beneiden.

Er ging in die Knie, fiel nach hinten. Eine rote Lache wuchs unter ihm.

Zu oft gesehen.

Sie kniete sich zu ihm, schloss ihm die Lider. »Nur ein Job.« Ihre Stimme klang fremd.

Wilde Szenen stürmten auf sie ein. Degenkämpfe, schmutzige Laken benetzt mit Sperma, Schweiß, Blut. Küsse, Hass auf einen unsichtbaren Mann, der ihr das Herz herausriss. Ein Tod unter Wagenrädern, einer an einem eisigen Abend. Wie einschlafen.

Ein Strick um ihren Hals, ein Stein an ihren Füßen, ein Sprung in dunkle Tiefe. Freiwillig.

Für einen Moment griffen Angst und Erleichterung gleichzeitig nach ihrem Herz.

Und immer wieder der Mann mit dem Haarknoten. Er übergab ihr das Amulett oder starb dabei.

Annes Mund wurde trocken, ihre Hände eiskalt. Was war das für ein nervtötendes Geräusch?

Sirenen. Hinter ihr. Sie wurden lauter, vertrieben Gesichter aus ihrem Kopf.

Anne blinzelte. Wo war sie?

Helsinki. Nacht. Irgendwo in der Meritullinkatu.

Vor ihr lag ein Mann. Der Rest einer Bierflasche steckte ihm in der Kehle. Sein Blut schlug Blasen in den Ritzen der Pflastersteine.

Anne würgte, kam taumelnd auf die Beine.

»Ganz ruhig.« Ein metallisches Klacken begleitete die Männerstimme. »Nehmen Sie die Hände über den Kopf und treten Sie von der Waffe zurück.«

Welche Waffe?

Das Schwert. Es lag vor ihr. Sie musste sich nur bücken.

Zwei Polizisten. Sie versperrten die Einfahrt.

Ein flirrendes Gefühl breitete sich in ihr aus.

Etwas stimmte nicht. Sie erstach keine Menschen, lehnte Gewalt aus Überzeugung ab. Wenigstens hatte sie die Klinge nicht besudelt. Ein wahrhaft prachtvolles Kunstwerk.

»Hände über den Kopf!«

»Ich war es nicht.« Wie dünn ihre Stimme klang. »Das heißt, ich weiß es nicht.« Gott!

Einer der Männer trat näher. Mit der einen Hand hielt er eine Pistole auf sie gerichtet, mit der anderen tastete er sie ab. »Ihr Name?«

»Jeanne Ferret.« Nein. Oder doch? »Thérèse Lagrène.« Das Flirren in ihrem Kopf nahm zu.

»Haben Sie getrunken?«

Anne Perrin. Achtundzwanzig Jahre, Tochter von George Laurent und Cloé Perrin. Aber sie lebte nicht in Frankreich. Schon lange nicht mehr. Ihre Großmutter hatte ...

Verdammt. Sie wurde eines Mordes verdächtigt. Wer zum Teufel hatte diesen Kerl getötet? Weshalb hatte sie ihren Namen vergessen? Was sollte das Gefasel von Jeanne und Thérèse?

Ihr Herzschlag übertönte das Hintergrundrauschen der Stadt.

Während der eine Polizist in ein Funkgerät sprach, befahl ihr der andere, in den Wagen zu steigen.

Er berührte sie am Ellbogen.

Und lag im nächsten Moment entwaffnet vor ihr.

Entsetzt schleuderte sie die Pistole von sich.

Weg. Sofort. Aber nicht ohne das Schwert. Wie von allein gelangte es in ihre Hand.

Der Müllcontainer, ein angelehntes Fenster darüber. Anne sprang. Einmal, zweimal. Gardinen strichen über ihr Gesicht, Schmerz an der Schulter, sie schlug mit dem Kopf an, Schwindel, ein dunkler Raum, Musik von irgendwoher. Von draußen eine scharfe Männerstimme, Tumult, den sie nicht zuordnen konnte. Eine Frau schrie. Ein Mann fluchte.

Fremde. Sie wichen vor dem glänzenden Stahl zurück.

Anne flüchtete durch den Flur ins Treppenhaus, zur Vordertür, hinaus auf die Straße. Rannte vor dem Mord davon, den sie nicht begangen haben durfte.

Der Domplatz. Die Klinge verschwand unter der Fleecejacke, während Anne zwischen Nachtschwärmern untertauchte.

In irgendeine Straße, weg von dem Hinterhof und den Polizisten. Sie würden ihr nicht glauben. Niemand würde das.

Vor ihr erhoben sich die Bäume des Pestparkes. Sie hetzte über den ehemaligen Friedhof bis auf die andere Seite.

Die Lönnrotinkatu. Bald war sie zu Hause. Da vorn, an der Ecke.

»Lina!«

Anne fuhr herum.

An einen Laternenpfahl gelehnt stand ein Mann ohne Gesicht. Das Amulett baumelte von seinem Handgelenk. »Gib auf. Nicht ich habe gegen die Regeln verstoßen, sondern du.«

Jeanne, Thérèse, Lina …

»Ich heiße Anne!« Es durfte keine gesichtslosen Männer geben.

»Nun gut. Wie du möchtest.« Er stieß sich von seiner Stütze ab, schlenderte auf sie zu. »Es ist nur ein weiterer deiner Namen.« Er hob die Hand, ließ das Amulett hin und her schwingen.

Pausbäckchen im Schnee. Fäustchen, die sich nie wieder öffneten.

»Nein!« Ihre Stimme gellte ihr in den Ohren.

Der Mann verschwand, als hätte ihn die Nacht geschluckt.

Anne rannte weiter.

Ein Bauzaun, ein Hinterhof.

Die Sirenen wurden leiser.

~*~

VON SCHULD UND SÜHNE

Saint Pauls erstrahlte wie eine Perle. Wie damals, als Keph ihn aufgespürt hatte, um ihn erneut an die Bruderschaft zu binden.

Daniel öffnete die Fensterflügel. Nachtluft drang in den Loft. Sie umschmeichelte sein Herz, ohne es zu erleichtern. Es trug zu viel Verantwortung. Immer mehr Menschen vertrauten ihm, dabei legte er sich mit dem ältesten Syndikat der Welt an. Wie lange ließ ihn Mahawaj gewähren? José gelang es nicht mehr, in die Systeme der Bruderschaft einzudringen und bis auf die Nachricht, dass Baraq'el Shemhazais Leben forderte, wussten sie nichts von seinen Machenschaften.

Sie waren blind wie Maulwürfe.

Daniel schlug aufs Fensterbrett.

Luke, ich bin dein Vater. Wäre es nicht so bitter, hätte er gelacht.

Der Sohn eines Engels, vom eigenen Vater getötet, um die menschliche Seele vor Grausamkeit und Machtstreben zu bewahren. Er hatte sie in den Wind geworfen, sie Raben anvertraut und gewartet, dass sie den Weg in Fleisch und Blut zurückfand.

Wiedergeboren. Unzählige Male. Keine Erinnerungen an die Zeit nach dem Tod des einen Lebens und den Eintritt in ein neues. Ein schwarzer Raum. Erst am Ende der Kindheit kehrten sie zurück.

Die Versuche, sich vor Mahawaj zu verbergen, waren vergeblich gewesen. Eine Zeitlang war es Daniel geglückt, doch früher oder später war Kepheqiah mit dem Amulett aufgetaucht und das Puppenspiel hatte von vorn begonnen. Marionetten an fremden Fäden. Jeder Anonyme Meister kannte das Gefühl.

Daniel goss sich einen Whisky ein, sank in den Sessel wie ein alter Mann. Mahawaj musste sterben. Sonst fand kein Wiedergeborener seinen Frieden.

Der Aufzug ratterte. Lucys hübsches Gesicht erschien hinter den Stäben. »Brauchst du Gesellschaft?« Sie schob die Gitter auseinander, schlenderte auf ihn zu. Ihr Shirt saß eng, die Jeans tief.

Der Anblick weckte in Daniel den Wunsch, sie aufzuknöpfen und mit der Nasenspitze dabei über weiche Haut zu gleiten.

»Willst du nicht wissen, wo ich mich herumgetrieben habe?« Sie legte die Hände auf seine Knie, drückte sie zur Seite und hockte sich zwischen die Schenkel. »Ist eine interessante Geschichte.«

Daniel schüttelte den Kopf. Die Geste log, diente lediglich der Provokation. Innerlich raste er, wenn Lucy ihn im Unklaren ließ.

»Dafür weiß ich, wo du dich gleich herumtreiben wirst.« In seinem Bett. Mit einem verschmitzten Lächeln schmiegte sie ihre Wange gegen sein Bein. »Ethan und ich haben einen Juwelier ausgecheckt.«

»Welchen?«

»Graff Diamonds.«

»Hätte es keine Nummer kleiner sein können?« Es war typisch für sie, Risiken einzugehen.

»Wer wagt, gewinnt.«

»Du bist eine Taschendiebin. Übernimm dich nicht.« Besaß er die Ressourcen, sie aus einem Gefängnis zu befreien? Für den Ernstfall musste er sie beschaffen.

»Man wächst mit den Aufgaben.« Sie glitt tiefer zwischen seine Schenkel, rieb ihr Kinn an seinem Schritt.

Daniel seufzte. Lucy wusste, wie sie ihn aus trüben Gedanken retten konnte.

Leider beendete sie das beginnende Spiel nach wenigen Sekunden.

»Shemhazai wird nervös.« Ihr Blick zu ihm hinauf war zu ernst für die Tatsache, dass ihr Kinn nach wie vor gegen seine empfindsame Stelle drückte. »Er hasst es, sich vor Mahawaj und Caym zu verstecken, statt ihnen entgegenzutreten.«

»Ich weiß.« Er hasste es ebenfalls. »Hat er dir das gesagt?« Untypisch für Shem, sein Herz auszuschütten.

Lucy schüttelte den Kopf, was Stromschläge in seiner Mitte auslöste. »Er brüllt seit Tagen jeden an, der das Pech hat, ihm über den Weg zu laufen. Vorhin war Ives dran. Das ganze Viertel bekam es mit.«

»Die Situation geht ihm auf den Geist.« Wenn sie wenigstens Caym beseitigen könnten. Wie fing man einen Schatten? Saß er erst in der Falle, wäre der Rest ein Klacks.

Selbst Kepheqiah war angespannt und kontrollierte ständig die Sicherheitssysteme. Die Cleaner beklagten sich bereits und es brauchte eine Menge, um Seelenlose zu nerven.

Shem war nicht nur Kepheqiahs Heerführer gewesen. Die beiden Grigori verband eine innige Freundschaft. Dank Mahawaj Baraq'els Intrigen glaubte Keph über fünftausend endlose Jahre, seinen Freund verloren zu haben. Er würde alles tun, um Shems Leben zu retten. Auch Mahawajs Tod in Kauf nehmen?

Daniel wurde kalt bei diesem Gedanken.

Vatermörder.

Mit seinem Hass stand er jedoch nicht allein. Die Seele jedes Anonymen Meisters war durch Mahawaj in den ewigen Kreislauf aus Sterben und Töten gezerrt worden.

»Wetten, ein paar Bisse durch die Jeans lassen die steife Falte zwischen deinen Augenbrauen verschwinden?« Ohne Vorwarnung schlug Lucy ihre Zähne in den Stoff.

Daniel keuchte, spreizte die Beine weiter für sie. Der Nachrichtenton seines Handys stoppte die Lustwelle.

Philipp. Der Cleaner bat um ein sofortiges Treffen. Das gesamte Team. Es wäre dringend.

»Verdammt.«

»Was ist?«

»Wir müssen runter.«

»Kann das nicht warten?«

»Es ist mitten in der Nacht. Philipp hätte uns nicht gestört, wenn es nicht wichtig wäre.«

»Verstehe.« Lucy erhob sich seufzend. »Fortsetzung folgt, egal wie spät es wird.«

»Das will ich hoffen.« Ein Griff in ihren Nacken, die Lippen auf ihren süßen Mund pressen. Ihren Geschmack kosten, sich nach mehr sehnen. Ein kurzer, intensiver Tanz ihrer Zungen.

Zum Teufel mit Philipp!

»Wehe, das wird kein Speed-Meeting.« Lucys Augen spiegelten seine Lust, sehnten sich nach denselben Dingen.

Daniel riss sich von der Versuchung los, sie schnell und hart zu nehmen, und sich danach den Problemen zu stellen.

Noch bevor sich die Gitter des altersschwachen Lastenaufzugs öffneten, stand fest, dass aus Lucys Wunsch, die Sache zügig hinter sich zu bringen, nichts werden würde. Das gesamte Team war um den Tisch des Besprechungszimmers versammelt. Bis auf Jade, die saß mit untergeschlagenen Beinen darauf und flocht sich Zöpfe ins blonde Haar. Shem beobachtete sie dabei. Trafen sich ihre Blicke, lächelten beide wie ein frisch verliebtes Paar, was sie letztendlich auch waren.

José sah trübsinnig in eine Kaffeetasse. Vor einigen Wochen war er außerstande gewesen, Trauer, Angst oder Freude zu empfinden. Erst Konstantin Grigorjews Seele hatte ihm die Emotionen zurückgegeben, die ihm Baraq'el genommen hatte. Er teilte sich den Nephilimnachkommen mit Shemhazai. Er besaß die Seele, Shem den Körper. Beide kamen mit dem Deal klar.

Ethan saß neben José und hatte den Arm um ihn gelegt.

Ives und Susanna schienen ebenso wenig zu wissen, um was es ging. Sie blickten in die Runde, ernteten jedoch nur Schweigen.

Roopes Platz war leer. Der Finne hatte um eine Auszeit gebeten, um in seiner Heimatstadt Tampere seine Kompositionen zu beenden. Hoffentlich hielten Kirchenmauern und Orgel seinen musikalischen Eingebungen stand.

Philipp, Markus und Elija saßen mit gewohnt gleichgültigen Mienen auf der gegenüberliegenden Seite des Tisches.

Keph schälte sich mit ernstem Blick eine Orange. Er sah übernächtigt aus. Die dunklen Bartstoppeln verschärften die Blässe seines Gesichtes.

»Nicht gerade eine Volksfeststimmung.« Lucy nahm neben Elija Platz. »Darf ich?«, fragte sie zu spät.

Der Cleaner nickte.

Daniel setzte sich an ihre andere Seite. »Sieht so aus, als könnten wir loslegen.« Ihn erwarteten schlechte Neuigkeiten. Die Tatsache stand in der Luft wie der kalte Zigarettenrauch.

»Mahawaj Baraq'el spürt die geflüchteten Anonymen Meister auf.«

Philipp legte ihm eine Liste vor. »Cloé Renard, Marc Teicher, Mohammed Tufan und Maximilian Brick. Dank unserer Hilfe sind sie untergetaucht, haben neue Namen angenommen und sich in zivilisationsfreien Gebieten angesiedelt. Dennoch hat er sie gefunden.«

Daniel verbiss sich einen Fluch. Die Männer hatten ihm vertraut und er hatte sie ins Unglück geführt.

»Tufan hat es geschafft, eine Nachricht an uns zu senden«, fuhr Philipp fort. »Sonst hätten wir davon nie erfahren.«

»Wo ist er jetzt?«

»Mit den anderen zusammen in einem Cleaner-Team. Ihren ersten Auftrag bringen sie gerade hinter sich.« Kein Zucken in dem breiten Gesicht. »Baraq'el hat ihre Seelen gleich nach ihrer Ankunft in Rom töten lassen.«

Josés Gesichtsfarbe driftete ins Grünliche. Er wusste genau, wie diese Prozedur verlief. »Wir müssen herausfinden, wie er es macht.« Er stellte die Tasse ab. Ihr Inhalt schwappte über den Rand. »Ich will nicht, dass er mich jederzeit und überall aufspüren kann!«

»Tufan sagte, sie wären gleichzeitig ergriffen worden.« In aller Ruhe zückte Philipp ein Taschentuch und beseitigte die braune Pfütze. »Keine Chance, einander zu warnen.«

Keph schüttelte den Kopf, als ihn Daniels Blick traf. »Ich erhielt von ihm den Namen der Stadt oder der Gegend, wo ich euch zu suchen hatte. Woher er eure Aufenthaltsorte kannte, weiß ich nicht. Er hat mir seine Methode nie verraten.« Seiner Miene nach kränkte ihn das noch immer.

»Städte sind groß.« Philipp versenkte das Tuch im Papierkorb, ohne den Blick von Keph zu wenden. »Du fandest uns dennoch.«

»Mit Hilfe des Amuletts. Es funktioniert ab einer gewissen Reichweite wie eine seraphische Kette, was es letztendlich auch ist. Jeder, der es jemals getragen hat, reagiert darauf. Ähnlich wie ein Magnet.«

Es hatte Zeiten gegeben, in denen er Keph abgrundtief gehasst hatte. Sie gehörten der Vergangenheit an. Kepheqiah hatte sich mehr als einmal als Freund und Verbündeter bewiesen. Seit Mahawaj Baraq'els Drohung, Shemhazai zu töten, hatte er endgültig mit den Anonymen Meistern gebrochen.

»Das ist nicht unser einziges Problem«, meldete sich Jade kleinlaut zu

Wort. »Caym ist hier.«

Lucy entwich ein keuchender Laut. »Jade, wenn das ein Scherz ist ...«

»Ist es nicht. Ich spüre seine Anwesenheit schon länger, war mir aber nicht sicher. Sie ist flüchtig, wie ein Windhauch. Ich wollte euch nicht beunruhigen, bis ich Beweise hatte.«

»Wie meinst du das?« In Shems Augen stand dieselbe Angst, die auch Daniel empfand. Lucy war eines seiner Opfer gewesen und hatte nur knapp überlebt.

»Er hat heute eine der Kerzen gelöscht, während ich die Karten legte.« Jade rümpfte die Nase, als würde sie von einem kleinen Missgeschick und nicht von der Begegnung mit einem Dämon berichten. »Ich sprach ihn an, spürte jedoch lediglich ein Zittern in der Luft.«

»Um Himmels willen, Mädchen!«Ethan schnaufte. »Das kann sonst was gewesen sein!«

»Ich habe ihn auf dem Ouija-Brett nach seinem Namen gefragt und er hat mit *Caym* geantwortet.«

Mit einem klatschenden Geräusch schlug sich Ethan vor die Stirn. »Ich sage nichts mehr dazu.« Langsam glitten seine Finger übers Gesicht.

»Was ist ein Ouija-Brett«, fragte José irritiert. »Und seit wann antworten stimmbandlose Geister?«

»Es ist ein Brett mit Buchstaben. Der Dämon lenkt meine Hand und spricht auf diese Weise mit mir.«

Jades Lächeln weckte in Daniel die Vermutung, dass die Kommunikation mit der Geisterwelt zu ihren Lieblings-Hobbys gehörte.

»Dazu benötigt man mindestens zwei Leute.« Susanna klebte ihren Kaugummi unter die Tischplatte. »Allein klappt das nicht.« Daniels Abmahnung per Blick kommentierte sie mit einem Schulterzucken.

»Es funktioniert beides«, erklärte Jade geduldig und beobachtete Philipp, wie er Susanne schweigend ein Taschentuch reichte. »Und letztendlich waren wir zu zweit. Caym und ich.«

»Du hättest sofort mit mir darüber reden müssen.« Shem zog seine Elfe vom Tisch direkt auf seinen Schoß. »Dieser Mistkerl darf nicht mehr in deine Nähe kommen!«

»Dank dir ist kaum noch etwas von ihm übrig.«

Bildete es sich Daniel ein oder klang Mitleid in Jades Worten?
»Ein paar verkohlte Fetzen. Höchstens.«
Er weigerte sich, das Bild eines zerfetzten Dämons in seinen Kopf zu lassen.
»Auf meine Frage, was er will, antwortete er trotzdem mit *Heerführer*.«
»Was?« Weshalb legte er seine Karten auf den Tisch? »Ist er dämlich, sich zu verraten oder verfolgt er eine Strategie damit?«
»Es ist klar, dass er hinter mir her ist«, sagte Shem mit einer wegwerfenden Geste. »Und ja, dämlich ist er auch. Was geschah dann, Jade?«
»Er verschwand. Ganz plötzlich. Als wäre ihm eingefallen, dass er vergessen hat, das Bügeleisen auszustöpseln.«
»Oh Mann.« Ethan klang ehrlich erschüttert.
José tätschelte ihm das Knie. »Ist nur ein Beispiel, Schatz.«
»Es lag auf der Hand, dass so etwas eines Tages geschehen würde.« Kepheqiah sprang auf, tigerte hin und her. »Shem, du bist hier nicht mehr sicher. Wir hätten diesen Ort längst verlassen sollen. Caym wusste von Beginn an, wo er uns finden konnte. Mahawaj ebenso. Unfassbar, unsere Leichtsinnigkeit.«
»Das Gebäude *ist* sicher.« Ethan griff nach Kephs Shirt und stoppte das Hin- und Hergehen. »Übrigens dank José und unserer seelenlosen Freunde. Und jetzt setz dich hin, du machst mich nervös.« Er zog ihn auf den Stuhl zurück.
»Denk an Ruben«, kam es kleinlaut von Ives. »Den hat Caym einfach besetzt und Shem vor unser aller Augen entführt.«
»Weil du Schiss im Keller bekommen und deinen Job nicht erledigt hast.«
Daniel hob die Hand und Ethan schluckte weitere Vorwürfe hinunter. Es war nicht Ives' Schuld gewesen. Für einen Dämon war es leicht, in einen Cleaner zu fahren. Ohne Seele stellte sich ihm kein Hindernis in den Weg.
»Wenn das Körperbesetzen für ihn kein Ding ist«, blaffte Ethan. »Weshalb hat er dann nicht längst Markus, Elija oder Philipp angegriffen?«
»Du unterstellst ihm die Fähigkeit zu planen und Intrigen zu schmieden. Mit was?« Shem spielte mit einer von Jades Strähnen. Die vertrauliche

Geste passte nicht zu den tiefen Falten zwischen seinen Brauen.

»Wie meinst du das?« Susannas Stimme klang piepsig. »Hast du ihm bei dem Kampf das Hirn weggeschmurgelt?«

»So in der Art.«

Das Schluckgeräusch stammte von Ives.

»Wir kämpften von Beginn an auf zwei Ebenen. Der körperlichen und der geistigen. Meine Flammen verzehrten seine Hülle, fraßen jedoch auch an ihm. Jade hat Recht. Es sind nur Fetzen von ihm übrig.«

»Dann handelt er im Auftrag eines anderen.« Keph legte die Fingerspitzen aneinander. In einem entnervend schnellen Takt tippten sie an sein unrasiertes Kinn. »Mahawaj? Asasel?«

Zum Glück war die Liste überschaubar.

»Ich traue keinem von beiden«, zischte José. »Ich will irgendwo hin, wo ich sicher vor ihm bin.«

Hinter seiner Fingerpyramide schüttelte Kepheqiah den Kopf. »Ich befürchte, dieser Ort existiert nicht. Früher oder später erwischt zumindest Mahawaj jeden. Das weißt du.«

»Allerdings. Dank dir.«

»Es war mein Job. Was erwartest du von mir?«

»Reue«, fauchte José. »Eine Entschuldigung! Irgendetwas, das mir sagt, dass du Mitgefühl empfindest.«

»Ginge es dir dann besser?«

»Ja! Uns allen!«

»Lass mich da raus«, bremste Ethan die Empörung seines Liebsten. »Ich habe mit euren Wiedergeburtsproblemen nichts zu schaffen.«

»Aber mit mir und ich ...«

Daniel hob erneut die Hand. »Lasst uns bei den Fakten bleiben. Mahawaj ist in der Lage, uns zu finden. Egal, wo wir ...«

»Das ist nicht wahr.«

Sämtliche Augen richteten sich auf Philipp.

»Ich habe mich jahrelang in den Pariser Katakomben versteckt. Erst als ich rauskam, fand mich die Bruderschaft.«

Keph erwiderte Philipps Blick. Er hatte ihn aufgespürt. Das stand außer Zweifel.

»Du verbrachtest Jahre dort?« Ein sichtbarer Schauder erfasste Ethan. »Von der nicht vorhandenen Hygiene abgesehen, wie hast du dich verpflegt?«

Philipps Lider senkten sich. »Besitzt du eine Seele, besitzt du auch Freunde.«

»Nicht zwingend. Ich könnte dir Dinge über sogenannte *Freunde* erzählen, da platzte selbst dir die Hutschnur.«

»Später, Schatz.« José tätschelte erneut sein Knie. »Lass uns erst die Prioritäten abhaken.«

»Egal, mit welcher Vorrichtung uns Baraq'el findet, sie versagt in den Katakomben.«

»Wie tief warst du?«, fragte José und ließ endlich Ethans Knie in Ruhe.

»Meistens mehr als fünfzig Meter unter dem Straßenniveau, aber die untersten Stollen reichen doppelt so weit hinab.« Wieder sah Philipp zu Kepheqiah. »Das Tunnelsystem umfasst insgesamt 600 km Enge und Dunkelheit.«

Keph schloss die Lider. Für einen Grigori wie ihn bedeutete sowohl das eine wie das andere die Hölle.

»Du übertreibst maßlos.« Nun war es Kepheqiahs Schulter, die von José getätschelt wurde. Demnach hatte auch er bemerkt, dass der Engel mit seinen ureigensten Ängsten kämpfte. »Es sind bloß 300 km Strecke. Und nur dann, wenn du die Länge sämtlicher Tunnel aneinanderhängst.«

»Sechshundert und mehr.« Philipps Augen wirkten schwärzer als die kurz geschorenen Stoppeln auf seinem Schädel. »Acht Ebenen in die Tiefe, egal, was die Typen sagen, die dort unten ihre Partys feiern. Sie beschmieren die Wände, stören die Ruhe der Toten.«

Daniel tröstete sich an der Tatsache, dass die Tunnel ursprünglich nie für menschliche Überreste gedacht gewesen waren, sondern zu einem weitläufigen unterirdischen Steinbruch gehörten. Erst, als sich ganze Straßenzüge absenkten und einbrachen, reagierte Paris und sicherte die Stollen so gut wie möglich.

Als im 18. Jahrhundert die Friedhöfe wegen Hunger und Seuchen überquollen und der Gestank unerträglich wurde, grub man die halbverwesten Leichen wieder aus und verfrachtete sie in den Steinbruch.

In ihm war Platz genug und das Problem mit dem Gestank erledigte sich weit unter den Füßen der Lebenden.

»Ich besitze ein Haus in Saint Germain«, fuhr Philipp fort. »Ich habe nie dort gelebt. Es war lediglich meine hypothetische Zuflucht.«

»Lass mich raten.« José grinste, was angesichts der gedrückten Stimmung seltsam wirkte. »Von deinem Zuhause aus erreicht man die Tunnel.«

Philipp nickte. »Es existiert auch ein Fluchtweg zum Südufer der Seine. Außerdem steckt mein Vermögen in einer der geheimen Kammern.«

»Du hast es nicht auf den Kopf gehauen?«, fragte der Spanier. »Ich habe alles verprasst.«

»Ich nicht«, kam es knapp.

José hob die Brauen, sagte jedoch nichts mehr.

Daniel lehnte sich zurück. Ein Teil der Anspannung fiel von ihm ab. »Die Katakomben sind eine Option.« Keine verlockende, aber dennoch. »Kann dein Haus das gesamte Team beherbergen?«

»Ja.«

»Und wo genau ist es?«

»In der Rue Servandoni mit Blick auf die Kirche Saint-Sulpice.«

Nette Gegend. »Es ist entschieden. Wir ziehen um.« Das verschaffte ihnen ein wenig Zeit, um auf Cayms Herausforderung zu reagieren.

»Für immer?«, fragte Ethan mit Panik in der Stimme. »Ich hänge an London. Außerdem will ich das Antiquitätengeschäft nicht allein lassen. Es verbergen sich Schätze in den Regalen. Von meinen Kontakten in dieser Stadt ganz zu schweigen. Wenn ich sie nicht regelmäßig pflege, bedeutet das meinen finanziellen Ruin.«

»Wir bleiben so lange, bis wir zwei Probleme gelöst haben.« Baraq'el und Caym.

»Die Engelsschwerter«, beendete Shem Daniels Gedankengang. »Mit ihnen werden wir sie los.«

»Engelsschwerter?« Ethan schien verwirrt. »Meint ihr die Dinger, die Walbrick geschmiedet hat?«

»Asasel«, erinnerte ihn Shem an die Angewohnheit seines ehemaligen Waffenschmieds, Existenzen wie Anzüge zu wechseln.

»Der Begriff stammt von mir.« Jade lächelte glücklich. »Passend. Nicht?«

Ethan sparte sich die Antwort.

»Baraq'el hat auch eines«, warf José leise ein. »Ich würde diese Tatsache gerne wie ihr verdrängen. Glaubt mir.«

»Umso besser.« Shem lehnte sich zurück. »Gegen einen Unbewaffneten trete ich nicht an.« Er zwinkerte Kepheqiah zu, der seinen plötzlich erwachten Kampfgeist nicht zu teilen schien. Seine Miene wirkte wie aus Stein gemeißelt.

»Ein Duell. Was sagst du dazu?«

»Nichts.« Keph erhob sich, verließ den Raum.

Shem sah ihm nach. »Er hängt an diesem Baraq'el. Was muss noch geschehen, um ihm die Augen zu öffnen?«

»Du kannst keine tausende Jahre währende Freundschaft ausblenden.« Egal wie der Konflikt ausging, Keph verlor ihn in jedem Fall.

~*~

Braune Flecken. Längst verblasst. Das Notizbuch quoll über davon. Zerknitterte Seiten, eine Schrift, kaum zu lesen. Selbst für ihn. Wutentbrannt, verzweifelt. Wie der Kampf mit dem Dämon.

Maurice strich das Papier glatt.

Worte. Im Wahn hingekritzelt. Jedes stammte von ihm. Wie das Blut.

Sofia Grigorjewa hatte ein Höllenwesen heraufbeschworen und es ihm in den Leib gebannt. Sieben Morde hatte Maurice in dessen Namen begangen. Einer grauenvoller als der andere. Fleisch zerschnitten, Organe zerfetzt, sich an gellenden Schreien berauscht, ohne sich Einhalt gebieten zu können.

Seine Handschrift gab Zeugnis über die Taten ab, forderte ihn zur Buße auf, wann immer er das Buch aufschlug. Damals hatte er sie nicht ertragen, war in den Tod geflohen, doch die Stille währte nur kurz. Im nächsten Leben hatte ihn die Bruderschaft erneut gerufen. Es lag nicht lange genug zurück, um eine Sekunde des Grauens aus seinem Geist zu tilgen.

Der Dienst als Anonymer Meister verlangte Opfer.

Maurice hatte reichlich davon erbracht.

Der Stuhl kippte, als er aufsprang und ans Fenster eilte.

Luft. Er erstickte sonst in den Erinnerungen.

Die Skulpturen des Trevi-Brunnens leuchteten in mildem Licht. Einzelne Nachtschwärmer flanierten an ihm entlang.

Rom schlief nicht. Die Stadt protzte mit ihrer Schönheit, warf sich in die Brust und verschwieg den Ahnungslosen ihre hässlichen Seiten.

Er kannte sie wie die Nachtseiten der meisten Metropolen.

Städte glichen Menschen. Sie lockten mit ihrem Prunk, bis ihre Beute in die Falle tappte. Erst dort offenbarten sie ihr wahres Gesicht. Eine Fratze.

Zahllose Jahre im Dienst der Bruderschaft. Aneinandergehängte Leben, die alle nur einem Ziel galten: Die Finsternis aus der Welt zu vertreiben. Sie auszumerzen.

Unzählige Morde im Auftrag Baraq'els lasteten auf seinem Gewissen.

Reue? Wer das Böse aus dem schlammigen Boden der Geschichte riss, beschmutzte sich die Hände. Seine klebten vor geronnenem Blut.

Er schuldete den Opfern nichts. Seine Loyalität gebührte allein Mahawaj Baraq'el. Vertrauen in seine Pläne, Hingabe an die Aufgaben, die er ihm übertrug.

Perfektion, Treue, Gehorsam. Simple Regeln. Er hatte sich stets an jede einzelne gehalten. Akkurat, verlässlich. Unabhängig von seinen eigenen Wünschen. Selbst sein Herz hatte er für die Bruderschaft verraten.

Er schmeckte Galle. Er spülte sie mit einem Schluck Château Prieuré-Lichine hinunter.

Ein einziges Mal war es in Versuchung geraten. Hatte in der Nähe eines anderen Menschen höher geschlagen, obwohl Maurice vor dieser Frau gewarnt worden war.

Ein liederlicher Lebenswandel, der Verdacht, illoyal gegenüber der Bruderschaft zu sein, die Angewohnheit, zu viele Fragen und Bedingungen zu stellen.

Er hatte den Gerüchten nicht geglaubt. Und selbst wenn, unter seiner Führung hätte sie den Weg in ein tugendhaftes Leben gefunden. Er hätte es auf sich genommen, ihr den Starrsinn und die Lasterhaftigkeit auszutreiben.

Lina. Der Stolz in ihrem Blick, ihr Lachen. Die Geschmeidigkeit ihrer Bewegungen, ihre Anmut.

Maurice verbot sich das Seufzen, das aus seiner Brust drängte.
Eine brillante Meisterin. Nie verfehlte sie ihr Ziel.
Und eine Zigeunerin.
Er hatte ihr sein Herz dennoch zu Füßen gelegt, darauf vertraut, dass sie sein Geschenk zu schätzen wusste. Denn das war es, ein Geschenk. Für einen Mann mit seinem tadellosen Ruf, seiner Ehrenhaftigkeit, war es ein Wagnis, einer Frau wie ihr die Hand zu reichen. Er war es eingegangen.

Sie hatte sein Herz aus dem Weg getreten wie einen Lumpen und sich in die Arme eines Nephilim-Bastards geworfen, den sie hätte eliminieren und nicht ficken sollen.

Maurice brüllte seine Wut in die Nacht.
Passanten sahen erschrocken zu ihm herauf, tuschelten.
Sie existierten in einer anderen Welt. Ahnten nichts von der Finsternis, in der er Tag für Tag wandelte.
Er trat zurück, schloss die Fensterflügel.
Linas Charme, Linas Schönheit.
Erbärmliche Lügen.
Sie war eine Hure. Hatte nicht nur ihn, sondern auch die Bruderschaft verraten.
Jeder, der die Regeln brach, wurde bestraft.
Mahawaj Baraq'el hatte ihm diese Bürde anvertraut.
Umsonst hatte Maurice in Linas irritierend dunkelblauen Augen nach Reue gesucht. Lediglich Verachtung und der Wunsch nach Rache waren ihm entgegengeschlagen.
In ihrem nächsten Leben hatte sie der Bruderschaft erneut den Rücken gekehrt und sich vor Baraq'els wissendem Blick in Dunkelheit und Gestank verkrochen.
Maurice war ihr dorthin gefolgt.
Sie hatte ihn in die Irre geführt. Endlose Zeit war er durch lichtlose Tunnel geirrt, hatte dabei ihre Schritte vernommen, ihren verhöhnenden Rufen gelauscht und sie dafür hassen gelernt. Immer tiefer in die Katakomben von Paris hatte sie ihn gelockt und ihn schließlich wie eine Ratte inmitten von Angst und erstickender Enge krepieren lassen. Sein Schwur, sie Leben für Leben zu verfolgen und für ihre Vergehen büßen zu lassen,

war von den feuchten Wänden geschluckt worden.
Er betete jede Nacht darum, dass sie ihn dennoch gehört hatte.
Nun teilte sie sich einen weiteren Lebenszyklus mit ihm.
Das Glas in seinen Fingern klirrte. Wein vermischte sich mit Blut, füllte Scherben, tropfte auf längst besudelte Seiten.
War Baraq'el der Richter, war er der Henker. Die Seelen der ungehorsamen Meister starben unter seiner Hand.
Eine rasche Prozedur mit scharfer Klinge.
Für Lina würde er sich etwas Besonderes ausdenken.
Niemand sündigte ungestraft im Namen der Bruderschaft.

~*~

Was für ein Albtraum.
Anne blinzelte in trübes Tageslicht. Ihr Kopf schmerzte.
Kaum Motorengeräusche auf der Albertinkatu. Ungewöhnlich.
Der Kleiderschrank stand offen, Socken und Laufschuhe verteilten sich auf dem Fußboden, die Zimmerpflanzen ließen die Blätter hängen. Auch die ein oder andere Staubmaus versteckte sich in den Ecken.
Wann hatte sie das letzte Mal die Wohnung geputzt?
Ihre Gedanken schwirrten zwischen Traum und Alltag hin und her, fanden keinen Anhaltspunkt. Für die einfachsten Dinge fehlten ihr die Nerven. Lag es an dem langen Winter? An dem Anblick des ständig zugefrorenen Hafenbeckens? So oft sie daran vorbeigegangen war, war ihr die Kälte bis in die Seele gestiegen.
Dieses Starre, Leblose. Als hätte das Eis die Schiffe gefangen und alles Bewegliche an ihnen eingefroren.
Plötzlich hatten die Albträume begonnen.
Der Winter war vorbei. Draußen schien die Aprilsonne.
Ein magerer Trost. Anne verlor trotzdem den Verstand. Es wurde höchste Zeit, dass sie mit jemandem darüber sprach, dann hielte sie sich zumindest nicht mehr allein für verrückt. Nein, sie wären zu zweit.
Ein noch mieserer Trost.
Anne streckte sich. Sämtliche Knochen schmerzten, als hätte sie einen

Marathon hinter sich gebracht.
Ein Kaffee. Danach würde sie der Morgen freundlicher anlächeln.
Sie schlug die Decke zurück. »Scheiße.«
Zerrissene Leggins, blutige Knie. Und ihre Jacke – weshalb trug sie die überhaupt? – machte denselben mitgenommenen Eindruck.
Aufgeschrammte Handflächen, die Knöchel der rechten waren blau.
Sie hatte sich schlafen gelegt, ohne sich auszuziehen? Zerschlagen und dreckig?
Das funkelnde Schwert. Der Sprung durch ein Fenster. Die Polizisten. Der Mann auf dem Straßenpflaster.
Nein. Unsinn. Bloß ein Traum.
Anne schluckte gegen den Schrecken an. Es gab eine andere Erklärung für ihr Aussehen. Eine vernünftige.
Keine Sirenen, kein Lärm im Treppenhaus. War das nicht Beweis genug, dass sie keinen Mord begangen hatte? Sie wäre sonst in einer Zelle aufgewacht und nicht in ihrem Bett.
Schlechter Scherz. Ihr Herz begriff ihn ohnehin nicht. Es klopfte wie verrückt. Ihre Gedanken liefen ebenfalls aus dem Ruder. Wie Flocken im Schneegestöber taumelten sie hin und her. Unmöglich, nur einen von ihnen zu greifen. Welcher Tag war überhaupt?
Sie quälte sich aus dem Bett, humpelte in die Küche. Auf dem Tisch lag die Zeitung von Samstag. Das war gestern gewesen.
Sie war zum Toloviken See gelaufen, hatte eine Runde gedreht, schließlich zum Ostufer der Stadt und immer am Meer entlang, hatte in einem Café die Beine ausgestreckt, sich auf Facebook verplauscht, bis es draußen dämmrig geworden war. Und dann?
Irgendwie war sie nach Hause gekommen.
Keine Erinnerung. Auch nicht daran, warum sie so mitgenommen aussah. War sie gestürzt? Eine perfekte Erklärung für ihren Zustand und das Pochen in ihrem Schädel.
Anne tastete sich vorsichtig den Kopf ab. Eine Beule auf der linken Seite. Groß genug, um als Grund für den Filmriss herzuhalten.
Anne setzte Wasser auf und füllte Kaffeepulver in einen Becher. Der vertraute Duft beruhigte. Dennoch hing ihr der geträumte Schrecken in

den Knochen. Ebenso wie das Gefühl kalter Kompetenz, gepaart mit Stolz und nur einer Spur Bedauern.

Ihre Klinge traf das Ziel. Mit tödlicher Sicherheit.

Bitte? Sie hatte nie ein Messer zu etwas anderem gebraucht, als Essbares klein zu schneiden oder ein Paket zu öffnen. Keinen Schimmer, warum sich ihr Unterbewusstsein in martialischen Fantasien austobte.

Auf dem Schneidbrett lag ein Gemüsemesser. Anne wog es in der Hand.

Der Abreißkalender neben der Tür. Gute sechs Meter entfernt und kaum größer als ihr Handy.

Anne zielte. Die Klinge sirrte durch die Luft, bohrte sich in lagenweise Papier, blieb wippend stecken.

»Wow!« Scheiße! Derselbe Stolz wie in den Träumen. Dieselbe Angst wie beim Erwachen.

Anne sank auf den Küchenstuhl, schnappte sich mit bebenden Fingern die Kaffeetasse. Sie hatte das Datum von gestern erstochen. Präzise die Ziffer getroffen. Woher konnte sie plötzlich zielen? Sie traf noch nicht einmal den Papierkorb mit einem zerknüllten Notizzettel. Zufall?

Nach wenigen Schlucken wurde ihr übel.

Sie ließ das Messer stecken, ging ins Bad. Gleichgültig, wie warm sie das Wasser drehte, die Hitze drang nicht durch ihre Haut, brannte nur an den wunden Knien und Händen. Sie schäumte sich die Haare ein, roch fremdes Blut statt Shampoo.

Einbildung. Gespeist aus einem Traum, der längst vorbei war. Ebenso wie der Stolz auf ihr Talent.

Zum Töten.

Anne rang nach Luft, erwischte bloß Wasserdampf.

Der Kerl hatte sie umbringen wollen! Es war ihr gutes Recht gewesen, sich zu verteidigen. Zumal er ein Idiot im Umgang mit diesem fantastischen …

Ein Traum. Kein Grund, sich aufzuregen. Wahrscheinlich morden viele im Schlaf. Ihre Chefs, ihre Ehefrauen, ihre Männer, den nervenden Köter des Nachbarn.

Auch mit einer extra dazu abgebrochenen Bierflasche?

Schaum biss ihr in die Augen. Anne stemmte sich an die gekachelte

Wand, kämpfte um einen festen Stand im Chaos. Es ging allein von ihr aus. Wurde in ihren Träumen geboren, kroch durch die Nacht direkt in ihre Seele.

Jemand musste ihr zuhören. Ihre Eltern? Wohl kaum. Ihre Mutter würde ihr das beste frei verkäufliche Psychopharmakon heraussuchen und ihr empfehlen, Finnland den Rücken zu kehren. Ihr Vater gäbe ihr den Tipp, endlich zu heiraten. Das wäre gut fürs Gemüt. Vorzugsweisen einen Franzosen, es sei denn, sie wollte auf angenehmes Plaudern und inniges Küssen freiwillig verzichten.

Zugegeben, das Klischee des wortfaulen Finnen, der sich ums Küssen nicht riss, fußte hin und wieder auf Tatsachen.

Ein Küchenmesser steckte in ihrer Wand. Die meisten ihrer finnischen Freunde würden ihr zu dem präzisen Wurf gratulieren und ihr raten, sich keine Gedanken zu machen. Eventuell käme auch ein Zweitjob in einem Wanderzirkus infrage.

Und sie hätten mit Sicherheit recht. Was war schon dabei? Beim Versuch zu lachen schluckte sie Wasser. Hustend trennte sie sich von der nassen Hitze, trocknete sich ab, wuschelte mit dem Handtuch ihre kurzen Haare trocken.

Ihr Spiegelbild verfolgte ihre Bewegungen mit einem unangemessen verklärten Blick.

In ihrem Traum hatte sie einen astreinen Parcours absolviert, war durch Fenster gesprungen und erfolgreich vor der Polizei geflohen.

Adrenalin kribbelte in ihren Nerven, als hätte sie den Stunt tatsächlich vollbracht. So schnell war sie nie zuvor gewesen.

Anne schloss die Augen.

Mit der Umgebung verschmolzen, jede Nische, jeden Schatten als Deckung wahrnehmen. Frei, stark, leicht. Wie fliegen. Ein fantastisches Gefühl.

Das Prickeln hinter dem Brustbein lockte ein Lächeln.

Schwachsinn! In ihrer Küche steckte ein Messer in der Wand!

Anne zwang ihre Gedanken weg von beängstigender Abenteuerlust, hin zum Alltag. Gleichgültig wie real ihr der Traum erscheinen mochte, er blieb, was er war. Fantasie. Das Gegenmittel hieß Realität.

Was stand für heute auf dem Plan? Eelis Geburtstagsbrunch. Wenn sie sich beeilte, schaffte sie es noch pünktlich. Eeli war nicht nur ihr Sekretär, auch ein guter Freund. Trotzdem hasste er Unpünktlichkeit.

Pflaster auf die aufgeschlagenen Knie, und statt der engen Jeans eine weite. Einen Rollkragenpullover, über den Eeli lästern würde, da seiner Meinung nach längst Frühling herrschte und er kein Verständnis dafür aufbrachte, dass man bei angenehmen fünf Grad Celsius frieren könnte.

Für die Ahnung eines Augenblicks sehnte sich Anne in die Bretagne. Sie schnupperte und bildete sich zarte Blumendüfte ein.

Genug. Sie musste los. Haare in Form stylen, ein wenig Mascara und Lippenstift und zwischen Kaffee und Zimtschnecken schaurige Träume vergessen.

Das Schwert.

Es war wunderschön gewesen.

~*~

Ein schlichtes, weißes Hemd. Ohne Saum, ohne Kragen. Grob gewebt und kratzig. Eine Folter für nackte Haut.

Wer es bekam, hatte es verdient.

Das Stechen in seinem Herz war neu. Auch der Druck im Magen.

Seine Gedanken verloren an Schärfe. Bis auf einen. Er vergiftete ihn. Um handeln zu können, musste er sich von ihm befreien. Er musste *sie* befreien. Sie hatten einander geschworen, sich zu beschützen. Es wurde Zeit, den Schwur einzulösen.

Rechte Winkel, keine unnötigen Falten.

Packpapier, ein Stück Schnur, die Adresse mit Filzstift.

Das genügte.

~*~

»Wohin soll der Karton?« Ives' Wangen glühten gegen das Grau eines Pariser Montagmorgens an. Die aschblonden Strähnen hingen ihm nass im Gesicht. »Bitte sag nicht *bis nach oben*.« Er blickte unglücklich an der Fassade des vierstöckigen Gebäudes hinauf. »Ich bin Daniels Chauffeur, nicht sein Mädchen für alles.«

Kepheqiah blies sich einen Regentropfen von der Nasenspitze. »Soweit ich weiß, warst du nie etwas anderes als ein Mädchen für alles.«

»Danke fürs Erinnern.« Der Junge warf ihm einen finsteren Blick zu. »Hätte ich sonst glatt vergessen.«

Seit dem Morgengrauen schleppten sie Kisten. Doch die Schwere, die Kepheqiah umschlungen hielt, stand in keinem Zusammenhang mit der Anstrengung. Sie war sein steter Begleiter, ob er ruhte oder arbeitete. Sie verwandelte seine Gedanken in eine zähe Masse, nahm seinem Körper die Kraft. Ein Kampf gegen Windmühlen. So erschien ihm jede einzelne Stunde. Mahawajs Verrat an ihrer Freundschaft machte es nicht besser. Er saß ihm wie ein Dolch im Herz.

»Keph?« Ives wuchtete sich den Umzugskarton auf die andere Seite der Hüfte. »Alles klar mit dir? Du guckst so komisch.«

Kepheqiah wischte sich die Nässe aus dem Gesicht. Was er empfand, ging niemandem aus dem Team etwas an. Könnte er es doch vor sich selbst verleugnen.

»Hey! Eine Antwort wäre nett.«

»Steht nichts drauf?« Das Meiste musste ins Nebengebäude, wo sich die Cleaner samt Sicherheitstechnik und Überwachungsanlagen einrichteten.

Der Umzug war die richtige Entscheidung gewesen. Obschon es nur eine Frage der Zeit war, bis Mahawaj dahinter kam. Solange er existierte, stellte er für Shemhazai eine Bedrohung dar. Auch wenn Shem diese Tatsache mit einem kalten Lächeln hinnahm. Er machte kein Geheimnis daraus, wie sehr er sich nach einem endgültigen Kampf mit seinem Widersacher sehnte.

Darauf ließe es Mahawaj nicht ankommen. Er würde jemanden schicken, der den Job übernahm, und Shem aus sicherer Distanz auslöschen.

Du bist ein Feigling, Mahawaj. Und er selbst ein Narr, da er sich einbildete, seinen Freund retten zu können.

»Kepheqiah! Wohin?«

»Im Zweifel ins Hinterhaus.« Kepheqiah zeigte zu dem schwarzen Tor. Es führte zu einem überschaubaren, mit Ranken überwucherter Hof, an dessen Rückseite sich die Unterkunft der Cleaner befand.

»Danke.« Ives trottete davon.

Kepheqiah lehnte sich an den Transporter.

Graue Mauern, grauer Asphalt, graue Wolken. Die Farbe legte sich wie Nebel auf seinen Geist.

Er schloss die Augen. Paris versank hinter dem Regenschleier, stattdessen breitete sich eine weite Ebene vor ihm aus. Sand, Felsen, Luft. Alles glühte vor Hitze. Bunte Zeltbahnen flatterten im Wind, unwirkliches Blau verwandelte den Himmel in etwas Greifbares. Ziegenhirten trieben ihre Herden nah an dem Lager vorbei, ließen sich zu einem Tee und einem Gespräch bei den Männern nieder, fragten nach ihrer Herkunft, glaubten die einstudierten Lügen, bewunderten die prachtvollen Waffen, priesen ihre Töchter an.

Shemhazai nahm sie, zusammen mit den anderen seines Heeres, und brachte mit jedem gezeugten Kind seinen Teil Unglück in eine friedliche Welt.

Einem Krieger des zehnten Chores standen die Verlockungen von Fleisch und Blut nicht zu. Doch je öfter Kepheqiah die Hüllen wechselte, je länger er unter den Menschen lebte, desto schwerer fiel es ihm, zu entsagen.

Zärtliche Blicke, sanfte Berührungen. Der Drang zu Körperlichkeit. Das Bedürfnis danach schien für die Menschen elementar zu sein. Es verwirrte ihn. Sandte ein Echo in sein Herz, das er bisher niemals geduldet hatte. Von Tag zu Tag wurde es lauter, dehnte sich aus. Es weckte ihn morgens mit einem dumpfen Pochen im Unterleib, hielt ihn nachts als ziehender Schmerz in den Lenden wach. Als fordere sein Körper mit Gewalt ein Recht ein.

Es stand ihm nicht zu. Er war nur geliehen, wie all die anderen vor ihm. Gleichgültig, wie Shemhazai damit umging. Er war ein Grigori wie er. Das hatte ihn von Beginn an nicht daran gehindert, sich in zahllosen Frauenschößen zu versenken. Ebenso wenig wie Mahawaj.

War Kepheqiah der Einzige, der noch nicht vergessen hatte, was er war? Feuer und Licht. Darin verwoben ein Wille und ein unendliches Leben.

Sein Fleisch war lediglich eine Krücke, um zwischen den Menschen agieren zu können. Es hatte ihn nicht mit sinnlichen Wünschen zu besudeln. Es lag an der Anspannung. Die Enttäuschung über Mahawaj, die Angst um Shem. Doch all das gab seinem Körper nicht das Recht, ihn zu verraten. Das permanent pochende Sehnen zermürbte ihn.

»Keph?« Daniel stand in der schmalen Einfahrt. »Phil will dir etwas zeigen.«

So ernst, wie er sprach, schien es wichtig zu sein.

Er ging zu einer mit breiten Eisenbändern beschlagenen Tür an der Rückseite des Wohnhauses. »Philipp hat mit Elija und Markus den Fluchttunnel zum Seine-Ufer kontrolliert.« Er öffnete sie, kippte den archaischen Lichtschalter nach oben. »Dabei hat er etwas gefunden.«

»In den Katakomben?« Kepheqiah versuchte vergeblich, das beklemmende Gefühl zu ignorieren.

»Tut mir leid, er besteht darauf, dass du mitkommst.« Daniels Lächeln erreichte nicht die Augen.

»Um was geht es?«

»Sieh es dir selbst an.«

Ausgetretene Stufen führten in die Tiefe. Der Geruch nach feuchtem Stein nahm mit jedem Schritt zu. Dafür wurde die Decke stets niedriger. Kepheqiah musste den Kopf einziehen.

Am Fuß der Treppe angekommen wies Daniel zu einem Gewölbedurchgang. »Der Wein ist da hinten, sollte dich ein Verlangen danach überkommen.«

»Du weißt, dass ich selten trinke.« Mit Daniel verband ihn lediglich eine Schwäche für Absinth.

»Nach dem, was du gleich sehen wirst, ändert sich das vielleicht.«

»Mir ist klar, wozu der Steinbruch damals verwendet wurde.« Ein paar Knochen erschütterten ihn nicht.

»Alte Sünden haben die Angewohnheit, unter dem Teppich hervorzukriechen, unter den sie gekehrt wurden.« Was auch in den dunklen Augen lag, Freundschaft war es nicht. »Für alle von uns kommt dieser Moment. Deiner wartet in den Katakomben auf dich.« Er verschwand hinter einer Mauer.

Kepheqiah folgte ihm mit einem dumpfen Gefühl in der Brust. Ihn schauderte bei dem Gedanken, in die schmalen Tunnel hinabzusteigen.

Ein ausrangierter Gusseisenherd, ein Kessel zum Wäschekochen, ein Regal mit Einweckgläsern, teils mit schwarz verfärbtem Inhalt. Jede Menge bauchiger Flaschen, die Kepheqiah bis zum Knie reichten.

»Stammt von der Concierge«, erklärte Daniel das zerfallende Chaos. »Der aus Philipps letztem Leben. Freu dich, ihre Wohnung im Erdgeschoss wird dein neues Zuhause. Du hast doch kein Problem mit mottenzerfressenen Samtgardinen und Troddeln an Sessellehnen?«

Nicht, solange er beides entsorgen konnte.

Kepheqiah zog das Handy hervor. Er brauchte einen Containerdienst.

»Das funktioniert nicht. Hier unten ist kaum Empfang.« Daniel verschwand hinter einem weiteren Gewölbebogen. »Und ab hier auch kein Licht«, klang es aus der Dunkelheit. »Solltest du das mit dem Wein noch einmal überdenken, nimm eine Taschenlampe mit.«

Kepheqiah tippte auf die entsprechende App.

Daniel hockte vor einer verrosteten Eisenklappe. »Da drunter, mein Freund, herrschen Finsternis und Tod.«

»Ich weiß deinen Hang zur Dramatik zu schätzen.« Über Kepheqiahs Rücken huschte eine Gänsehaut.

»Ich übertreibe nicht.« Daniels Augen wirkten im Lichtschein pechschwarz. »Vergiss die Farce, die man den Touristen zeigt. Sorgfältig aufgeschichtete Schädel, dekorierte Oberschenkelknochen und hier und da ein geheimnisvolles Zeichen an der Wand. Alles nur Show. Wo wir hingehen, waren zuletzt die armen Schweine, die die Steine für diese Stadt herausbrachen.«

Welch ein Trost. »Und warum soll ich da runter?« Auf ihn wartete oberhalb des Straßenniveaus genug Arbeit.

»Philipp will dir seinen Zufluchtsort zeigen.«

»Ich wusste damals nicht, dass er sich in den Katakomben versteckt hat.« Mahawaj hatte ihn lediglich nach Paris geschickt und gesagt, dass er den untergetauchten Meister endlich gefunden hätte.

Daniel sah ihn lange an. »Und wenn? Es hätte nichts geändert. Du hast deinen Job gemacht, wie wir unseren.«

Kein Vorwurf, doch die Verbitterung klang heraus.

Daniel stemmte die Klappe auf.

Grelles Licht blendete Kepheqiah. Darunter erschien Philipps bleiches Gesicht. »Wurde auch Zeit.« Der Cleaner glitt zurück in die Tiefe. Neben ihm tauchten Markus und Elija auf.

»Immer mit der Ruhe.« Daniel stieg zu ihm hinab. »Auf ein paar Minuten kommt es nicht an, oder denkst du, sie fault dir plötzlich weg?«

Von wem redete er?

Kepheqiah sprang in den Schacht. Eine erdrückende Schwere legte sich auf ihn. Der Gang wurde durch die Stirnlampen der Cleaner unstet erhellt, doch abseits der huschenden Lichtkegel lauerte Finsternis.

Er blendete das Pochen seines Herzens aus, das mit jedem Schritt in die Dunkelheit lauter wurde.

Der Zugang war eng und mündete in einem schmalen, rechteckigen Tunnel. Sie konnten sich nur hintereinander fortbewegen.

»Wir sind ziemlich weit vorgedrungen«, erklang es von vorn. »Einige Stollen sind mittlerweile eingebrochen. Andere, vor allem die tieferen, stehen bis zur Hälfte unter Wasser.«

»Und der Fluchtweg?«, fragte Daniel den Schatten, der vor ihm ging.

»Existiert wieder«, antwortete Philipp. »Wir mussten ihn freilegen. Ein Teil der Decke hatte sich gelöst und ihn versperrt.«

»Zieht die an.« Markus reichte jedem von ihnen eine Stirnlampe. »Ist besser, ihr habt die Hände frei. In den engsten Passagen müssen wir kriechen.«

Kepheqiah atmete gegen die Panik an.

Schemenhafte Gesichter an den Wänden. Gemalt? Gesprüht? Pfeile, Schriftzüge. Je weiter sie vordrangen, desto seltener wurden sie. Aus dem Stein gehauene Stufen führten hinab, mündeten in Tunneln, von denen erneut Gänge abzweigten.

Philipp leuchtete in einen Schacht.

Er war zu niedrig, um aufrecht zu gehen. Der Boden war mit Knochen übersät.

»Unter dem Montparnasse sieht es nur so aus«, kommentierte er uralten Tod. »Hier ist das die Ausnahme.«

Die Gebeine knirschten unter seinen Schritten.

Links Mauerwerk, rechts eine rohe Felsenwand.

»Da müssen wir durch.« Der Cleaner zeigte auf ein Loch, das aus der Mauer herausgebrochen schien. »Zieht die Bäuche ein, sonst bleibt ihr stecken.« Er warf seinen Rucksack hindurch, zwängte sich hinterher. Markus und Elija folgten ihm mit stoischer Gelassenheit.

»Verdammt«, murmelte Daniel. »Wäre ich bloß oben geblieben.« Auch er kroch in die Enge.

Kepheqiahs Herz schlug schneller und schneller. Auf seiner Stirn sammelte sich Schweiß. Die Gesteinsmassen erdrückten ihn. Das spärliche Licht der Stirnlampen genügte nicht, um ihn atmen zu lassen.

»Komm schon«, scholl es ihm von der anderen Seite entgegen. »Wenn wir uns verlieren, war's das.«

Bei Metatrons Flammen! Ritt Philipp der Teufel? Welcher? Asasel, Shem oder er selbst? Das Geräusch, das aus seiner Kehle drang, war weit von einem Lachen entfernt. So rasch wie möglich schlängelte er sich zwischen den Steinen hindurch.

Ein paar Meter, dann öffnete sich der Schacht nach unten. Auf allen vieren kroch er hinab. Daniel bog bereits in eine Abzweigung. Kepheqiah eilte ihm hinterher. Über die Wände huschten Schatten, wurden von Licht gejagt, entkamen, wuchsen sich zu Schwärze aus.

Kepheqiah konzentrierte sich auf jeden einzelnen Schritt. Nicht denken. Nicht fühlen. Nackte Angst krallte sich ihm in die Brust. Er konnte kaum schlucken.

Erneut wand sich eine Treppe in die Tiefe.

Wie musste sich Shemhazai gefühlt haben, als er in die Felsen des Rhodopengebirges gebannt worden war? Ohne Hoffnung auf Rettung. Ohne Aussicht auf Freiheit und Weite.

Kepheqiahs Herz krampfte. Wie oft sie durch halb eingebrochene Schächte Ebene für Ebene hinab kletterten, registrierte er nicht mehr.

Hin und wieder kamen sie an Seitenkammern vorbei. In einigen lagen Knochen, in anderen nur Staub.

Die Enge erstickte jeden tröstenden Gedanken, hinterließ nur verzweifelte Hilflosigkeit.

Mittlerweile hatten die Gänge jegliche Form verloren. Keine abstützenden Träger, keine geraden, gemauerten Wände. Blanker Stein, in den unzählige Spitzhacken ein Loch geschlagen hatten.

»Unter welchem Stadtteil sind wir?« Er fragte nur, um seine Stimme zu hören.

»Sag ich dir nicht«, antwortete Philipp. »Du sollst die Stelle nicht wiederfinden.«

Danke für dein Vertrauen. »Warum führst du mich dann hierher?«

»Weil ich es will.« Philipp blieb stehen und drückte seine Karte Elija in die Hand. Er drängte sich an Markus und Daniel vorbei, bis er vor ihm stand. »Ich habe die Karte gezeichnet, als ich mich vor der Bruderschaft versteckt hatte. Mir fielen Zähne und Haare aus, aber das waren mir ein paar unbehelligte Jahre ohne Töten zu müssen wert. Doch irgendwann packte mich der Koller. Ich bin raus. Sonst wäre ich verrückt geworden.«

Seit ihm Mahawaj zur Strafe für genau diese Art Vergehen die Seele aus dem Leib geschnitten hatte, lagen Verzweiflung und Wut hinter ihm. Dennoch schwang ein Echo dieser Gefühle in Philipps Worten.

»Wenig später lief ich dir in die Arme. Erinnerst du dich oder war ich nur einer von vielen, die du unter Baraq'els Joch gezwungen hast?«

»Ich erinnere mich an jeden Einzelnen.« Es war seine Aufgabe gewesen, die erwachten Wiedergeborenen zu rekrutieren. Philipp war nicht der Einzige, der ihn dafür hasste.

»Besäße ich noch meine Seele, ließe ich dich hier zurück.« Der ausdruckslose Blick senkte sich in seinen. »Ohne Licht. Nur du, die Dunkelheit und die Enge.« Seine Geste umschloss das gesamte Stollensystem. »Dann werden wir sehen, an wen du dich erinnerst.«

»Es reicht.« Daniel legte dem Cleaner die Hand auf die Schulter. »Keph gehört zum Team. Keiner von uns war ein Heiliger, oder ist dein Sündenregister leer?«

»Ich habe niemals jemanden verraten.« Philipp schüttelte Daniels Hand ab, wandte sich wieder nach vorn.

Verrat. An wem? Kepheqiah hatte der Bruderschaft treu gedient. Wäre es anders gewesen, hätte er sich schuldig gemacht. An Mahawaj.

Du hast Hunderte für einen verraten. Die Stimme klang zu laut in ihm, um überhört zu werden.

»Wir sind da.« Philipp verschwand hinter einer Mauer.

Kepheqiah bezwang das Gefühl, von innen erdrosselt zu werden. Er folgte den anderen in eine Kammer. Größer als diejenigen, an denen sie bisher vorbeigekommen waren. Der Schein der Stirnlampen ließ Schatten über die grob behauenen Felsen huschen.

In der Ecke lag ein Skelett. Vermodernde Stofffetzen umhüllten die Knochen.

Philipp beleuchtete die Wand darüber.

Eingekratze Worte.

Je suis Thérèse Lagrène. Et je reviens toujours. Hugo Saussoi, Jeanne Ferret, Víctor Lomagne. Beaucoup de noms. Seule une âme.

»Ich bin Thérèse Lagrène«, las Philipp leise vor. »Und ich komme immer wieder. Hugo, Jeanne, Víctor. Viele Namen. Nur eine Seele.«

Kepheqiah kannte sie. Gleichgültig, in welcher Hülle sie gesteckt hatte. Männer mit leuchtendem Blick und wilden Haaren, das Messer zwischen zwei Fingern und einem stolzen Grinsen im Gesicht. Frauen mit glockenhellem Lachen, bevor sie die Klinge in einer Geschwindigkeit in Herzen und Kehlen schleuderten, der kein Auge gewachsen war. Doch der wichtigste Name fehlte.

Lina Debarre.

Mahawaj hatte ihn zu ihr geschickt. Sie hatte einen Auftrag abgebrochen und war zusammen mit ihrem Ziel untergetaucht. Kein Anonymer Meister konnte sich vor Mahawajs Zugriff verbergen. Lina hätte das wissen müssen.

Ein eisiger Winter in den Vogesen. Gefrorener Schnee brach die Äste der Bäume. Es hatte Wochen gedauert, bis Kepheqiah endlich die Reste der Festungsanlage fand, in deren Schatten sich Lina mit ihrem Geliebten und dem neugeborenen Kind verborgen hatte. Die Hütte war ärmlich und durchs undichte Dach pfiff der Wind.

Lina hatte die Regeln gebrochen. Keine Bindungen. Keine Verantwortung etwas anderem gegenüber als allein der Bruderschaft.

Und schon gar keinen Bruch des mit dem Blut unterschriebenen Vertrags.

Lina hatte ihn angefleht, sie nicht zu verraten.

Kepheqiah hatte ihr erklärt, dass ihn seine Loyalität band.

Bevor er die Chance erhielt, sie im Vorfeld um Verzeihung zu bitten, hatte sie nach einer Weinflasche gegriffen, den Glasboden an der Tischkante abgeschlagen und sie ihm in die Kehle gerammt.

Dass er der unbrauchbar gewordenen Hülle entkam, hatten ihre menschlichen Augen nicht erkannt. Doch auch wenn er als violetter Nebel und Halleluja singend aus dem blutenden Ding aufgestiegen wäre, hätte sie es nicht bemerkt. Ihr Blick war leer gewesen, als hätte nie Leben in ihm gewohnt.

Kepheqiah hatte sich einen neuen Wirtskörper gesucht und Mahawaj von Linas Verrat berichtet. Damit hatte er sie an Maurice' Messer geliefert.

Rasmus van Waaken. Einer von vielen Namen, die Maurice Lacroix im Laufe der Zeit getragen hatte. Er spürte sie in einem Gasthaus in Calais auf. Am Morgen hätte sie ein Schiff zusammen mit ihrer Familie nach England bringen sollen.

Gegen seine Gewohnheiten ließ er ihr die Seele.

Wahrscheinlich wäre sie besser dran gewesen, hätte er sie ihr genommen.

In ihrem nächsten Zyklus startete Mahawaj einen erneuten Versuch, sie in die Bruderschaft zu integrieren. Die Zigeunerin war sehr talentiert und daher wertvoll für ihn. Er teilte Kepheqiah ihren Aufenthalt mit. Lediglich ihren neuen Namen musste er allein herausfinden.

Thérèse Lagrène. Sie hatte ihm sein eigenes Messer ins Herz geschleudert. Er war nie zuvor so schnell entwaffnet und getötet worden. Ihr hasserfülltes Zischen würde er niemals vergessen.

Zuerst dein Blut, Kepheqiah, Lakai von Baraq'el, der Schicksale stiehlt und Leben zerstört, dann seines.

Auch diese Nachricht hatte Kepheqiah überbracht. Im Körper eines schwindsüchtigen Bettlers. Ihm war nach Buße gewesen.

»Was machen wir mit ihr?« Daniel fragte ausgerechnet ihn. »Liegenlassen oder an einem würdigen Ort begraben?«

»Liegenlassen«, antwortete Philipp an seiner statt. »Wer sich in den Katakomben verbirgt, ist vor Baraq'el sicher. Ob im Leben oder im Tod.«

Er kniete sich neben den Knochenhaufen, legte die Hand auf den Schädel. »Ruhe sanft, ma soeur.«

»Eine beeindruckende Frau«, sagte Daniel leise. »Sie küsste beinahe so gut wie ich und das will was heißen.«

»Aber sie hat mit ihren Küssen niemanden getötet. Im Gegensatz zu dir.« Markus rückte seine Stirnlampe zurecht. »Lasst uns zurückgehen, bevor die Batterien ihren Geist aufgeben.«

Philipp erhob sich, trat dicht vor Kepheqiah. »Mach das wieder gut.« Er zeigte auf die Gebeine. »Schütze meine Schwester das nächste Mal vor Baraq'el, statt sie zu verraten.«

»Deine Schwester?« Weshalb hatte ihm das Mahawaj verschwiegen?

»Lina, ja. Thérèse nein.« Für einen Moment wirkte Philipps Blick weicher. »Doch sie war mir eine Vertraute, also hilf ihr.«

»Was du willst, ist unmöglich. Ich habe nur über Mahawaj erfahren, wenn einer von euch erwacht ist.« Ohne ihn fände er sie niemals. Davon abgesehen, dass sie es nicht zulassen würde, dass er überhaupt etwas mit ihr tat. Gut oder böse.

»Dann denk dir was aus.« Philipp neigte sich näher zu ihm. »Ich weiß, was du ihr schuldest. Ich traf Lina in Calais. Es war ein bitterkalter Winter. Von meiner wunderschönen Schwester war nur noch ein dürrer Schatten übrig, der unter einem Torbogen hockte und vergeblich versuchte, Erinnerungen in billigem Rotwein zu ertränken. Lina erzählte jedem von ihrem Schicksal, der an ihr vorbeiging. Ob er eine Münze in ihre Hand legte oder nicht. Ich bat sie, zu schweigen. Wenn Baraq'el erfuhr, dass sie die Bruderschaft an den Pöbel preisgab, würde er ihre Seele töten. Weißt du, was sie geantwortet hat?«

Kepheqiah schluckte durch eine trockene Kehle. Was hatte er dieser Frau angetan?

»Dass sie genau darauf hoffe und ich solle ihn wissen lassen, dass sie noch immer an dem Ort warten würde, an dem er ihr Herz getötet hätte. Danach scheuchte sie mich keifend weg. Am Abend wollte ich sie mit mir nehmen. Im Notfall mit Gewalt. Draußen wurde es kälter und ich hatte Angst um sie. Als ich zu der Stelle kam, räumten sie ihre Leiche aus dem Weg.« Er wandte sich ab und tauchte in die Dunkelheit des Stollens.

Markus und Elija folgten ihm, ohne Kepheqiah anzusehen.

Daniel zögerte, Mitgefühl im Blick.

»Geh.« Kepheqiah hatte es nicht verdient. Dass er in Mahawajs Auftrag gehandelt hatte, milderte seine Schuld nicht.

Daniel nickte, ließ ihn allein mit Thérèse zurück.

Ein Gefühl, schwer wie Blei, legte sich auf Kepheqiahs Brust. Er hatte Mahawaj vertraut, seine Entscheidungen mitgetragen. Die Schicksale der Wiedergeborenen hingegen hatte ihn kaum berührt. Einen nach dem anderen hatte er ins Elend gezwungen.

Er schaltete die Stirnlampe aus. Den Haufen Knochen zu sehen, war unerträglich. Schlimmer als die Angst, die mit der Dunkelheit auf ihn niedersank.

~*~

»Sieh hin, Baraq'el.« Die Zigeunerin griff dem Toten ins Haar, riss ihm den Kopf in den Nacken.

Kepheqiahs blicklose Augen starrten ihn an.

»Eines Tages wirst du es sein, der unter dieser Klinge stirbt. Ich werde dir dein Herz herausschneiden und es in ewigem Eis begraben.« Die Meisterin zog die Waffe aus der Kehle seines ältesten Freundes.

Das lichtschneidende Schwert. Wie war es in ihre Hände gelangt? Das war unmöglich. Sie wusste nichts von seiner Existenz.

»Mahawaj Baraq'el!« Sie sprang über Kepheqiahs Leiche hinweg auf ihn zu. Hass verzerrte ihr Gesicht. »Egal wo du dich versteckst, ich werde dich finden und büßen lassen.« Sie holte aus, blutiger Stahl durchschnitt die Luft.

»Nein!«

Sonnenflecken auf der Bettdecke. Der Lärm Roms drang gedämpft zu ihm hinauf. Mahawaj stieg aus dem Bett.

Kurz vor zwölf Uhr mittags. So lange schlief er nie. Wie konnte ihm das passieren? Der Traum hatte ihn gefangen gehalten.

Sein Herz schlug zu schnell. Angst.

Vor einer Frau, die in wenigen Minuten ihre Existenz beendete? Nichts war unnötiger.

Der Belgier hatte sich noch nicht gemeldet. Untypisch für ihn. Er erledigte seine Aufträge sofort, schöpfte die festgesetzte Frist nie bis zum Ende aus.

Mahawaj kontrollierte die eingegangenen Nachrichten. Keine stammte von Lambert Theissen, dabei war der Job ein Kinderspiel. Die Zigeunerin stand erst am Beginn ihres Erwachens. Bevor der Prozess nicht abgeschlossen war, fehlte ihr der Zugriff auf ihr Können. Bis dahin war sie nur ein gewöhnlicher Mensch, der eventuell von schlechten Träumen oder Halluzinationen heimgesucht wurde.

Leicht zu eliminieren.

Mahawaj fuhr sich übers Gesicht. Es war kalt und feucht.

Zu viele Probleme. Sie türmten sich auch ohne die Zigeunerin. Hätte er sie nur nie zur Meisterin erhoben. Er hatte sich von ihrem Talent blenden lassen und ihre Aufsässigkeit zu lange toleriert. Es wurde Zeit, dem einen Riegel vorzuschieben.

In einem Cleaner-Team?

Wer ihm offen drohte, hatte nichts mehr in der Bruderschaft verloren.

Der Verlust ihrer Seele bedeutet nicht den Verlust ihrer Zunge. Wer sollte sie daran hindern, weiterhin über ihre Vergangenheit mit den anderen zu reden? Zwar frei von Rachedanken und Hass, aber dennoch. Gelangten ihre Worte an die falschen Ohren, entfachte das den Funken des Widerstandes noch stärker, der Dank Daniel in der Bruderschaft glomm. Sie würde zur Märtyrerin. Die Wiedergeborenen lägen ihrem Leid zu Füßen und würden in ihrem Namen kämpfen. Es war typisch für die Menschen, sich gegen die Obrigkeit aufzulehnen. Zumindest seit ihr Blut durch die Engelsbastarde vergiftet worden war.

Die Zigeunerin musste endgültig verschwinden.

Mit Asasels unfreiwilligem Zutun.

Das Schwert war schmuckloser ausgefallen als sein Vorgänger, erledigte jedoch seine Aufgabe ebenso präzise. Die geflohenen Meister waren der Beweis. Vier zuverlässige neue Cleaner. Frei von jeglichem Bedürfnis nach Rebellion oder Misstrauen. Treue Diener, effiziente Leichenentsorger und

Spurenauslöscher.

Eine wertvolle Hilfe für die Bruderschaft.

Eine Taube flatterte aufs Fensterbrett. Die Frühlingssonne streichelte ihr übers Gefieder.

Mahawaj trat näher. Die Taube floh.

Das Castel Sant' Angelo ragte vor ihm auf. Ein liebgewonnener Anblick, dennoch musste er sich bald von ihm trennen. Es wurde Zeit, Rom zu verlassen. Kepheqiah kannte den Sitz der Bruderschaft. Verriet er ihn an Daniel, waren ihre Geheimnisse nicht mehr sicher.

Der Verlust seiner Freundschaft schmerzte Mahawaj ärger, als der Hass seines Sohnes.

Daniel war ein brillanter Meister gewesen, bevor er sich gegen ihn gewandt hatte. Wie Kepheqiah schützte er nun den Heerführer der Grigori. Dabei war der es gewesen, der Schuld an diesem Jahrtausende währendem Desaster trug. Shemhazais Gier nach fleischlicher Lusterfüllung hatte ihn seine Aufgabe vergessen lassen. Statt die Menschen zu unterwerfen, hatte er sie vor dem Zugriff der Chöre gerettet und gleichzeitig die Verbannung seines gesamten Heeres provoziert. Durch ihn hatte das Böse den Weg in die Herzen der Menschen gefunden. Seinem Samen waren Wesen entsprungen, die sich die Welt untertan machten, statt sich demütig vor den Vielgeflügelten zu beugen. Zu jedem Krieg hatten sie den Zündfunken gelegt. Jede Intrige, jede Abscheulichkeit ging auf ihr Konto. Ihr Blut mischte sich mit dem der gewöhnlichen Sterblichen, säte Starrsinn und Bosheit und schuf aus potenziellen Dienern Widerständler.

Es war Mahawajs Aufgabe, das Engelsblut auszumerzen und den entkommenen Verräter für seine Vergehen zu bestrafen. Shemhazai hätte längst in der Verbannung den Geist aufgeben sollen. Doch er war zäher als der Rest seiner Krieger und der Zufall in Gestalt eines des Armseligsten seines einstigen Heeres hatten ihn befreit.

Caym. Wo er auftauchte, richtete er Katastrophen an. Wie jeder dieser verfluchten Grigori. Asasel stellte ein ähnliches Ärgernis dar, auch wenn er zuweilen nützlich sein konnte.

Kaum waren die Wassermassen der Sintflut im Schlamm der Welt versickert, hatte Mahawaj den Waffenschmied in seinen Gehorsam gezwungen.

Asasel war klug. Ihm war bewusst, dass ein Angehöriger des sechsten Chores über bedeutendere Macht verfügte als ein Krieger des zehnten.

Ein brauchbarer Handlanger – der sich ebenfalls längst gemeldet haben sollte.

Mahawaj griff zum Handy und wählte die entsprechende Nummer. Es dauerte, bis der nervtötende Signalton verstummte.

»Was willst du?«, erklang eine weibliche Stimme. Demnach hatte Asasel den Körper von Sofia Grigorjewa noch nicht ausgetauscht.

»Einen Bericht.« Asasels Auftrag war simpel. *Töte Shemhazai.* Die Waffen dazu besaß er.

»So schnell geht das nicht.« Asasel seufzte dramatisch laut. »Ich kann in die Londoner Trutzburg deines Sohnes nicht einfach hineinspazieren. Dieser Haufen Seelenloser hat das Gebäude hermetisch abgeriegelt.«

»Soll das heißen, Shemhazai verlässt es nicht?« Seit wann ließ er sich freiwillig einsperren? Dann hätte er gleich in der Verbannung bleiben können.

»Nicht allein.«

»Wer ist bei ihm?«

»Meistens Kepheqiah, hin und wieder Levant. Aus der Distanz ist es unmöglich, den Heerführer niederzustrecken. Ich muss an ihn herankommen. Was mich zu einem wichtigen Thema führt. Bist du mit deinem neuen Seelentöter zufrieden? Ich hoffe, du verzeihst, dass ich Arbeitszeit gespart und auf jegliche Dekoration verzichtet habe. Unter Zwang fehlen mir die Motivation und die Liebe zum Detail.«

Das erste Schwert, das Asasels Schmiede verlassen hatte, war ein wahres Schmuckstück.

Camael, der Fürst des sechsten Chores, hatte es an sich gebracht, als er während der Schlacht in der Ebene von Ninive Shemhazai in den Staub warf. Es hatte vielen Kriegern seines Heeres das unsterbliche Leben gekostet. Camael vertraute Mahawaj die Waffe zusammen mit dem Auftrag an, jeden geflohenen Grigori zu töten, damit zukünftig keine weiteren Engelsbastarde die Welt vergifteten.

Mahawaj hatte die Klinge im Laufe der Zeit für seine eigenen Zwecke verwendet. Die Cleaner waren ein nützlicher Einsatztrupp.

»Ich will angemessen bezahlt werden«, forderte Asasel. »Das steht mir zu.«

Gar nichts stand dem Schmied eines abtrünnigen Kriegerhaufens zu! »Ich gebe dir sieben Tage. Danach ist Shemhazai tot oder du findest dich gebannt für die Ewigkeit an der tiefsten Stelle des Marianengrabens wieder.« Seine Geduld war am Ende.

Asasel fluchte. »Dann brauche ich deine Erlaubnis, jeden anderen zu beseitigen, der sich mir dabei in den Weg stellt.«

»Jeden anderen: ja. Daniel: nein.«

Asasel schnaubte. »Keine Extrawünsche. Du vergisst, dass dein Sohn dank der Diebin drei meiner Schwerter besitzt. Shemhazais Wachhunde sind bewaffnet. Ebenso wie er selbst. Ich riskiere meine Existenz bei diesem Deal.«

»Daniel rührst du nicht an.«

»Und deinen alten Kumpel Kepheqiah? Bei unserem letzten Plausch gabst du ihn zum Abschuss frei. Gilt dein Wort noch?«

Das Lauern in Asasel Stimme widerte ihn an. »Mein Wort gilt.« Hinter seiner Stirn pochte ein stechender Schmerz. Mahawaj rieb mit dem Handballen darüber.

Sie waren Freunde gewesen, einander wie Brüder vertraut. Deshalb hatte er seine Befehle ignoriert und Kepheqiah vom Schlachtfeld gerettet. Nun hatte er die Fronten gewechselt. »Asasel?«

»Ich höre.«

»Versuche es zu vermeiden.«

»Wir werden sehen.« Asasel beendete das Gespräch.

Mahawaj warf das Handy aufs Bett. Er hätte Camael raten sollen, den Heerführer der Grigori mit seinem eigenen Schwert zu vernichten. Shemhazai allein trug die Schuld, dass sich Kepheqiah von ihm abgewandt hatte.

In sieben Tagen war auch dieses Problem erledigt.

Wo blieb der Bericht von Theissen?

Der Belgier war ein Ausbund an Hingabe und Loyalität, obrigkeitshörig bis ins Mark. Er strebte mit einer Entschlossenheit in den zweiten Kreis wie vor ihm Maurice. Leider beschränkten sich seine Fähigkeiten auf den Schwertkampf.

Ihm fehlte es an Intellekt, Weitsicht und vor allem an Benimm. Er hatte keine Fragen gestellt, als ihm die Details des Auftrags genannt worden waren. Ebenso hatte er keine Skrupel gezeigt, eine ehemalige Meisterin und damit Kollegin zu töten.

Die Frequenz ihrer Bewusstwerdung hatte das Abbild des morphogenetischen Feldes erzittern lassen, sonst hätte Mahawaj sie niemals gefunden. Ganz gegen ihre Gewohnheiten lebte die Zigeunerin in Finnland. Bisher war stets Frankreich ihre Heimat gewesen.

Mahawaj drückte auf eine Vertiefung des vergoldeten Rahmens und das lebensgroße Bildnis des Erzengels Michael schwang zur Seite.

Eine gelungene Darstellung. Der Engel stieß sein Schwert in das Maul eines Drachen. So gesehen erfüllte er denselben Job wie Mahawaj. Er kämpfte gegen Dämonen, um die Seelen der Menschen in den Frieden gedankenlosen Gehorsams zu führen. Bedauerlicherweise wussten immer weniger der Schäflein seine Bemühungen zu schätzen.

Mahawaj betätigte einen Schalter und ein schmaler Treppenabgang wurde erhellt.

Die Matrix aus seraphischem Licht hatte er vor langer Zeit erschaffen. Sie war ein verlässliches Echo des schwingenden Feldes, das die gesamte Welt umgab. Wurde sich ein Wiedergeborener seiner wahren Existenz bewusst, erzitterte das Konstrukt wie ein Spinnennetz, in dem eine Fliege zappelte. Auf diese Weise war es Mahawaj möglich, die Anonymen Meister in all ihren Lebenszyklen aufzuspüren und in den Schoß der Bruderschaft zurückzuholen.

Die Luft wurde kühler, die Stufen breiter. Sie endeten in einem gewölbten Gang, der zu einer Stahltür führte.

Doppelte Sicherheitsvorkehrungen. Ein Netzhautscan und sein mit der Fingerspitze auf einen Touchscreen gezeichnetes Siegel. Früher hatte er sich mit eisenbeschlagenen Pforten und Riegeln begnügen müssen, die den Zugang zu geheimen Kammern verbargen.

Zweifellos, das digitale Zeitalter besaß Charme.

Lautlos schwang die Tür auf.

Nackte Wände, keine Lichtquelle bis auf das weiß schimmernde Leuchten der Matrix und das transparente Hologramm einer Weltkarte dahinter.

Kleine pulsierende Lichtpunkte. Ungleichmäßig über die Welt verteilt. Die Wiedergeborenen, die das Amulett bereits an die Bruderschaft gebunden hatte. Ob in diesem oder in einem vorherigen Leben spielte keine Rolle. Der fünffach geschlungene Knoten fesselte für die Ewigkeit.

Theissen war dabei, die Zigeunerin für immer davon zu befreien.

Ihre Existenz schimmerte in Helsinki. Sehr schwach, doch unverkennbar. Ein stetiges Grundpulsieren mit explosiven Zwischennuancen.

Mahawaj sah auf die Uhr. Noch zwei Minuten.

Eine Minute.

Worauf wartete Theissen?

Der helle Punkt blieb.

Zwei Minuten über die Zeit. Fünf Minuten. Eine halbe Stunde.

Theissens Frequenz. Wo war sie?

Mahawajs Herz holperte. Niemals konnte das kaum wahrnehmbare Leuchten eines Erwachenden das intensive Pulsieren eines sich vollkommen bewussten Wiedergeborenen überdecken.

Er eilte die Treppe hinauf, warf die geheime Tür zu. Wenn sich Theissen nicht meldete, gab es einen Grund.

Wie eine Nadel bohrte sich ihm das Freizeichen des Handys ins Hirn.

Die Mailbox sprang an.

Verdammt!

Was war geschehen?

Die Cleaner. Sie waren vor Ort gewesen. Mohammed Tufan leitete das Team.

Mahawaj rief ihn an.

»Es gab Schwierigkeiten«, kam Tufan ohne Umschweife zum Punkt. »Ich habe dir bereits einen Bericht geschickt.«

»Was ist mit dem Ziel?«

»Es lebt.«

Er verdrängte den aufkommenden Schrecken. »Wo ist das Schwert?«

»Bei ihr.«

»Wie konnte das passieren?« Sein Traum. Er hatte ihn gewarnt.

»Lies den Bericht«, erklang Tufans Stimme gedämpft. »Wir kehren heim, sobald wir Theissens Leiche an uns gebracht haben.«

Die Verbindung endete.

Mahawaj öffnete sein Postfach, überflog die Mail des Cleaners.

Die Zigeunerin hatte den Meister mit einer Flasche erstochen. Wie damals Kepheqiah. War es möglich, dass sie sich trotz ihrer schwachen Frequenz bewusst war? Unwahrscheinlich. Sie handelte aus dem Affekt. Rein instinktgesteuert. Eventuell litt ihr Verstand durch die Flut der Erinnerungen. Das Wiedererwachen stellte einen heiklen Prozess für den schlichten menschlichen Geist dar.

Ein Grund mehr, diese Frau auszuschalten.

Maurice Lacroix. Eine Zeit lang hatte er ihr den Hof gemacht. Sein Schwärmen war bald in Verachtung umgeschlagen, zumal er ihr zwei unschöne Tode verdankte.

Mahawaj wählte den entsprechenden Kontakt.

»Ja«, meldete sich Maurice knapp.

»Der Belgier hat versagt. Sie lebt und besitzt das Schwert.«

»Weshalb hast du es diesem Anfänger anvertraut?«, zischte Maurice ungebührlich wütend.

»Nur eine Kopie. Jedoch mit derselben Funktion.«

»Du willst die Zigeunerin vernichten?«

»Sie stellt eine Gefahr für die Organisation dar.« *Und schleicht sich in meinen Träumen herum.* Allein dafür gehörte sie bestraft. »Begegne ihr auf vertrautem Boden. Sie muss sich sicher fühlen.«

»Sie wird mich sofort erkennen.«

»Nicht zwingend. Sie ist sich ihrer wahren Existenz noch nicht bewusst.«

»Sagtest du nicht, der Belgier sei tot?«

Der Hohn in der Stimme stand Maurice nicht zu.

»Deine Frist endet um Mitternacht in drei Tagen.«

»Das genügt.«

Mahawaj lehnte sich zurück, warf das Handy aufs Bett.

Ein Problem weniger, um das er sich sorgen musste.

~*~

Herr Landgrebe um vierzehn Uhr. Die Notiz leuchtete Anne in grellem Orange entgegen.

Ein Geschäftsmann aus Hannover. Lumi war übers Wochenende sein Escort gewesen. Eine Augenweide mit Körbchengröße D.

Anne rieb sich die Augen. Sie war todmüde. Einfach mal eine Nacht durchschlafen ohne diese verfluchten Träume.

»Anne?« Eeli steckt den Kopf durch den Spalt ihrer Bürotür. »Landgrebe ist da.« Er runzelte die sommersprossige Nase. »Er hat miese Laune.«

»Was ist mit Anton?« Ihr Großvater hatte ihr den ersten Termin mit Landgrebe letzte Woche abgenommen. Nett, wenn er es wieder übernehmen könnte.

Eeli schüttelte den Kopf. »Kommt später.«

Auch das noch. »Kaffee fertig?«

Ihr Sekretär hob die Brauen.

Gut, die Frage war überflüssig gewesen.

»Okay, dann los.« Anne lächelte professionell sachlich gegen bleierne Müdigkeit an.

»Ich verlange eine Entschädigung«, polterte es in steifem Englisch aus dem Flur. Ein Mann in Anzug und Lodenmantel stürmte an Eeli vorbei. »So lasse ich nicht mit mir umgehen.« Unaufgefordert ließ er sich auf den Stuhl vor Annes Schreibtisch plumpsen.

Mitte vierzig, italienische Schuhe, Kaschmirschal, übergroßer Chronograf am Handgelenk. Rein äußerlich passte Landgrebe perfekt in die Kundendatei der Agentur.

»Wo ist Herr Kilpinen?« Sein Blick streifte durchs Büro, als erwarte er, Anton plötzlich auftauchen zu sehen. Stattdessen registrierte er mit gerunzelter Stirn die Drucke von Toulouse-Lautrec an den Wänden.

Annes Lieblingsmaler. Sacht hatte er seinen Modellen die Masken aus Professionalität und Disziplin von den müden Gesichtern gestohlen, ohne sie dabei bloßzustellen. Erschöpfte, blasse, manchmal resignierte Geschöpfe der Nacht, die ihr Glück in Theatern und Bordellen suchten.

Zugegeben, für eine Escort-Agentur mit tadellosem Ruf ein gewagter Wandschmuck.

»Ich will mit dem Geschäftsführer sprechen.« Zwischen Landgrebes Augenbrauen wuchs eine Falte.

Anne streckte ihm die Hand entgegen. »Anne Perrin. Herr Kilpinen ist mein Stellvertreter.«

Erst nach einigem Zögern schlug Landgrebe ein. »Ich greife bei Geschäftsreisen häufig auf das Angebot exklusiver Dienstleistungsgesellschaften zurück. Doch so etwas wie bei Ihnen ist mir noch nie untergekommen.«

Lumi war das Abbild einer nordischen Göttin. Bisher hatte sich nie ein Kunde über sie beschwert.

»Kaffee?« Eeli schwebte ins Büro und platzierte eine Tasse vor Landgrebe und eine zweite vor Anne. Ein Teller mit süßen Gebäckstückchen folgte.

Landgrebe goutierte es mit einem finsteren Blick. »Was ist nun mit meiner Beschwerde?«

»Die da wäre?« Sollte sich Lumi wirklich danebenbenommen haben?

»Ihre Angestellte verweigerte jegliche sexuelle Handlung. Selbst zu einem Kuss ließ sie sich nicht hinreißen. Ich erwarte von Ihnen, dass Sie mir zumindest die Hälfte des Honorars erstatten.«

Erst einen Schluck Kaffee. Der verschaffte ihr Zeit, sich zu sammeln. »Ich bedauere, aber Sex ist im Angebot nicht enthalten.« Sie kämpfte um ein höfliches Lächeln. Manche Kunden waren schwierig und Herr Landgrebe gehörte definitiv in diese Kategorie.

Er setzte sich kerzengerade hin und schob den Gebäckteller von sich. »Das hier ist eine Escort Agentur, richtig?«

»*Voyager et apprécier* ist ein seriöser Begleitservice für Geschäftsleute und Kulturinteressierte, die Helsinki ungern allein genießen möchten.« Bloß nicht die Mundwinkel senken. Das wäre unprofessionell. »Die Damen und Herren, die hier arbeiten, stehen Ihnen gern zur Verfügung, um Sie bei Geschäftsessen, Vernissagen oder Theaterbesuchen zu begleiten, doch das impliziert keinesfalls Beischlaf.« Zumindest nicht zwingend.

Ein Stechen in ihren Schläfen. Verdammt. Wegen der grausigen Träume fühlte sie sich wie an die Wand gespuckt.

Landgrebe nippte an seinem Kaffee. Für den Bruchteil einer Sekunde erhellte sich seine Miene, nur um anschließend auf der Stirn erneut Falten zu werfen. »Das hätten Sie mir bereits vor dem Vertragsabschluss mitteilen müssen.« Energisch stellte er die Tasse zurück. »Bei Ihren Preisen darf ich das komplette Serviceprogramm erwarten.«

Anne atmete unauffällig tief ein und aus. Hatte Anton während des ersten Gesprächs diese Punkte übersprungen?

»Der Vertrag nennt bis ins Detail den Aufgabenbereich meiner Angestellten.« Sex war nicht dabei. Auch wenn er, als Bonus und bei gegenseitigem Gefallen, ab und an mitgeliefert wurde. Offiziell ging sie das nichts an. Verpflichtet waren ihre Leute lediglich zu höflicher Konversation, exquisitem Benehmen, einer weitläufigen Bildung.

Und natürlich der Begleitung des Kunden.

»Kann es sein, dass Sie die AGB's nur überflogen haben?« Anne kaschierte die Spitze mit einem liebenswürdigen Lächeln. »Ich bedaure, aber ich sehe keinen Grund für eine Erstattung des Honorars.«

Landgrebe senkte die Lider. »Ich fühle mich getäuscht.« Abrupt erhob er sich. »Was bei anderen Agenturen Usus ist, wird von Ihnen ausgeschlossen?«

»Sie sprachen von exklusiven Agenturen, richtig?« Auf Lumis Argumente, diesen Mann abblitzen zu lassen, war sie gespannt. Sie war normalerweise kein Kind von Traurigkeit.

»Sie haben mich als Kunden ein für alle Mal verloren, Frau Perrin.«

Innerlich zuckte Anne zusammen. »*Madame* Perrin.« Erneut überredete sie ihre Lippen zu heucheln.

Ein leises Schnauben antwortete ihr. Landgrebe drehte sich auf dem Absatz und verließ entschlossenen Schrittes ihr Büro.

Genialer Start in die Arbeitswoche. Anne streifte sich die Stiefeletten ab und legte die Beine auf die Tischkante. Was stand als Nächstes an? Ihr Terminkalender strotzte vor roten Balken.

Erstkontakte, ein Literaturkritiker, Signora Senzacuore mit ihrem Gastauftritt in der Oper. Sie bestand auf Eeli als Begleitung, obwohl Anne ihr Ole vorgeschlagen hatte. Eeli war ihr Sekretär, übernahm den Job als Escort nur in Notfällen, aber Senzacuore hatte einen Narren an ihm gefressen. Was ärgerlich war. Die Sopranistin verschliss den Armen jedes Mal, wenn sie ihn in die Finger bekam.

So viel zu den AGB's.

Das üppige Trinkgeld ließ sich Eeli nie entgehen, meldete sich danach jedoch regelmäßig eine Woche krank und der Schreibkram blieb an Anne hängen.

Senzacuore wollte ihn für das kommende Wochenende buchen.

Spontan überkam Anne tiefes Mitgefühl für den jungen Mann. Neben der Operndiva wirkte er wie ein Fähnchen im Wind.

Nicht ihr Problem. Eeli war erwachsen und konnte das Risiko-Nutzen-Verhältnis allein abwägen. Was er tat.

Und Anne musste es ausbaden.

Ein Fluch klang in Französisch wesentlich anmutiger als in Finnisch. Sicherheitshalber nutzte sie beide Sprachen.

Niemand hatte sie gezwungen, das Erbe ihrer Oma anzutreten. Allerdings gab es schlimmere Jobs und der Laden lief wie geschmiert. Celine Perrin hatte ihn bis in die achtzig gemanagt und ihn nach einer Einführungsphase Anne übergeben.

Manchmal bildete sich Anne ein, die kleine Frau mit den hochgesteckten weißen Haaren am Schreibtisch sitzen zu sehen.

Keiner ist gern allein. Wir vermitteln nicht bloß eine Begleitung, sondern amüsante Gesellschaft, inspirierende Gespräche und die Chance auf gemeinsames Lachen und Leichtherzigkeit.

Celines Worten war klar zu entnehmen, dass sie vor allen im Tourismus ihre Haupteinnahmequelle sah. Finnen kamen mit jeglicher Form von Einsamkeit hervorragend zurecht.

Ihre Großmutter hatte nie verraten, weshalb sie auf die Idee gekommen war, ausgerechnet eine Begleitagentur in Helsinki zu gründen. Sie war dem Vater ihrer Tochter in den Norden gefolgt, hatte sich in der schweigsamen, kaffeeliebenden Gesellschaft als Small Talk-süchtige und Wein schlürfende Französin wie durch ein Wunder spätfolgenfrei eingefügt, und das Potenzial einer außerordentlich toleranten, emanzipierten und künstlerisch-pragmatischen Stadt erkannt. Dennoch trennte sich Joona Heikkinen nach zwei Jahren kommentarlos von seiner exotischen Freundin. Celine hatte vermutet, dass sie ihm zu geschwätzig gewesen war, doch darüber hatte er ihr gegenüber nie ein Wort verloren.

Letztes Jahr hatten sie fünfzigjähriges Agenturjubiläum gefeiert. Sieben Monate zu spät für Celine. Ein überpünktlicher Tod und damit ganz und gar finnisch.

Es klopfte. Gleich darauf erschien Anton in der Tür. Drahtig, sportlich gekleidet, kurze, eisgraue Haare und ein Blau in den Augen, das selbst Annes Herz höher schlagen ließ. Kein Wunder, dass sich Celine in ihn verliebt hatte. Er war ihr erster Angestellter gewesen. Damals süße einundzwanzig. Statt seine Kundinnen mit sinnlosen Komplimenten zu verwirren, lehrte er den ihm Anvertrauten die Grundschritte des finnischen Tangos. Dichtester Körperkontakt, leidenschaftlich, dennoch sanft. Dafür küsste er sie nie.

Ein magischer Moment, so hatte Celine die Begegnung mit ihm genannt. Sie wäre in seinem Blick versunken und sein Lächeln hätte sie zärtlicher liebkost, als Lippen es jemals könnten.

Wenig später beantwortete er die Frage seiner sechzehn Jahre älteren Chefin, ob er sie heiraten wolle, mit Ja. Dass sie eine uneheliche Tochter in die Ehe brachte, war in Ordnung für ihn. Mit der Gesprächigkeit seiner neuerworbenen Frauen arrangierte er sich. Wurde es ihm zu viel, floh er mit Freunden zu einem Eishockeyspiel oder in die Sauna.

Auch als sich Annes Mutter in einen französischen Neukunden der Agentur verliebte und ihm nach Frankreich folgte, schwieg Anton. Damit hörte er erst auf, als Anne die Schule beendet hatte und studieren wollte. Sie sollte zurück in den Norden kommen, stand eines Tages seine Nachricht auf ihrem Nokia Handy. Ihre Oma brauchte jemanden zum Reden. Ihm würden bereits die Ohren abfaulen.

Anne mochte Finnland. Früher war Anton mit ihr tagelang durch die Wälder gestreift, hatte ihr beigebracht, Forellen mit bloßen Händen zu fangen und was *Sisu* wirklich bedeutete. Es ging weit über schlichte Beharrlichkeit oder Durchhaltevermögen hinaus. Vermutlich hatte er es deshalb so lange mit ihrer eloquenten Großmutter ausgehalten.

Anne reiste an, schrieb sich an der Kunsthochschule ein und Celine zeigte ihr einen Vogel. Zum Zeitverschwenden wäre das Leben zu schade. Stattdessen sollte sie sich für Wirtschaftswissenschaften entscheiden und nebenbei als Sekretärin in der Agentur jobben.

Anne quälte sich durch vier staubtrockene Jahre an der Uni, übernahm anschließend den Job als Celines rechte Hand und wurde mit sechsundzwanzig Geschäftsführerin.

Zwei Jahre hagelte es Lob und Tadel von ihrer Oma, dann schloss sie still und für immer während eines Besuchs in der Oper die Augen. Bereits im ersten Akt von Aida, in dem Moment, als Radames in seine Kriegerrüstung gekleidet wird und das heilige Schwert empfängt.

Celines Kopf sank an Antons Schulter und er wollte ihr ein Taschentuch reichen, da Celine oft weinte, wenn etwas sie ergriff.

Letztendlich war er es, der das Taschentuch benötigte.

Kurz nach der Beerdigung begann er wieder, als Escort zu arbeiten. Ohne Celine und ihr dauerndes Gerede hielte er es daheim nicht aus. Dann lieber allein reisenden Damen die Abende in Helsinki versüßen. Nur die Begleitung in die Oper lehnte er konsequent ab.

»Was ist mit Landgrebe?« Anton machte es sich auf dem Stuhl ihr gegenüber gemütlich. »Er hatte rote Flecken im Gesicht.«

»Er hat den Sex vermisst.«

»Hm.«

»Kann ich dich was fragen?« Dieses Thema wollte sich nicht abschütteln lassen.

Anton zuckte die Schulter. Ein klares Ja.

»Erwarten deine Klientinnen, dass du sie vögelst?«

Er nickte bedächtig.

»Obwohl es nicht im Vertrag steht?«

Er nickte erneut.

Vielleicht wurde es Zeit, die AGB's umzuformulieren.

Er lehnte sich zurück, blickte sie an. Erfahrungsgemäß dauerte dieses Abwägen, ob sich ein paar Worte lohnten, mehrere Minuten.

»Was bedrückt dich?«, kam er schließlich ohne Umwege auf den Punkt. »Du siehst fertig aus.«

»Danke.« Sie seufzte in ihre Tasse. Sollte sie ihm von den Träumen erzählen? Wahrscheinlich riete er ihr zu einem Urlaub in Lappland.

Anton hob eine Braue.

»Ich schlafe seit Monaten schlecht.«

Minutenlanges in die Augen schauen. Das Ergebnis war ein schlichtes: »Warum?«

»Komische Träume.« Sie rannte mordend durch fremde Städte und vergangene Zeiten.

Oh ja. Sie tötete. Manchmal denselben Mann, aber an unterschiedlichen Orten. Auch wenn er anders aussah, sie erkannte ihn an dem besonnenen, beinahe schwermütigen Blick, dem strengen Dutt am Hinterkopf und den eingefallenen Wangen.

»Trink mehr Kaffee.« Anton zauberte unter dem Arm eine Zeitung hervor und begann zu lesen.

»Danke fürs Zuhören.« Ein psychologisch fundiertes Gespräch hatte sie nicht erwartet. Ein etwas längeres allerdings schon, immerhin gab es viel zu berichten.

Eine Gasse in Istanbul. Anne war nie dort gewesen. Dennoch hatte sie nach dem Aufwachen gewusst, wie der Schneider hieß, der im zweiten Stock über dem Café wohnte, und wie die Orangen in dem kleinen Laden zwei Häuser weiter dufteten.

Orangen.

Der Mann hatte auf den Stufen des Ladens gesessen und sich eine dieser Früchte geschält. Der Saft war ihm zwischen den Fingern hindurchgelaufen. Er war gekommen, um ihr ein Amulett zu überreichen. Sie wusste es in dem Augenblick, als sie ihn sah. Keinen Wimpernschlag später steckte ihm sein eigenes Messer in der Brust. Mitten im Herz. Von ihr geworfen. Selbst nach dem Aufwachen hatte sie den klebrigen Saft des Griffes an den Fingerspitzen gefühlt.

Dann eine Hafenkneipe in Lucentum. In den Gestank von Schweiß und schalem Wein mischte sich plötzlich der zarte Duft von Orangen. Sie war ihm gefolgt. Bis in eine Ecke, in der ein Fremder saß. Helle Haare, kleiner, doch wieder die eingefallenen Wangen und die strenge Frisur. Seine gepflegten Füße in den Sandalen waren ihr aufgefallen. Auch die saubere Tunika, die weder zu dieser Spelunke noch zu ihren verwahrlosten Gästen passte. In seinen schlanken Fingern hielt er das Amulett. Anne griff danach. Mit einer dunkel behaarten Männerhand. Selbst im Traum hatte sie sich darüber gewundert.

Nach dem Aufwachen hatte sie Lucentum gegoogelt. Es existierten bloß Reste. Die heutige Stadt hieß Alicante, was bedeutete, dass sie in den Traumszenen zeitlich hin- und hersprang, ohne sich an die chronologische Reihenfolge zu halten. Mal tötete sie den Mann, mal überreichte er ihr Schmuck. Sie war sich sicher, ihn zu kennen. Nur woher?

Ebenso erging es ihr mit einem Jungen. Er stand zwischen Pferden, das Gesicht vor Dreck und Tränen verschmiert. Anne berührte ihn an der Wange und er lächelte. In anderen Träumen saß er am Feuer und schnitzte. Anne roch den Rauch, spürte die Hitze der Flammen. Eine Sekunde nach dem Erwachen wusste sie für einen Augenblick seinen Namen, doch wenn sie sich später daran erinnern wollte, konnte sie es nicht.

Das Telefon klingelte. Eeli war dran.

»Ein Maurice Lacroix sucht eine Begleitung zu einem Galadinner.«

»Termin?«

»Freitagabend.«

»Dann Donnerstag zehn Uhr.«

»Sag ich ihm.«

»Perkele.« Anton schüttelte den Kopf und faltete die Zeitung zusammen. »Läufst du noch?«

»Sicher.« Anne legte den Hörer auf. »Weshalb fragst du?«

Seine Brauen verschmolzen über der Nasenwurzel. »Sei vorsichtig. Es gibt üble Menschen.« Er wirkte dermaßen betrübt, als wäre dies seine Schuld. »Die Papierhandtücher in der Toilette sind leer«, teilte er übergangslos mit. »Ich fände weiches Frottee schöner. Ist nicht so anonym.«

»Ich kümmere mich darum.« Warum hatte der Putzmann nichts gesagt? Anne schrieb sich eine Notiz auf ihren Krakelblock, der vor knappen Hinweisen überquoll. Mindestens die Hälfte davon war vergessen worden, der Rest war verjährt.

»Musst du nicht. Ich bringe welche mit.« Anton stand auf, strich sich die Buntfaltenhose glatt. »Komm mal wieder zum Abendessen. Das Haus ist zu einsam.«

»Du liebst es einsam.«

Deshalb hatte er sein Heim am Rand des Sipponkorpi-Nationalparks gebaut und nahm eine Anfahrtszeit von einer Stunde auf sich.

»Die Einsamkeit macht mehr Spaß, wenn man sie teilen kann.« Ohne auf die Antwort seiner Einladung zu warten, schlenderte er aus dem Büro.

»Ich vermisse Celine auch.« Die Tür war bereits ins Schloss gefallen.

Anne malte einen Kringel um die Notiz mit den Handtüchern. Schräg darunter stand *Maurice Lacroix*.

Sie hatte gar nicht bemerkt, dass sie den Namen notiert hatte.

Französisch. Keine Frage. Ein Landsmann.

Sofort wurde ihr leichter ums Herz.

~*~

»Schach matt.« Die dritte Runde in Folge, in der Daniel Shems König vom Spielbrett kickte.

»Es reicht.« Der Engel fuhr sich übers Gesicht. »Ich bin todmüde.«

»Da bist du nicht der Einzige.« Den ganzen Tag hatten sie gearbeitet, damit aus dem verwahrlosten Gebäude eine akzeptable Unterkunft wurde. Es war längst nicht alles erledigt, doch der Rest musste auf morgen warten.

Das Haus war schmal, die Wohnungen klein, sodass sich das Team auf die gesamten vier Stockwerke verteilte.

Lucy und er bewohnten das oberste Geschoss. War nett, bei der Wohnungsaufteilung den Boss raushängen lassen zu können.

Shemhazai und Jade waren in die dritte Etage gezogen, José und Ethan in die zweite.

Susanna hatte sich auf den Dachboden eingerichtet. Der Staub, die Balken in Kopfhöhe und das undichte Dach störten sie nicht. Sie war überzeugt, dass sich George dort am wohlsten fühlte. Ives' Protest war bei ihr auf taube Ohren gestoßen. Ebenfalls seine Drohung, ihre Ratte eines nahen Tages zu vergiften.

Im ersten Stock befanden sich ein notdürftiges Büro, eine Bibliothek und ein Gemeinschaftsraum, der gleichzeitig als Besprechungszimmer diente.

Bis auf das Schachbrett, an dem Shem und er saßen, bestand die Bibliothek momentan aus unausgepackten Bücherkisten und Baumarktregalen. Ethan hätte sich der Aufgabe annehmen sollen, war dank Josés Liebesbedürftigkeit jedoch bisher gescheitert.

Die Cleaner bewohnten das Hinterhaus. Schon in der Shaftesbury Avenue waren sie lieber unter sich geblieben.

Kepheqiah hatte noch am Nachmittag einen Container bestellt und mit Hilfe von Markus und Elija bis auf das Allernotwendigste das gesamte Erdgeschoss entrümpelt. Über die Ereignisse in den Katakomben hatte er kein Wort mehr verloren. Daniel hatte versucht, mit ihm darüber zu reden, aber Keph war ihm aus dem Weg gegangen.

Von der Idee, den Bereich um Thérèses Grab zu einer unterirdischen Zentrale auszubauen, um von dort zu agieren, würde weder er noch Shem etwas halten. Sie spukte in Daniels Kopf herum und gab keine Ruhe. Morgen würde er die Cleaner in seinen Plan einweihen. Sie sollten alles vorbereiten. Eine funktionierende Kommunikation mit der Außenwelt, Vorräte, Beleuchtung, gesicherte Zugänge. Die Liste dehnte sich ins Unendliche.

»Und das soll ein Spiel für Monarchen sein?« Shem lehnte sich zurück. Mit trübem Blick fixierte er das Schachbrett. »Warum darf der König dann nur jämmerliche Schritte verrichten, während seine Königin übers gesamte Spielfeld sprintet?«

»Regeln?«

»Die taugen nichts.« Er gähnte, bis sein Kiefer knackte. »Ich muss ins Bett. Jade hat mir eine Fußreflexzonenmassage versprochen.« Dem sehnsüchtigen Seufzen nach wusste er, was ihn erwartete. »Daniel, ich bin ein glücklicher Mann.«

»Sicher.« Seine Liebste beheimatete eine Spinne, tanzte bei Vollmond um Knochen- und Blumenkreise und sah die Gedanken ihrer Mitmenschen. Allerdings hatte sie ihn aus den Klauen eines Dämons befreit, was Daniel zu einem der Gründe ihres Umzugs führte.

»Schritt eins liegt hinter uns. Wie sieht Schritt zwei aus?«

»Meinst du Baraq'el oder Caym?« Dafür, dass es um seine potenziellen Mörder ging, sprach er sehr gelassen.

»Von beiden.«

Shem goss sich einen Whisky ein. »Caym liebt Empfindungen. Er ist süchtig danach. Ohne Körper wird er es nicht lange aushalten. Ob sein Geist verkrüppelt ist oder nicht, er wird sich eine Hülle suchen und sich seine Sehnsüchte erfüllen.«

»Er wird kaum mit einem Schild um den Hals herumlaufen. *Ich bin Caym, der Dämon.*« Wie sollten sie ihn finden?

»Aber er wird eine Spur nach sich ziehen.« Shems Lächeln war bar jeder Fröhlichkeit. »Eine blutige. Er kann nicht anders.«

»Viele morden heimlich.« Allen voran die Anonymen Meister. Zugegeben, ein Cleaner-Team hinter sich zu wissen, das die lästigen Beweise beseitigte, beruhigte.

»Nicht Caym. Dazu fehlt ihm die Intelligenz. Jetzt noch mehr als früher.«

»Dann brauchen wir José.« Der Spanier musste die Medien überwachen. »Wenn du Recht hast, schafft es Caym zumindest in die Lokalpressen.«

»Ein Versuch ist es wert und besser, als herumzusitzen und auf seinen nächsten Zug zu warten.« Während Shem ein brandneues Smartphone zückte, gönnte er dem Schachbrett einen finsteren Blick.

»Du willst ihn anrufen?« Ethan und José saßen im Nebenzimmer und kommentierten laut genug ein Fußballspiel, dass Daniel den Spielstand kannte.

»Nicht anrufen.« Shems Augen leuchteten. »Ich sage Siri, dass sie ihm eine Nachricht schicken soll.« Er diktierte überartikuliert und sehr höflich sein Anliegen ins Handy.

Eine Minute später erklang von nebenan ein entnervtes Seufzen.

Zwei Minuten später flog die Tür auf. »Echt jetzt?«

Shem rückte grinsend den Stuhl neben sich zurecht. »Möchtest du einen Whisky?«

José hielt eine halbleere Bierflasche hoch.

Shem zuckte die Schultern und wartete, bis er Platz genommen hatte.

»Die zweite Halbzeit hat angefangen«, maulte der Spanier. »Was ihr auch wollt, beeilt euch.«

»Finde Caym.«

»Ich darf daran erinnern, dass wir gerade vor ihm geflohen sind.« José blähte die Wangen. »Außerdem ist er ein Geist.«

»Nicht unbedingt.« Shem erklärte ihm den Plan.

Josés Lider sanken auf halbmast. »Dann suchen wir nach Morden, die die gleiche Handschrift tragen, extrem grausam ausgeführt wurden und sich wahrscheinlich in ein und derselben Stadt abspielen.«

»Nicht wir. Du.« Die Aufgaben waren innerhalb des Teams exakt verteilt. »Es ist nur ein Versuch.« Oder eine Schnapsidee.

»Er wird sich auf Frauen konzentrieren«, sinnierte José. »Da er disziplinlos ist, wird er ein ähnliches Aufsehen erregen wie damals Jack the Ripper.«

»Er *war* Jack the Ripper.« Die Geschichte war kompliziert und Maurice Lacroix kam schlecht dabei weg. Daniel hasste den Schlächter der Sarazenenkriege dennoch. Egal, was ihm Caym angetan hatte.

»Echt?« Der Spanier wurde blass. »Scheiße.«

»Kann mich jemand aufklären?« Shem sah zwischen Daniel und José hin und her. »Um was genau geht es?«

In wenigen Sätzen fasste Daniel die wahren Hintergründe der Morde zusammen. Es fiel ihm schwer. Auch nach all den Jahren.

Shem senkte den Blick. »Warum wundert mich das nicht?« Es war keine Frage. Er kannte die sadistischen Seiten des Dämons besser als jeder andere.

»Okay.« José schlug sich halbmotiviert auf den Oberschenkel. »Ich sehe zu, wie weit ich komme, bevor mir der Kopf auf die Tastatur fällt. Ethan wird enttäuscht sein, wenn ich ihn nicht in sanfte Träume vögele.« Ein verträumter Glanz trat in die dunklen Augen. »Er schätzt es, einzuschlafen, während mein ...«

»Bitte!« Shem hob die Hand. »Ich will's nicht wissen.«

Liebe zwischen Männern gehörte nicht zwingend zu seinen Lieblingsthemen.

»Wir teilen uns Konstantin Grigorjew.« José entwand ihm das Glas und trank einen Schluck. »Das macht uns zu Brüdern.«

»Gib mir noch ein paar Jahre.« Shem nahm es ihm wieder ab und gönnte sich den Rest. »Ich kriege das hin, irgendwann.«

»Mach das.« Sein Zwinkern hatte etwas Anrüchiges an sich.

Statt zu Ethan und dem Spiel zurückzukehren, schlug er den Weg zum

Treppenhaus ein.

Shem sah ihm nach. »Ob er auch herausfinden kann, wo sich Baraq'el verkriecht? Der Gedanke an das Duell beflügelt mich.«

»Jade wird entzückt sein.« Shem sollte sich mehr vor seiner Elfe als vor seinem Erzfeind fürchten. »Nimm ihr vorsichtshalber die Tarot-Karten weg. Wenn sie deinen Tod nur in einem der Bilder ahnt, erlebst du sie von ihrer nachtschwarzen Seite.«

»Sie wird mir vertrauen müssen.« Er erhob sich, machte Anstalten, José zu folgen.

»Spar es dir.« Damit verschwendete er nur seine Zeit. »Ich kenne jemanden, der ganz genau weiß, wo sich Baraq'el aufhält.«

»Keph?« Shemhazai schüttelte den Kopf. »Den habe ich bereits gefragt.«

»Und?«

»Er hat mich angebrüllt, Rom fernzubleiben.« In den Mundwinkeln zuckte es. »Erst danach hat er sich auf die Lippen gebissen und mich fluchend rausgeschmissen.«

Rom. Das schränkte die Suche ein.

»Wann machen wir uns auf den Weg?«

Shems Müdigkeit schien verflogen.

»Zuerst Caym.« Der Dämon hatte die längste Zeit sein Unwesen getrieben.

~*~

Kälte an seinem Rücken, Hitze auf seiner Brust. Sie rann ihm über den Bauch, zu seinen Lenden, verführte den Körperteil, den er stets ignoriert hatte.

Disziplin und die schlichte Entscheidung, nur seine überlebensnotwendigen Bedürfnisse zu befriedigen, verließen ihn täglich mehr.

Als wäre seine Moral nicht genug untergraben.

Die Ablenkung mit ununterbrochener Arbeit hatte nichts gebracht, bis auf eine mottenkugelgeruchsfreie Wohnung. Wenn er wenigstens hätte schlafen können, doch während sein Herz um seine zweifache Mörderin trauerte, rebellierte sein Körper gegen die gewohnte Missachtung.

Kepheqiah legte den Kopf in den Nacken. Der harte Strahl reizte sein empfindliches Geschlecht. In seinem Unterleib breitete sich ein Ziehen aus, das ihn aufstöhnen ließ.

Er versagte. Nach endlosen Jahrhunderten eisernen Willens reichte eine simple Körperreinigung aus, um seine Nerven in Brand zu setzen.

Nein, er würde das, was sich zwischen seinen Beinen aufrichtete, nicht berühren. Er würde ihm nicht das geben, was es von Tag zu Tag dringender begehrte – die Erfüllung dieser schmerzenden, mittlerweile seine Träume durchdringenden Erregung.

Es verging keine Nacht, in der er sich nicht vor Wollust krümmte. Schlief er gegen morgen ein, erwachte er wenige Stunden später unter einer besudelten Bettdecke.

Die triebgesteuerte Hülle siegte und scherte sich einen Dreck um seine Reue. Als genügte die vergangene Schuld nicht, häufte er täglich eine neue hinzu.

Abstoßend profan, beschämend primitiv.

Kepheqiah schüttelte den Kopf, bis ihm die nassen Strähnen an den Wangen klebten.

Es war nicht das geliehene Fleisch. Er selbst war es. Er sehnte sich danach, das zu kosten, was Shemhazai, Daniel und Mahawaj Tag um Tag genossen.

Er ballte die Fäuste. Zu lange hatte er in menschlichen Körpern gesteckt. Nun erlag er ihren Verlockungen.

Schnell und grob verteilte er Seifenschaum auf seiner verräterischen Hülle. Doch selbst unter dieser lieblosen Berührung kribbelte seine Haut.

Er hatte sich noch nie absichtlich befleckt. Das Ergebnis der lustgeschwängerten Träume war schlimm genug. Er gehörte zum zehnten Chor, war das, was die Menschen Engel nannten. Unmöglich konnte er wie ein notgeiler Wicht an die Fliesen spritzen.

Er drehte das Wasser auf kalt. Das verschaffte ihm ein paar Stunden Ruhe, bevor ihn die Sehnsucht nach ...

Er biss die Zähne zusammen.

Sie zerrte an ihm. Überallhin begleitete sie ihn. Stahl ihm den Schlaf, nahm ihm den Hunger.

Erst als er vor Kälte zitterte, stieg er aus der Dusche, stützte sich am Waschbecken ab und sah sich im Spiegel in die Augen. »Wie lange willst du das noch durchhalten?«

Der Zustand schwerelosen Seins. Nur Geist, keine anderen Bedürfnisse empfinden, als sich in Licht aufzulösen. Er vermisste ihn.

»Morgen, Keph!« José stand in der Tür. Unter seinem Arm klemmte ein Päckchen.

»Kannst du nicht klopfen?« Kepheqiah wickelte sich ein Handtuch um die Hüften.

»Habe ich. Du hast es überhört. Wohl zu tief in zu alten Gedanken versunken?« Sein Blick verschleierte sich, huschte an Kepheqiah hinab. »Das hat eben ein Bote abgegeben.« Er legte das Paket auf den Waschbeckenrand. »Wie kommt es, dass jemand diese Anschrift kennt? Der Umzug war eine geheime Aktion, sonst hätte er keinen Sinn gemacht.«

»Mit wem außer euch sollte ich darüber geredet haben?« Kein Absender. Als Adressat stand Monsieur K. Angele.

Wie originell.

»Ist eine Bombe drin?« Mittlerweile traute er Mahawaj alles zu.

»Ticken tut's nicht und weder Metalldetektor noch Nano-Sensor zeigten etwas an.«

»Das war ein Scherz.«

»Kein guter.« José schürzte die Lippen. »Da weiß einer, was du bist.« Er tippte auf den Schriftzug des Nachnamens. »Besorgt?«

Angele. Altfranzösisch für *Engel*.

»Eventuell.« Die schmucklose Handschrift war ihm fremd.

Mit einer flüchtigen Geste wies José auf Kepheqiahs Mitte. »Zieh dich an. Es gibt Neuigkeiten.« Er zog die Tür hinter sich zu. »Mach hin!«, drang es von draußen. »Es ist wichtig.«

Beim Licht der Seraphin! Wenigstens hatte sich durch den Schreck Kepheqiahs Unterleib beruhigt.

Er riss das Packpapier auf.

Ein Hemd. Grob gewebt, ohne Knöpfe, dafür mit einem tiefen Ausschnitt am Hals. Ziegenhaar.

Vor ihm lag ein Büßerhemd.

Er strich über den wollweißen Stoff. Er kratzte erbärmlich.

Ausgemergelte Gestalten, die sich selbst geißelnd durch die Gassen vergangener Jahrhunderte schleppten. Sie alle hatten weniger zu büßen gehabt als er. Schon aus Zeitmangel. Ein Menschenleben währte kurz. Kein Vergleich zu siebentausend Jahren vollgestopft mit Kämpfen, Morden, Verrat und zum Himmel stinkender Arroganz.

Wie hatte er sich einbilden können, etwas Besseres zu sein als diejenigen, deren Leben aus schlichten Vergnügungen und dem Wunsch bestand, irgendwann einmal das Glück zu finden, sehr viel später friedlich zu sterben und bis dahin von Leid verschont zu bleiben?

Er hatte es in ihre Mitte geschleppt. Wer auch immer ihm das Büßerhemd gesandt hatte, er hatte es verdient.

Kepheqiah zog es an. Tausend Nadeln kratzten über seine Haut.

Die Tür zur Küche stand offen.

José saß am Tisch, vor sich ein aufgeklappter Laptop. »Ich war so frei, dir einen Tee aufzubrühen.« Er nickte zu der Tasse auf dem Platz neben sich. »Scheinst ihn zu brauchen.« Irritiert blickte er auf das Hemd. »War das da in dem Paket?« Vorsichtig, als ob er ein schleimiges Sonstwas berühren müsste, strich er über den Ärmel. Seine Augen weiteten sich. »Sag mir, dass du da ein Shirt drunter trägst.«

Kepheqiah schüttelte den Kopf.

»Scheiße Mann, das ist ein Fehler. In ein paar Stunden werden deine Brustwarzen feuerrot sein und grausig schmerzen.«

Das war der Plan.

»Du büßt?« José zog seine Hand zurück. »Weswegen?«

»Gibt es nicht genug Gründe für mich?« Weshalb stellte er sich dumm? Trübte seine Seele den Blick fürs Offensichtliche?

»Zieh wenigstens etwas darüber.« Angewidert verzog José den Mund. »Ich fühle mich sonst in üble Zeiten zurückversetzt.«

»Wenn dir das meine Anwesenheit erleichtert.« Kepheqiah pflückte den Pullover von der Stuhllehne, den er gestern bei der Arbeit getragen hatte.

Der Spanier blähte die Wangen. »Das Ding ist völlig aus der Form gewaschen, ausgefranst und von einem geradezu trübsinnigen Grau.«

»Wolltest du mir nicht etwas zeigen?«

José hob ergeben die Hände. »Deine Sache, wenn du in einem Sack rumlaufen willst.«

Er schob den Laptop so, dass Kepheqiah den Bildschirm sah. »Der Artikel stammt aus einer finnischen Onlinezeitung. Soll ich ihn dir übersetzen lassen?«

»Danke, ich komme klar.« Er war ein Grigori. Es war sein Job, die Sprachen der Menschen so schnell wie möglich zu beherrschen, um sie wenigstens mit dem klassischen *fürchtet euch nicht* begrüßen zu können.

»Lässt du dir einen Bart wachsen?« Sacht strich ihm José am Kinn entlang. »Steht dir gut. Ein verwegener Touch passt zu dir.«

»Ich habe vergessen, mich zu rasieren.« In den letzten Tagen hatte es Wichtigeres gegeben.

In Helsinki war ein Belgier getötet worden. Laut Zeugenaussage hatte er eine junge Frau mit einer dolchähnlichen, vermutlich antiken Stichwaffe bedroht. Statt in Angststarre zu verfallen, hatte sie ihn mit einer abgebrochenen Flasche erstochen.

In die Kehle.

Sein Herz schlug schneller. »Gibt es eine Statistik zu dieser Art Morden?«

»Meinst du das mit der zerbrochenen Flasche?«

Kepheqiah nickte. Es konnte unmöglich ein Zufall sein.

»Keine Ahnung. Bist du erkältet?« José fühlte Kepheqiahs Stirn. »Du klingst heiser.«

Kepheqiah pflückte die fremde Hand von sich.

Die Täterin war bei ihrem Opfer geblieben. Erst, als die von der Zeugin gerufenen Polizisten sie ansprachen, hatte sie die Waffe an sich gebracht und war mit ihr geflohen.

Ein Phantombild zeigte eine junge Frau mit kurzen dunklen Haaren und einer zu langen Nase.

»Ich sollte mich für Shem und Daniel auf die Suche nach Caym machen. Mysteriöse Mordfälle und so«, plauderte José. »Und da fiel mir das hier ins Auge.«

»Caym hätte sich nicht für einen Mann entschieden.« Außerdem tötete er chaotisch, bestialisch. Bar jeder Berechenbarkeit. Zudem hätte er nicht tatenlos neben seinem Opfer gehockt, sondern sich geifernd in dessen Blut gewälzt.

Die Frau hatte lediglich ihr Leben verteidigt, wenn auch auf eine außergewöhnlich unkonventionelle, jedoch überzeugend effizienten Weise.

Sie war ihm vertraut.

Lina.

»Das Opfer ist ein Anonymer Meister, der Dolch ein Schwert. Rate welches.« Mahawaj schien Linas Drohung endlich ernst zu nehmen. Doch warum wollte er sie mit dem Engelsschwert töten?

»Baraq'el hat diesem Belgier sein brandneues Cleaner-Team zur Seite gestellt.« Josés Lächeln wirkte traurig. »Mohammed Tufan leitet es. Als er erfuhr, wer das Ziel ist, hat er Philipp informiert.«

Dieser seelenkastrierte Bastard. Deshalb hatte er ihn in die Katakomben geschleppt.

»Sie war seine Schwester!« Wie konnte Philipp abwarten, bis sie ihrem Killer in die Arme lief? Wenn Kepheqiah ihr helfen sollte, war er in der falschen Stadt.

»Anscheinend nahm er an, sie hätte die Lage im Griff«, vermutete José.

»Hatte sie ja auch.« Er neigte den Kopf, blickte ihn versonnen an. »Ich habe dich noch nie ohne Dutt gesehen.«

Kepheqiah fuhr sich durch die nassen Haare. Er hatte vergessen, den Knoten zu binden.

Zu abgelenkt. Das war nicht gut.

Auf keinen Fall durfte er den Fokus verlieren.

Er schnippte sich das Haargummi vom Handgelenk und holte das Versäumte nach. José zupfte an einer seiner Strähne. »Die hast du nicht erwischt.« Sein Lächeln währte nur eine Sekunde. »Weshalb hat sie Baraq'el auf die Abschussliste gesetzt?«

»Sie hat geschworen, sein Leben auszulöschen.«

»Tough, aber das kann sie nicht.«

»Woher hätte sie das wissen sollen?« Bis vor Kurzem hatte er als Einziger die wahre Existenz Mahawajs gekannt.

»Gab's einen bestimmten Grund?«

»Zwei. Ein ermordeter Mann, ein totes Kind.«

»Sie hat die Regel gebrochen?«

»Allerdings.« Welch ein mutiger, konsequenter Entschluss. Statt ihr beizustehen, hatte er sie ans Messer geliefert.

»Welcher Dreckskerl hat sie verraten?« Die dunklen Augen blickten voll Mitgefühl auf den Bildschirm, der nach wie vor das Phantombild zeigte.

»Ich.«

José schnappte nach Luft. »Du wusstest, dass sie ein Kind hat, und dir fiel nichts Besseres ein, als es dem Boss brühwarm auf die Nase zu binden?« Sein Mund verzog sich zu einem verkehrten U. »Schämst du dich nicht?«

»Meinst du die Frage ernst?« Er hatte ihm gesagt, dass er Grund zur Buße besaß. Die Zigeunerin war nur einer davon.

»Verdammt, Keph! Du hättest ...«

Kepheqiah hob die Hand. Es machte keinen Sinn, sich vor José zu rechtfertigen. Er konnte es vor sich selbst nicht mehr.

»Sie heißt Anne Perrin.« Der Blick stempelte ihn als das, was er war. Ein Verräter. »Gewöhne dich dran. Es ist unhöflich, einen Wiedergeborenen mit einem veralteten Namen anzusprechen.« Er zog den Laptop näher zu sich. »Bisher führte sie ein unauffälliges Leben. Nichts, das auf latente Mordlust oder den Hang zu Geheimbünden schließen lässt. Ich habe das Phantombild durch ein Programm gejagt, das es mit den Passbildern aller in Helsinki gemeldeten Bürger abgleicht.

Es war übrigens ziemlich schwierig, sich ins Einwohnermeldeamt zu ...«

»Komm auf den Punkt!« Für Prahlerei fehlte Kepheqiah der Nerv.

»Nun denn.« José klickte erneut eine Bilddatei an.

Das Foto einer schwarzhaarigen Frau öffnete sich. Bis auf die Haare besaß es kaum Ähnlichkeit mit der Zeichnung.

Sie war auf eine außergewöhnliche Weise schön. Klare Gesichtszüge, eine markante schmale Nase, Lippen, die sensibel wirkten, ohne dass er sagen konnte, warum sie diesen Eindruck bei ihm erweckten. Weder zu voll noch zu gerade. Vielleicht ein wenig zu breit. Genug Platz für ein Lächeln. Es umspielte die Mundwinkel, wartete auf seinen Augenblick. Er lag jenseits des Fotofix-Automaten.

»Keph?«

Ihr Kinn war entschlossen gereckt, ging in einen anmutig geschwungenen Hals über. Unter den schwarzen Haaren schienen die unwirklich dunkelblauen Augen von innen zu leuchten.

»Keph!«

Die meisten Passbilder ähnelten einer Karikatur des Originals. Dieses lud zum Träumen ein.

Er hatte dieser Frau Unrecht getan. Kein gebrochenes Gebot der Welt konnte das rechtfertigen. Hätte er bloß geschwiegen und sich mitsamt seiner verfluchten Loyalität in Mahawajs Schwert gestürzt.

Das dumpfe Geräusch erreichte ihn kaum. Es entsprang der Tatsache, dass seine Stirn auf die Tischplatte geschlagen war.

»Keph.« Eine Hand legte sich zwischen seine Schulterblätter. »Das ist deine Chance, sie um Vergebung zu bitten.«

»Ich habe kein Recht, sie um irgendetwas zu bitten.«

»Vielleicht erkennt sie dich nicht sofort«, startete José einen weiteren Motivationsversuch. »Und lässt dich lange genug am Leben, damit du ihr ein oder zwei Sätze zur Situation erklären kannst. Immerhin willst du sie dieses Mal retten.«

»Sie wird mich erkennen.« Mit tödlicher Sicherheit. »Und sie wird mir niemals glauben, dass ich auf ihrer Seite stehe.«

»Und wenn sie noch nicht ganz bei sich ist?«

Die Hand auf seinem Rücken begann zu nerven.

»Sie könnte ihren Angreifer im Affekt ...«

»Sie hat einen Meister erstochen!« Lina war glasklar, wer und was sie war.

Anne! Verdammt.

»Außerdem ist sie nicht mehr sechzehn, sondern ...«

»... achtundzwanzig«, half ihm José auf die Sprünge.

Sie war erwacht.

Die Erinnerungen an die vergangenen Existenzen überfielen die Wiedergeborenen im Teenageralter. Ein Schock, der sie zuweilen in den Wahnsinn oder Selbstmord schleuderte. Offenbarte ihnen der Bote der Bruderschaft, dass sie nicht verrückt waren, sondern sich lediglich an ihre vorherigen Leben erinnerten, verschlechterte sich ihr mentaler Zustand oft drastisch.

Niemandem fiel es leicht, als hundertfacher Mörder entlarvt werden.

»Keph?«

Josés Hand lag immer noch auf ihm.

»Wenn du recht hast, wird Baraq'el erneut versuchen, sie zu töten.«

»Pech für den Meister, der das kurze Stöckchen zieht.«

»Wir sollten ihm zuvorkommen.«

Kepheqiah richtete sich auf. Hatte José nicht zugehört? Diese Frau besaß die besten Gründe der Welt, ihn und alles, was jemals mit der Bruderschaft zu tun gehabt hatte, zu verachten. Sie hatte ihn zweimal getötet, ohne die Miene zu verziehen oder auf eines seiner Worte zu hören. Sie würde es wieder tun.

»Da seid ihr ja.«

Daniel.

Ohne zu klopfen.

Warum auch?

Kepheqiah sehnte sich an einen fernen Ort, weitab von jeglicher Zivilisation.

»José hat dich mit den Fakten vertraut gemacht?« Er zog sich einen Stuhl heran und setzte sich rücklings darauf. »Ich habe einen Plan.« Er nahm Kepheqiahs Teetasse und schnupperte daran. »Melisse?«

Kepheqiah nickte zu José.

»Die ist gut für seine Nerven«, verteidigte sich der Spanier. »Ein Blinder sieht, dass Keph nicht rundläuft.« Sein Blick drang durch den ausgefransten Pullover zu dem Hemd darunter.

»Deine Nerven müssen warten.« Daniel schob die Tasse von sich. »Ich will die Zigeunerin im Team. Das bietet sich an, jetzt, wo sie uns über den Weg stolpert.«

»Sie ist fähig und gefährlich.« Von Stolpern konnte keine Rede sein.

»Nicht für uns.«

»Hochmut kommt vor dem Fall.«

»Sie hat Baraq'el herausgefordert. Das imponiert mir.«

»Mir ebenfalls.« Das stand außer Frage.

»Sie hat was Besseres verdient, als auf seiner Abschussliste den ersten Platz einzunehmen.«

»Wenn du uns meinst, lass mich für einen Moment allein, damit ich in

Ruhe lachen kann.« Daniel bildete sich zu viel ein. Lina – nein, Anne – würde den Teufel tun, sich erneut dem erstbesten Geheimbund anzuschließen. Zumal er zum großen Teil aus Ex-Anonymen Meistern bestand.

»Eine Frau mit ihren Talenten sollte auf der richtigen Seite stehen. Sie ist für uns eine unschätzbare Hilfe im Kampf gegen Caym.« Daniel rieb sich die Hände, als stünde er kurz vor einem lukrativen Geschäftsabschluss. »Ihre Klinge bohrte sich in die Kehlen ihrer Ziele, noch während die ihre Ansprachen ans Volk hielten. Hey, die Geschichten kannte damals jeder.«

»Übertreibung«, murrte José. »Sie wäre dabei erwischt worden.«

»Ist sie auch.« Daniel grinste. »Das war es ihr wert.«

»Und warum erschienen diese Attentate nicht in irgendwelchen Geschichtsbüchern?«

Daniel hob eine Braue. »Muss ich dir erklären, wie die früher zustande kamen?«

»Es handelte sich nicht um diverse Despoten, sondern um *ein* korruptes Mitglied der Hanse und er starb nicht bei einer Ansprache, sondern während er vor Gericht einen Konkurrenten des Hochverrats bezichtigte.« Kepheqiah klappte den Laptop zu und schob ihn dem Spanier hin. »Und nein, Anne ist nicht erwischt worden.« Eine brillante Meisterin, von der Mahawaj stets mit größtem Respekt gesprochen hatte. Bis zu dem Tag, an dem sie das Gesetz der Bruderschaft gebrochen hatte.

»Für diese Runde hat sie sich für eine Begleitagentur entschieden.« Mit einem Grinsen im Gesicht lehnte sich José zurück. »Kein Schmuddelding. Was Seriöses. Hervorragender Ruf, internationale Prominenz in der Kundendatei, nicht der Hauch Zwielichtigkeit.«

»Lust auf Sightseeing in Helsinki inklusive professioneller Begleitung?« Daniel schlug Kepheqiah auf die Schulter. »Du bist der perfekte Mann dafür.«

»Nein. Ist er nicht.« José wich Kepheqiahs Blick aus. »Weißt du, warum ihn Philipp zu einem Haufen Knochen geführt hat?«

»Um sein schlechtes Gewissen zu wecken. Niemand von uns berauschte es, wenn er von Keph eingefangen wurde.«

»Da ist noch eine Kleinigkeit.«

Würde José doch der Mund zuwachsen!

»Sie hatte einen Geliebten und ein Kind. Keph hat den Regelverstoß herausgefunden und sie an Baraq'el verraten.«

»Hat er nicht.« Daniel gefroren die Gesichtszüge.

Kepheqiah versuchte vergeblich, das Stechen in seinem Herz auszublenden. Daniel gegenüber hatte er sich einige Male als Verbrecher gefühlt. Er hatte gehofft, dass es endgültig der Vergangenheit angehörte. Offenbar war das ein Irrtum.

»Okay, du bist raus.« In Daniels Blick lag eine Härte, die er lange nicht mehr darin wahrgenommen hatte. »Es sei denn, du willst so enden wie der Belgier.«

Eine akzeptable Option.

»Roope?«, fragte José vorsichtig. »Er hatte nie etwas mit den Anonymen Meistern am Hut. Von daher ist keine Kurzschlussreaktion ihrerseits zu erwarten.«

Der Finne hatte sich von Beginn an gegen die Bruderschaft gesträubt. Jedoch hatte Mahawaj nur halbherzig versucht, ihn zu rekrutieren. Zu barbarisch, zu starrsinnig und bar jeglichen Respekts gegenüber allem und jedem. Dank dieser Eigenschaften war Roope der Fels in Daniels Brandung, wofür ihm Kepheqiah unendlich dankbar war.

»Er steckt ohnehin in Finnland und quält seine Orgel.« Daniel sah ihn von der Seite an. »Jeanne ...«

»Anne!«, korrigierten José und Kepheqiah gleichzeitig.

Daniel zuckte die Schulter. »Dann eben Anne. Jedenfalls wäre sie nach seinem Geschmack. Baraq'els innigste Feindin ist automatisch seine Freundin.«

»Sie wird ihn umbringen, bevor er seine Bewunderung auch nur formuliert. Und zwar endgültig. Laut Zeitungsbericht besitzt sie das Schwert.«

Daniel schlug sich fluchend vor die Stirn. Offenbar hatte er daran nicht gedacht.

Es war falsch, einen anderen vorzuschicken. Und gefährlich. José hatte es auf den Punkt gebracht. Dies war Kepheqiahs Chance, die Zigeunerin um Vergebung zu bitten. Was danach geschah, lag in ihrer Hand.

»Ich werde es tun.«

»Du bist lebensmüde?« Daniels geheucheltes Erstaunen wurde von blankem Spott erstickt. »Seit wann?«

Seitdem ich täglich die Achtung vor mir verliere.

Er hatte sich viel zu lange zwischen den Mühlen aus Fleisch und Blut zermahlen lassen. Er gehörte hier nicht hin. Wenn es jemandem in Team gab, auf den Daniel verzichten konnte, dann auf ihn.

»Vergiss es. Ich schicke keinen Freund in den sicheren Tod.«

Genug. Kepheqiah packte Daniel am Kragen, schleuderte ihn an die Wand. Sein Herz pochte bis in die Schläfen. »Du willst die Zigeunerin? Ich hole sie dir.«

Daniels Finger schlossen sich um seine. »Was ist mit dir los?«

Nichts, was er verstehen würde.

Kepheqiah gab ihn frei.

»José, lass uns allein.« Daniel wies zur Tür.

Der Spanier gehorchte achselzuckend.

Kaum hatte er den Raum verlassen, griff ihm Daniel ohne Vorwarnung in den Schritt. »Ist es das hier?«

Kepheqiah schlug die aufdringliche Hand von sich.

»Es ist an der Zeit, dass du dich dem stellst.«

»Vergiss es.« Kepheqiahs Wangen standen in Flammen. Das schlimmste war, dass es Daniel nicht verborgen blieb.

»Willst du einen Rat?«

»Nein!« *Ich will Vergebung.*

»Gib deine starre Einstellung zur Enthaltsamkeit auf, bevor es dir durch die Hose tropft.«

»Bisher ...«

»... hast du dich kontrolliert. Ich weiß. Aber auch du, mein Freund, wirst mürbe nach all den Jahren Askese. Das ist menschlich.«

»Ich bin kein Mensch!«

»Vielleicht bildest du dir das bloß ein.« Daniel legte ihm die Hände auf die Schultern. »Akzeptiere deine Körperlichkeit, statt dich in den Tod zu stürzen.«

»Ich nehme Kontakt zu Anne auf. Sonst niemand.«

»Denk nicht einmal dran.«

»Ich frage nicht um Erlaubnis. Ich informiere dich lediglich.« Daniel verstand nicht, wie wichtig es für ihn war.

»Du bist ein Idiot, Keph.«

»Geh, ich muss packen.«

Daniel ließ die Hände sinken. »Wie soll ich deiner Mörderin Sicherheit unter meinem Dach anbieten?«

»Weil ich dich darum bitte.«

Fluchend ballte er die Fäuste. »Es gibt Emails! Handys! Warum willst du deinem Tod in die Arme laufen?«

Alles andere wäre erbärmlich und feige.

»Erkläre ihr aus sicherer Distanz ihre Optionen.«

Dämonenjägerin in einer Geheimorganisation, Leiche wegen der Konkurrenz-Organisation oder Irre in einer Klinik. Wahrlich verlockende Alternativen.

Die Wut in Daniels Blick wechselte mit Ratlosigkeit. Er befand sich in dem Dilemma, auf eine unstete, fragile Weise sein Freund zu sein.

Mit etwas Glück befreite ihn Anne von dem Problem. Der Gedanke fühlte sich betörend leicht an.

»Gib mir dein Amulett.« Kepheqiah war danach, eins draufzusetzen, schon um der alten Zeiten willen. »Vielleicht muss ich ihrem Gedächtnis auf die Sprünge helfen.«

Daniel sah ihn an, als stünde er kurz davor, ihm eins aufs Kinn zu geben. »Verdammter Idiot!« Er knirschte den Satz zwischen den Zähnen hervor. »Du forderst es heraus.«

»Wenn du das Amulett meinst, ja.«

»Deinen Tod!«

»Er ist nur eine Option.«

Dieses Mal war es Daniel, der ihn am Kragen packte. Schweigend starrte er ihn an, schüttelte den Kopf. Es wirkte ungewohnt hilflos.

Erst nach einer Ewigkeit ließ er ihn los. Ohne ein weiteres Wort stürmte er aus der Wohnung.

Kepheqiah lauschte dem Fluchen, bis es vom Treppenhaus geschluckt wurde.

∼*∼

Asasel schleuderte die weizenblonden Haare zurück. In weichen Wellen fielen sie ihm über die Schultern. Er drehte sich vor dem Spiegel einmal um sich selbst.

Wahrlich, Sofia Grigorjewas Hülle war nicht zu verachten. Für einen Moment lenkte ihn der Anblick von seinem Zorn ab.

Offiziell war er seine eigene Cousine, die nach dem Tod ihres Onkels Ashton Walbrick das Haus in der Aubrey Walk zusammen mit dem restlichen Besitz geerbt hatte. Auf diese Weise standen ihm die nötigen Hilfsmittel für seine Arbeit zur Verfügung – um sich von Baraq'el ausbeuten zu lassen.

Der Mistkerl würde ein zweites Schwert von ihm fordern. Ein drittes, ein viertes, einen weiteren Gefallen, einen zusätzlichen Dienst, einen neuen Auftrag.

Bloß ein Lakai. Er musste diesen jämmerlichen Zustand ändern. Dummerweise benötigte er Caym dazu.

Asasel verkniff sich das entnervte Stöhnen.

Nach dem Desaster auf dem Gut der Grigorjews hatte er Caym in den erstbesten Körper gestopft, der ihm untergekommen war. Ein junger Landstreicher, halb erfroren am Straßenrand. Ein Tritt und der Schock, von einem Dämon besessen zu sein, hatten ausgereicht, um Caym eine neue Hülle zu verpassen. Sie hing labberig an ihm herum und Caym flutschte ständig aus ihr heraus. Keine Chance für ihn, damit das Haus zu verlassen. Ein in unregelmäßigen Intervallen sterbender und plötzlich wieder auferstehender Mann erregte zu viel Aufsehen. Asasel hatte ihn oft genug aus den Intensivstationen und Leichenhallen Londons befreien müssen.

Es gab nur eine Aufgabe, für die er taugte. Körperfrei und seines verkokelten Intellekts angemessen.

Spionage.

In der Zwickmühle zwischen Baraq'el und seinen eigenen Interessen war Daniel Levant die Figur, die Sieg oder Niederlage bedeutete.

Asasel dachte nicht im Traum daran, sie an den Tod zu verschwenden. Er hielt Baraq'el seit Wochen hin. Er benötigte Zeit, Informationen und den richtigen Ansatz für den Hebel, um Baraq'el vom Sockel zu stürzen.

Der Heerführer höchstselbst hatte ihm die Aufgabe erteilt, die Engelskinder zu schützen. Auch wenn Asasel ihren Nachkommen keinen Schritt über den Weg traute.

Sie hatten eine verschlafene Welt aus ihrem Dämmerzustand gerissen, Kriege entfacht, Wissenschaft betrieben und eine Zukunft ans Licht gezerrt, die vor Leben strotzte. All das wollte Mahawaj vernichten.

Asasel blickte auf die Uhr. Caym trieb sich bereits gefährlich lange außerhalb seines Körpers herum. Noch ein wenig und seine Hülle würde stinken.

Poltern und unartikuliertes Fluchen drangen zu ihm.

»Caym!« Wie er dieses Schwachkopfes überdrüssig war!

»Herr?« Der Dämon schlurfte aus der Küche. »Du hast nach mir gerufen?« Seine dürren Finger würgten ein Geschirrtuch, während ein unterwürfiger Blick um Vergebung seiner Existenz flehte.

»Selbstverständlich habe ich das!« Der Wicht wusste, dass er ihm sofort Bericht zu erstatten hatte.

»Oh.« Untertassengroße Augen starrten ihn an. »Warum?«

Am liebsten hätte sich Asasel in die Faust gebissen. »Ich erteilte dir einen Auftrag. Hast du das vergessen?«

Hektisches Kopfschütteln, gefolgt von verhaltenem Nicken.

Asasel kämpfte gegen den Wunsch, Caym aus seinem kläglichen Körper zu schütteln. »Du warst bei Levant?«

Zögern, Nicken.

Immerhin. »Und? Was gibt es Neues?«

»Dass niemand dort ist.«

»Was?«

Die Frage schleuderte den zerlumpten Dämon zum Ende des Flurs, wo seine Hülle vor der Küchentür zusammenbrach.

»Caym!«

Der graue Nebel zitterte vor der Wand.

»Rein mit dir!« Ohne Zugang zu einer Zunge samt Stimmbändern konnte der Nichtsnutz keine Neuigkeiten preisgeben, was angesichts seines verschmorten Intellekts ohnehin eine Herausforderung darstellte.

Der Schatten sackte nach unten. Ein Zucken erfasste den am Boden liegenden Körper, der erschrocken die Augen aufriss. »Bin wieder da, Herr.«

Ächzend rappelte er sich auf.

»Was meinst du damit, niemand sei dort?« Hatte Levant mit seinen Nachläufern einen Betriebsausflug unternommen?

»Das Haus steht leer.« Knochige Finger gruben sich in den ausgeleierten Pulloverkragen. »Bis auf die Möbel und ein paar Orangenschalen.«

»Leer?« Sie hatten sich verkrochen. In ein neues Versteck. Wann? Caym schnüffelte täglich in Levants Loft. Eine Nacht-und-Nebel-Aktion? Was war geschehen, dass Baraq'els Sohn die Zelte so plötzlich abgebrochen hatte?

»Du musst sie finden!«

Erneut sackte der Körper an der Wand hinab.

Bei Metatrons ewigem Feuer! »Caym!«

Der Dämon sprang auf. »Du hast mich gerufen, Herr?«

Asasel suchte Halt in den eigenen Haaren. »Erinnere dich! Gibt es Hinweis, der uns zu Levant führen könnte?« Überflüssige Frage.

Die Aufgabe überforderte den Dämon grenzenlos.

Der legte die Hände ans Gesicht, drückte es zusammen, als versuchte er, einen Gedanken aus dem morschen Hirn zu quetschen. »Ein fahlhaariger Junge, der sich in ein blauhaariges Mädchen steckt«, nuschelte er zwischen den gefalteten Lippen hervor. »Er stöhnt. Eine trippelnde Ratte. Er hört auf mit dem Stöhnen. Ein geworfener Schuh, er stöhnt weiter.«

Unbrauchbar. »Was noch?«

»Wut, die Laken von Matratzen zerrt und Fäuste an Schläfen presst.«

»Weiter!« War nichts Sinnvolles dabei?

»Bilder inmitten von Kerzen und Teetassen. Mir ist langweilig. Ich schnippe in eine der Flammen. Sie geht aus. Jade fragt: Caym?«

Verdammt! Dieser Trottel hatte sich von der blonden Hexe erwischen lassen. »Was geschah dann?«

»Ein Spiel.« Eingekeilt zwischen den Handballen wirkte Cayms Lächeln grotesk. »Mit Buchstaben. Sie fragte, ich antwortete.«

Das war der Grund für Levants plötzliches Verschwinden.

»Du Idiot!« Levant und der Heerführer waren abgetaucht. Wenn Baraq'el davon erfuhr, dass er ihm vor der Nase durch die Finger geschlüpft war, würde er Asasel an die tiefste Stelle des Marianengrabens bannen und unter elftausend Metern Wassermassen der Ewigkeit überlassen.

Baraq'el und immer wieder Baraq'el. Er hielt ihn bereits zu lange in der Hand. Es wurde Zeit, dass ihm Asasel die Finger aufbrach.

»Was willst du in Rom?« Caym glotzte ihn aus schlammfarbenen Augen an.

»Rom?« Was sollte er da wollen?

»Sag mir, wo ich Mahawaj finde!«

»In welchem Ton sprichst du mit mir?« War ihm der letzte Rest Verstand vermodert?

»In dem Ton des Heerführers.« Caym nickte hektisch. »Er will zu Mahawaj.«

»Du hast ein Gespräch zwischen Shemhazai und Kepheqiah belauscht?«

Caym legte den Kopf schief und starrte ihn mit debilem Blick an. »Habe ich?«

Asasel packte ihn an den Schultern und schüttelte ihn, bis jeder Knochen einzeln in der schlaffen Hülle klapperte. »Hat Kepheqiah gesagt, Baraq'el wäre in Rom?«

»Was willst du in Rom?« Die Silben passten sich dem Takt der zusammenschlagenden Zähne an.

Asasel ließ ihn los. Nicht, dass der Tölpel wieder rausflutschte.

Rom. Wo genau? Weder in den Vororten, noch in den Industrievierteln. Das entsprach nicht Baraq'els Stil. Ein Ort, berstend vor Erinnerungen, triefend vor Historie.

Der Petersdom? Nein, der Parodie der Bruderschaft würde er diese Ehre niemals gewähren.

Wo er auch steckte, er umgab sich mit Technik, ohne die er seine Macht nicht ausüben konnte. Daten von Jahrtausenden verbrauchten Unmengen Volumen, und was er nicht in digitale Informationen umgewandelt hatte, das befand sich in geheimen Kammern und musste gekühlt und von Sauerstoff ferngehalten werden.

Elektrosmog. Nicht in dem Ausmaß der römischen Strom- oder Wasserwerke, aber genug, um die Spreu der Wohnhäuser von dem Weizen der Hochleistungsserver zu trennen.

Die Menschen gingen durch diese flirrenden, für sie unsichtbaren Nebelwände, ohne sie zu bemerken. Doch körperlos würde Asasel das energetisierende Prickeln spüren.

»Du wartest hier auf mich.« Es wurde Zeit, sich von Sofia Grigorjewas schönem Körper zu verabschieden.

»Klar.« Cayms Lider fielen wie Katzenklappen zu.

~*~

Der fünffach verschlungene Knoten.

Sanftes Licht glomm in den silbernen Windungen.

Kepheqiah strich mit dem Daumen über das Amulett. Viel zu oft hatte er es Wiedergeborenen überreicht und ihnen damit ihre Freiheit gestohlen.

Daniel hatte es ihm schweigend gegen die Brust gedrückt.

Kepheqiah legte sein Handy auf den Küchentisch.

Er brauchte es nicht mehr. Zwischen ihm und Daniel war alles gesagt.

»Startklar?« Susanna lehnte am Türrahmen. Ihre zahme Ratte saß ihr auf der Schulter und schnüffelte an einem türkisfarbenen Ohrring.

»Kommt das da mit?« Er hasste Ratten. Auch dann, wenn sie Namen besaßen.

»Du bist wie Daniel.« Das Punkmädchen verdrehte die violett umrandeten Augen. »Für euch ist George nur ein Pest übertragendes Untier.«

»Er *ist* ein Pest übertragendes Untier.« Für einen Moment sah er Susanna mit schwarzen Beulen übersät zusammenbrechen.

Kepheqiah schloss die Lider.

»Ist gut«, maulte sie und setzte das Tier behutsam auf den Boden. »Geh Ives besuchen, der freut sich.«

»Der verabscheut dieses ...«

»Ja!« Sie erhob sich, rückte die aus Rissen und Flicken bestehende Jeansjacke zurecht. »Ich weiß. Deshalb desensibilisiere ich ihn ja auch. Es nervt, wenn er mitten in der Nacht kreischend aus dem Schlafsack robbt, weil George ein bisschen kuscheln will.«

Über seinen Rücken huschten Eisschauder.

»Können wir jetzt los?« Sie fischte ihren Kaugummi aus dem Mund und klebte ihn an den Türrahmen.

Kepheqiah sparte sich den Tadel. Im Zweifel stand er zum letzten Mal in der Wohnung der Concierge.

»Bring mir aus Helsinki ein Souvenir mit.« Schwarz geschminkte Lippen touchierten überdekorierte Ohrläppchen. »Einen Plüschelch oder so.« Sie drehte sich um, balancierte auf gefährlich hohen Absätzen vor ihm her.

Aus dem linken Stiefel wanderte eine Laufmasche das Bein hinauf.

Der Anblick irritierte ihn. Zumal sie ihren Weg immer weiter nach oben fortsetzte.

»Deine Strumpfhose löst sich auf.« Seine Stimme klang belegt. Beschämend.

»Ich weiß.« Sie lächelte ihn über die Schulter an. »Der Sinn sämtlicher Dinge.«

»Zu vergehen?«

Sie wandte sich zu ihm, trat einen Schritt zurück. »Ich mag den Gedanken, dass alles irgendwann ein Ende hat.«

»Nicht alles.« Noch ein paar Leben und sie würde ebenfalls an ihrer Aussage zweifeln.

Sie sah an ihm vorbei. »Es ist unfair, einem Menschen den Tod zu stehlen. Dieser Mahawaj Baraq'el ist ein Arschloch.«

»Du bekommst deinen Tod.« Passend zu jeder Existenz.

»Du weißt, was ich meine.«

»Ewige Ruhe?« Das wär's.

Susanna zuckte mit den mageren Schultern und ging vor ihm entlang zur Hintertür.

Die Laufmasche verschwand unter dem provokant kurzen Rock.

»Keph?« Shemhazai wartete neben dem Kellereingang auf ihn. »Nimm das hier mit.« Er reichte ihm einen langen, sehr schmalen Koffer. »Du solltest dich dieser Zigeunerin nicht unbewaffnet stellen.«

»Ein Engelsschwert?« Nicht im Traum käme er auf die Idee, es gegen sie einzusetzen. »Behalte es.«

»Keph!«

»Nein!«

»Sie wird dich eiskalt ...«

»Und wenn?« Verdammt. Shemhazai gingen diese Gedanken nichts an. Er verstand nicht, wie unerträglich ihm dieses endlose Leben wurde. Shem hatte Jahrtausende in der Verbannung verbracht und genoss jeden Augenblick in Freiheit. Er hatte kein Problem mit den Forderungen von Fleisch und Blut. Er hieß sie willkommen und schöpfte sie aus.

Neid bohrte sich in Kepheqiahs Herz.

»Ich teile Daniels Interesse an ihr nicht. Ich brauche dich an meiner Seite und keine Messerwerferin. Also nimm das Schwert.« Shemhazai fasste ihn im Nacken, zog ihn zu sich. »Wir haben zusammen gekämpft, Freude und Leid geteilt.« Sacht legte er seine Stirn an Kepheqiahs. »Ich habe dich fünftausend Jahre vermisst. Ich will dich nicht wegen dieser Frau verlieren.«

Kepheqiah schluckte. Die Wahrscheinlichkeit, dass sie einander wiedersahen, war gering.

Er befreite sich aus Shems Griff.

Keine Worte. Nur ein Blick. Das genügte.

Es war leichter, schweigend Abschied zu nehmen.

~*~

Zigeunerin. So war seine Schwester in der Bruderschaft genannt worden.

Philipp trat in den Schatten der Hintertür.

Irgendwann hatte es Lina aufgegeben, auf die korrekte Bezeichnung ihres Volkes zu bestehen.

Sie gehörte zu den Manouches. Und das in jedem ihrer Leben, ob als Mann oder als Frau. Für die Anonymen Meister bedeutete es keinen Unterschied. Für sie war ein Zigeuner ein Zigeuner.

Im Lauf der Zeit sprachen sie ihren Beinamen mit Respekt aus. Ihre Fertigkeiten überzeugten selbst ihre Gegner. Einer davon machte sich auf den Weg zu ihr. Um sie um Hilfe zu bitten? Um ihr beizustehen?

Um zu sterben.

Kepheqiah hatte das Engelsschwert abgelehnt.

Anne hätte es während eines Wimpernschlages an sich gebracht.

Doch auch ohne diese Beigabe war es um ihn geschehen. Sie besaß das

Schwert des Belgiers.

Kepheqiah folgte Susanna zu einem der Wagen.

Philipp verschmolz mit der Wand.

Der Mann mit dem Haarknoten fügte sich seinem Plan. Ein Kinderspiel, ihn zu manipulieren. Thérèses Knochen hatten sein Schuldgefühl geweckt, ein paar hingeworfene Sätze seine Reue, ein kratziges Hemd die Sehnsucht nach Buße.

Selbstverständlich nahm Kepheqiah es auf sich, Anne zu begegnen. Seine verlogene Ehrenhaftigkeit ließ nichts anderes zu. Bildete er sich ein, dass eine Frau wie sie seiner Hilfe bedurfte? Er war lediglich ein Opferlamm. Diente einzig dem Zweck, ihren Rachedurst zu stillen und ihren Appetit auf den Hauptgang zu schüren.

Mahawaj Baraq'el.

Wenn es jemandem gelang, den Gesichtslosen zu töten, dann Lina.

Philipp legte die Hand auf die Brust. Statt vor Erregung zu galoppieren, schlug das Herz teilnahmslos in immer demselben Takt. Liebe, Angst, Hass, Sehnsucht. Von all dem spürte er nur eine Ahnung. Es war mehr als damals, als man ihm seine Seele genommen hatte. Als regte sich ein Echo der einst vertrauten Gefühle und erinnerte ihn daran, was er verloren hatte.

Wie sollte er den Triumph über Baraq'el auskosten? Und die Genugtuung zu wissen, dass Kepheqiah durch Annes Klinge starb?

Wie lockte man eine Seele aus einem Körper? Wie zwang man sie in einen anderen?

José hatte sie aus dem Mund eines Sterbenden geküsst. Sie hatte freiwillig dem Sog des Vakuums nachgegeben und die Leere mit Sinnlichkeit gefüllt. Josés Augen wurden feucht, wenn er davon erzählte.

So einfach? Ein Tod, ein Kuss. Nichts weiter.

Die Frage war, wessen Tod.

~*~

FLÜCHTIGE AUGENBLICKE

Ein niedliches Grübchen in der speckigen Wange.
 Ein zarter Kniff.
 Das Baby gluckste.
 Kulleraugen.
 Sie würden sich schließen.
 Bald.
 »Unsere Tochter ist schöner als der Morgen.« Ein Mann beugte sich über das Kind. Ein Kuss auf die runde Stirn.
 Egmont. Der Name streifte Linas Gedanken.
 Lina?
 Anne trat einen Schritt zurück, sah sich dabei zu, wie sie das Baby straff in ein Tuch wickelte und an sich drückte.
 So viel Glück. Gläsern, zerbrechlich. Sie musste es schützen. Irgendwo weit weg, wo nichts Böses das kleine Bündel erreichen konnte. Es lauerte längst.
 Nimm das Kind und renn!, brüllte sie der Frau zu.
 Die hörte sie nicht.
 Nur ein Augenblick, bevor es dunkel wurde.
 Donnern von Pferdehufen auf gefrorenem Grund.
 Renn!
 Die Tür flog auf. In eisiger Kälte tanzten Schneeflocken.
 Egmont stellte sich vor Lina und das Baby.
 Nein, nicht Lina. Anne.
 Unmöglich. Anne beobachtete nur. Fror nicht, war außerhalb der Gefahr. Dennoch spürte sie die Wärme des zappelnden Bündels an sich.
 Ihr Herz zog sich zusammen.
 Ein Mann in Schaftstiefeln und knöchellangem Mantel. In der Faust ein Schwert mit gebogener Klinge.
 Anne musste etwas tun. Ihn entwaffnen, töten. Sie konnte es.
 Nicht mit dem Kind auf dem Arm.
 Anne? Lina!

Ein feiner Ton in der Luft. Egmonts Oberkörper stürzte auf flockenbedeckte Steine. Der Rest folgte. Rote Fluten spülten Schnee und die vage Hoffnung auf zerbrechliches Glück hinweg.

Jemand schrie. Wurde im selben Moment zu Eis.

Kaum noch ein Herzschlag.

Ihre Arme. Leer.

»Du kennst die Regeln.« Die Stimme des Mannes war kälter als der Wind. »Es war deine Entscheidung, sie zu brechen.«

Zuneigung. Früher einmal. Sie war aus den dunklen Augen verschwunden, hatte Verachtung hinterlassen.

Ein dumpfer Schlag an die Schläfe.

Dunkelheit.

Anne kämpfte sich hinaus, ließ Lina darin zurück.

Sie hatte versagt. Sie konnte kein Leben schützen. Nur den Tod bringen.

Sie hätte es wissen müssen.

Eine lächerlich oberflächliche Melodie.

Ihr Handy.

Etwas tropfte aufs Display.

Anne wischte sich über die Augen, sah trotzdem alles verschwommen.

»Guten Morgen«, meldete sich Eeli. »Du hast einen Termin um neun.«

»Was?« Ein Kind gefror zu Eis. An einem Ort zwischen Leben und Tod. Die Stille seines kleinen Herzens war realer als die vertraute Stimme an ihrem Ohr und hatte mit Terminen nicht das Geringste zu tun.

»Ich weiß, deine Woche ist offiziell voll, aber der Typ hat's dringend gemacht und da dachte ich, die Ausnahme ist okay für dich.«

»Nein, ist sie nicht.« Sie kniete sich nieder, blies Flocken von blassen Wangen.

So hart. Wie bei einer Puppe.

Gott! Anne presste die Hand auf den Mund. Tränen rannen über ihre Finger. Nur ein Traum. Nichts weiter.

Sie schlug die Decke zurück, zitterte. Vor Trauer um ein fremdes Kind und Hass auf einen Mann mit gebogenem Schwert. So konnte das nicht weitergehen. Sie brauchte Hilfe.

»Komm schon, Anne. Der Kerl klingt nett. Ein Monsieur Kelian Angele aus Paris. Spricht allerdings akzentfrei Finnisch. Finde ich gut.«

Wie sollte sie jemals diesen Traum loswerden? Er steckte in ihrer Brust, schmerzte bei jedem Atemzug.

»Noch etwas. Ich bin erst gegen zehn im Büro. Mein Onkel hat ein Problem mit einem Programm. Ich muss ihm helfen.«

Wer war der Mann mit dem Schwert?

»Hast du mir zugehört?«

»Bitte?«

»Ich komme um zehn.«

»Warum das denn?«

»Wegen meines Onkels.« Eeli legte auf.

Mistkerl!

Anne hetzte durchs Badezimmer, schlüpfte steifbeinig in ihre Jeans und warf sich T-Shirt und Pullover über.

Noch ein Blick in den Spiegel. Die dunkelblauen Augen sahen ihr hilflos entgegen. Ein Erbe ihrer Mutter, die es ihrem finnischen Vater verdankte.

Um den Tag zu überstehen, musste Anne ihn so normal wie möglich beginnen. Am besten sie ertränkte ihn in Arbeit.

Sie tupfte sich ihr Lieblingsparfum hinter die Ohren. Eine Mischung aus Orange, Magnolie und etwas, das sie nicht zuordnen konnte. Ein schmeichelnder, sommerlicher Duft. Er musste den Wintertraum verdrängen.

Nicht an das Kind im Schnee denken. Nicht an die vergehende Wärme in ihrem Arm. Sie hatte keine Kinder. Wusste nicht einmal, ob sie jemals welche wollte.

Sie besaß Freunde, Verwandte, sowohl in Finnland als auch in Frankreich. Das Gefühl, alles in ihrem Leben verloren zu haben, war bloß eine Illusion. Dennoch umklammerte es ihr Herz und weigerte sich, es loszulassen.

~*~

Kepheqiah parkte den Leihwagen gegenüber der Agentur *Voyager et Apprécier*. Er war zu früh dran. Das Warten im Hotelzimmer war ihm unerträglich geworden. Das Starren an die Wand, die Flut der Gedanken, die sich von Minute zu Minute höher auftürmte.

Traf er Anne, würde sie verebben und nach einem kurzen Moment des Schmerzes Frieden zurücklassen.

Sie wusste, dass er kam. Ein regulärer Termin unter falschem Namen. Er brauchte nur genug Zeit, um von ihr angehört zu werden. Sie wäre nicht so unüberlegt, ihn inmitten ihres Büros vor Zeugen zu töten.

Sein Mund wurde trocken. Nicht aus Angst. Bloß ein ausgelassenes Frühstück und die Klimaanlage des Wagens. Ein paar Orangen wären gut. Auf dem Weg hierher war er an einem Supermarkt vorbeigefahren.

Er startete den Motor, legte den Gang ein. Der Einkauf würde ihn von seiner wunden Haut ablenken. Mittlerweile fühlte sich das Büßerhemd wie Drahtwolle an. Der Schmerz half ihm, sich zu fokussieren. Dennoch verbiss er sich bei jeder Bewegung einen Fluch.

Eine halbe Stunde. Danach spielten weder Ziegenhaar noch Orangen eine Rolle.

~*~

Anne trat in die Pedale. Die Jeans scheuerte empfindlich über ihre aufgeschlagenen Knie.

Und wenn schon. Sie brauchte die maximale Geschwindigkeit eines in die Jahre gekommenen Trekking-Rades.

Wenn sie schnell genug fuhr, hängte sie dann den Albtraum ab? Oder folgte er ihr bis ins Büro und vergiftete den Tag bis zum Abend? Bevor ihr eine sinnige Antwort auf die abstruse Frage einfiel, hatte sie die Agentur erreicht.

Auf den Stufen der Außentreppe saß ein Mann. Groß, sehr schlank. Die Wangen ein wenig eingefallen und blass, ein Fünf-Tage-Bart, die dunklen Haare schlangen sich am Hinterkopf zu einem Knoten.

Ihr Herz stolperte.

Von diesem Mann hatte sie geträumt.

Himmel, wollte sie der Schwachsinn nie mehr verlassen?

Zufällige Ähnlichkeit. Mit wem? Bis auf die Hagerkeit und den Knoten

konnte sie sich nicht an ihn erinnern.
Urlaubsreife im letzten Stadium. Das war's.
Ihr Herz misstraute ihrem Beruhigungsversuch. Es holperte weiter.
Der Mann schälte mit gelassener Selbstverständlichkeit eine Orange. Dennoch lag eine Ernsthaftigkeit in seinem Blick, die nicht zu der alltäglichen Handlung passte.
Ein Obstmesser mit rotem Plastikgriff. Die Schneide verbog sich bei jedem Ansetzen.
Das Ding hätte nie ihre Küchenschublade von innen gesehen.
Anne stellte ihr Fahrrad ab, musterte den Fremden unauffällig dabei.
Ein Obdachloser? Der abgewetzte Rucksack und das unrasierte Kinn sprachen für Ja, die Qualität von Schuhen, Mantel und Jeans für ein klares Nein. Davon abgesehen standen ihm die Bartstoppeln ausgezeichnet.
Flüchtig streifte sie sein Blick. Resigniert, doch auf eine seltsam stolze Weise. Als hätte er sich mit etwas Unabänderlichem abgefunden.
Ein Déjà-vu. Anne schloss die Lider. Traumszenen drängten sich auf, verwoben sich in dem Duft der Früchte, der nicht zu dem scharfkantigen Gefühl in ihrem Herz passte.
Hass. Anne schnappte nach Luft. Der Schmerz legte sich.
Sie versuchte zu lächeln. Immerhin saß der Mann vor ihrem Büro.
Es funktionierte nicht. Stattdessen musste sie schlucken, dabei war ihr Mund trocken.
Ihre Blicke trafen sich erneut.
Ein Lächeln. Es erhellte weder die Augen noch die Miene des Fremden. Im Gegenteil. Es ließ ihn ernster erscheinen. Er versenkte die Schalen zusammen mit der Tüte in seinem Rucksack, zupfte ein Papiertaschentuch aus der Hosentasche, reinigte das Messer, dann seine Hände. Nebenbei musterte er sie unter halb gesenkten Lidern hervor.
»Ich wollte Ihr Frühstück nicht unterbrechen.« Sie klang wie frisch erkältet.
»Haben Sie nicht«, antwortete er auf Französisch, obwohl sie ihn auf Finnisch angesprochen hatte. »Ich besitze eine Schwäche für Orangen.«
»Ich mag sie auch.« Was für eine seltsame Unterhaltung. »Vor allem ihren Duft.« Er gaukelte ihr permanenten Sommer vor.

»Tatsächlich?« Den hochgezogenen Brauen nach war er aufrichtig überrascht. »Ich hätte gedacht, dass Sie eine Abneigung dagegen verspüren.«
»Weshalb sollte ich?« Spontan fiel ihr niemand ein, der keine Orangen mochte.
»Es war nur eine Idee.«
Wie weich er die Silben aussprach.
»Madame Perrin?« Er schulterte den Rucksack und trat auf sie zu. »Mein Name ist ...« Wieder ein Lächeln. Dieses Mal verlegen. »... Kelian Angele.« Er wollte ihr die Hand reichen, zog sie jedoch zurück. »Ich klebe. Entschuldigen Sie.«
»Macht nichts.« Gerade entdeckte sie ihre Vorliebe für aristokratische Hagerkeit. Ihre Alarmglocken schrillten trotzdem.
Der Mann war zweifellos attraktiv. Auch verrieten seine Augen nicht die Spur Hinterlist oder Kälte. Dessen ungeachtet sprang sie der Wunsch an, vor ihm zu fliehen. So schnell und so weit wie möglich.
»Ich fürchte, ich habe Ihren Terminplan durcheinandergebracht.«
Eine sanfte, dennoch tiefe und volltönende Stimme. Und erst dieser weiche Akzent. Sie könnte ihm stundenlang zuhören.
»Ihr Sekretär deutete es am Telefon an.«
»Machen Sie sich keine Gedanken. Ich bin es, die sich entschuldigen muss.« Wo steckte der verdammte Büroschlüssel? So viele Möglichkeiten besaß ihre briefmarkengroße Handtasche nicht. »Eeli verspätet sich heute. Sonst hätten Sie Ihren Imbiss in meinem Büro zusammen mit einer Tasse Kaffee einnehmen können.« Endlich klimperte es zwischen ihren Fingern.
»Wir sind allein?«
Bildete sie es sich ein, oder wurde sein Blick eine Spur dunkler?
»Keine Angst. Ich werde sie nicht fressen.« Mieser Witz. Es war *ihr* Herz, das bis in den Hals schlug.
Sie verbannte ihr Gefühlschaos hinter ein Grinsen und schloss auf.
Nur ein Kunde. Zwar einer, der auf Außentreppen Orangen schälte, aber das machte ihn nicht zum Verbrecher. Wie kam sie bloß auf diesen Gedanken, er könnte ihr etwas Böses wollen?

»Ich kann sogar Kaffee kochen«, plauderte sie sinnfrei über die aufsteigende Panik hinweg. »Sie werden Eeli nicht vermissen.«
Himmel, redete sie einen Schwachsinn.

~*~

Sie war es. Ihre Augen verrieten sie. Hinter ihrem Lächeln verbarg sich das Wissen um Leid und Freuden zu vieler Leben. Es mochte Anne nicht bewusst sein, doch es war da. Ebenso wie der Stolz. Er war typisch für Lina. Wie ein Funke in der Asche glomm er aus dem dunklen Blau der Iriden.
Anne! Verdammt, er musste sich konzentrieren. Das elende Kratzen auf der Haut lenkte ihn ab. Allerdings nicht annähernd so sehr wie Annes Lächeln.
Es war bezaubernd. Warum war ihm das bisher nie aufgefallen?
Weil sie ihn nie angelächelt hatte. Entweder hatte sie das Amulett zähneknirschend angenommen oder hatte ein Messer nach ihm geworfen.
Anne wandte sich ab, ging vor ihm die Treppe hinauf.
Ihr Duft streifte ihn.
Orange, Magnolie, eine Ahnung von schwarzem Tee. Eine betörende Komposition. Frisch, ohne kühl zu wirken, mit einem Hauch Melancholie, der sie sanft wie ein Seidentuch umfing.
Ein schwebendes Gefühl in seinem Kopf, eine seltsame Unsicherheit in den Beinen. Dazu der drängende Wunsch, die Distanz zu Anne auf ein Minimum zu reduzieren. Auch dann, wenn er dafür mit dem Leben bezahlte.
Sein Herz pochte, als wollte es die Rippen sprengen.
Kepheqiah legte die Hand darauf. Sinnlos, es zu beruhigen. Es gehorchte ihm nicht. Es sandte ein Pulsieren in seinen Körper, das sich wie eine giftige Schlingpflanze in seinem Unterleib verankerte.
Er biss die Zähne zusammen. Es war ein Fehler gewesen, herzukommen. Das Risiko ging nicht von ihr aus, sondern von ihm.
Wie konnte ihn sein Körper in diesem Moment auf solch erbärmliche Weise verraten?

Anteilnahme, Mitgefühl, die minimale Hoffnung auf Vergebung, eventuell Angst. Das waren die Empfindungen, die er Anne Perrin schuldete. Stattdessen sehnte er sich nach der Wärme ihrer Haut, der Berührung ihrer Lippen und verdrängte vollkommen, dass die Frau, die mit hinreißendem Hüftschwung vor ihm die Stufen erklomm, seine zweifache Mörderin war.

Zu Recht. Nach dem, was er ihr angetan hatte, verdiente er Schlimmeres als den Tod.

Von der tiefen Verbitterung und Trauer, die er während ihrer letzten beiden Begegnungen bei ihr wahrgenommen hatte, war nichts zu spüren. Wohl aber Nervosität.

Dennoch, es lief besser als erwartet. Er lebte noch und Anne unternahm nichts, um das zu ändern. Sie schien ihn nicht erkannt zu haben. War sie sich ihrer selbst nicht bewusst? Weshalb dann der Mord an dem Anonymen Meister?

»So, da wären wir.« Sie öffnete eine Glastür zu einem großräumigen Büro. Helles Holz, dunkle Diele, weiße Wände mit ausufernden Leinwänden.

Bunt. Chaotisch. Abstrakte Kunst hatte nie zu ihm gesprochen.

»Machen Sie es sich gemütlich.« Anne zeigte zu einer offen stehenden Tür. »Ich komme gleich nach. Wie mögen Sie Ihren Kaffee?«

»Süß und schwarz.«

Anne schenkte ihm ein Lächeln. Es ließ ihre Augen leuchten und entfachte in Kepheqiahs Herz einen Flächenbrand.

Während er das Büro betrat, atmete er tief ein und aus. Er musste sich fokussieren. Das Gespräch mit Anne war wichtig. Seine verrückt gewordenen Emotionen durften ihn nicht ablenken.

Konzentration. Auf den hellen Raum, die Aussicht auf einen Park und die zahlreichen Drucke von Henri Toulouse-Lautrec.

Eine mutige Wahl für einen angeblich makellosen Begleitservice – oder die genau passende.

Can-Can-Tänzerinnen während einer Pause, müde ins Nichts starrend. Erschöpfte, nur spärlich bekleidete Liebesdienerinnen, Schenkel, die in schwarzen Strümpfen verschwanden, Küsse und Umarmungen zwischen zerknautschten Laken.

Szenen voll Sehnsucht, Resignation, stiller Hoffnung, Leidenschaft.

Menschliche Empfindungen. Nach Jahrtausenden holten sie ihn ein. Mit einer kaum zu ertragenden Intensität.

Kepheqiah ballte die Fäuste. Er verlor sich in ihnen. Annes Nähe machte es schlimmer.

Hinter ihm erklangen Schritte.

»Setzen Sie sich doch.« Anne stellte eine dampfende Tasse vor ihn. »Zu welchem Anlass benötigen Sie eine Begleitung?« Sie schob eine Zeitung beiseite, klappte ihren Laptop auf. Nebenbei nippte sie an ihrem Kaffee, lächelte flüchtig.

Vollkommen unbefangen. Nein, so benahm sich keine Anonyme Meisterin. Anne ahnte nichts von den Dingen, die hinter ihr lagen.

»Monsieur Angele?«

Das unwirklich tiefe Blau ihrer Augen verschlug Kepheqiah den Atem. Durch das Schwarz ihrer Haare leuchtete es umso stärker.

Er hatte niemals zuvor etwas so Wunderschönes gesehen.

~*~

Als wäre ihm ein Geheimnis zuteilgeworden.

So war sie noch nie angesehen worden.

Herzklopfen. Wärme in der Brust. Sie stieg hinauf bis in ihre Wangen.

Sehnsucht. Nach dem, was sich in den braunen Augen verbarg. Es streichelte behutsam ihre Seele.

Anne räusperte sich und zerbrach den Moment. Das Bedauern packte sie so grob, dass sie erschrak.

Monsieur Angele senkte den Blick. »Verzeihen Sie.«

Unmöglich, nicht auf seine Lippen zu achten. Für einen Augenblick pressten sie sich zusammen, als trüge er das Leid der Welt auf den Schultern.

»Ich war abgelenkt.« Er streifte seinen Mantel ab, hängte ihn über die Lehne und setzte sich.

In fließenden, beneidenswert eleganten Bewegungen. Dennoch bar jeglicher Attitüde.

Sie starrte ihn an. Einfach so, ohne ein Wort zu sagen.

»Ich bin Anne«, rettete sie sich aus der Verlegenheit. »Wir nehmen es in Finnland nicht so förmlich.« Obwohl es Ausnahmen gab. Landgrebe hätte Sie um keinen Preis der Welt geduzt.

»Kepheqiah.«

»Kepheqiah?« War es nicht *Kelian* gewesen?

Seine Hand gefror auf halbem Weg zu ihrer. »Ich ...« Eine dezente Röte kletterte aus dem Kragen seines erschreckend grässlichen Pullovers. Er passte nicht ansatzweise zu seinem Träger. »Mein Name im Dialekt meiner Muttersprache.« Er wich ihrem Blick aus.

»Kepheqiah?« Welche Sprache hatte so seltsame Namen hervorgebracht? Seltsamerweise erschien ihr der Klang vertraut.

»Keph genügt.« Zögernd legten sich seine Finger um ihre, verstärkten den Druck bis zur Wohlfühlgrenze. »Ich befürchte, ich klebe noch immer.«

»Es macht nichts.« Hätte er es nicht gesagt, wäre es ihr entgangen. Es störte sie kein bisschen.

Keph anscheinend ebenfalls nicht. Der überrascht verträumte Ausdruck lag erneut in seinen Augen. Sie hüteten ein Geheimnis. Keine romantische Einbildung oder überspanntes Wunschdenken, sondern die Wahrheit. Keph verbarg etwas vor ihr. Es war schwer, traurig, forderte seine Kraft.

Wirkten seine Wangen deshalb eingefallen?

Er zog seine Hand zurück, stieß dabei an seine Tasse. Der Kaffee schwappte über. Der größte Teil landete auf dem Tisch, der Rest auf seinem Pullover.

Um den war es nicht schade.

»Verzeihung.« Er fischte ein zerknülltes Papiertaschentuch aus der Hosentasche und begann, die Pfütze aufzuwischen.

Orangenaroma mischte sich mit Kaffeeduft und verführte Annes Nase, tiefer einzuatmen.

»So unkonzentriert.« Der Tadel galt ihm selbst.

»Ist halb so wild.« Bloß ein dunkler Fleck auf abscheulichem Grau.

»Du solltest ihn mit warmem Wasser raustupfen.«

Keph hob irritiert den Blick.

»Wegen deines Pullovers.« Offenbar hatte er nicht bemerkt, dass es auch den erwischt hatte.

Er sah an sich hinab. »Oh.« Die Röte seiner Wangen vertiefte sich. »Entschuldige mich einen Moment.« Er erhob sich, stieß mit dem Oberschenkel an die Tischplatte. Erneut klapperte die Tasse.

Keph schloss die Augen. »Bitte verzeih. Ich weiß nicht, was mit mir los ist.«

Sein Blick strafte ihn Lügen. Keph stand neben sich. Meilenweit.

Und er kannte den Grund.

Anne hätte ihn gern danach gefragt und ihm versichert, dass es Schlimmeres gab. Dummerweise war sie sich nicht sicher. Was immer ihn bedrückte, seiner Miene nach war es massiv.

»Die Toilette ist links von meinem Büro. Gleich die zweite Tür.«

Sein resigniertes Nicken schnitt ihr ins Herz.

Er eilte hinaus wie von Furien gejagt.

Was fehlte ihm? Das Malheur mit dem Kaffee war zu unbedeutend, um sich dafür zu schämen.

Sie fischte aus den Tiefen ihrer Schreibtischschublade eine Packung Taschentücher, um den Rest der Kaffeepfütze zu beseitigen.

Taschentücher ...

Verflixt! Sie hatte die Papierhandtücher für den Toilettenspender vergessen.

»Keph? Moment!«

~*~

Wie hatte er so ungeschickt sein können? Mitten auf dem Bauch prangte der Fleck und verlieh dem ohnehin abgetragenen Pullover eine Schäbigkeit, die mühelos einem Landstreicher Ehre gemacht hätte.

»Idiot!« Sein Spiegelbild schluckte die Beleidigung.

Anne hatte ihn aus dem Gleichgewicht gebracht. Es war die Berührung gewesen. Nur eine Begrüßung. Ein simpler Handschlag.

Er hatte ihn bis ins Herz gespürt. Vergessen, weshalb er hier war, verdrängt, dass ihr Lächeln ihm nur bis zu dem Augenblick galt, in dem sie die Wahrheit erfuhr.

Und dann? Hass und Verachtung. Beides hatte er verdient.

Keph stützte sich auf den Waschbeckenrand. Sein Körper fühlte sich an, als hätte in sämtliche Kraft verlassen. Was machte diese Frau mit ihm? In ihrer Gegenwart benahm er sich wie ein Trottel. Dennoch musste er zurück zu ihr. Seinen Auftrag beenden.

Aber nicht bekleckert wie ein Kleinkind.

Er zog Pullover und Hemd aus. Der raue Stoff schrammte schmerzhaft über seine Brustwarzen. José hatte ihn gewarnt und recht behalten. Zwei rote, nässende Knubbel leuchteten gegen die Blässe seiner Haut an.

Willst du auch noch eitel werden? Selbst wenn sie an Hautfetzen hingen und bei jedem Schritt hin und her baumelten, würde sich niemand dafür interessieren.

»Keph, kann ich reinkommen?«

Anne! »Nein, ich ...«

Die Tür schwang auf. »Die Handtücher sind ...« Annes Blick verharrte kurz in seinem, glitt hinab. »Oh Gott!« Entsetzt sprang er zwischen den aufgeriebenen Stellen auf seiner Brust hin und her.

»Woher ...?« Sie bemerkte das Kleiderknäuel auf dem Fußboden und hob es auf. Mit spitzen Fingern zupfte sie das Hemd aus dem Pullover. »Was ist das?« Vorsichtig strich sie darüber – und schauderte. »Warum tust du dir das an?« Sie hängte beides an den Türhaken, nahm eine Cremetube von der Spiegelablage.

Was hatte sie vor?

»Das sieht böse aus. Wenn du nicht aufpasst, entzündet sich das.« Energisch schraubte sie den Verschluss ab.

Hatte sie ernsthaft vor, ihn einzucremen? Das konnte sie ihm nicht antun. Er war halbnackt. Keine Frau hatte ihn jemals in diesem Zustand gesehen. Geschweige denn berührt.

~*~

Gott, was für ein wundervoll, sehniger, durchweg begehrenswerter Oberkörper.

Bis auf die malträtierten Nippel. Sie leuchteten rot aus einer dezenten, durchaus ansprechenden Brustbehaarung.

Anne schluckte gegen ein unpassendes Gefühl an, das ihr Mitleid in den Hintergrund drängte.

»Anne, bitte.« Keph stolperte zurück, bis die Wand seine Flucht stoppte. Seine Wangen glühten dunkler als seine beklagenswerten Brustwarzen.

Sie mussten furchtbar wehtun. Ihre eigenen zogen sich aus Solidarität zusammen.

Anne streifte ein wenig Salbe auf ihre Fingerkuppe. »Keine Angst, das ist keine normale Handcreme.« Die würde das zweifellos heftige Brennen verstärken. »Im Winter werden meine Hände rissig. Daher ...«

»Nein!« Keph klang, als bedrohte sie ihn mit einer Waffe und nicht mit wollfettiger Wundcreme. »Bitte, es ist nicht nötig.«

»Doch, ist es.« Auch ein paar andere Stellen waren bereits wundgescheuert. Vor allem Schultern und Schlüsselbeine. »Ich bin ganz vorsichtig.« Sacht tupfte sie die Creme auf Nummer eins.

Keph sog zischend die Luft ein. Er stieß mit dem Hinterkopf an die Wand, blickte zur Decke. »Bitte, mach das nicht.«

»Tut es sehr weh?« Warum setzte er sich dieser Tortur aus? Das Shirt kratzte wie ein Topfschwamm.

»Ja.« Seltsamerweise schüttelte er vehement den Kopf.

Unter ihrer Fingerspitze wurde es hart.

Keph entkam ein leises Keuchen. Er erstickte es, indem er sich auf die Innenseiten der Lippen biss.

Ihre Berührung erregte ihn.

Urplötzlich nahm die Temperatur in dem Raum zu.

Anne gestattete ihrem Blick, tiefer zu wandern.

Keine Frage. Keph *war* erregt. Nicht nur die Ausbuchtung im Schritt verriet ihn, auch sein schnelles Atmen und die Hitze, die von seinem Oberkörper abstrahlte.

Was hatte sie angerichtet? Unmöglich konnte sie sich bei ihm entschuldigen. Das machte es noch schlimmer. Es half nichts.

Sie musste es durchziehen, als wäre es das Normalste der Welt, einem Fremden mit Wollfett die Nippel zu massieren.

Einem in seiner Verlegenheit ungemein attraktiven Fremden.

Mit einem erregenden Duft. Er schien ihm aus jeder Pore zu strömen. Anne atmete ein, bis ihr schwindelig wurde. Ihre Lippen wollte sich auf die feuchtglänzende Brust pressen, ihre Zunge kosten, ob der Geschmack dieses unsagbar verlockenden Schweißes seines Duftes würdig war.

Zum Glück hielt Keph die Augen verschlossen und bemerkte nicht, dass sich Anne den Mund zuhielt.

Runterkommen. So schnell wie möglich. Was war mit ihr los? Brachten die Albtraumnächte ihren Hormonspiegel durcheinander? Ihr Verhalten war unverzeihlich. Was musste Keph von ihr denken?

Nein, sie wollte es weder wissen noch sich vorstellen.

Ein wenig unverfängliche Konversation, um diese absurde Situation zu entschärfen. »Um die Ecke ist ein kleines Café. Wir können den Termin dort fortsetzen.«

Keph reagierte nicht.

»Die Zimtschnecken sind fantastisch.«

Er schwieg.

»Wirklich, du solltest was essen, du fällst sonst vom Fleisch.« Anne biss sich zu spät auf die Zunge. Hoffentlich hatte sie ihn nicht gekränkt. Davon abgesehen stand sie seit heute auf hagere Ästhetik.

»Wenn es doch so wäre«, murmelte er leise. »Dann wäre ich diesen Verräter endlich los.«

Er fühlte sich von seinem Körper verraten. Daher das kratzige Hemd. Er büßte. Welche Sünden konnte ein Mann wie er begangen haben?

Sämtliche.

Sie wusste nichts von ihm.

~*~

Er verglühte. Im Zentrum der Hitze pochten schmerzhaft seine Brustwarzen. Je sanfter Anne sie behandelte, desto stärker zogen sie sich zusammen. Weiter unten schmerzte es noch heftiger. Keine kalte Dusche der Welt würde ihn retten. Sinnlos, die Augen davor zu verschließen. Er öffnete sie, ohne ein Seufzen unterdrücken zu können.

Annes Augenaufschlag ließ ihn um Fassung ringen.

Sie strich erneut Salbe auf ihre Fingerkuppe und näherte sich damit der anderen Seite. »Möchtest du zwei Pflaster?«

Kepheqiah schüttelte mit zusammengepressten Lippen den Kopf. Kaum berührte ihn der neckende Finger, entkam ihm dennoch ein Stöhnen. Jedes zarte Tupfen sandte Stromschläge durch seinen Körper.

Anne hob eine der vollendet geschwungenen Brauen. »Wirklich nicht? Ohne schmierst du dein Hemd voll. Außerdem werden deine Perlen nicht abheilen, wenn du sie weiterhin mit dem Ding quälst.«

Vor dem grausam pulsierenden Schmerz in seiner Mitte würde es ihn auch dann nicht mehr ablenken, wenn es aus Stacheldraht bestünde.

Anne ging etwas zurück, betrachtete ihr Werk. »Glaub mir. Du brauchst Pflaster.«

»Nein.« Kepheqiah schluckte an seiner Verzweiflung. Er war nicht imstande, einen klaren Gedanken zu denken.

»Oh doch. Ich habe welche in meinem Schreibtisch.« Ein letzter Blick. Er streifte über seine Brust bis zum Bauch, huschte nur einen Moment tiefer.

Glut senkte sich in Kepheqiahs Unterleib. Verstärkte die pochende Härte zwischen seinen Beinen. Er war verloren. Anne brauchte dazu weder eine Flasche noch ein Messer. Der Ausdruck ihrer Augen genügte, um ihm den Tod zu schenken. Dabei konnte er ihn nicht einmal deuten.

»Bin gleich zurück.« Ein leises Räuspern, und sie ließ ihn allein.

Kepheqiah rutschte an der Wand hinab, vergrub die Finger in den Haaren. Erneut verriet ihn sein Körper. Und Anne hatte es bemerkt.

Er war nie so sanft berührt worden. Nie hatte ihn jemand auf diese Weise angesehen.

Den Auftrag vergessen, Anne die Wahrheit über sein nicht vorhandenes Intimleben gestehen und auf Verständnis hoffen. Sie bitten …

Kepheqiah schlug mit dem Hinterkopf gegen die Kacheln.

Nein, das konnte er auf keinen Fall.

~*~

Anne lehnte sich an den Türrahmen. Ihre Hände waren feucht, zitterten. Ihre Fingerkuppen spürten noch die Härte der Nippel, ihre Hitze.

Ob Keph ein Problem damit hätte, wenn sie sich selbst als Escort anbot? Sie würde ihm keinen Grund zur Beschwerde geben.

Übergangslos träumte sie sich vom ersten Kuss bis in Satinlaken, ohne die Spur eines moralischen Skrupels. Sogar Anton verwöhnte seine Kundinnen mit dem vertraglich ausgeschlossenen Extra. Kephs übermäßig ausgeprägtes Schamgefühl und die offen zur Schau gestellte Ablehnung alles Körperlichen würde sie auf irgendeine Weise überwinden.

Asket hin oder her. Eine beachtliche Erektion war ihm dennoch gewachsen.

Anne biss sich auf die Unterlippe, stellte sich vor, dass es seine wäre.

Diese Sensibilität. Dieses hilflose Scheitern an der eigenen Erregung, als würde ihn das Gefühl vollkommen überfordern. Dazu die unverhohlene Qual in dem dunklen, durch und durch geheimnisvollen Blick.

All die Muskelmänner und Durch-den-Wald-Stapfer, bei denen sie normalerweise schwach wurde, versanken im Nirgendwo. Sie hatte ja nicht geahnt, wie gnadenlos sexy wohlproportionierte Hagerkeit gepaart mit offensichtlich gelebter Askese sein konnten.

Diesem Mann sollte sie Lumi vorschlagen? Keinesfalls. Auch die anderen Mädchen sortierte sie im Handumdrehen aus. Nur eine blieb übrig. Sie.

Anne wurde schwindelig. War sie noch bei Trost? Sie war die Chefin, verflucht! Damit schied diese Option aus.

Und wenn er sie darauf ansprach?

Ausgeschlossen. Vor Verlegenheit wüchsen ihm wahrscheinlich die Lippen zusammenwachsen.

Apropos. Was für ein göttlicher Mund. Und wie er sich in stummer Qual verzog. Kephs Schmerzensmiene hatte ihr Herz zum Stolpern gebracht. Würde er auf diese Weise einen Orgasmus erleiden? Gefangen in Pein und Lust, zu nichts anderem mehr fähig, als ihre Liebkosungen ebenso zu fürchten wie zu ersehnen?

Anne wurde siedend heiß. Sie schwankte auf wolkenweichen Beinen in ihr Büro zurück, stützte sich tief atmend an der Tischplatte ab. Als ob ein

Blitz in sie gefahren wäre. Es musste an seinem Blick liegen. Oder an der eleganten, aristokratischen Art. Der schäbige Pullover schmälerte sie nicht im Geringsten.

Kepheqiah. Selbst der Name klang geheimnisvoll. Auch wenn sie ihn irgendwo schon einmal gehört hatte.

Anne durchstöberte die Schreibtischschublade nach einer Packung Pflaster. Vorher fielen ihr die Kopfschmerztabletten in die Hände. Ob sie Keph eine auflösen sollte? Schmerz war Schmerz. Egal wo.

Nein, er wollte ihn. Wozu sonst das Hemd? Etwas erschütterte ihn bis ins Mark. Nur durch die selbst herbeigeführte Pein ertrug er es.

Eine moralisch verbotene Szene blockierte ihr Gehirn.

Kepheqiah nackt in einer fensterlosen Kammer. Nur von dem Schein einer Kerze beleuchtet. Er beugte sich keuchend nach vorn. Etwas Langes, Nachgiebiges entglitt seinen bebenden Fingern.

Striemen auf dem Rücken, Blut, das sich mit Schweiß vermischte.

Oh Gott, sie musste ihn retten. Er gehörte einer Sekte an. Einem ultrastrengen, fundamental christlichen, alles Sinnliche verdammenden Geheimbund, der seinen Mitgliedern keinerlei körperliche Freuden gönnte außer süßem Kaffee und Orangen. Wahrscheinlich nur das. Deshalb war Keph auch so hager.

Verdammt. Er war so sexy in seiner Qual.

Anne wischte sich mit dem Handrücken Spucke aus den Mundwinkeln.

Fahrig suchte sie weiter. Endlich erwischte sie die schmale Pappschachtel.

Er würde sie nicht mehr in seine Nähe lassen.

Ein schales Gefühl breitete sich vom Bauch bis zu ihrem Hals aus.

Er hatte ihre Berührungen erduldet. Lehnte wegen der verbotenen Erregung seinen Körper noch stärker ab. Würde sich noch härter dafür bestrafen.

Und sie trug die Schuld daran.

Ihr blieb nichts übrig, als mit ihm zu reden und sich für ihr taktloses Benehmen zu entschuldigen. Am besten, sie reichte ihm die Pflaster nur rein und ließ ihn wieder in Ruhe.

Was suchte ein Asket überhaupt in einer Escort-Agentur?

Ob seriös oder nicht. Wäre es für ihn nicht sinnvoller, einsam und allein durch Helsinkis Straßen zu streifen?

Mit Kepheqiah stimmte etwas nicht.

Eine Entschuldigung. Keine Frage. Doch sie musste die Situation auch komplett klären.

Auf dem Weg zur Toilette bröckelte ihre Entschlossenheit.

Dieses Mal klopfte sie. Erst, als beim dritten Mal keine Antwort kam, betrat sie den engen Raum.

Keph saß neben dem leeren Papierhandtuchspender auf dem Boden. Die Finger ins Haar gekrallt, die Ellbogen auf die Knie gestützt.

»Es tut mir leid.« Anne hockte sich vor ihn. »Aber ich verstehe deine Reaktion nicht. Immerhin habe ich dir nichts getan.« Nicht wirklich. »Ich wollte nur ...«

»Bitte verbringe mit mir den Tag.«

»Was?« Sie hatte sich verhört.

Keph ließ die Hände sinken. Sein Blick schien nicht zu fassen, was die Lippen eben formuliert hatten. »Ich weiß nicht, was in mich gefahren ist. Bitte verzeih mein Verhalten. Mir ist klar, dass es dir seltsam vorkommt.«

»Ich bin diejenige, die sich entschuldigen muss.« Er wollte sie als Escort? Tief in ihr stieß ihre dunkle Seite triumphierend die Faust in die Luft.

»Nein. Es liegt an mir.« Er lehnte den Hinterkopf an die Fliesen, blickte zur Decke. »Die unmittelbare Nähe einer Frau bin ich nicht gewohnt.«

Kurz flackerte die Szene in dem fensterlosen Raum auf.

»Ich schäme mich für den Aufstand, aber ...« Ein durch und durch resignierter Augenaufschlag ließ Anne schlucken. »... ich bin im Moment nicht ich selbst.«

Pure Unschuld. Und das bei einem Mann, der die Dreißig überschritten hatte. Unglaublich. Faszinierend. Auf eine ungewohnte Weise sexy.

Anne spürte seine Anziehung bis in die letzte Faser ihres plötzlich hungrigen Körpers.

Ihm die Verzweiflung von den zusammengepressten Lippen küssen, die Fingerspitzen über den sehnigen Oberkörper gleiten lassen, wie aus Versehen die Nippel umkreisen, das Erstaunen in den dunklen Augen wahrnehmen, wie es sich mehr und mehr zu nur mühsam beherrschter

Erregung wandelte.

Vor ihr saß die größte Versuchung ihres Lebens und sah sie mit einem Blick an, der die hellsten und dunkelsten Seiten gleichzeitig in ihr weckte.

»Du warst noch nie mit einer Frau zusammen?« Sie musste es einfach fragen.

Der Lohn folgte sofort. In einer tieferen Färbung der markant eingefallenen Wangen.

Sie stand auf Märtyrer. Die Erfahrung war neu.

Ein angedeutetes Kopfnicken und anschließendes Springen des weit hervorragenden Kehlkopfes ließen sie erneut schlucken.

Sein Wunsch, die Dienste ihrer Agentur zu nutzen, diente wahrscheinlich dem Zweck, sich diesem Thema behutsam zu nähern. Demnach gehörte er keiner Sekte an.

Schade, sie hätte ihn zu gern daraus befreit.

»Ich mache dir einen Vorschlag.« Hoffentlich sah ihr Lächeln nicht halb so nervös aus, wie es sich anfühlte. »Wir gehen eine Kleinigkeit essen und besprechen dabei, wie ich dir deinen Aufenthalt in Helsinki so angenehm wie möglich gestalten kann.« Ihr Herz hüpfte bei jedem Wort.

»Ich muss dir etwas sagen.« Die dunklen Augen wurden von Melancholie geflutet. »Ich bin hier, um ...« Er schloss sie, versank in Schweigen.

Doch eine Sekte? Gedanklich zerrte Anne einen gesichtslosen Kerl in grauer Kutte vor den Richterstuhl und warf ihm Verletzung der Menschenrechte, seelische Grausamkeit und all das vor, was man Sektenoberhäuptern vorwerfen konnte. Sicher war es eine Menge. Gleich nachher googelte sie sich dazu schlau.

Ohne die Lider zu öffnen, ergriff er ihre Hand. Langsam führte er sie zu seiner Stirn. Sie glühte.

»Was musst du mir sagen?« Eine panische Stimme wisperte in ihrem Kopf, dass sie die Antwort nicht wissen wollte.

Der Blick zu ihr hinauf fuhr ihr ins Herz.

»Diese Situation ist neu für mich.« Ein wehmütiges Lächeln verwandelte seinen Mund in etwas unsagbar Begehrenswertes. »Sieh es mir nach, wenn ich mich dumm anstelle.«

Das war es.

Anne atmete auf und erteilte ihrem Misstrauen bis auf weiteres Redeverbot.

Sein erstes Date. Dass es arrangiert war, spielte keine Rolle. Sie würde Keph einen unvergleichlichen Abend bereiten.

»Tanzt du gern?« Erschreckend, wie sie sich nach der körperlichen Nähe eines Fremden sehnte.

»Rituell oder im Rahmen eines gesellschaftlichen Anlasses?« Kepheqiah neigte den Kopf, als meinte er die Frage ernst.

»Lass dich überraschen.« Finnischer Tango. Eng aneinandergeschmiegt, beide Partner wiegten sich synchron in demselben Rhythmus. Wange an Wange. Alles andere war für Herrn Laine eine gestörte Kommunikation der Körpersprache. Vom argentinischen Bruder hielt er so viel wie von grünem Tee statt Kaffee. Herr Laine war old finnish school und ein guter Freund von Anton. Nirgends sonst wurde dieser Tanz auf eine sinnlichere und leidenschaftlichere Weise nahegebracht als in seinen Kursen. Das Wesentliche erlernte man in ein, zwei Stunden. Der Rest speiste sich aus Körpergefühl und Inspiration.

Eine wahre Herausforderung für Keph.

Danach ein Besuch in der Oper und anschließend ein Mitternachtsdinner mit Kerzenschein und Champagner.

Ein Klischee? Nicht für ihn. Er betrat Neuland und ihre Aufgabe bestand darin, ihm jeden Schritt zu versüßen.

»Hast du einen dunklen Anzug im Koffer?« In feinem Zwirn würde seine aristokratisch-melancholische Ausstrahlung geradezu explodieren.

Keph erhob sich, fuhr sich übers unrasierte Kinn. »Mein Gepäck ist der Rucksack.«

»Du bist Minimalist?« Wohl eher ein Wandermönch. »Dann müssen wir einkaufen.« Mindestens einen Smoking. »Darf ich dir eine Frage stellen?« Weshalb hatte sie das nicht gleich getan? Normalerweise klärte sie solche Dinge während des ersten Telefonats. »Was machst du beruflich?« Wenn sein Erspartes bereits für ihr Honorar draufging, musste sie umdisponieren.

»Du willst wissen, ob ich mir einen Abend mit dir leisten kann?« Sein Mundwinkel zuckte. »Kann ich.«

Warum trug er dann ausgefranste Pullover?

Keph folgte ihrem Blick. »Verzeih meine Nachlässigkeit. In der Regel achte ich auf die Wahl meiner Garderobe.«

»Anne? Ich bin da!«

Eeli.

Ungeschickt, sich von ihm mit einem nur spärlich bekleideten Neukunden auf der Toilette erwischen zu lassen.

»Komme gleich!«, rief sie durch die Tür und legte einen Finger auf die Lippen.

Keph verstand den Wink.

»Hier.« Sie hielt ihm die Pflasterpackung hin. »Mach schnell, zieh dich an und gib mir ein paar Minuten Vorlauf.« Immerhin existierten zwei Kabinen. Was sprach dagegen, dass sie sich zufällig beide gleichzeitig erleichtern mussten? Alles.

Keph betrachtete die Schachtel, zog einen Streifen hinaus. »Ich sollte das nicht tun.«

»Doch, glaub mir. Heute Abend wirst du dankbar dafür sein.« Nicht auszudenken, dass es ihm während der Opernaufführung aus dem Batisthemd suppte.

Keph stand auf, nahm seine Kleidung.

Bevor er die Chance bekam, sich die wollweiße Scheußlichkeit überzustreifen, pflückte Anne sie ihm aus der Hand. »Ich vertraue dir, du vertraust mir.« Schneller, als er protestieren konnte, verarztete sie seine Nippel mit Pflasterstreifen. »Der Pullover genügt«, entschied sie für ihn. »Wir besorgen dir unterwegs ein Shirt.«

»Anne?«

»Ja?«

»Du bist bezaubernd.« Erstaunen im Blick, dann Erschrecken. Er wandte sich ab, fuhr sich übers Gesicht.

Er war überfordert. Schon jetzt.

Anne berührte ihn am Arm. Genoss oder erduldete er es?

Es existierte kein Mensch, der ihr jemals mehr Rätsel aufgegeben hatte.

»Zieh dich an.« Ihre Finger lösten sich nur mit Zwang von der glatten Haut. Sie spannte sich über sehnigen Muskeln.

Die Lippen darauf legen. Die Wärme und Festigkeit spüren, Kephs Duft atmen. Eine unglaublich verlockende Vorstellung.

»Ich warte draußen.« Sie brauchte einen Sicherheitsabstand.

»Hi!« Eeli lächelte, als handelte es sich um einen ganz gewöhnlichen Tag. »Alles in Ordnung?«

»Weiß ich nicht.« Ihr Kopf war leer, ihr Herz quoll über und die leidige Frage nach Kepheqiahs Job hatte sie immer noch nicht geklärt. Spontan fielen ihr keine Berufe ein, die zu ihm passen würden.

Die Toilettentür öffnete sich erneut. Keph nickte Eeli zu, der mit offenem Mund zurückstarrte.

»Angele?«, flüsterte er, während er Keph nachblickte.

»Ja.«

»Kaffee?«

»Nein.«

Eeli hob die Brauen. Einwortsätze war er von ihr nicht gewohnt. »Der Typ hat was. Welches der Mädchen hast du für ihn im Visier?«

»Mich.« War nett, Eelis Pupillen beim Expandieren zuzusehen. »Besorge mir für heute Abend zwei Karten für die Oper.«

Er kommentierte mit einem gedehnten *Okay* und googelte sich zur Startseite der finnischen Nationaloper. »Aida.«

Ausgerechnet. »Glaubst du an Schicksal?«

»Du wirst nicht im ersten Akt sterben.«

»Dein Feingefühl ist umwerfend.« Anne schnappte sich Jacke und Handtasche.

Keph stand bereits im Mantel vor ihrem Schreibtisch und blätterte durch eine Zeitung.

Richtig, Anton musste sie gestern vergessen haben.

Plötzlich fegte er sie vom Tisch. Sie landete im Papierkorb.

»Alles in Ordnung?« Bereute er seine Entscheidung?

Keph nickte. Eine steile Falte teilte seine Stirn. »Lass uns gehen.«

~*~

Apart wie eh und je. Wahrlich, eine schöne Frau. Die Bilder aus Baraq'els Datenbank wurden ihr nicht gerecht. Ohne ihn zu bemerken, war sie vorhin an ihm vorbeigefahren, während er für eine Sekunde ihren baldigen Tod bedauert hatte. Länger nicht. Sie verdiente ihn.

Maurice stieg aus dem Wagen, ging zu dem Haus mit der schmucklosen Fassade. Wenn sie sich das Schwert nicht unter die Jacke geklemmt hatte, standen die Chancen günstig, dass es sich in ihrer Wohnung befand.

Die Haustür stellte kein Problem dar. Ein Taschenpickset genügte, um sie zu öffnen.

Maurice eilte die Treppe hinauf.

Anne Perrin. Ein schlichter Name auf einem schlichten Schild.

Er klingelte nur für den unwahrscheinlichen Fall, dass sie trotz der Angaben des Belgiers nicht allein wohnte. Wer immer ihm öffnete, begrüßte seinen Tod. Den Cleanern war es gleichgültig, ob sie ein oder zwei Leichen entsorgen mussten.

Maurice wartete zwei Minuten, dann knackte er auch dieses Schloss.

Ein überschaubarer Flur, ein Stapel alter Zeitungen, ein Korb mit Pfandflaschen, ein Staubsauger, dessen Rohr quer in den Eingangsbereich ragte.

Die Zigeunerin war schlampig. Was hatte er erwartet? Keine Disziplin, keine Struktur. Wie hatte Baraq'el sie zur Meisterin erheben können? Erstaunlich, dass das Schwert nicht neben dem Regenschirm an der überfüllten Garderobe hing.

Er streifte sich Stoffhandschuhe über, erfasste das Chaos mit Blicken und spitzen Fingern.

Ein Badmintonschläger, eine Kletterhilfe für Pflanzen, leere Glasrahmen, Umhängetaschen, mehrere Bommelmützen.

Im Wohnzimmer herrschte ein ähnliches Durcheinander. Die Bilder an den Wänden kreischten vor Farbenflut. Ebenso die Kissen auf dem Sofa. Zwei Handvoll Musik-CD's. Wie aufs Polster geworfen. Jazz, Flamenco, Tango, Edith Piaf und Ludovico Einaudi.

Welch ein überemotionales Potpourri.

An einem Regal lehnte eine Gitarre. Daneben fristete eine halbvolle Kaffeetasse ein vergessenes Dasein.

Maurice suchte unter, in und hinter den Möbeln. Kein Schwert.

Die Küche barg weniger Möglichkeiten. Selbst im Ofen sah er nach. Er rückte den Tisch vor die Küchenzeile, tastete auf den Oberschränken entlang. Nichts bis auf Staub und Fett. Beides besudelte die Handschuhe.

Ein Messer. Es steckte in einem Wandkalender, präzise auf der Datumszahl. Sie lag vier Tage zurück.

Die Zigeunerin war noch nicht erwacht? Lächerlich.

Im Schlafzimmer kontrollierte er den Schrank und die Kommode, ließ seine Finger über seidige Stoffe und dicke Wollpullover gleiten.

Wo hatte sie es versteckt? Ein geheimes Fach unter einem Dielenbrett oder hinter einer lockeren Badezimmerfliese? In diesem Fall würde die Suche unerfreulich lang dauern und nicht ohne Spuren zu hinterlassen vonstattengehen.

Nur der Vollständigkeit halber kniete er sich vors Bett und riskierte einen Blick in das profanste aller Verstecke.

Das Schwert. Zwischen einzelnen Socken und zerlesenen Zeitschriften.

Nicht zu fassen.

Er zog es hervor, blies Staubflocken von der Klinge.

Es war schlichter als das Original. Der Saphir im Handstück fehlte ebenso wie die Gravuren auf der Schneide. Dennoch erstrahlte es in einem sanften Licht.

Die Zigeunerseele würde darin erlöschen.

~*~

Hatte sie die Zeitung gelesen? Weshalb sonst lag sie auf ihrem Schreibtisch?

Sie log ihn an.

Nein. Ihr in die Augen zu sehen bedeutete, den Abendhimmel zu liebkosen. Keine Hinterlist, keine Lüge. Sie kannte den Artikel über den Angriff auf die Joggerin nicht, wusste nicht, dass sie die Frau war, von dem er handelte. Irgendetwas hatte die Erinnerung daran ausgelöscht. Dasselbe, das sie hinderte, sich selbst zu erkennen?

Er war hier, um eben das zu ändern. So behutsam wie möglich.

»Taxi?«, fragte Anne und winkte bereits eine Limousine mit gelbem

Schild auf dem Dach heran.

Kepheqiah hatte keine Gelegenheit, seinen Wagen anzubieten. Anne war zu schnell für ihn. Nicht nur beim Töten.

»In die Fredrikinkatu bitte«, informierte sie den Fahrer und glitt auf die Rückbank. »Dort gibt es einen Herrenausstatter, der hat alles, was du brauchst, Keph.« Sie klopfte einladend neben sich und plötzlich lösten sich seine Zweifel in ihrem Lächeln auf.

»Du wirst fantastisch aussehen.« Ihr Blick wirkte ebenso verträumt wie provokant.

Tanzen. Das einzige Stichwort, das sie ihm verraten hatte.

Gesellschaftstänze kannte er bloß aus der Theorie. Doch wenn ihm Anne ein paar Minuten zugestand, die Tanzenden zu beobachten, wäre auch die Praxis kein Problem. Es war eine Sprache, der Rhythmus ihre Grammatik. Ein Kinderspiel für einen Grigori.

Das Taxi hielt in einer Straße, in der sich die Ladengalerien aneinanderreihten.

Kepheqiah zahlte und half Anne beim Aussteigen. Sie bedankte sich mit einem Lächeln und hakte sich bei ihm unter.

Beides brachte seinen Puls aus dem Takt.

Sie schlenderten miteinander an Geschäften vorbei, die er kaum wahrnahm. Irgendwann würde diese Seifenblase zerplatzen und er bestimmte den Zeitpunkt.

Kepheqiah verdrängte den Gedanken. Der Moment mit Anne war zu schön, um ihn mit Sorgen zu vergiften.

Vor einem Schaufenster blieb sie stehen.

Die Einzelteile eines Smokings dekorierten die Reste eines Bretterzaunes. Die passenden Schuhe ragten mit den Spitzen unter einem umgekippten Emaille-Eimer hervor.

Was eine stilisierte, grasende Kuh damit zu tun hatte, erschloss sich Kepheqiah nicht, doch das Tier-Graffiti überzog die gesamte Rückwand der Auslage.

»Magst du Bauchbinden?« Anne betrat den Laden. »Oder möchtest du lieber einen klassischen Herrenanzug?«

Ein Mann in rotem Rollkragenpullover und Jeans nickte ihnen zu. »Der Anlass?«

»Ein Tanzkurs und danach ...« Anne nahm ihn am Ellbogen beiseite, redete leise auf ihn ein. Erst als sie schwieg, griff er in aneinandergehängtes Schwarz.

Ein Smoking. Ähnlich dem auf dem Bretterzaun.

»Der Rest kommt gleich.« Der Verkäufer hängte den Anzug in eine der Kabinen. »Die Schuhe im Schaufenster sind Dekoration, aber ich kann dir welche besorgen.« Ein prüfender Blick erfasste Kepheqiahs eigene. »Gib mir bitte einen davon.« Nebenbei pflückte er einen Stapel Oberhemden und eine Fliege aus den Regalen und drückte Kepheqiah alles in den Arm.

»Nur Mut.« Anne schob ihn hinter den Vorhang und hockte sich vor ihn. »Du wirst begeistert sein.« Sie löste die Schleifen und streifte ihm einen Schuh vom Fuß. Es kitzelte, als ihre Finger den Knöchel berührten.

»Du solltest dich umziehen.« Sie stellte den Schuh vor die Kabine.

Von draußen erklang ein *Danke*, kurz danach klingelte die Türglocke.

Anne erhob sich. Ihre Fingerspitzen glitten flüchtig an Kepheqiahs Oberschenkel hinauf. »Ich lass dich allein.« Sie huschte hinaus, zog von außen den Vorhang zu.

Eine Flammenspur auf seinem Bein. Sie bahnte sich ihren Weg tiefer in ihn. Kepheqiah schloss die Augen, spürte der Hitze nach.

~*~

Anne hielt sich an der Stange eines Kleiderständers fest. Ihren Knien war nicht zu trauen.

Kepheqiahs Blick. Ein Sehnen, eine Glut. Bloß wegen der flüchtigen Berührung?

Ihr Herz sang, ihr Verstand warnte sie. Mit leiser, schneidender Stimme. Anne atmete gegen das Chaos an.

Der Verkäufer betrat den Laden, balancierte einen Stapel Schuhkartons. »Ihr könnt bei mir bezahlen. Ich leite das weiter.« Er schob den obersten Karton unter dem Vorhang hindurch.

Nur einen Augenblick später öffnete der sich.

Endlos lange Beine in schwarzem Tuch, eine fantastisch schmale Hüfte, die durch die glänzende Bauchbinde betont wurde. Das Jackett saß wie angegossen. Die Schultern wirkten wesentlich breiter als in dem schäbigen Pullover. Der Kehlkopf lugte über dem Hemdkragen hervor. Seine verlockende Kantigkeit wurde von der Fliege darunter unterstrichen.

Anne mühte sich um ein geräuschloses Schlucken. Selbst der Pfiff des Verkäufers drang wie durch Watte zu ihr.

Der strenge Haarknoten, das hagere Gesicht. Der Stolz in Haltung und Miene, der entschlossene Blick. Das war nicht der Mann, der sich wegen Lappalien schämte.

Vor ihr stand jemand, der ...

»Sieht gut aus«, fuhr ihr der Verkäufer durch schwirrende Gedanken. »Wirklich gut.«

Er untertrieb maßlos.

»Ist nur für den Nachmittag nichts.«

Er hatte recht. Ein Jammer.

»Dann brauchen wir einen Pullover.« Mit dem grauen Monstrum würde Keph keinesfalls bei Herrn Laine auftauchen. Obwohl während ihres eigenen Kurses ein Tänzer seine Partnerin in Muskelshirt und Cowboyhut über die Tanzfläche geschoben hatte. Mit der Kleiderordnung nahm es niemand in dieser Stadt zu genau.

Der Mann tauchte zwischen Regalen unter.

»Und T-Shirts«, rief Anne ihm zu. »Weiche!«

Keph hob eine Braue. Der Schalk in den dunklen Augen spottete der ernsten Miene.

»Hier.« Der Verkäufer kehrte mit einem tannengrünen Rollkragenpullover und zwei weißen Shirts zurück. »Die Farbe passt zu dir. Socken für den Anzug?«

Anne nickte automatisch, obwohl die Frage an Keph gerichtet gewesen war.

Der probierte die Schuhe an, wählte zwei Paar Socken aus und verschwand in der Umkleide.

Am liebsten wäre sie ihm gefolgt, nur um seinen Anblick länger zu genießen.

Gott, wie sie sich auf die Oper freute!

Sie schlenderte durch den Laden, um sich von den verwirrenden Gedanken abzulenken. Sie kreisten um ihre Träume, Kepheqiahs Ähnlichkeit mit ihrem bevorzugten Mordopfer, die bei genauer Betrachtung nicht bestand, und wie es sich anfühlte, von ihm umarmt zu werden.

»Anne?« Keph stand an der Kasse. Der dunkelgrüne Pullover kleidete ihn ausgezeichnet. Er warf sich den Mantel über und zahlte mit einer goldenen Kreditkarte.

Anne verkniff sich einen Pfiff. Celine hätte ihr zu solch einem Neukunden gratuliert, allerdings sofort nachgefragt, mit was er sein Geld verdiente.

Keph stapelte tief. Das verriet nicht nur die Kreditkarte. Auch das Tragen eines feinen Zwirns war ihm vertraut. Blieb die Frage, was sie selbst an diesem Abend anziehen sollte.

Der Hauch in Karamellweiß? Das Wagnis in Violett? Schlichtes Nachtblau? Das Rote?

Tiefausgeschnittene, reine Verführung.

Mutig.

Ihr war nach Mut.

Keph steckte das Portemonnaie ein, verharrte mitten in der Bewegung. Er starrte auf einen leeren Fleck an der Wand, schien das irritierte Räuspern des Verkäufers zu überhören.

»Lass uns etwas essen gehen.« Nur ein Versuch, ihn aus der Reglosigkeit zu lösen. »Ich habe nicht gefrühstückt. Was ist mit dir?«

Langsam wandte er sich zu ihr. »Mit mir?«

Der bedingungslose Ernst in seinem Blick erschütterte sie. Bereute er, dass er sich ihr anvertraut hatte?

»Ein paar Orangen.« Sein Lächeln scheiterte.

Er hielt ihr die Tür auf, sah an ihr vorbei.

Schweigend gingen sie nebeneinander her. Unmöglich, ihm einen Small-Talk aufzuzwingen. Jedes Wort verdorrte in der Stille, die ihn plötzlich umgab.

~*~

Sie wusste nichts. Nicht, wer sie war, nicht, was sie getan hatte. Sie war glücklich.

Und er stand kurz davor, ihr das zu nehmen.

Kepheqiah fuhr mit der Hand in die Manteltasche, schloss das Amulett in seiner Faust ein. Dieses Ding diente einem einzigen Zweck: Anne Leid zuzufügen. Es kam mit den Erinnerungen, würde sie nie mehr verlassen. Zog er sich aus ihrem Leben zurück, ohne ihr die Wahrheit zu offenbaren, lief sie ungeschützt in die Klinge ihres Mörders.

Kepheqiah verfluchte nicht zum ersten Mal seine Existenz.

»Hier ist es.« Anne stieg ein paar Stufen zu einem Eckgebäude hinauf.

Kepheqiah folgte ihr. »Darf ich?« Er neigte sich vor, um ihr die Tür aufzuhalten.

»Verrate mir dein Geheimnis.« Keine Bitte, doch die Strenge lag allein in ihrer Stimme.

»Wie kommst du darauf, dass ich eines hüte?« Hoch gepokert.

»Es sind deine Augen.«

Das erwartete Lächeln blieb aus.

»Sie erzählen von traurigen Dingen und schweren Entscheidungen. Ich werde das Gefühl nicht los, dass es etwas mit mir zu tun hat.«

»Das meinst du nur.« So viel Offenheit und er beleidigte sie mit einer Floskel. Es war weder der Ort noch die Zeit für die Wahrheit.

Anne hob eine Braue. Sie hatte ihn durchschaut, hakte jedoch nicht nach. Sie schlenderte vor ihm entlang zu einem Tisch am Fenster, trat an einen der Stühle. Ein kurzer Blick zu ihm, dann glitt ihre Jacke von den Schultern.

Kepheqiah fing sie im letzten Moment auf.

Spielte sie mit ihm? Oder rächte sie sich für seinen Mangel an Ehrlichkeit?

Er rückte ihr den Stuhl zurecht und setzte sich ihr gegenüber.

Ihr Blick verharrte in seinem, fragte nach Dingen, die er ihr nicht beantworten wollte. Sie würden die Leichtigkeit dieses Tages hinwegfegen und nur Trümmer zurücklassen.

Der Kellner kam zu ihnen, reichte ihnen die Karten.

Anne bestellte ein Glas trockenen Rotwein, ein Wasser und einen Fischauflauf.

»Für mich dasselbe.« Es war gleichgültig, was serviert wurde. Er bekäme es niemals hinunter. Vom Mund abwärts fühlte sich alles eng und starr an.

»Bereust du deine Entscheidung?«

Das kühle Lächeln einer Geschäftsfrau streifte ihn.

»Noch ist nichts unterschrieben. Ich nehme dir einen Rückzieher nicht übel.«

»Nein.« Bevor ihm bewusst wurde, was er tat, legte er seine Hand auf ihre. »Die Zeit mit dir ist ein Geschenk.«

Er verdiente es nicht.

~*~

Keine Nachricht. Das verdammte Smartphone schwieg beharrlich.

Daniel wählte Kepheqiahs Kontakt. *Wie geht's dir? Lebst du noch? Ist die Zigeunerin eine Augenweide wie in ihrer Zeit als Thérèse?*

Schwachsinn! Was sollte er einem Freund schreiben, der mit offenen Armen seinen Tod begrüßte? Dasselbe, wie einem vertrauten Feind.

Keph war beides für ihn.

»Du kannst ihn nicht anrufen.« Jade betrat die Bibliothek. Sie schlenderte zu ihm, legte ein Handy neben seines. »Es lag in seiner Wohnung.«

Dieser Idiot!

»George ist verschwunden. Ich half Susanna beim Suchen und dabei fand ich es.«

»Leg die Karten für ihn.« Kamen die Worte tatsächlich aus seinem Mund?

»Das habe ich längst.« Jade ergriff seine Hände, zog sie ihm aus den Haaren. »Es war der Eremit.«

Einleuchtend.

»George huschte heran, schnappte sich die Karte und verschwand mit seiner Beute unter der Kommode. Genau da, wo sich Rosalie versteckt, wenn sie Angst vor dem Staubsauger hat.«

»Du hast deine Spinne mitgenommen?« Ganz ruhig. Vor ihm saß Jade. Ihr Verhalten mit normalen Maßstäben zu messen wäre Verrat an ihrem zugegeben einzigartigen Charakter. »Meinst du nicht, sie wäre in ihrer vertrauten Londoner Umgebung besser klargekommen?« Schwierig, für einen Achtfüßler Mitgefühl zu heucheln.

»Ohne uns wäre sie einsam gewesen.«

Daniel gingen die Argumente aus. »Ich fasse zusammen: Du sorgst dich um Keph, weil eine Ratte eine Tarotkarte in das Versteck einer Spinne geschleppt hat. Richtig?«

»Ich sorge mich, weil George den Eremiten in die Dunkelheit verschleppt hat und weil ich keine Ahnung habe, ob sich das auf Kepheqiahs Zukunft oder seine Gegenwart bezieht.«

Seltsam, die sonst leuchtenden Augen hinter einem dunklen Schleier zu sehen.

»Da ist ein Loch über der Scheuerleiste. George muss dort hineingelaufen sein, aber ich weiß nicht, wohin es führt.«

»Auspendeln?«

»Es funktioniert nicht.«

»Du hast es versucht?« Seine Frage war ein Scherz gewesen.

»Natürlich.« Zwischen ihren Brauen bildete sich eine Falte. »Das Pendel verweigert die Antwort. Es schwingt nur hin und her. Egal, welches Zimmer ich erfrage.«

»Wir leben in einem alten Haus.« Es gab vermutlich unzählige Mäusegänge innerhalb der Wände. Hoffentlich blieb die fette Ratte darin stecken.

»Und wenn es ein Zufall war?« Die diplomatischste Art, Jade mitzuteilen, was er von ihren Befürchtungen hielt.

Ihr nachsichtiges Lächeln denunzierte ihn als jemanden, der es besser wissen müsste.

»Es gibt keine Zufälle. Fahr nach Helsinki und stehe deinem Freund bei.«

»Das will er nicht.«

»Woher weißt du das?«

Daniel nickte zu Kepheqiahs Handy. »Er hätte es sonst nicht liegenlassen.«

Philipp hätte ihm niemals den verfluchten Knochenhaufen zeigen dürfen.
»Er weiß, was ihn bei dieser Frau erwartet.« Dieser verdammte Heilige!
»Er stirbt nicht«, sagte Jade leise. »Er verschwindet.« Flüchtig strich ihre Hand über seine Wange. »Das ist etwas anderes.« Sie verließ das Zimmer. Noch während sie die Tür hinter sich schloss, rief sie nach George.

~*~

Schweigen, seit sie das Restaurant verlassen hatten.
Anne widerstand dem Impuls, sich wie zuvor bei Keph einzuhaken. Die Stille zwischen ihnen schien sich auf die Stadt auszubreiten. Wenn der Tag mit ihr ein Geschenk für ihn war, weshalb errichtete er diese Mauer um sich?
Ihr war danach, sie einzureißen und ihm die Trümmer um die Ohren zu schmettern. Was, um alles in der Welt, ging hinter der sorgengefurchten Stirn vor sich?
Endlich erreichten sie das Tanz-Café von Herrn Laine. Die Schemen der Gäste schoben sich an den Fenstern vorbei.
Keph tauchte aus seiner Versenkung auf. »Ein Tango.« Er legte den Finger auf die Lippen und lauschte. »In Moll?«
Das Wesentliche hatte er erkannt.
Sie betraten den Raum, in dem sich dezente Schweißgerüche mit dem Duft abgestandenen Kaffees mischten. Auf der gegenüberliegenden Seite spielte ein Trio aus Geige, Cello und Ziehharmonika hingebungsvoll ihre melancholische Weisen.
Keph hängte die Einkaufstüten zusammen mit ihren Mänteln und seinem Rucksack an die Garderobe und folgte ihr zu Herrn Laine.
Antons Freund kam ihnen mit wehenden schneeweißen Haaren und federndem Schritt entgegen. »Wie schön, dich zu sehen.« Er hauchte einen Kuss auf ihren Handrücken.
Kephs Braue zuckte kaum merklich.
»Da ich dir nichts mehr beibringen muss, handelt es sich um deine Begleitung, nehme ich an.« Ein durchaus wohlwollender Blick glitt an Keph

hinab und hinauf.

Der stellte sich höflich vor und wurde von Herrn Laine übergangslos in die Grundlagen des finnischen Tangos eingewiesen.

Eng, ohne Schnickschnack, keine Extratouren für die Dame, Wange an Wange, weich, sinnlich, heiß.

Auf Herr Laine war Verlass. Auch auf ihre Intuition, Keph hierher zu entführen. Wenn ihn dieser Kurs nicht auftaute, dann nichts.

Keph schien seinem Mentor nur mit halbem Ohr zuzuhören. Er beobachtete stattdessen die tanzenden Paare.

Plötzlich nickte er ihm freundlich zu und bot Anne den Arm.

Nun war es an Herrn Laine, mit der Braue zu zucken.

Keph zog sie an sich, legte sanft seine Wange an ihre Schläfe. Mühelos fand er in den Rhythmus, als hätte er nie etwas anderes gemacht.

Wie brachte er das fertig? Die Grundschritte waren einfach, doch der Rest? Herr Laine war davon überzeugt, dass erst nach fünf Jahren ein Tänzer passabel den Tango beherrschte, aber Kepheqiah führte sie wie ein Profi übers Parkett. Hin und wieder sah er sich um, schien sich an den Tanzfiguren der anderen Paare zu inspirieren und integrierte sie in die eigenen Bewegungsfolgen.

Entweder hatte er ihr mit seiner angeblichen Unbedarftheit etwas vorgemacht, oder er war ein ausbündiges Naturtalent.

»Das macht Spaß«, klang es erstaunt an ihrem Ohr. »Was steht noch auf deinem Tagesplan?«

»Ich entführe dich in die Oper.«

»Daher der Smoking.«

Sie spürte Kephs Schmunzeln an ihrer Schläfe.

»Was wird gespielt?«

»Aida.« Spätestens im vierten Akt, wenn sich die Liebenden zum gemeinsamen Sterben einmauern ließen, würde sie Taschentücher benötigen – unabhängig von Celines Andenken.

Kurz vor dem Ziel lauerte die Katastrophe. Darin waren sich die Dramatiker der Welt einig. Die Geliebte siechte dahin, der Held erstach sich, wurde erstochen, vergiftet, verraten oder sonst wie daran gehindert, mit seiner Auserwählten glücklich alt zu werden.

»Liebe und Hass.« Keph legte den Arm fester um sie. »Beide wirken über den Tod hinaus.«

»Du kennst diese Oper?« Das hätte sie einem Mann, der freiwillig ein Büßerhemd trug, nicht zugetraut.

Keph lächelte flüchtig. Sein Blick schweifte durch den Raum, schien ihn jedoch nicht wahrzunehmen. »Ich gehörte zu den Gästen im Palast von Ismael Pascha, als sie uraufgeführt wurde.«

»Alles klar, Methusalem.« Wann immer das gewesen sein mochte, es lag vor seiner Zeit.

»Methusalem?« Er führte sie in die Mitte der Tanzfläche. »Du verwechselst mich. Das war ...«

»... ein Scherz.«

»Ach ja?« Tief in seinen Augen blitzte etwas auf. Spott?

Anne neigte sich unter seiner Führung nach hinten. Doch anstatt die Distanz zu vergrößern, folgte er ihrer Bewegung.

»Ich beneide Radames um das Geschenk, das ihm Aida bereitet.«

»Dass sie mit ihm zusammen stirbt?« So nah. Würde sie den Kopf ein wenig heben, berührten ihre Lippen seine.

»Dass sie ihn liebt.« Seine Hand legte sich in ihren Nacken, richtete sie auf. »Bis in den Tod hinein.«

Die Dunkelheit jenseits des Horizonts. Sie ruhte in dem ernsten Blick und kümmerte sich nicht darum, dass sie Annes Herz in Blei goss.

Jeder Schlag schmerzte.

Sie verbarg ihr Gesicht an Kepheqiahs Schulter. Alles war plötzlich zu viel. Die Menschen, die Gerüche, die Enge in ihrer Brust.

Der Griff in ihrem Nacken wurde fester, schenkte Halt.

Kepheqiah wiegte sie sacht im Rhythmus der Musik. Er wisperte in einer fremden Sprache. Die Silben schmiegten sich federleicht um die schwermütige Melodie, verwandelten sich in ein Lied. Es erzählte ihrem Herz Geschichten von gleißendem Licht und tiefster Finsternis. Von grenzenloser Weite und der Angst, sie für immer zu verlieren. Es flüsterte von der Verzweiflung einer endlosen Nacht und dem Mut, auf den Morgen zu warten.

Als die Musik verstummte, war es ihr, als erwachte sie aus einem Traum.

Dieses Mal war er gut zu ihr gewesen.

Die Gäste klatschten, Herr Laine wünschte allen einen schönen Abend.

Anne telefonierte mit der Taxizentrale, ließ sich von Keph in die Jacke helfen, bat Herrn Laine, die Rechnung für den Kurs zur Agentur zu schicken.

Der winkte ab. Er hätte dem Herrn kaum etwas beibringen müssen.

Anne bedankte sich, nahm ihre eigenen Worte und Handlungen nur am Rand wahr. Im Zentrum existierte allein die Tatsache, dass sie Kepheqiahs Arme nicht mehr um sich spürte. Sie hatte sich in ihnen geborgen gefühlt. Auf eine intensive, ihr bisher fremde Weise. Dass er nun neben ihr stand, ohne sie zu berühren, schmerzte.

Sein Blick schien erneut in einer für sie unerreichbaren Ferne gefangen zu sein.

Sie verließen das Lokal. Nur eine Stunde blieb ihr, um zu duschen, sich umzuziehen und mit den Gefühlen klarzukommen, die der Tanz mit Kepheqiah in ihr geweckt hatte.

Zu kurz. Viel zu kurz.

Sein Hotel lag auf dem Weg zu ihrer Wohnung. Als er sich verabschiedete, sprachen seine Augen das aus, was er seinen Lippen verweigerte.

Er hatte es bemerkt. Dieses Etwas, das sie plötzlich durchdrungen hatte. Es erschütterte ihn ebenso wie sie.

Anne ließ sich nach Hause fahren, registrierte nebenbei, dass ihr Fahrrad noch vor der Agentur stand, entschied, dass Fahrräder zu unbedeutend waren, um einen Gedanken an sie zu verschwenden.

Alles verlor an Bedeutung. Nur nicht die Sehnsucht, sich in Kepheqiahs Arm melodischen Träumen hinzugeben.

Als wäre ihr Herz aufgebrochen und hätte Empfindungen freigegeben, von denen sie nicht einmal gewusst hatte, dass es sie beherbergte.

Nun fühlte sie sich leer.

Auf dem Weg zum Badezimmer streifte sie ihre Kleidung ab. Beim Duschen verwechselte sie Shampoo und Duschgel, ihre Haare wollten sich nicht in die richtige Form föhnen lassen und der Lidstrich misslang ihr zweimal, bevor er akkurat saß.

»Was hast du mit mir gemacht?« Selbst jetzt spürte sie noch Kepheqiahs

schlanke Finger in ihrem Nacken. Sie hatte sich nie so beschützt gefühlt.
Aus dem Kleiderschrank leuchtete ihr das rote Kleid entgegen.
Nach wie vor eine mutige Wahl, jedoch die falsche.
Anne nahm das Nachtblaue vom Bügel. Es besaß zwar ein tiefes Dekolletee, doch die aufgesetzten Strasssteine glitzerten wie Sterne.
Es passte viel besser zu Kepheqiah.

~*~

Leicht wie ein Lufthauch. Asasel verschmolz mit dem Abendwind, der in den Vorgärten die Wäsche an den Leinen bauschte.
Keine Schwere, kein zähes Vor-Sich-Hinschleppen. So praktisch Hüllen sein mochten, so berauschend war das Dahingleiten in Gedankenschnelle.
Der Körper Sofia Grigorjewas hatte ihn nicht freiwillig hergegeben. Ein befremdliches Gefühl, sich ein Messer ins Herz zu rammen und zuzusehen, wie einem das Blut aus der Brust quoll.
Noch vor seinem letzten Schlag hatte er die Hülle verlassen. Ein Empfinden, wie an einer Eisenkette zu zerren. Dann, ganz plötzlich, brach eines der Glieder. Ein Ruck, und er war frei gewesen.
Er riss sich kein zweites Mal um diese Erfahrung.
Um die Sauerei konnte sich Caym kümmern. Sofern er es fertigbrachte, länger als wenige Minuten den Stiel des Mops zu umklammern. Wahrscheinlich klatschte der Wirtskörper zig Mal in die Pfütze, bevor er auch nur einmal das Wischwasser gewechselt hatte.
Oder der Kerl blieb stumpfsinnig neben der Leiche hocken und wartete darauf, dass sie die Augen aufschlug.
Zuzutrauen wäre es ihm.
Ein weiterer Grund, den Tölpel loszuwerden. Die Frage war, wie?
Unter ihm wechselten sich Dächer mit Straßen und Plätzen ab.
Über dem Kolosseum sank er hinab, flocht sich durch die Bögen.
Welch glorreich kurzweilige Zeit, als in der Arena die Gladiatoren um ihre erbärmlichen Leben kämpften.
Das Klirren der Waffen hatte das Tosen der Zuschauer übertönt, das

Röcheln der Sterbenden war darin erstickt.

Der Stadtteil Monti zog unter ihm vorbei.

Asasel ließ sich treiben. Quer durch die Stadt nach Nordwesten, Richtung Borgo.

Einen Abstecher in die Vatikanstadt? Das elektromagnetische Feld darüber fühlte sich zäh wie Pudding an. Die Konkurrenz, die sich naiv für das Original hielt, schützte die gleichen Geheimnisse wie die Bruderschaft und focht wie sie gegen faulendes Pergament und verblassende Tinte.

Asasel wandte sich gen Osten.

Das Castell' Angelo. Dick wie eine Kröte spottete es seines erhabenen Namens. Eine plumpe Grabstätte für einen unfähigen Kaiser. Das Blut der Nephilim war in seinen Adern zu dünn geflossen. Bis auf wenige Ausnahmen hatte es Hadrian vermieden, Heere in die Schlacht zu führen und andere Völker zu unterwerfen. Stattdessen hatte er eine Insel in zwei Teile geteilt und sich selbst ein Mausoleum bauen lassen.

Verschwendete Lebenszeit, zumal es ihm offensichtlich an architektonischem Feinsinn gefehlt hatte. Die Engelsstatuen auf der Ponte Sant' Angelo rissen es nicht heraus.

Die Intensität des elektromagnetischen Feldes hielt sich in Grenzen, dabei hätte er Baraq'el diesen geschmacklichen Fehlgriff als Quartier durchaus zugetraut.

Asasel zog wachsende Kreise wie ein ausgesetzter Hund, der sein Zuhause sucht.

Da. Ein leichtes Prickeln auf der linken Seite. Er folgte dem stärker werdenden Impuls. Eine ungewöhnliche Nuance, anders als der Smog elektronischer Sicherheitsanlagen oder Kühlsysteme. Er schien sich lediglich darin zu verbergen, schwang feiner. Keine dumpfen Schläge. Eher ein hohes Sirren auf einer unsäglich alten, nur zu vertrauten Frequenz.

Seraphisches Licht. Direkt unter ihm. In einem Palazzo?

Asasel glitt durch Mauerwerk, huschte zwischen Büromöbeln entlang. Das Sirren drang zu ihm herauf, doch Baraq'el würde in der obersten Etage residieren, schon wegen der Aussicht.

Eine Treppe aus Marmor, lange Gänge, Wachen, die sich an Kaffeebechern festhielten und mit verhaltenen Stimmen das politische Tagesge-

schehen kommentierten.
Nichts war suspekter als die Entscheidungen vergreister Männer.
Er hatte Reiche zusammenbrechen und Dolche in Monarchenrücken stecken sehen. Später waren es Kugeln in Köpfen oder Sprengsätze gewesen. Wer heute vor Kameras Reden schwang, fütterte morgen die Würmer. Erstaunlich, wie wichtig sich Eintagsfliegen fühlten.
Keiner der Wachen bemerkte ihn.
Er durchdrang kunstvoll geschnitztes Holz, spürte die dicken Teppiche nur als Kribbeln an seinen nicht vorhandenen Füßen.
Baraq'el saß am Schreibtisch. Vor ihm ein zugeklappter Laptop und ein aufgeschlagenes Buch. Die Seiten quollen über vor seiner Handschrift.
Eng gesetzte Zeichen. Sie wirkten fremd durch die Kugelschreiberstriche. Asasel hatte sie lange nicht mehr entziffert. Damals waren sie mit Keilen in Stein gemeißelt, später mit breiter Feder gezeichnet worden.
Neben Baraq'el stand eine leere Weinflasche. Im Glas befand sich lediglich noch eine Neige.
Nicht zu nah. Baraq'el durfte den Schatten hinter sich nicht spüren. Doch nah genug, um ein Blick auf die Zeilen zu werfen.
Eine Wiedergeborene mit dem Namen Anne Perrin. Baraq'el fürchtete sie, auch wenn er es hinter Wortdrechseleien versteckte.
Ein Leichtes, die Angst herauszulesen.
Finnland war kalt und Helsinki schön. Französische Wurzeln inspirierend und die Tatsache berauschend, dass es eine Frau vermochte, dem Obersten der Bruderschaft ein nervöses Zittern ins Augenlid zu zaubern. Offenbar war sie eine beeindruckende Persönlichkeit.
Baraq'el nannte sie *Zigeunerin*.
Das Schwert wird mir ein für alle Mal Ruhe vor dieser Renegatin bescheren. Lacroix hat mich nie enttäuscht.
Baraq'els Hand formte die Zeichen langsam. Dennoch misslangen ihm die geraden Striche.
Zu viel Wein.
Er stockte mitten im Wort. »Wer ist hier?« Hektisch blickte er um sich.
Asasel wich zurück, bis er zur Hälfte in der Wand steckte. Er musste vorsichtiger sein, wenn er Baraq'el ausspionieren wollte. Er brauchte Zeit

und einen Plan.

Was für eine makellose Hülle der Kerl besaß. Als er ihm damals im Heerlager begegnet war, war es Asasel kaum aufgefallen. Die Körper der Grigori waren ebenfalls nicht zu verachten gewesen. Doch nun, nach endlosen Jahren in unspektakulärem menschlichem Gewebe, wirkte die ursprüngliche Schönheit zu Recht überirdisch grandios.

Eine Schande, sie an einen Trunkenbold zu verschwenden.

~*~

Kepheqiah wrang sich das Wasser aus den Haaren. Kalt rann es ihm über den Rücken. Solange seine Gedanken um Anne kreisten, war an eine heiße Dusche nicht zu denken.

Der stoppelbärtige Mann im Spiegel warf ihm vor, die Kontrolle zu verlieren.

Als hätte er sie jemals besessen. Dass er sein Rasierzeug in Paris liegengelassen hatte, zeugte ebenso davon wie das Abweichen seines ursprünglichen Planes.

Noch zehn Minuten. Dann holte sie ihn ab. Sie würden eng nebeneinander im Dämmerlicht der Oper sitzen, er würde ihren Duft riechen, ihre Wärme fühlen, ohne ihre Bewegungen an sich zu spüren, die mit seinen verschmolzen.

Sein erster Tanz.

Gott existierte nicht. Niemand wusste es besser als er. Dennoch hatte er ins Paradies geblickt.

Anne hatte sich an ihn geschmiegt, als die Traurigkeit nach ihr gegriffen hatte. Sie hatte zugelassen, dass er sie mit ihr teilte. In diesem Moment war er ihr nah gewesen. Auf eine unbeschreiblich innige Weise.

Umso schwerer wog sein Verrat. Er musste ihr die Wahrheit sagen, ihre Verachtung hinnehmen. Verbrachte er den Abend mit ihr, wäre er niemals dazu imstande.

Kepheqiah strich über das Revers der Smokingjacke. Es wurde Zeit, sich von dem Traum zu verabschieden und der Realität ins Auge zu sehen. Er sank mit der Stirn gegen glatten Stoff.

Warum nicht diesen Anzug anziehen, Anne lächelnd die Tür öffnen und alles, was folgte, genießen? Die Lüge bloß ein paar Stunden aufrechterhalten. Bis zum Morgengrauen.

Und dann? Es würde nur noch unerträglicher für sie beide werden.

Er wickelte sich das Handtuch ab, zog die Jeans an und trocknete sich die Haare.

Auf dem Bett lag der graue Pullover. Kepheqiah streifte ihn über.

Sieben Uhr vorbei.

Kepheqiah ballte vor Anspannung die Fäuste. Der schönste Tag seines Lebens und er musste ihn auf solch bittere Weise beenden.

Das Klopfen an der Zimmertür fuhr ihm bis ins Mark.

Würde sich Mut doch atmen lassen!

Mit jedem Schritt zur Tür krampfte sich sein Herz zusammen. Es hatte sich noch nie nach dem Schlagen eines anderen verzehrt.

~*~

Annes Handflächen wurden feucht, ihr Puls zu schnell.

Wie viele Frauen in Abendkleidern mit tiefen Ausschnitten hatte Keph schon gesehen? Würde er ihre Aufmachung für zu gewagt halten? Ein Hauch Nacht, eine Spur Sternenstaub und Seidenglätte, um den Fingerspitzen zu schmeicheln.

Ergriff er die Chance? Ließ er seine Hände über sie gleiten, um ihre Konturen durch den dünnen Stoff zu erkunden?

Anne biss sich auf die Lippe. Dem Gefühlschaos in ihr war es egal. Sie war nervöser als vor ihrem ersten Date.

Die Tür öffnete sich.

Keph. In der grauen Scheußlichkeit.

Weshalb hatte er sich noch nicht umgezogen und warum glich seine Miene einem verregneten Novembernachmittag? Gefiel sie ihm nicht? Sie hätte sich für das rote Kleid entscheiden sollen.

»Anne, ich muss mit dir ...« Sein Blick glitt an ihr hinab, wieder hinauf. Er traf ihren, senkte sich in ihn hinein.

Glut. Sie loderte im Braun, verbrannte es, ließ nur Gleißen zurück.

Ein Griff um ihr Handgelenk und sie stand im Zimmer.
Die Tür schlug hinter ihr zu.
Vor ihr Kepheqiah, schwer atmend. Mit einem Ausdruck im Gesicht, als zertrümmerte sie in diesem Augenblick alles Schöne zwischen ihnen. »Wie kannst du mir das antun?«
Eine Stimme wie Sand. Rau und kratzig.
Anne wagte nicht, zu antworten. Ihr Herz pochte im Hals.
Keph ballte die Fäuste, wandte sich ab.
Oh Gott, was hatte sie angerichtet?
Sein Rücken bebte, sein Atem ging laut, als wäre er um sein Leben gerannt.
Was immer ihn quälte, sie hatte es ausgelöst.
»Vielleicht ist es besser, ich gehe wieder.« Etwas lief furchtbar schief. Sie hatte keine Ahnung, was.
Keph antwortete nicht. Er grub die Finger ins Haar, krümmte sich.
So konnte sie ihn niemals allein lassen.
»Keph?« Nur eine Hand auf seine Schulter legen. Zum Trösten.
Er erstarrte unter der Berührung.
Es war vorbei. Sie hatte hier nichts mehr verloren. Der Kloß in ihrer Kehle schnürte ihr die Luft ab. Die paar Schritte zur Tür waren beinahe zu viel für sie. Schwach und zittrig griff sie nach der Klinke.
»Bleib.«
Arme, die sich um sie schlangen. Lippen, die auf ihrem Nacken glühten. Küsse auf ihrem Hals, auf ihren Schultern. Hände, die gierig über ihren Bauch, ihre Hüfte strichen. Heißer Atem auf ihrer Haut.
Unmöglich, sich zu bewegen. So hungrig war sie nie liebkost, so drängend nie berührt worden.
Seine Hände schoben sich höher, streiften ihre Brüste, legten sich fest auf sie.
Anne entkam ein Stöhnen. Keph erwiderte es. Eine kaum zu ertragende Sehnsucht klang in dem rauen Laut.
Er presste sie an sich, stand reglos hinter ihr.
Sich an seiner Härte reiben. Anne spürte sie durch den dünnen Stoff ihres Kleides. Würde es ihn zurückweichen lassen oder seinen Mut schüren?

Sie neigte den Kopf.

Kepheqiah folgte der Einladung, küsste ihren Hals, als müsste er sich zwingen, zärtlich zu bleiben.

Anne versiegte der Atem. Sie würde in den Flammen ersticken, die in ihrem Inneren höher und höher schlugen.

Es machte ihr nichts aus.

Keph fasste sie an den Schultern, drehte sie zu sich. »Vergib mir.« Sein Blick senkte sich in ihren, verglühte jeden Zweifel.

Es gab nichts zu vergeben. Was er wollte, wollte sie ebenfalls.

»Ich verrate dich.« Für einen Moment erlosch das lodernde Begehren in seinen Augen. An seine Stelle trat tiefe Verzweiflung.

Dann kehrte es zurück, sengender als zuvor. Hart pressten sich seine Lippen auf ihre. Stoff riss, Kühle streifte über Annes bloßen Rücken. Das Kleid glitt an ihr hinab.

Kepheqiahs Zunge drängte in ihren Mund, flutete ihn mit dem erregendsten Geschmack ihres Lebens. Seine Finger krallten sich in ihr Fleisch, seine Zähne bissen lustvollen Schmerz in ihre Lippen.

Ihr Herz setzte aus, raste, zog sich erschrocken zusammen, um erneut mit Hammerschlägen gegen ihre Rippen zu pochen.

Sie zerrte an dem Pullover. Sie musste Kepheqiahs Körper an ihrem spüren, und wenn sie daran verbrannte.

Keph schleuderte ihn von sich.

Am Rande ihres schwindenden Geistes registrierte sie, dass er die Pflaster entfernt hatte. Bevor ihre Finger die Chance bekamen, die roten Perlen zu berühren, schlossen sich ihre Lippen darum.

Kepheqiah keuchte auf, fasste ihr ins Haar. Doch er zog sie nicht weg. Nein, er presste sie fester an sich.

Anne saugte an wunder Haut.

Keph schrie auf. Heiser vor Lust. Der Laut setzte ihre Nerven in Brand.

Er hob sie hoch, trug sie zum Bett.

Anne schauderte, als sich das kalte Laken an sie schmiegte.

Keph kniete sich über sie. Grenzenloses Verlangen in den Augen.

Ohne Zügel, ohne Regeln. Er hatte sie nie gelernt.

Er würde sie verglühen lassen und sie würde jeden Moment genießen.

Sein Atem liebkoste ihre Brüste, lange bevor es seine Lippen taten.
Das Zittern seiner Hände, seine drängenden Berührungen, nur mühsam von Zärtlichkeit gebändigt.
Er beherrschte sich. Für sie. Weil er ihr nicht wehtun, sie nicht ängstigen wollte?
Sie war seine erste Frau. Somit lag die Verantwortung bei ihr.
»Lass mich nach oben.« Sie griff ihm in die Haare, zwang seinen Blick in ihren. »Bitte.« Ihre Stimme zitterte.
Kepheqiah drehte sich unter sie, ohne den Blickkontakt zu unterbrechen.
»Warte.« Sie kletterte von ihm herunter, holte ihre Handtasche.
Zwei Kondome. Die hatte sie immer dabei. Eines für den Ernstfall, eines für den Notfall. Nummer eins verbarg sie in ihrer Hand, als sie sich auf Kephs Mitte setzte. Genau dorthin, wo sie seine Erregung fühlen und kontrollieren konnte.
Seine Brust hob und senkte sich schneller.
Anne legte beide Hände darauf. »Vertraust du mir?«
Es dauerte, bis Keph nickte. »Aber nicht mir. Ich bin ...«
Sie verschloss seine Lippen mit ihrer Fingerspitze. »Fürchte dich nicht.«
Ein Lächeln huschte über sein Gesicht und entspannte für einen Augenblick die verkrampften Züge. »Das ist mein Part.«
»Nicht heute Nacht.« Anne strich über den flachen Bauch, spürte sein Zucken.
Keph fühlte sich fantastisch an. Federleicht streichelte sie über die Brustwarzen, entlockte ihm ein Zischen.
Er war der sensibelste Mann, der ihr jemals begegnet war.
Und sie war es, mit der er sein erstes Mal teilte.

~*~

Keine Gedanken. Nur Schmerz. Er krallte sich in seine Lenden, umschloss sein Herz. Es lechzte dennoch nach mehr.
Langsam bewegte sich Anne auf seiner pochenden Männlichkeit.
Kepheqiah keuchte. Der Druck war unerträglich erregend.

»Hast du Angst?« Anne leckte eine Spur über seine Brust bis zum Bauch.
»Ja.« Er war nicht einmal vollständig mit der Theorie vertraut, folgte lediglich Instinkten. Die rissen ihn jedoch erbarmungslos mit sich.
Saugende Küsse um seinen Nabel, an den Leisten entlang.
»Dann werde ich dich davon befreien.« Sie knöpfte seine Hose auf, fuhr mit der Zunge unter den Stoff.
Die Impulse drangen ihm bis ins Mark, ließen ihn beben.
Kepheqiah biss sich auf die Lippen.
Kühle an seiner Haut. Seine Erektion ragte steil auf.
Brennende Scham fraß sich durch sein Inneres. So ausgeliefert zu sein. Es zu fürchten, es zu wollen. Nichts dagegen tun zu können.
Anne riss die Verpackung eines Kondoms auf.
Selten gesehen, nie erlebt. Der Geruch irritierte. Seinen Lenden war es gleichgültig. Sie glühten.
Mit einem angedeuteten Zwinkern rollte sie es über den Körperteil, der ihn zwischen Scham und Begierde hin- und her schleuderte.
»Vertraue mir.« Sie nahm seine Hand, küsste die Knöchel. Langsam senkte sie sich auf ihm hinab.
Kepheqiah presste den Hinterkopf ins Kissen. Jeder Atemzug ein Ringen nach Luft, die seine Lungen versengte. Er schloss die Augen, versank in unerträglicher Lust. Sie ballte sich, pochte stärker als sein Herz.
Er hörte seinen Schrei, konnte ihn nicht ersticken. Er krallte sich ins Laken.
Kein Halt.
Uferlos, verloren.
Unendlich.

~*~

Kephs ekstatische Miene, das Beben seines Körpers, sein Aufbäumen. Die Welle erfasste Anne, zog sie in den Strudel, der Keph umfangen hielt.
Nein, noch nicht. Ihr bot sich ein Anblick nie erlebter Intensität. Sie wollte keine Sekunde davon verpassen.
Erst als sie langsam abebbte, Keph um Atem rang, wanderten ihre Fin-

ger zwischen ihre Schenkel. Sie streiften Kephs feuchte, intensiv duftende Locken, berührten ihr eigenes, hochsensibles Zentrum längst entbrannter Lust.

Kephs Lider öffneten sich. Sein Blick glitt hinab in ihre Mitte. Er legte seine Hand auf ihre, erhöhte den Druck. Er passte sich ihrem Rhythmus an, folgten ihren Impulsen, während sie tief in sich seine Nachbeben spürte.

~*~

Anne schloss die Augen. Ihr Kopf fiel in den Nacken. Zwischen ihren Brüsten rann ein Schweißtropfen. Der Laut aus ihrer Kehle, ihre Enge, die sich um ihn zusammenzog.

Der kostbarste Moment seines Lebens. Er war nie einem Menschen so nah gewesen.

Ihre Hand kam zur Ruhe.

Kepheqiah führte sie zu seinen Lippen, kostete die feuchten Fingerspitzen. Anne sah ihm dabei zu. Ihre Finger glitten in seinen Mund, streichelten an seiner Zunge entlang.

Er biss sanft in die Kuppen.

Anne lächelte. Sie beugte sich zu ihm hinab, küsste seine Schläfe. »Es hat dir gefallen?« Sacht strichen ihre Worte über sein Ohr.

Er fuhr ihr durch die kurzen, weichen Haare. Der schlanke Hals, die Nässe zwischen ihren Brüsten, der Bauch, der unter seiner Berührung zusammenzuckte, der kleine Hügel zwischen ihren Schenkeln. Kepheqiah zupfte an den gestutzten Härchen.

»Moment.« Anne gab ihn frei, setzte sich neben ihn. Sie streifte das Kondom ab, knotete es zu. »Bin gleich wieder da.« Sie wollte aufstehen.

Er hielt sie fest.

~*~

Mit einer kraftvollen Bewegung drehte er sie unter sich. »Ich will mehr von dir.« Die Worte streichelten ihre Lippen.

Ein sachter Biss, ein Kuss auf ihre Kehle.

Keph strich an ihren Arme entlang, führte sie über Annes Kopf. Mit der Nasenspitze liebkoste er ihre Achsel. Sein Kinn kratzte über ihre Haut. Er leckte darüber, kühlte das Brennen.

Unzählige Impulse. Sie fluteten ihren Körper.

Seine Hand wanderte zu ihren Bauch, tiefer hinab zwischen ihre Schenkel. »So weich.«

Das raue Wispern ließ ihr Herz schneller schlagen.

Ein dunkler Blick aus den Augenwinkeln und seine Finger glitten in sie hinein.

Anne entkam ein Stöhnen.

Keph küsste es ihr von den Lippen, während er mit der freien Hand nach etwas tastete.

Ihre Handtasche?

Er kippte den Inhalt aufs Bett.

Anne war zu erstaunt, um entrüstet zu sein.

Er pickte das Notfallkondom aus dem Chaos. »Lass uns morgen in die Oper gehen.«

Wie sie diese raue Stimme liebte.

Sacht strich Anne bis zu seiner Leiste. Unter ihrem Streicheln wuchs seine Erregung erneut.

Er legte seine Hand auf ihre, schloss ihre Finger fester um seine Erektion. »Ich habe mich nie berührt.« Mit einem wohligen Seufzen senkte er die Lider. »Nicht auf diese Weise.«

»Ich berühre dich.« Anne küsste den halb offenen Mund. »Und du berührst mich.« Sie konnte sich an keinen intimeren Moment erinnern.

Gemeinsam glitten ihre Hände an ihm hinauf und hinab. Bei jedem Atemzug dehnte sich seine Brust weiter aus.

Der Griff um ihre Hand verstärkte sich. Keph presste die Lippen aufeinander, stieß in ihre Faust.

Der Laut aus seiner Kehle trieb reine Glut in Annes Schoß.

Plötzlich hielt er inne. Aus seinem Atmen wurde ein Keuchen. Er löste ihre Finger von sich, öffnete mit den Zähnen die Verpackung des Kondoms. Er streifte es sich über, legte sich auf sie.

Seine Schwere nahm ihr den Atem.

Keph fasste ihre Handgelenke und drückte sie neben ihrem Kopf ins Kissen. »Mein erstes Zweites Mal«, flüsterte er atemlos. »Bitte sei nachsichtig.«

»Dann nimm mich so, als wäre es dein letztes Mal.« Anne biss ihn ins Kinn. Sie brannte. Mit jedem Augenblick lodernder.

Kepheqiahs Blick verschleierte sich. »Es ist mein letztes Mal.« Langsam senkte er sich in sie hinab. Füllte sie aus, stieß an.

Anne erbebte.

Sein letztes Mal? Nur ein Scherz.

Sie hob sich ihm entgegen. Der Druck in ihrem Inneren lockte ein Wimmern.

Keph presste seinen Mund auf ihren. Seine Zunge drang gierig zwischen ihre Lippen.

Tiefe, lange Stöße.

Ihr Körper stand in Flammen.

Ein Flüstern. In dieser fremden, wohlklingenden Sprache. Es galt ihr. Nur ihr allein. Sie spürte die Bedeutung in ihrem Herz, auch wenn sie die Worte nicht verstand. Sie füllten es mit einem Gefühl, zu groß, zu intensiv, um es ertragen zu können. Es quoll über, bahnte sich seinen Weg hinauf, floss aus ihren Augen.

Der Rausch griff nach ihr, schleuderte sie über den Horizont ihrer Wahrnehmung. Hilflos wie ein Blatt im Sturm wurde sie von Böen erfasst. Sie fiel, wurde aufgefangen, schwebte in sanfte Nacht.

~*~

Anne sank zurück.

Kepheqiah küsste die zarte Haut ihrer Kehle, inhalierte Annes Duft.

Er war ganz. Zum ersten Mal. Vollständig, ohne Scham, ohne Makel. Anne konnte nicht ahnen, wie viel sie ihm in dieser Nacht geschenkt hatte. Es hatte sie erschöpft. Sie schien zu schlafen.

War alles in Ordnung mit ihr? Sie lag so still.

Vorsichtig berührte er ihren Hals, spürte ihren Puls kraftvoll gegen seine

Finger klopfen.

»Mir geht's gut.« Anne schmunzelte mit geschlossenen Augen. »Zu viel Gefühl, zu schnell geatmet, zu viel Explosion auf einmal.« Sie tastete nach seiner Hand, legte sie sich auf den Unterbauch. »Hier drin.«

Kepheqiah nahm ihre andere Hand und führte sie zu seinem Herz. Jedes seiner Schläge galt ihr. Wie sollte er auch nur einen einzigen Tag leben, ohne Anne auf diese Weise zu lieben? Sein Geist hatte gejubelt vor Seligkeit, während sein Körper in ihrem geschmolzen war.

Langsam hob Anne die Lider. Ihr Blick genoss, liebkoste. »Wer bist du?«

»Du würdest mir nicht glauben.«

Das Amulett. Er musste es ihr geben. Morgen.

Er sehnte sich nach einer unendlichen Nacht.

~*~

DIE DUNKELHEIT HINTER DEM LICHT

Dreckmist, verfluchter! Weshalb musste er ständig die Arschkarte ziehen, wenn Scheißjobs vergeben wurden? Hätte José nicht selbst den Kopf hinhalten können? Was sollte das heißen, er wäre zu beschäftigt? Mit was? Es gab nichts zu orten oder zu hacken. Er wusste, wo sich Kepheqiah herumtrieb. Bei dieser garstigen Frau, der sie diese Scheiße verdankten.

Ives wischte sich die Hände an der Jeans ab. Sie waren feucht. Aus Angst um Kepheqiah, aus Sorge vor Daniels Wutanfall. Er würde kommen und über ihm hereinbrechen, statt José aus der Bahn zu werfen.

Sei's drum. Einer musste den Deppen geben.

Er klopfte. Wozu eigentlich? Die Bibliothek war ein Gemeinschaftsraum. Ihm gebührte dasselbe Recht wie ihnen allen, ihn zu betreten.

Dämliche Angewohnheit, immer und überall erst wegen jedes Handgriffs um Erlaubnis zu fragen.

Der ewige Diener. Er würde es bleiben, und wenn sich die Welt eines Tages verkehrt herum drehte.

»Herein, verdammt noch mal!«

Daniels Stimme ließ ihn zusammenzucken. Der Boss schien auch ohne die miese Neuigkeit auf hundertachtzig zu sein.

Schnell hinter sich bringen, mit dem Schlimmsten rechnen und auf das Beste hoffen.

Ives straffte die Schultern und setzte eine entschlossene Miene auf. »Es ist Maurice«, schmetterte er tapfer ins Zimmer, kaum, dass er es betreten hatte. »Der Meister, der diese Frau eliminieren soll.«

Daniel und Shemhazai sahen ihm entgegen, als hätte er den Wetterbericht in Mandarin vorgetragen.

»Ist er nicht.« Daniel musterte ihn wie einen Todgeweihten.

»Ist er doch.« Ives schluckte. »Und er hat dieses lichtschneidende Schwert.« Es waren immer die Überbringer schlechter Nachrichten, die geköpft wurden. »José weiß es von Renard, der von Teicher, der von Brick und der von ...« Musste Daniel die Lider senken? Als nähme er ihn ins Visier. »... von Mohammed Tufan. Der hat gesehen, wie Lacroix etwas

Langes, Glänzendes unter seine Jacke steckte, als er das Haus der Zigeunerin verließ. Also hat er vermutet, dass ...«

»Maurice besitzt das Schwert?« Daniel erhob sich zeitlupenlangsam.

»Das von diesem Belgier oder ein anderes?«

»Spielt das eine Rolle?« Schwert war Schwert.

»Und ob«, donnerte Daniel. »Wenn er das eine hat, kann es die Zigeunerin nicht haben. Wenn er ein anderes hat, sieht sich Keph zwei dieser verfluchten Klingen gegenüber.« Wie aufgezogen ging er hin und her. »Gelänge es ihm im zweiten Fall, das eine an sich zu bringen, könnte er sich damit gegen das andere wehren.«

Ives schwirrte der Kopf.

Abrupt blieb sein Boss stehen. »Ist Keph ein guter Schwertkämpfer?«

»Keinen Schimmer? Woher soll ...«

»Ich rede mit Shem!«

Himmel noch mal!

»Er führt die Waffe anmutig wie kein zweiter.« Ein flüchtiges Lächeln ließ die hellen Augen des Engels leuchten. »Sein Schwertkampf gleicht einem Tanz, keinem Morden.«

»Das wird ihm bei Maurice nichts nützen.« Daniel tigerte erneut hin und her. »Ist er ein Tänzer, ist Maurice ein Schlächter. Niemand überlebt, der das Pech hat, zwischen ihm und seinem Ziel zu stehen. Außerdem ist Keph aus der Übung.« Er fluchte.

Auf türkisch? In seinem Dasein als Abay Coskun war ihm Ives nicht begegnet. Ob er einen Turban getragen hatte?

»Er wird es schaffen.« Shems unheilschwangeres Timbre passte perfekt zu Daniels Gewitterblick. »Er muss.«

»Dieser Idiot!« Daniel griff zum Handy. »Er benötigt Hilfe. Dringend.« Er hackte aufs Display ein. »Roope kann seine Auszeit vergessen. Wie lange dauert es mit einem Lada von Tampere nach Helsinki?«

»Das fragst du mich?« Shemhazai hob beide Hände. »Ich war nie im Norden.«

»Ives!« Daniels Zeigefinger stach in seine Richtung. »Googeln!«

Vor Schreck fiel Ives das Handy aus der Hand. War es seine Schuld, dass die Dinge schief liefen? Daniel hätte einen anderen zu dieser Zigeunerin schicken sollen. Shemhazai zum Beispiel. Wer brauchte den schon? Kam an und schnappte ihm Jade vor der Nase weg. Nichts gegen Susanna. Aber Jade war Jade.

»Ives!«

»Moment!« Wie hieß die Stadt, in der Roope wohnte?

»Zwei Stunden.«

Verdammt, Shemhazai war schneller gewesen.

Daniel ballte eine Faust. »Wie lange hält ein Grigori aus, wenn er mit der Klinge bloß verwundet wird?«

Shemhazai zuckte die Schulter. »Ich habe nur Erfahrung mit einem Schnitt in den Finger.«

»Und?«, fragten Daniel und Ives gleichzeitig.

Der Engel hob die Brauen.

Richtig. Er lebte ja noch.

»Stell den Lautsprecher an«, forderte Shem. »Ich will mithören.«

»Dazu muss der Kerl erst mal rangehen.« Daniel legte das Handy vor sich auf den Tisch und bedachte es mit ausgesucht unflätigen Flüchen. Vielleicht galten sie auch dem Finnen.

»Was?«, erklang Roopes Bassstimme mit deutlich drohendem Unterton.

»Keph ist in Gefahr.« Daniel fasste das Problem zusammen, spickte es mit Verwünschungen, die allesamt Maurice betrafen.

»Helsinki?«, fragte Roope erfreut, als hätte er den Part mit Kepheqiahs höchstwahrscheinlichem Tod überhört. »Ich mag diese Frau. Warum trägt sie einen französischen Namen?«

»Wen kümmert's!«, fauchte Daniel. »Du bist am dichtesten dran. Fahr hin und hol Keph aus dieser Scheiße raus!«

»Du hängst nicht an diesem Lacroix, nein?«

»Nein.«

»Bestens.«

Armer Maurice. Die Runde war für ihn gelaufen. Im Gegensatz zu Kepheqiah besaß Roope keinerlei moralischer Skrupel, was die Bruderschaft anging. Er würde einfach morgensternschwingend Maurice die Klinge aus der Hand schlagen und ihm eine schnelle Überfahrt nach Hel sichern.

Wie auch immer, ein guter Moment, sich zu verziehen.

Ives schlich rückwärts Richtung Tür.

»Du bleibst!«, herrschte Daniel.

Ives zog den Kopf ein. Jetzt zu Susanna und sich unter einem Vorwand wie seelischer Bedürftigkeit an sie schmiegen. Die spitzen Knochen ignorieren und hoffen, dass aus der Schmusenummer mehr wurde. Manchmal funktionierte es. Meistens jagte sie ihn zum Teufel. Die Punkerin zu lieben glich einem Roulettespiel. Er wusste erst mit hundertprozentiger Sicherheit, ob die Kugel auf Rot gefallen war, wenn er in ihr steckte.

Wenigstens musste er nicht unauffällig die Ratte aus dem Weg kicken. Das Vieh hatte sich in Luft aufgelöst.

Daniel bombardierte Roope mit Anweisungen und Informationen. Ein Gewitterhimmel war licht im Vergleich zu seiner Miene.

Er sorgte sich um Kepheqiah.

Etwas in Ives' Magen verknotete sich. José hatte eine alte Feindschaft zwischen Kepheqiah und dieser Frau angedeutet, und dass sie nicht lange fackelte.

Sie durfte Kepheqiah nichts getan haben. Er war mehr als okay, hatte ihn nie spüren lassen, dass er bloß ein Diener war. Im Gegensatz zu Lacroix. Selbst Daniel ließ oft genug den Boss raushängen.

Daniel beendete das Gespräch. »Sollte ich Keph je wiedersehen, prügele ich ihm den Heiligen aus dem Leib!« Er hieb mit der Faust auf den Tisch, dass das Handy bis zu Shemhazai schlitterte.

Ives duckte sich automatisch. Seine letzten Leben hatten ihn eines gelehrt: Es war klug, sich beim Stichwort *Prügel* zu ducken. Unauffällig das Weite zu suchen war geradezu brillant.

Daniel wandte sich nach wie vor fluchend zum Fenster. Eine günstigere Gelegenheit gab es nicht.

Ives schlüpfte durch die Tür, schloss sie lautlos hinter sich.

Was für ein Scheißtag! Am besten, er verbrachte den Rest weit weg vom Boss. Eine Runde um die Häuser und in einem Café über seine ständig misslingenden Existenzen nachdenken. Immerhin hatte er es dieses Mal lebendig durch die Pubertät geschafft. Das war schon mal was.

Ives schlich die Treppe wie ein Dieb hinunter. Bloß nicht auffallen, dann

standen die Chancen nicht ganz so mies, ungeschoren davonzukommen.
»Wo willst du hin?«
Ives fuhr zusammen. »Philipp!«
Der Cleaner lehnte an der Hintertür und musterte ihn erstaunlich eindringlich.
»Ich muss ein paar Besorgungen machen.« Seltsam, einen Seelenlosen anzulügen war nur halb so schlimm wie bei einem normalen Menschen.
»Ich auch.« Philipp pflückte einen der Wagenschlüssel vom Haken. »Komm mit. Ich brauche Hilfe.«
Fantastisch, jetzt kommandierten ihn sogar die Cleaner herum.
Und wenn schon. Wenigstens lieferte es ihm eine willkommene Ausrede, aus Daniels Einzugsbereich zu verschwinden.
Er folgte Philipp zu einem der Wagen.
»Steig ein.« Im Vorbeigehen öffnete Philipp die Beifahrertür und machte sich daran, das Tor aufzuschließen.
Phil war der perfekte Diener. Viel besser als er selbst. Kein Wunder, dass sich ein Mann wie Daniel mit den Cleanern eingedeckt hatte. Er konnte ihnen befehlen, was er wollte. Sie scheuchen, wie es ihm beliebte. Sie nahmen ihm keine Laune übel und versuchten nicht, sich von ihren Aufgaben davonzustehlen.
Im Gegensatz zu ihm.
Warum gab sich Mister sanfter Tod überhaupt mit einem kleinen Licht wie ihm ab? Diese Frage stellte sich Ives häufiger. Mochte er ihn? Fühlte er sich aufgrund ihrer früheren Begegnungen, die allesamt unrühmlich für Ives ausgegangen waren, verantwortlich? Sah er in ihm noch einen störrischen, unfähigen Jungen, den man besser nicht allein ließ?
Sein Ego schrumpfte im Sekundentakt. Auch nicht zum ersten Mal. Er war die überflüssige Nebenrolle in einem opulenten Stück. Keinem Zuschauer würde es auffallen, wenn er verschwand. Niemand würde ihm hinterherweinen, sollte ihm etwas geschehen.
Sein Herz zuckte bei dem Gedanken an den eigenen Tod. Nicht einmal hypothetisch war er ein Held.
Philipp kam zurück, setzte sich neben ihn und lenkte den Wagen durch die enge Ausfahrt.

Wie es sich wohl anfühlte, niemals Angst zu empfinden? Den größten Teil seiner Existenzen hatte er in Panik und Schrecken verbracht. Den kläglichen Rest in sinnlosem Verliebtsein.

Einfach mal so durch Katastrophen streifen und dabei cool bleiben.

Vielleicht im nächsten Leben.

»Wie ist es so ohne Seele?« Das einen Cleaner zu fragen, war in etwa so taktvoll, wie sich bei einem Sterbenden nach dem werten Befinden zu erkundigen. »Kommst du klar?«

Ein Zucken um den Mund. Für einen Sekundenbruchteil erschienen Falten zwischen den Brauen. »Schließe bitte das Tor.«

»Okay.« War nur ein Versuch gewesen.

Ives stieg aus. Feiner Regen benetzte sein Gesicht. Die Eisenflügel quietschten, als er sie heranzog.

Tropfen perlten auf der Windschutzscheibe des Wagens. Dahinter starrte Philipp mit gerunzelter Stirn in das Grau des Tages.

~*~

Seltsame Träume. Anders als sonst. Erfüllt von Zärtlichkeit und Begehren. Ein Tanz um eine gemeinsame Mitte. Keph, der sich immer weiter entfernte. Anne hatte nach ihm gerufen, aber er hatte nur den Kopf geschüttelt. Mit einem Ausdruck im Gesicht, der ihr das Herz zusammenschnürte.

Anne rekelte sich unter der Decke. Kephs Duft haftete am Kopfkissen.

Was für eine berauschende, ganz und gar überbordend sinnliche Nacht. Mehr davon. Von Keph, seinen leidenschaftlichen Küssen, seinem Hunger nach Berührung.

Ihr Körper kribbelte vor Sehnsucht. Vor allem ihr Bauch. Anne legte ihre Hände darauf. Das flatternde Verlangen darunter dachte nicht daran, sich zu beruhigen. Es sehnte sich nach seinem Urheber.

Die Tür zum Balkon klaffte.

Anne wickelte sich in die Decke und ging hinaus.

Keph stand mit dem Rücken zu ihr am Geländer. Er schien vollkommen in Gedanken versunken. Erst als sie neben ihn trat, bemerkte er sie. Sein

Lächeln war traurig wie in ihren Träumen.

»Was ist los?« Er durfte alles, nur nicht die vergangene Nacht bereuen.

»Ich muss mit dir reden.« Er drehte sich zu ihr, ließ eine Hand auf Geländerlauf liegen. Es war leichter, die schlanken Finger zu betrachten, als ihm in die Augen zu sehen. In der Nacht hatten sie ihren Körper erforscht, ihr unvorstellbare Lust bereitet.

»Da ist so viel, das du wissen musst.«

»Zum Beispiel?« *Dass du verheiratet bist und die Nummer mit dem Mönch nur zum Aufreißen benutzt?*

»Nicht hier.«

Wenn er sie doch berührte. Ihr eine verflixte Strähne aus der Stirn streichen würde, wie das sämtliche Helden in Filmen und schnulzigen Büchern machten. Wenn er ihr bloß auf irgendeine Art klarmachte, dass sie ihm etwas bedeutete. Stattdessen schien seine Miene eingefroren und sein Blick wurde mit jedem Wort leerer.

Ihr Handy klingelte dumpf von irgendwo hinter ihr. Nach dem gefühlt hundertsten Klingelton hob Keph die Braue.

»Moment.« Anne huschte ins Zimmer zurück.

Eeli.

»Denk an den Termin um zehn. Ich schaffe es vielleicht nicht pünktlich. Mein Onkel ...«

»Der kann mich mal! Du hast einen Job mit festgelegten Arbeitszeiten!« Sie hasste es, die Chefin raushängen zu lassen. Vor allem bei Eeli.

»Gemach, gemach.« Er klang ehrlich erstaunt. »Ich mach's wieder gut.«

Anne beendete das Gespräch.

Kurz vor neun. Knapp aber machbar.

»Wir müssen reden.« Keph umfasste ihr Handgelenk. »Dringend.«

Von den tausend Gründen, warum er aus ihrem Leben verschwinden wollte, konnte er ihr auch später beichten. Ein bitteres Gefühl vergiftete die Erinnerungen an die Nacht. Sie war wundervoll gewesen und nun vorbei. Was hatte sie erwartet?

»Wird es lange dauern?« Der Geschäftston ging ihr selbst gegen den Strich. »Dann um elf.«

»Nimm dir danach nichts anderes mehr vor.« Die Art, wie er sie ansah, passte nicht zu dem strengen Ton.

Das war's, stellte eine Stimme in ihr mit widerlicher Sachlichkeit fest. *Er wird dir einen vom Elch erzählen und sich davonmachen.*

»Erstens bestimmst du nicht meinen Tagesablauf.« Anne spannte die Schultern. »Und zweitens haben wir beide noch den geschäftlichen Part zu regeln.« Eine Demütigung ließ sich am besten hinter Stolz verbergen. »Keine Angst, ich berechne dir lediglich den Nachmittag. Die Nacht war geschenkt.« Gott, sie benahm sich wie der letzte Mensch.

Keph fasste sie hart an den Oberarmen. Pure Verzweiflung im Blick.

Den abgedroschenen Satz: *Du tust mir weh!* sparte sie sich. Er war sensibel genug, um das allein zu erkennen.

Seine Hände glitten hinab. Erschrocken trat er einen Schritt zurück. »Bitte beeile dich.«

Ihr Herzschlag stellte jede Urwaldtrommel in den Schatten. »Heißt das, du begleitest mich ins Büro?« Sollte sie sich darüber freuen oder sich fürchten?

Keph nickte. »Es gibt Dinge, die du über mich erfahren musst.«

»Vielleicht nimmst du dich zu wichtig. Du bist nicht mein erster Liebhaber und wirst nicht der letzte sein.« Hätte sie sich doch vor diesem Schwachsinnssatz die Zunge abgebissen.

»Mag sein.« Das wissende Lächeln irritierte sie. »Aber darum geht es nicht.«

Anne ließ die Decke an sich hinabrutschen.

Reiner Trotz. Sie konnte nicht anders.

Kephs Blick glitt über jeden befreiten Zentimeter Haut.

Nein, er glitt nicht. Er streichelte.

»Ich danke dir für dein Geschenk.« Er schloss die Augen, umfasste den Geländerlauf so fest, dass die Sehnen seiner Unterarme hervortraten.

Was zum Teufel lief schief?

Anne schnappte sich ihr Kleid, flüchtete ins Bad. Während sie duschte, fasste sie für keine Sekunde einen klaren Gedanken. Dafür kämpfte sie ständig mit den Tränen und den gerissenen Nähten. Beides verdankte sie Keph. Wenn sie ihren Mantel zuknöpfte, fiel das eine nicht auf.

Das andere würde sich auch unter dicken Make-up Schichten nicht verstecken lassen.

Als sie zurückkam, war Keph bereits fertig angezogen. Wenigstens trug er den grünen Pullover und nicht den grauen Sack.

Sie weigerte sich, einen sehnsüchtigen Blick auf den Smoking zu werfen, der ungenutzt an der Schranktür hing. Es wäre schön gewesen, mit Keph in die Oper zu gehen. Doch es war vorbei. Die Erkenntnis stach mit einer erschreckenden Intensität in ihr Herz.

»Können wir?« Zu hoch, beinahe schrill. Sie erkannte ihre eigene Stimme kaum. »Ich muss noch nach Hause, mich umziehen.«

Gespielte Arroganz in jeder Silbe. Abscheulich.

Kepheqiah hielt ihr die Tür auf, folgte ihr vors Hotel.

Anne setzte sich ins erste Taxi der Schlange und nannte dem Fahrer die Adresse.

Keph nahm neben ihr auf der Rückbank platz. Während der Fahrt sprach er kein Wort. Blass und mit regloser Miene starrte er vor sich hin. Als sie in der Albertinkatu angekommen waren, stieg er mit ihr zusammen aus und bat den Fahrer, zu warten.

»Ich komme allein zurecht.« Seine Nähe machte alles nur schlimmer. Sie sollte ihn fortschicken. Es war klar, was er ihr sagen wollte. Nicht im Detail, aber im Prinzip.

Sie brachte es nicht über sich.

Keph lehnte sich ans Taxi, behielt sie im Blick, bis sich die Haustür hinter ihr schloss.

Anne brauchte ewig zum Umziehen. Als ob sie mit jeder Bewegung gegen einen unsichtbaren Widerstand ankämpfte.

Warum verhielt sich Keph so seltsam? Weshalb sagte er ihr nicht geradeheraus, was los war?

Auf dem Weg nach unten verdrängte sie die Stimme, die sie immer eindringlicher vor diesem Mann warnte.

Die Fahrt zur Agentur, die Treppe hinauf ins Büro – Schweigen.

Erst im Entree brach er es. »Möchtest du einen Kaffee?« Er war schon auf dem Weg zur Teeküche.

Es ging ihm nicht um den Kaffee, sondern um Distanz. Anne antwortete dennoch mit einem Ja.

Jacke und Handtasche landeten auf dem Sofa ihres Büros. Sie setzte sich an den Schreibtisch, klappte den Laptop auf, klappte ihn wieder zu.

Schluss! Er sollte seinen Spruch aufsagen. Sofort. Dann hatten sie es beide hinter sich.

Anne sprang auf, stieß an den Papierkorb. Er kippte, eine Frau starrte sie an. Nein, nur eine Zeichnung. Ein Phantombild? Kurze Haare, eine zu große Nase, emotionsloser Blick. Der Zeichner gehörte verklagt.

Joggerin ersticht Tourist mit Bierflasche und flieht mit antikem Dolch.

Kaltes Glas in ihrer Hand, das Klirren der Scherben, der Schwung, der ihren Arm hinauf kribbelte.

Sie breitete die Zeitung auf dem Tisch aus, hetzte durch die Zeilen.

Ihr Traum. Jemand hatte ihn aufgeschrieben. Nur die Perspektive stimmte nicht. Wie lange lag er zurück?

Eine Zeugin, minutenlanges Starren der Täterin auf die Leiche. Flucht erst nach Ankunft der Polizisten. Mit dem Dolch.

Welcher Dolch? War es nicht ein Schwert gewesen? Filigran und unsäglich schön, wie aus einer anderen Welt.

»Anne?«

Das Motiv der Frau: unklar. Drogenkonsum nicht ausgeschlossen. Um Hinweise wird gebeten.

»Anne!«

Die Worte hüpften vor ihren Augen.

Wieso träumte sie Dinge, die tatsächlich geschahen? Und wo befand sich das Schwert? Wäre sie es gewesen, besäße sie es, aber dem war nicht so. In ihren Schubladen tummelten sich nur Gemüsemesser, Brotmesser, Käsemesser, Obstmesser, die sich in Kalender schleudern ließen.

Oh Gott. Das alles hatte sie wegen Keph verdrängt. Er stand in der Tür, starrte sie erschrocken an.

Ihr Magen krampfte. In der Kehle gurgelte es.

Wie bei dem Mann.

Kein Wunder, Glas steckte ihm im Hals.

Anne taumelte aus dem Zimmer, hangelte sich an der Wand entlang zur Toilette.

Stapfendes Pochen. In ihrem Kopf, in ihrem Herz.

Warum träumte sie von einem Mord?
Das Phantombild. Es trug ihre Gesichtszüge. Nur grob, aber dennoch.
Anne riss den Klodeckel hoch.
Reine Angst ätzte sich durch ihre Kehle, klatschte auf Keramik. Giftig, stinkend. Immer wieder.
Auf dem Phantombild war ihre Nase zu groß.
Sie hatte einen Menschen getötet.
Der Zeichner musste betrunken gewesen sein.
Niemals, niemals war sie eine Mörderin!
Ein Albtraum, zwischen Druckerschwärze und Kopfkissen zusammengereimt. Sie befand sich außerhalb. Auf dem Klo. Kotzte sich die Hoffnung aus dem Leib, dass all das nur ein Versehen war und nichts, absolut nichts mit ihr zu tun hatte. Dennoch kam ihr Galle hoch.
Kühle Hände, die ihren Kopf hielten. Eine sanfte Stimme, die ihr vorlog, alles würde gut.
Anne wollte ihr glauben. Und wie sie das wollte. Aber nichts war gut. Irgendwann sank sie zitternd vor der Toilette auf die Knie.
»Anne?«
Keph. Der Orangenmann. Der Asket mit Haarknoten und wund gerubbelten Nippeln, der noch nie mit einer Frau geschlafen hatte.
Bis auf letzte Nacht.
Sie kannte ihn. Er war ihr gefolgt. Aus ihren Träumen, mitten hinein in ihre Realität.
Jemand lachte hysterisch, schlug ihr auf den Mund. Die Hand stank sauer. Ihre? So eklig. Doch nichts im Vergleich zu Blut, das aus Kehlen sprudelte.
»Ich bin hier, um dir zu helfen.« Keph benetzte seelenruhig ein Handtuch.
Wo kam es her? Hatte sich Eeli gekümmert? Sie hatte es vergessen. Weiches Frottee war ohnehin angenehmer als raues Krepppapier.
Simple Gedanken in kranker Situation.
Anne fürchtete sich vor sich selbst.
»Das mit der Agentur war nur ein Vorwand, dich in diesem Leben kennenzulernen.«

»In diesem Leben?« Gott, war ihr übel.
Er kniete sich zu ihr, wischte ihr den Mund sauber. »Fürchte dich nicht.«
Nie hatten Worte tröstender geklungen.
Anne stiegen Tränen in die Augen. Sie verlor den Verstand. Eindeutig. Nein, so wollte sie nicht enden.
»Wir kennen uns schon lange.«
Die Stimme streichelte, auch wenn sie Lügen verkündete.
Nein, tat sie nicht.
Melancholische Hagerkeit, ernster Blick und ein Messer im Herz oder eine Flasche im Hals. Gute Würfe in beiden Fällen. Letzteres schien ihr Favorit zu sein.
Wieder kämpfte sich ein Lachen hinauf. Es klang durch und durch am Leben vorbei.
»*Woher* kenne ich dich?« Die Nummer mit den Träumen konnte sie unmöglich bringen.
Er betätigte die Klospülung, half ihr auf die Beine. »Kannst du dir vorstellen, dass unser friedlichstes Treffen ist, was wir je erlebt haben?« Seine Mundwinkel zuckten.
Ein sinnlicher Mund. Etwas schmal, dennoch sinnlich. Und er schmeckte gut. Oh Gott, und wie gut. Aber er log. Sie konnten einander nicht begegnet sein. Nicht in der Wirklichkeit. Und was war an dieser Situation friedlich? In ihrem Kopf fand ein Krieg statt. Sogar ihr Magen war involviert.
»Normalerweise erstichst du mich, bevor ich nur einen Satz mit dir gewechselt habe.«
Falsche Antwort. Entsetzlich falsch.
»Du bist verrückt.« Und sie auch.
»Nein, durchaus nicht.« Wehmut in dunklen Augen. Tiefer als das Meer.
»Ebenso wenig wie du.« Er drehte den Wasserhahn auf und führte ihre besudelten Hände darunter. Er schäumte sie ein, wusch den Schleim von ihnen.
Annes Knie gaben nach.
Ein Arm um ihre Hüfte. Er hielt sie aufrecht, schenkte Geborgenheit.
»Glaub mir, was du jetzt erlebst, ist für jemanden wie dich normal, wenn

er erwacht. Vor allem, da es so spät geschieht.«

»Ich bin wach.« Es fühlte sich nicht danach an.

Sanft glitten seine Finger über ihre. »Kannst du mir etwas versprechen?« Anne nickte, obwohl sie weitab jeglicher Zurechnungsfähigkeit war.

»Töte mich dieses Mal nicht sofort.« Er rümpfte die Nase und sah tatsächlich zerknirscht aus. »Ich verdiene es zwar, aber für dich würde es vieles verkomplizieren. Warte damit, bis ich dich in Sicherheit gebracht habe.«

»Okay.« Aus und vorbei. Wo war die Reset-Taste? Dicke Tropfen zerplatzten auf dem Waschbeckenrand. Es war alles so entsetzlich, konnte niemals zu ihrem Leben gehören.

»Danke.« Ein Lächeln aus den Augenwinkeln, ein weiches Handtuch, das sich um ihre Hände legte. »Solltest du deine Meinung ändern und dein Versprechen brechen wollen, nutze das Schwert, das du dem Anonymen Meister abgenommen hast.«

Welches Schwert? Das aus ihrem Traum oder das aus dem Zeitungsartikel? Das erste hatte sie mitgenommen, aber nirgends hingebracht. Das zweite tarnte sich als Dolch.

Clever.

Oh Gott. Sie war irre. Egal, was Keph behauptete.

Fürchte dich nicht. Der Satz echote in ihrem Herz und versprach, die Wahrheit zu sein.

Was für ein Heuchler.

Anne schluckte ihre Tränen weg.

Ein Abgrund in ihrem Innern. Er drehte sich um sich selbst, verschlang alles Vertraute und spuckte stattdessen Grauen aus.

»Ich töte dich in meinen Träumen.« Sie konnte nicht fassen, dass sie es aussprach. »Mir wird dabei kalt vor Hass.« Das war das Schlimmste.

»Ich weiß«, erwiderte Keph mit tiefstem Ernst. »Lass uns in dein Büro gehen. Dann erkläre ich dir alles.«

»Was willst du mir erklären?« Sie stieß ihn vor die Brust. »Dass ich eine Mörderin bin?« Gott! »Warum ich von diesen entsetzlichen Träumen heimgesucht werde oder weshalb ich irgendeinen Typen ersteche?« Sie musste erneut würgen.

Nein, sie hatte niemanden getötet. Sie erschlug noch nicht einmal Fliegen.

»An was kannst du dich erinnern?«

»An alles!« Es war ihr Traum, verdammt! Was hatte er in einer Zeitung zu suchen?

»Sagen dir die Namen Víctor und Lina etwas?«

»Nein.« Doch. Da hatte es eine Lina gegeben. Aber keinen Víctor. Obwohl ...

»Wie ist es mit Jeanne und Thérèse?«

Anne presste die Hände auf die Ohren.

Keph pflückte sie wieder ab. »Hugo?«

»Hör auf!« Französische Namen. Sie mochte sie alle. Ein paar flirrten durch ihre Nächte, die anderen weckten Schemen. Zu weit entfernt, um Erinnerungen zu werden.

Flüchtig strichen Finger über ihre Schläfe. »So lange du dich nicht erinnerst, wer du bist, schwebst du in Gefahr.«

»Wohl kaum.« Sie war die Killerin.

Nein! Nein, war sie nicht. Verrückt? Eventuell. Warum so plötzlich? Keinen Schimmer. Aber eine Mörderin? Niemals!

»Lass mich dir helfen.«

Sanft, leise, tief, leicht vibrierend. Keph besaß die wundervollste Stimme der Welt und er sagte die wundervollsten Sätze.

Fürchte dich nicht. Lass mich dir helfen.

Und er war sich sicher, dass sie nicht den Verstand verlor. Damit hatte er ihr etwas voraus.

»Ich habe einen ...« Wenn ihr nur nicht so übel wäre. »In der Zeitung steht ...«

»Der Artikel?«, fragte der Mann, dessen Nähe sich gleichzeitig nach Freundschaft und Feindschaft anfühlte. »Ich habe ihn gelesen.«

»Woher kann ich das?« In ihrem Kopf herrschte Leere.

»Du konntest es schon immer. Das war einer der Gründe, weshalb dich Mahawaj in den dritten Kreis aufgenommen hat.«

Der Name klang vertraut. Verhasst.

Ihre Nerven hingen durch wie alte Stromkabel maroder Überspannleitungen.

Keph legte seine Hand an ihre Wange, drehte ihren Kopf so, dass sie ihn ansehen musste. »Vertraue mir. Ich will und werde dir helfen.«

»Kennen wir uns wirklich von früher?« Allein die Tatsache, dass sie es aussprach, stempelte sie als Idiotin ab.

Keph nickte. »Zumindest so weit, wie ich es zugelassen habe. Wir waren keine Freunde, wenn du das meinst.«

»Feinde?« Sie hatte mit ihm geschlafen. Es war wunderbar gewesen. Er durfte nicht ihr Feind sein.

Keph schloss die Augen. »Höre mir zu.« Seine Miene war reine Resignation. Als er die Lider öffnete, stand eine Entschlossenheit in seinem Blick, die sie zurückweichen ließ.

»Ich bin bereit, mein Leben für dich zu geben.« In einer fließenden Bewegung sank er vor ihr auf die Knie, nahm ihre Hand und führte sie an seine Stirn. »Ich schwöre es dir und es existiert nichts in dieser oder einer anderen Welt, das mich davon abhalten kann.«

Dramatisch?

Pathetisch?

Ganz und gar überzogen?

Kein bisschen.

Ihr Leben hing an diesem Schwur. Die Erkenntnis breitete sich kristallklar in ihrem wunden Geist aus, ohne dass sie im Entferntesten hätte sagen können, woher diese Gewissheit stammte.

Kepheqiah blickte zu ihr hinauf.

Anne versank in dunklen Tiefen.

»Es wird der Moment kommen, in dem du mich abgrundtief hassen wirst. Erinnere dich dann an meinen Eid und vertraue mir solange, bis du in Sicherheit bist. Danach steht es dir frei, über mich nach deinem Ermessen zu verfügen. Welche Strafe du auch ersinnst, ich werde sie annehmen.«

Jedes einzelne Haar ihres Körpers stellte sich auf. »Was hast du mir angetan?«

»Du wirst dich erinnern, wenn wir allein sind.«

»Das sind wir.«

»Das ist ein Klo und dein Termin kommt jeden Augenblick.«

Das leuchtete ihr ein. Obwohl diese irrwitzige Beziehung zu ihm genau hier begonnen hatte. Mit Wundcreme und Pflasterstreifen.

Anne sehnte sich bis in die letzte Faser ihres Herzens danach, laut lachen zu dürfen. Bis vor ein paar Minuten hätte sie es noch gekonnt.

Keph erhob sich. Leicht wie ein Hauch legte sich seine Hand auf ihren Rücken. »Du schaffst das. Ich kenne sowohl deine Stärke als auch deine Entschlossenheit. Beides habe ich fürchten gelernt.«

Er hörte nicht auf, der Albtraum.

Anne zitterte. Nicht außen, eher innen. Sie holte tief Luft, versuchte, den Schwindel zu ignorieren.

Keph führte sie wie eine Kranke in ihr Büro. »Setz dich hierhin.« Er nickte zum Sofa. »Das ist bequemer.«

Sie glitt aus seinem Arm. Sehnte sich sofort wieder hinein.

Ein Leuchtturm in sturmumtoster Nacht. Er durfte sie nicht allein in der Dunkelheit zurücklassen.

Keph nahm am anderen Ende Platz. Viel zu weit weg.

»Ich kann deine Erinnerungen zurückbringen.« Seine Hand verschwand in seiner Jeanstasche. »Aber glaube mir, es wird nicht leicht für dich werden.«

»Verstehe ich dann ... « Ihre Finger flatterten wie aufgescheuchte Vögel durch die Luft. »... all das?« Wie sollte sie einen Mord rechtfertigen? Vor sich: unmöglich. Warum war sie nicht längst verhaftet worden? War das Phantombild dermaßen schlecht? Ja, war es. Trotzdem.

Keph nickte. »Sag mir, wenn du bereit bist.«

»Jetzt.« Einen Scheiß war sie. Dennoch brauchte sie Klarheit über diesen Zustand. Dringender als Atemluft, die ihr mehr und mehr ausging.

Keph zog eine Kette aus der Tasche.

Das Amulett ihrer Träume.

Ein kläglicher Laut drang aus ihrem Mund.

»Erkennst du es?«

Es pendelte. Anne streckte die Hand danach aus.

Licht. Schmerz. In ihren Fingerspitzen, den Arm hinauf, bis in ihr Hirn.

Ein Junge mit strubbeligen Haaren und Rotznase, ein Mann mit hartem Blick.
Hass. Zu trocken, um ihn schlucken zu können. Wirbel in ihrem Kopf, sie rissen an ihr. Tiefes Bedauern, Trauer, die in Wein ertrank.
Kälte.
Ein gefrorenes Kind.

~*~

Anne verdrehte die Augen, sank in sich zusammen. Jede Farbe wich aus ihrem Gesicht.
Kepheqiah fing sie auf, bevor sie vom Sofa rutschte.
Es war zu viel für sie. Ihr Unterbewusstsein hatte die Erinnerungen an einem dunklen Ort ihrer Seele verbannt. Endlich freigelassen, fielen sie wie hungrige Wölfe über sie her.
Er legte ihre Beine hoch, streichelte ihre blassen Wangen.
Hoffentlich blieben sie noch ein wenig ungestört. Anne brauchte Ruhe. Ihren Termin musste er abwimmeln. Sobald sie erwachte, spielten diese Dinge keine Rolle mehr.
So wie er.
Die Zigeunerin würde die Frau verdrängen, die ihm gestern das Wundervollste geschenkt hatte, das ihm jemals zuteilgeworden war. Sie würde rasen vor Wut, mit ihrem Feind die Nacht verbracht zu haben. Ihre Rache war ihm gewiss. Nicht einer Silbe von ihm würde sie Glauben schenken, geschweige denn sich an seinen Eid erinnern, sondern sofort zum Brieföffner greifen. Bis er einen neuen Wirtskörper gefunden hatte, konnten Stunden bis Tage vergehen. In dieser Zeit wäre sie allein mit ihren Erinnerungen, ihrem Hass, dem Mann, den Mahawaj zweifellos auf sie angesetzt hatte.
Den Brieföffner verstecken, ihren Zorn über sich ergehen lassen und hoffen, dass er so weit abebbte, um ihm zuzuhören? Selbst dann wäre sie nicht bereit, ihm an irgendeinen Ort zu folgen.
Er hatte geschworen, sie zu beschützen. Wenn sie ihm dazu die Möglichkeit nahm, brauchte er Hilfe.

Daniel.
Auf dem Schreibtisch stand ein Festnetztelefon.
Nach dem zweiten Freizeichen ging Daniel ran.
»Ich bin's.«
»Keph?«
Bildete er es sich ein oder klang Daniel erleichtert?
»Bist du irre, dich jetzt erst zu melden?«
»Ich war beschäftigt.« Die Nacht mit Anne würde er tief in seinen Geist einschließen, als Licht in der Dunkelheit. Nichts und niemand konnte ihm das nehmen. Auch nicht der Tod.
»Wie ist es gelaufen?«
»Der Schock der Erinnerung war zu viel für sie. Sie ist ohnmächtig.«
»Was ist mit dir?«
»Ich bin nicht ohnmächtig.« Daniel machte sich tatsächlich Sorgen.
»Idiot!« Am anderen Ende schnaubte es. »Hat sie das Schwert?«
»Ich weiß es nicht.«
»Wieso nicht?«
»Weil sie es nicht im Schultergurt mit sich herumträgt und es auch nicht in mir drin steckt.«
»Dann frag sie!«
»Sie ist ohnmächtig!«
»Wecke sie auf, verdammt! Du brauchst das Ding. Aber bring sie auf keine Ideen. Halte Distanz und sei auf das Schlimmste vorbereitet.«
Distanz. Exakt das sollte er meditieren. Doch seit der vergangenen Nacht sehnte er sich nach dem Gegenteil.
»Sie ist schön.« Kepheqiah biss sich zu spät auf die Lippen.
»Was?«
»Anne. Sie ist bezaubernd. Ihr Duft betörend und wenn sie lächelt, schmilzt mein Herz.« Wollte er sich Daniel wirklich ans Messer liefern?
»Ihr darf nichts geschehen. Nicht dieses Mal.«
Daniel schwieg.
»Bist du noch dran?«
»Mein Weltbild bricht zusammen.«
»Meines liegt in Scherben.« Es störte ihn nicht im Geringsten. »Daniel?«

»Hm?«

»Wir haben uns geliebt. Es war unglaublich.« Zwischendurch war er sicher gewesen, unter der Flut der Gefühle sterben zu müssen.

»Du hast was?«

»Nicht ich. Wir.«

»Dein erster Sex.« Daniel klang ehrlich beeindruckt. »Ich fasse es nicht.«

»Hilf mir. Ich kann damit nicht umgehen. Ich weiß nicht, was ich denken, wie ich mich verhalten soll. Wenn sie aufwacht und mich hasst ... « Er würde verzweifeln.

»Wie soll ich dir helfen? Die Frau, der du gerade dein Herz vor die Füße wirfst, ist der potenzielle Grund deines Todes!«

»Du hast mir geraten ...«

»Aber nicht jetzt und schon gar nicht mit ihr!«

»Es sind ihre Augen.« Es existierte kein tieferes Blau.

»Schwachsinn! Es ist dein Schwanz!«

»Nicht nur.« Im Augenblick pochte lediglich sein Herz in einem ihm vollkommen unbekannten Rhythmus.

Daniel stöhnte gequält auf. »Freund, du sitzt in der Scheiße. Metertief. Maurice ist auf dem Weg zu euch. Anne ist *sein* Ziel.«

Ein Gefühl, als hätte ihm jemand die Faust in den Magen gerammt.

Was auch geschah, Anne durfte dem Schlächter der Sarazenenkriege niemals in die Hände fallen.

»Wahrscheinlich ist er mit einem Engelsschwert bewaffnet. So genau wissen wir es nicht, aber er hat Annes Wohnung durchsucht und ...«

Eine gepfiffene Melodie. Ein Schlüssel klimperte. Eeli?

Das Klappen einer Tür. Eelis Pfeifen verstummte.

»Hey! Was soll ...?«

Ein Schrei, er brach ab, wie von den Lippen geschlagen.

Es polterte, Schritte näherten sich.

Kepheqiah sprang zur Tür. Kaum stand er davor, flog sie auf.

»Ich grüße dich, Kepheqiah.«

Maurice. Er hielt ein Schwert in der Faust. Von der Schneide tropfte Blut. »Wir haben uns lange nicht gesehen.« Sein Blick glitt zu Anne. »Will Levant sie für sich?«

»Freunde dich mit dem Gedanken an, dass du diesen Auftrag abbrechen wirst.« Warum hatte er nicht auf Shem gehört und dieses verdammte Schwert mitgenommen?

»Ich bin kein Waschlappen wie Levant. Ich beende meine Jobs. Die schönen und die hässlichen.« Lacroix zog ein Tuch aus der Tasche, wischte die Klinge daran sauber. »Und auf diesen hier freue ich mich ganz besonders.« Sein Blick wurde kalt, schweifte erneut zu Anne. »Die Hure hat mich getötet. Zweimal.«

»Mich ebenfalls.«

»Weshalb schützt du sie?«

»Ich bin nicht nachtragend.« Was auch geschah, Maurice würde ihr kein Haar krümmen.

»Geh zur Seite.« Lacroix schwang die Waffe locker in der Luft. »Es würde mir um dich leidtun, doch ich habe meine Befehle.«

»Ebenso wie ich.« Als ob er sich von Daniel etwas befehlen ließe.

Maurice hob eine Braue. »Du bist Levant hörig?« Mit einem schmalen Lächeln auf den Lippen schüttelte er den Kopf. »Unsinn.«

»Glaube von mir, was du willst. Aber ich werde dir Anne nicht kampflos aushändigen.«

»Dann wirst du mit leeren Händen gegen mich antreten müssen.« Maurice lachte auf. »Richtig. Ich vergaß, dass du dich vom Töten abgewendet hast.« Langsam hob er das Schwert. »Heiliger«, spuckte er aus. »Denkst du im Ernst, dein Opfer würde die Schuld von deiner Seele waschen?«

»Ich besitze keine.« Weder er noch Shemhazai noch Asasel oder Mahawaj. Und Caym schon gar nicht. »Ich bin anders als du.«

»Arroganter Bastard!«

»Auch das bin ich nicht.« Das Licht hatte das Feuer nie betrogen, doch die Umstände seiner Entstehung waren zu kompliziert, um von Maurice begriffen zu werden. Hatte er sich nie gefragt, für wen er arbeitete?

»Sei was du willst.« Lacroix begann, ihn zu umkreisen. »Diese Klinge wird es …« Seine Lider sanken. Er fokussierte eine Stelle, die schräg hinter Kepheqiah lag.

Das Telefon.

»Wer hört mit? Levant?« Mit zwei Schritten stand er am Schreibtisch.

Keinen Augenblick später zerfiel der Telefonhörer in zwei Hälften. »Es steht ihm nicht zu, alles zu wissen.« Die Spitze des Schwertes zielte auf Kepheqiahs Brust.

»Mahawaj ebenfalls nicht.« Er musste überleben. Denn wenn nicht, starb Anne mit ihm.

~*~

Rom. Das Oberhaupt der katholischen Kirche liegt im Sterben. Diese Nachricht erschütterte gestern die ...

Ives wechselte auf einen anderen Radiosender. »Was genau brauchst du eigentlich?« Sie kurvten ziellos durch Paris. So langsam sollte sich Philipp entscheiden. Die Baumärkte und Elektronikläden hatte er links liegen lassen.

Ives gingen die Ideen aus.

»Wir sind da.« Philipp bog in die Einfahrt zu einer Tiefgarage. »Warte auf mich.«

»Und wo willst du hin?«

»Etwas besorgen.«

»Nein. Echt?« Hatte er ihm dabei nicht helfen sollen?

Der Cleaner fuhr den Wagen in die unterste Etage. »Bin gleich wieder da.«

»Wehe, du bummelst.« Parkhäuser glichen Kerkern, Kellern, Katakomben.

Zu viele K's. Alle waren unten und unheimlich.

Reichlich U's.

Philipp warf die Fahrertür zu und lief in die falsche Richtung. Die Aufzüge befanden sich auf der anderen Seite.

Der Cleaner verschwand hinter einer Betonsäule.

Gab es dort einen weiteren Ausgang? Anscheinend.

Ives lehnte sich zurück. Am besten, er hörte Radio. Das dämpfte vielleicht das eklig einschnürende Gefühl in seiner Brust.

Nur Rauschen. Verflucht. Kein Empfang. Weshalb hatte der Kerl im Erdinneren parken müssen?

Auf den Ebenen über ihnen waren zig Plätze freigewesen.

Komisch, sein Hals schien dick zu werden.

Oder seine Kehle eng.

Was war er für ein Schisshase. Gut, dass es niemand mitbekam.

Und schlecht. Wenn, dann wäre er nicht allein und hätte keinen Grund, sich mulmig zu fühlen.

Ob Betonwände oder altes Mauerwerk, beides konnte auf ihn zurücken. Zumindest kam es ihm so vor.

Zu oft eingekerkert. Daran lag es. Schmale Gänge, dunkle Keller, niedrige Decken. Das war nichts für ihn. Hoffentlich kam Philipp bald wieder. Und zwar, bevor sich das dezente Flattern zu einer astreinen Panik auswuchs. Hätte er geahnt, dass er unter Betonmassen einsam herumhocken sollte, wäre er daheim geblieben.

Einfach die Augen schließen und ein bisschen schlummern? Sein Lachen klang gruselig. Woher den Mut zu so viel Gelassenheit nehmen? So schnell es geht zum Fahrstuhl flitzen und sich unter Menschen und inmitten von Zivilisation die Füße vertreten? Im Moment die beste Option.

Mit wabbelig weichen Knien stieg er aus.

Ein Looser. Von Leben zu Leben. Er musste sich dringend vornehmen, im nächsten ein Held zu werden. So einer wie Daniel oder Roope. Mindestens.

»Wo willst du hin?«

Ives' Herz rutschte ins Nirgendwo.

Phil trat hinter der Säule hervor.

»Hast du den Schuss nicht gehört, mich dermaßen zu erschrecken?«

»Komm mit. Ich zeige dir etwas.« Erneut verschwand der Cleaner aus Ives' Sichtfeld.

Was gab es hier unten schon zu sehen? Nichts. Nur Phil. Er stand in einer Nische, die als inoffizielle Toilette diente. Die Pissflecken an den Wänden sprachen Bände. Ein Kanaldeckel lag neben dem Eingangsschacht.

»Da unten.« Philipp wies auf das Loch.

»Du willst, dass ich da rein klettere?« Das konnte er vergessen. Bereits bei dem Gedanken wurde Ives schlecht.

»Es sind nur ein paar Meter. Keine Angst.«
»Sagt der, der es wissen muss, so ohne Seele, ja?« Hatte Phil auch noch den Verstand verloren?
»Komm.« Er stieg tatsächlich hinab. »Ich habe eine Taschenlampe. In zehn Minuten sind wir zurück.«
Zehn Minuten Hölle. Herzlichen Dank. Verlockend die Idee, sich vor einem Cleaner als Waschlappen zu outen. Der letzte Rest Stolz stach ihm in die Brust.
Seine Hände zitterten, als sie sich an die Streben der Metallleiter klammerten.
»Zieh den Deckel wieder drauf«, erklang es aus der Tiefe. »Sonst bemerkt uns jemand.«
Auch das noch. Das Ding war schweineschwer. Immerhin begleitete ihn ein Lichtschein bei seiner Plackerei.
Ives kletterte die restlichen Stufen hinab. Himmel, ging ihm der Stift.
»Und? Was willst du mir zeigen?« Wehe, es wäre nicht absolut spektakulär.
»Deinen Tod.« Phil packte ihn im Genick.
War der Kerl irre? »Schieb dir deine miesen Scherze in den ...«
Schmerz. In der Brust.
»Ich passe auf sie auf, Ives.«
Lippen auf seinem Mund.
Angst.
Bodenlos, schwarz.

~*~

Ein Tanz. Zu schnell für einen finnischen Tango. Unmöglich, die Bewegungen zu verfolgen. Etwas blitzte auf, vergoss Blut, wurde aus Fäusten geschlagen, wieder aufgefangen. Körper glitten aneinander vorbei, stürzten, kämpften.
Zwei Männer. Den einen kannte sie, den anderen ...
Anne schloss die Augen, fiel rückwärts in den Traum zurück.
Eine Straße. Sie führte bis zum Horizont.

Blutrot ging die Sonne davor unter. Dramatisch wie in einem Film. Anne hätte gern darüber gespottet, doch dann hätte sie die Leichen verhöhnt, die rechts und links am Wegesrand lagen.

Wegen ihr.

Die Gesichter von Fäulnis zerfressen, die Rippen stachen bleich hervor. Messer steckten in längst totem Fleisch. Es waren ihre. Jedes einzelne.

Augenhöhlen konnten anklagen. Auch ohne Blick.

Anne rannte die Straße entlang. Der Tod begleitete sie. Ein treuer Freund. Er klebte an ihrer Seite wie Pech.

Schneller laufen, ihn abschütteln, hinter sich lassen.

Grinsend legte er ihr die Hand auf die Schulter.

Blei ergoss sich in ihre Beine. Sie strauchelte, fiel.

»Wach auf«, flehte ein Mann, der vor ihr im Staub lag.

Beachtliche Leistung eine Leiche.

Er öffnete die Lider. Kalkweiße Pupillen starrten ihr entgegen.

»Wir müssen gehen.« Mühsam hob er die Hand. Dürre Sehnen hingen von den Knochen. Ein Windhauch ließ sie zittern. Er wurde zu einem Sturm, wirbelte die Toten wie welke Blätter auf. Er nahm die Straße mit, den Horizont, die Sonne, die Erinnerungen.

Anne war ihm unendlich dankbar.

»Anne!«

Der Mann mit dem seltsamen Namen stand über ihr. Kepheqiah.

Warum lag sie auf dem Sofa?

Sie richtete sich auf. Gott, war ihr schwindelig.

»Geht es dir gut?«

Er war blass wie der Tod ihrer Träume.

Ihr Freund. Nein. Ihr Feind.

Statt Gedanken schwebten Seifenblasen in ihrem Kopf.

»Wir müssen verschwinden. Sofort.«

Keph. Er hatte gesagt, sie dürfte ihn so nennen. Vorhin hatte er ihr geholfen. Auf dem Klo.

»Weißt du, wer du bist?« Keph wurde eine Spur blasser.

»Ein Scherz?«

Seine Augen verengten sich. »An was erinnerst du dich?«

»An deine wunden Nippel.«

Die Antwort schien ihm nicht zu gefallen, oder warum blickte er sie mit dieser Strenge an?

»An was noch?«

»Dass ich mich übergeben musste. Danke fürs Kopffesthalten.« Verflixt, sie war noch nie ohnmächtig geworden. Was für ein widerliches Gefühl. Es steckte in ihrem gesamten Körper.

»Das ist nicht möglich.« Keph runzelte die Stirn, auf der sich feine Schweißperlen bildeten.

Ein Blick zur Seite.

Anne folgte ihm.

Auf dem Teppich vor der Tür lag ein Mann. Haare wie flüssige Schokolade. Sie umflossen das eckige Kinn.

Neben ihm ein ... Schwert? Zierlich, es lag perfekt ausbalanciert in der Hand, wog fast nichts, der Griff nahm augenblicklich die Wärme der Finger an, schmeichelte ihnen mit Form und Glätte. Eine meisterliche Waffe.

Woher wusste sie das?

»Er lebt«, beantwortete Keph ihre lediglich zweit- oder drittdringendste Frage. »Ich habe ihn nur niedergeschlagen.«

»Wer ist das?« Und warum trug er Traumschwerter in ihre brüchige Realität? Das war nicht fair.

»Maurice Lacroix.«

Richtig, er hatte einen Termin.

»Er wurde geschickt, dich zu töten.«

Die Leichen am Straßenrand. Sie wollten sich rächen. Es stand ihnen zu.

»Schwachsinn!« Sie war wach und ein Traum bloß ein Traum. Sie besaß keine Feinde und Lacroix war ein Neukunde. Nicht mehr und nicht weniger. Niemand profitierte von ihrem Tod. Und weshalb diese seltsame Waffe? Es gab Pistolen, Schalldämpfer. Wobei der Mann in ihrem Traum dasselbe vorgehabt hatte, bevor ihm eine Flasche im Hals steckte.

Anne presste die Handballen gegen die Schläfen. Sie war keine Agentin, dealte nicht mit Drogen, hatte keine Wettschulden. Also was, zum Teufel, geschah hier?

»Du musst ...« Keph schloss für einen Moment die Augen, fasste sich an

die Brust.« »... mir vertrauen. Dein Leben hängt davon ab.«
Er litt Schmerzen. Trug er wieder dieses verdammte Hemd?
»Erinnere dich.«
An was? An die Kadaver im Staub? An die Messer zwischen ihren Rippen?
Kepheqiah wischte sich mit dem Handrücken über die Stirn.
»Vielleicht hilft es, wenn ich dir die Entschlossenheit dieses Mannes zeige.« Er bückte sich nach dem Schwert, schwankte, als er sich aufrichtete. »Komm her.«
Anne sortierte ihre Gliedmaßen. Keines schien ihr zu gehören.
Keph stieß die Tür weiter auf, trat zur Seite. »Es tut mir leid.«
Eeli.
Vor der Teeküche.
Auf dem Boden.
In zwei Teilen.
Schultern und Arme waren dem Kopf treu geblieben, der restliche Rumpf den Beinen. Nur die Lache aus Blut weigerte sich, eines von beiden herzugeben.
Ein vertrauter Anblick.
Wo blieben die Schneeflocken? Sie müssten tanzen.
Ihr Magen vergaß, sich umzustülpen. Wozu auch? Er war längst leer.
Anne kniete sich neben Eelis Hälften, streichelte ihm die Lider zu. Der eingefrorene Schrecken in seinem Blick war vorbei. Der in ihrem Herz begann.
Wieder ein Traum. All das hier.
Eeli half seinem Onkel bei seinen Computerproblemen, kein Wahnsinniger hatte die Agentur gestürmt, kein Blut, das in die Schmutzfangmatte sickerte.
Gleich wachte sie auf, schweißgebadet und mit rasendem Puls.
Der Albtraum ist dein Leben. Ein Wispern. Irgendwo in ihr. *Der Tod ist dein Schatten. Er begleitet dich auf Schritt und Tritt. Du weißt das.*
Wie bei einem zugefrorenen See. Zuerst krachte es, dann wuchsen Risse, schließlich brach das Eis.
Anne hörte der Realität beim Zersplittern zu.

Da waren Tränen. Hysterische Schreie. Sie blieben in ihr, wagten sich nicht hinaus. Anne konnte es ihnen nicht verdenken.

Ihre Zähne knirschten aufeinander. Ihre Finger krallten sich in blonde Haare. Warum kroch sie nicht wimmernd unter einen Tisch und schrie sich die Seele aus dem Leib? Weil sich tief in ihr eine Seite regte, die mit widerwärtiger Gelassenheit das Chaos zu Puzzleteilen zergliederte und zu einem Konstrukt verbotener Wahrheit zusammenfügte.

Kepheqiah fasste sie an den Schultern und half ihr auf. »Glaubst du mir jetzt, dass du in Gefahr bist?«

»Wir müssen die Polizei rufen.« Endlich ein klarer Gedanke.

Anne wankte zu ihrer Jacke. Das Handy. Ihr Freund. Es würde alles zum Guten wenden.

Keph nahm es ihr ab. »Denk an den Artikel in der Zeitung.«

Welcher ...?

Der Flaschenmord.

Sie war es gewesen. Ihr Motiv hatte etwas mit dem Schokoladenhaar-Mann zu tun. Auch mit Keph. Vor der Wahrheit hing ein Vorhang aus Blei. Anne brachte nicht den Mut auf, sich dagegen zu werfen oder ihn niederzureißen.

»Eigentlich sollte ich dich nach Paris bringen.« Keph sah sich nach dem niedergestreckten Mann um. »Aber nun wird er die Flüge und Fähren überwachen.«

»Er?«

»Mahawaj Baraq'el.«

Ja klar.

Ihr wurde übel.

»Wir brauchen ein Versteck.« Wieder fasste sich Keph an die Brust. »Nur für kurze Zeit.«

»Bist du verletzt?« Er hatte immerhin mit dem Schwertkerl gekämpft. Den sie kannte, den sie hasste. Warum? Und wer zum Teufel war Mahawaj Baraq'el? Woher kamen plötzlich die Männer mit den exotischen Namen?

»Hast du zugehört?«, zischte er. »Was hier geschieht, ist kein Scherz und auch kein Traum. Du bist in Gefahr!«

»Ach ehrlich?« Dieses Schwein hatte Eeli halbiert.

Nur, weil er ein Zeuge hätte sein können.
Bei ihrem Mord.
Anne kämpfte mit aller Kraft gegen die Übelkeit an.
»Wir brauchen einen Ort, an dem du dich erholen kannst und an dem dich niemand sucht. Glaub mir, du willst nicht, dass die Polizei dich findet und auf die Idee kommt, dich mit deinem Phantombild zu vergleichen.«

So viel Fürsorge in der Stimme, dabei machte sie einen fitteren Eindruck als er.

»Du musst dich sammeln, Erinnerungen zulassen.« Seine kalte Hand an ihrer Wange. »Sie verkraften.«

Ein Ort der Ruhe. Anne lachte auf. Frieden und Besinnung hatten nichts mit ihrem momentanen Leben zu tun.

»Denk nach«, drängte Keph. »Es ist wichtig.«

Antons Sommerhaus am Koitere See. Unbeschwerte Ferien, Lachen in der Abendsonne. Stille in den unbeobachteten Stunden am Ufer, während das Wasser ihre nackten Zehen einfror. Der perfekte Platz, um weitab von fremden Augen und Ohren gepflegt den Geist aufzugeben.

»Die Hütte meines Stiefopas.« Ein Wohnzimmer mit Küchenzeile, zwei winzige Schlafräume, eine Sauna, Pumpdusche am Haus, Plumpsklo im Wald.

Jacke anziehen, Handtasche umhängen, das Smartphone aus einer kalten Hand nehmen.

Kephs Kreislauf schien in den Knien zu hängen.

»Bist du sicher, dass du keine Hilfe brauchst?«

»Ja«, kam es knapp. »Wie weit ist es?«

»Sechs Stunden.«

Keph nickte. Es sah eher verbissen als entschlossen aus.

Ihre Finger zitterten, als sie auf dem Weg nach unten Anton eine Nachricht schrieb. *Schick die Polizei zur Agentur und sag, dass du keine Ahnung hast, wo ich bin, falls sie fragen.* Natürlich würden sie das. *Es ist etwas Furchtbares geschehen. Eeli wurde ermordet. Den Rest kann ich dir nicht erklären.*

Anton würde nicht fassen, dass sie einfach abhaute. Dass sie einem Fremden vertraute statt der Polizei.

Kein Fremder. Er hatte ihr einen Eid geschworen. Auf Knien.

Ein büßender Sir Lancelot.

Sie wurde verrückt. Es machte nichts mehr aus.

Anne schaltete den Ortungsdienst ab. Anton wusste auch so, wo sie steckte.

»Ich muss vorher noch in meine Wohnung.« Wenigstens ein paar Sachen brauchte sie.

Der blasse Mann neben ihr schüttelte den Kopf. »Kein Risiko.« Er schob sie über die Straße zu einem silbergrauen Skoda. »Kannst du ihr vertrauen?«

»Wem?«

»Der Person, der du eben geschrieben hast.«

»Ja. Anton gehört das Haus.« Was sie ihm für Sorgen aufhalste! Wie war sie bloß in diese Scheiße geschlittert?

Keph öffnete für sie die Beifahrertür.

Ein wahrer Gentleman. Selbst in dieser Albtraumsituation nahm er sich die Zeit für Höflichkeiten.

Er ging hinter dem Wagen entlang. Der Kofferraumdeckel klackte. Ohne Schwert in der Hand setzte er sich neben sie.

Etwas surrte unter einer dicken Decke. Sobald sie Anne anhob, würde es auf sie zuschießen. Ein Wespenschwarm an Erinnerungen und Gefühlen. Sie musste ihn sich vom Hals halten, wenn sie funktionieren sollte.

»Ich kenne mich in Finnland nicht aus.« Kepheqiah schüttelte den Kopf, als wäre das eine Schande. »Wo liegt die Hütte?«

»Am Koitere See. Ich lotse dich.«

Kepheqiah. Der ungewöhnlichste Name der Welt. Bis auf Mahawaj Baraq'el. Beide kannte sie.

Die Wespen in ihrem Kopf summte ohrenbetäubend.

Schneeflocken auf einem kleinen Gesicht. Sie bedeckten die Lider wie Kirschblüten.

Bloß ein Traum.

Ihr Lieblingsmantra.

»Höre mir zu, ohne mich zu unterbrechen.« Mühsam holte Keph Luft. »Einfach nur zuhören.«

»Habe ich verstanden.«

»Gut.« Er sprach leise, als fehlte ihm der Atem.

Eine Geheimorganisation, Kinder von gefallenen Engeln, Anonyme Meister, die seit Jahrtausenden gegen die Nachfahren der Nephilim kämpften. Sie war einer von ihnen. Ihre Seele reiste durch die Zeit, wurde von Leben zu Leben in neue Körper geboren und erinnerte sich irgendwann an ihre gesamten Existenzen.

Thérèse, Lina, Hugo, Jeanne, Víctor. Namen, die sie im Lauf der Zeit getragen hatte.

Etwas in ihr schlug wegen dieses Schwachsinns die Hände über dem Kopf zusammen. Etwas anderes nickte mit ernster Miene jedes Wort Kepheqiahs ab.

Ein Zerwürfnis zwischen ihr und Mahawaj Baraq'el. Den Grund verschwieg er.

Sie sollte ihn kennen. Er lag dicht unter der Eisschicht, schimmerte hindurch, doch er ließ sich nicht fassen.

Ihre Verweigerung, der Bruderschaft zu dienen, ihre Angewohnheit, den Meister, der sie überzeugen sollte, zu töten.

Kepheqiah. Großzügig von ihm, ihr dennoch seine Hilfe anzubieten.

Dieser Baraq'el fürchtete sie. Er wollte sie aus dem Weg schaffen.

Wie schmeichelhaft.

Daher Daniels Angebot, in seinem Team zu spielen.

Wer war Daniel?

Ein Wiedergeborener, der seine Ziele während der Liebe tötete, seinen Geist zuweilen Raben aufzwang und der Bruderschaft ebenfalls den Dienst verweigerte. Nebenbei war er ein begnadeter Killer. Wie sie.

Sonnenklar. Wieso fragte sie?

Anne stützte die Ellbogen auf die Knie. Ob Keph ein Problem damit hatte, wenn sie sich in den Fußraum erbrach? Nicht jeder kam folgenlos mit dem sauren Geruch zurecht. Allerdings hatte er bereits Standfestigkeit bewiesen.

Atmen. Ein und aus und ein und aus.

Anne sortierte den Irrsinn. Vermutete Kepheqiah ernsthaft, dass er etwas mit ihrem Leben zu tun hatte?

Ein Gutes: Er wollte ihr nichts tun. Genauso wenig wie dieser Daniel.

Der Mann mit dem französischen Namen schon. Das lag auf der Hand. Wer auch immer in diesem Spiel der Verrückteste war, im Moment schien sie am einzig richtigen Ort zu sein – an Kepheqiahs Seite.

Anne lachte trotz der felsenfesten Überzeugung, genau das nicht fertigbringen zu können.

»Du hättest dich erinnern sollen«, murmelte Keph. Sein ernster Blick war auf die Straße gerichtet. »Ich kann nicht verstehen, warum du es nicht getan hast. Es muss eine Blockade sein.«

Ja. Eine, die sie mit ganzer Kraft aufrechterhielt.

Es war der falsche Augenblick, sich von einer fiktiven Vergangenheit den Boden unter den Füßen wegreißen zu lassen. Gleichgültig, wie machtvoll groteske Szenen an die Oberfläche drängten. Anne stieß sie zurück. Was auch immer Kepheqiah ihr mitgeteilt hatte, blieb abstruse Theorie.

Sie war Anne Perrin, Tochter von George Laurent und Cloé Perrin. Sie leitete eine Begleitagentur und musste dringend die AGB's ändern. Sie joggte gern, vernachlässigte Zimmerpflanzen und liebte die französische Küche, dafür keinen finnischen Winter. Das Nummernschild ihres Skodas, ihre Kontoverbindungen, der Name ihres ersten Schwarms. Sie war dreizehn gewesen, er siebzehn. Mehr als zu einem eher experimentellen Kuss war es nicht gekommen.

Alles fiel ihr ein, alles war normal. Nur nicht die Schemen unterm Eis, die eine Frau zeigten, die Menschen ermordete und Geheimbünden angehörte.

Ich bin Anne Perrin, Tochter von ...
Endlosschleife.

~*~

Messerscharfe Gefühle. Sie stachen in sein Herz, durchwühlten seine Gedärme.

Schweiß. Klebrig, stinkend. Er strömte aus jeder Pore.

Tränen und Rotz liefen ihm übers Gesicht. Zu viel, um sie mit bloßer Hand abzuwischen. Sie tropfte in den Staub. Sein Mageninhalt folgte. Schwall um Schwall.

Rasender Schmerz. Er fraß sich durch seinen Kopf, sprengte seine Stirn. Philipp klammerte sich an die Wand. Wie sein Körper bebte, wie er zitterte, als wollte er das empfindsame Ding loswerden.

Weshalb sträubte es sich? Es fühlte sich anders an als das, was José beschrieben hatte. Eine Verschmelzung, begleitet von Liebe und Verstehen, ein Hineingleiten, lichtdurchflutet und gut.

Was in ihm wütete, glich dem Toben einer losgelassenen Hölle.

Er fiel auf die Knie. Nässe sickerten durch den Stoff seiner Hose.

Sie stammte von ihm.

Das Innere nach außen gekehrt. Roh, wund, erschüttert bis ins Mark.

Sollten Seelen nicht heilen?

Wie hatte er die Gefühle vermisst. Was taten sie ihm nun an? Sie würden ihn töten. Nein, das erledigten die Wände. Sie rückten näher, immer näher.

Wo war der Ausgang? Licht. Er brauchte Licht!

Die Taschenlampe rutschte ihm durch die Finger. Ihr rollender Schein schreckte Schatten auf. Sie hetzten durch luftleere Enge, schlangen sich um seinen Hals.

Auf allen Vieren kroch er den Gang entlang, stieß mit dem Kopf an Metall.

Die Leiter. Er schluchzte vor Erleichterung.

~*~

Polizeiwagen, neugierige Blicke. Ein Mann mit weißen Haaren redete mit einem der Beamten.

Maurice verglich die Daten, die ihm Baraq'el über die Zigeunerin geschickt hatte. Unter den Fotos wurde er fündig. Anton Kilpinen. Der Mann ihrer verstorbenen Großmutter. Anne hatte als Kind die Ferien bei den Großeltern verbracht, während des Studiums bei ihnen gewohnt.

Hatte er die Polizei gerufen oder war es die Zigeunerin gewesen?

Vergebene Mühe. Die Spurensicherung würde nichts Auffälliges finden. Tufans Team arbeitete zuverlässig.

Der Junge hatte ihm im Weg gestanden. Zeugen waren schlecht fürs Geschäft. Ein flüchtendes Ziel ebenso.

Ausgerechnet Kepheqiah beschützte sie. Ein Wunder, dass er noch lebte.

Nicht mehr lange. Die Klinge war wie Butter durch ihn hindurchgeglitten. Lag er bereits in einem Straßengraben? Oder wurde er seinem Schützling zur Last?

Das Weib hatte ihn bezirzt. Hielt ihn zum Narren, wie es jeden zum Narren hielt.

In Kepheqiahs Blick hatte er es gesehen. Der Heilige hatte sein Herz an eine Hure verschachert. Nun war er mit ihr geflohen. Zu Levant?

Eine Nachricht von Baraq'el.

Ziel bewegt sich nach Nordosten. Finde heraus, wo es hin will und eliminiere es.

Damit schied Levant aus.

Die Frist endete um Mitternacht.

Nordosten. Die Zigeunerin fühlte sich bedroht. Würde sie ins Ungewisse fliehen? Wohl kaum. Eher an einen Ort, der ihr vertraut war.

Ein Beamter winkte Anton Kilpinen ins Haus.

Laut Akte war er Anne Perrins einziger Verwandter, der in Finnland lebte. Sie floh aus der Stadt, statt in ein Flugzeug zu steigen und zu ihren Eltern nach Frankreich zu fliegen. Demnach wähnte sie sich hier sicherer.

Nach einer halben Stunde verließ Kilpinen die Agentur und stieg in seinen Wagen.

Maurice startete den Motor.

Kilpinen war ihr Großvater. Kannte er all die kleinen Verstecke seiner Enkelin?

Er würde es herausfinden.

Jede Zunge löste sich, wenn die Fragen auf die richtige Weise gestellt wurden.

~*~

Auf die Straße konzentrieren, obwohl sie nicht hinterm Steuer saß. Die Namen ihrer Lehrer aus der Schulzeit herunterbeten, mit dem Gedanken spielen, ihre Eltern anzurufen, sich erinnern, was sie ihrer Mutter zu den letzten Geburtstagen geschenkt hatte. Alles, nur nicht dem Summen in ihrem Kopf Beachtung schenken.

Ob Anton sich endlich gemeldet hatte?

Anne kramte das Handy aus ihrer Handtasche.

Hatte er.

Mehr als fünf Sätze.

Das Büro wäre leer gewesen. Kein Hinweis auf eine Leiche, einen Mord oder gar einen Mörder. Allerdings wäre Eeli verschwunden. Weder seine Familie noch seine Freunde wüssten, wohin. Die Polizei würde nach ihm suchen. Anne wähnten die Beamten dank seiner Umdeutung der Wahrheit in einem Sabbatical in der Kimberley Region Australiens. Burnouttechnischer Sofortantritt. Selbstverständlich hatte sie nur ihren Opa eingeweiht und nicht diverse Mitarbeiter. Die Leistungsgesellschaft forderte Opfer.

Wahrscheinlich hatte sich Celine allein wegen dieser Möglichkeit im Grab herumgedreht. Der Urlaubsanspruch eines Unternehmers hatte vierzehn Tage im Jahr inklusive der Feiertage nicht zu überschreiten. Mutter-Kind-Kuren, Auszeiten und andere Fluchtarten vor der Pflicht waren bei ihr stets unter *falscher Arbeitseinstellung* gefallen.

Anne fuhr sich übers Gesicht. Keine Spuren? Bei all dem Blut?

Anton schrieb, dass er sich Sorgen um sie machte. Sie sollte nach Hause kommen. Ihm alles erklären.

»Ist es möglich, dass ich mir einen zerschnittenen Menschen eingebildet habe?« Die Frage war nur zur Hälfte an Keph gerichtet.

»Du hast trotz meiner Warnung die Polizei informiert?«

»Sie hat nichts gefunden. Gar nichts.«

»Aber Eeli hat ihnen nicht verwundert geöffnet, oder?«

»Nein. Er ist verschwunden.«

»Den Anonymen Meistern werden Cleaner-Teams zur Verfügung gestellt. Aufräumkommandos, verstehst du?«

»Also ist Eeli wirklich tot und was ich sah, ist passiert.« Im Moment zweifelte sie eine Menge in ihrem Leben an. Nicht nur ihre Erinnerungen.

»Ja.«

Anne wurde übel. Zum gefühlt hundertsten Mal an diesem beschissenen Tag. Die Tränen dachten nicht daran, sich schlucken zu lassen.

Ich erkläre es dir, sobald ich es selbst begreife. Bleib in der Stadt und pass auf dich auf.

»Darf ich ihn vor dem Schokoladenhaar-Arschloch warnen?« In ihr zitterte es vor Wut.

»Du machst ohnehin, was du willst.« Es klang mehr resigniert als tadelnd.

Der Mann, der Eeli auf dem Gewissen hat, trägt die Haare wie ein Prinz Eisenherz-Verschnitt. Dunkelbraun mit einem eckigen Kinn.

Was schrieb sie für einen Schwachsinn?

Die Haare sind braun. Das eckige Kinn gehört zu dem Mörder. Sag das der Polizei.

Anne drückte auf *senden* und fühlte sich zumindest ein bisschen weniger hilflos. Der Wunsch, diesen Dreckskerl mit seinem eigenen Schwert zu filetieren, nahm bedrohliche Ausmaße an.

»Wir müssen tanken.«

»Was?« Anne kämpfte sich aus mordlüsternen Gedanken.

»Ich fahre auf Reserve«, konkretisierte Keph die Aussage geduldig.

»Wo sind wir?« Es fiel ihr schwer, sich zu orientieren.

»Bald erreichen wir Varkaus.«

Sie waren schon über drei Stunden unterwegs? Sie musste mit offenen Augen geschlafen haben.

Ein leerer Tank. Ein kleines, alltägliches Problem, das half, das penetrant laute Summen des Wespenschwarms zu dämpfen. Es zu ersticken wäre genial. Eine Stimme in ihr flüsterte jedoch, dass das unmöglich war.

»Die nächste Tankstelle ist kurz vor der Stadt.« Anton machte dort oft einen Zwischenstopp zum Kaffeetrinken und Süßes einkaufen.

»Fahr du danach weiter.« Keph wischte sich mit dem Handrücken über die Stirn. Er wurde immer blasser.

»Was fehlt dir, verdammt?«

»Nichts«, kam es matt. »Ich muss mich nur ausruhen.«

»Fahr rechts ran.« Dem würde sie jetzt auf den Grund gehen.

Mit einem müden Lächeln schüttelte er den Kopf. »Da ist nichts, was du beeinflussen kannst.«

»Überlass das mir.« Mutig gebrüllt. Hoffentlich glaubte ihr Verstand ihrer Stimme und riss sich weiterhin zusammen.

»Bis zur Tankstelle.« Er klang nicht minder entschlossen.

Anne scannte die Stelle an der Brust, wo er sich vorhin die Hand drauf gepresst hatte. Der Mantelstoff war trocken. Kein Blut. Sie atmete auf. Dennoch stimmte etwas nicht mit ihm.

Mit der gesamten Situation stimmte nichts.

Bis nach Varkaus fuhr Keph schweigend. Jedoch dellten seine Kiefermuskeln immer öfter die Wangen aus. Nicht, dass es nicht verdammt männlich aussah. Dummerweise schürte es ihre Angst um ihn ins Grenzenlose, wenn er ständig die Zähne zusammenbiss.

Er litt Schmerzen und weigerte sich, sich helfen zu lassen oder nur darüber zu sprechen. Ob das an dem Training mit dem Büßerhemd lag?

Vor ihnen tauchte die Tankstelle auf.

Keph bog von der Straße ab. Als er neben der Zapfsäule hielt, schnappte sich Anne das Portemonnaie.

»Ich mach das. Soll ich dir etwas mitbringen? Außer Kaffee, meine ich?«

»Ein Wasser bitte.« Wie ein alter Mann quälte er sich aus dem Auto. »Eine große Flasche.« Er schleppte sich um die Motorhaube und drückte ihr beim Vorbeigehen den Schlüssel in die Hand. »Danke.« Ohne sich zu strecken oder auch nur tief Luft zu holen, ließ er sich auf den Beifahrersitz sinken.

Anne tankte und fuhr den Wagen beiseite. »Möchtest du wirklich nichts? Ein Sandwich? Einen Schokoriegel?« Beides täte ihm gut.

»Nur das Wasser.«

Es ging ihm schlecht. Sie musste herausfinden, warum und ihm helfen.

~*~

So wie ihn Anne ansah, gab er ein jämmerliches Bild ab. Hatte er ihr nicht geschworen, ihr Leben zu schützen? Beim nächsten Zusammentreffen mit Maurice würde es ihm schwerfallen.

Er war schnell gewesen mit der Klinge. Kepheqiah hatte ein paar Hiebe abgewehrt. Den Entscheidenden jedoch nicht. Die Verletzung einer normalen Waffe, hätte er heilen können. Doch diese drang kalt wie Eis tiefer und tiefer in ihn. Er hatte sich nie so schwach gefühlt.

Anne kehrte zurück. Eine Wasserflasche unter den Arm geklemmt, einen Pappbecher in der Hand und zwischen den Zähnen das Portemonnaie. Erneut forschte ihr Blick nach dem Grund seines Zustandes.

Wie sollte er es ihr erklären? Dass ihn die Wunde auslöschte? Dass die Wärme, das Licht aus ihm sickerte? Selbst wenn sie sich erinnern würde, wäre sie damit überfordert.

Sie schwang sich in den Wagen, reichte ihm das Wasser.

Seine Kehle war staubtrocken.

Der Verschluss der Flasche ließ sich nicht öffnen. Aus seinen Fingern schien die Kraft entwichen zu sein.

Endlich gelang es ihm. Schluck für Schluck strömte noch mehr Kälte in ihn. Sie fühlte sich anders an. Harmloser. Seltsam, dass sein Durst nach wie vor brannte.

Die Flasche entglitt ihm. Der Rest des Wassers ergoss sich im Fußraum. Er war zu müde, um sich daran zu stören. Es war ohnehin nicht viel.

»Kommst du klar?«, fragte Anne vorsichtig. »Ich hätte dir helfen können.«

»Gib mir dein Handy.« Er musste Daniel um Hilfe bitten.

»Wo ist deines?« Anne warf ihm einen misstrauischen Seitenblick zu.

»In Paris.« Das war der erste einer Reihe von Fehlern gewesen.

»Ist eine schöne Stadt.« In ihrem Lächeln steckte Mitleid.

Sie sollte sich nicht um ihn sorgen, nur um sich selbst.

»Hier.« Sie entriegelte den Sperrcode und reichte es ihm.

Seine Finger schlossen sich zu langsam darum. Kein Gefühl, bloß ein Kribbeln. Das machte Tippen unmöglich. Also eine Sprachnachricht. »Beschreibe mir so genau wie möglich, wo diese Hütte liegt.« Daniel musste jemanden herschicken, der sich um Anne kümmerte.

»Und du bist sicher, dass ich ihm vertrauen kann?«

»Traust du mir?«

»Nein.« So entschieden ihre Stimme klang, in ihrem Blick lagen Zweifel zu seinen Gunsten.

Sie diktierte Routen-Nummern und Abfahrten und er wiederholte es mit dem Hinweis, dass es lediglich eine Frage der Zeit wäre, wann Maurice ihre Verfolgung aufnahm. Er beendete die Eingabe, reichte Anne das

Handy zurück. »Speichere die Nummer unter Daniel Levant. Sie ist wichtig.« Er versuchte, eine Faust zu ballen. Vergeblich.

~*~

»War die Sauerei nötig?« Mohammed Tufan streifte sich Gummihandschuhe über. »Du hättest auch auf anderem Weg an die Information kommen können.«

»Du hinterfragst meine Methoden?« Was fiel dem Kerl ein? Maurice schüttelte sich das Blut von den Händen. Kilpinen war ein harter Brocken gewesen.

»Das wird ein paar Stunden dauern.« Renard sah sich gelassen in der Küche um. »Zu meiner Zeit wurden nur die Ziele eliminiert. Nicht ihre Freunde und Verwandten.« Der Cleaner breitete den Gummisack auf einem Bereich des Bodens aus, der von den Spuren des Verhörs unbefleckt geblieben war.

»Und zu meiner Zeit hätte sich ein Cleaner eher die Zunge abgebissen, als einen Meister zu kritisieren.« Renard hatte sich in die Hosen geschissen vor Angst, als ihm klargeworden war, dass seine Seele nur noch wenige Augenblicke leben würde. Auf den Knien hatte er Maurice um Gnade angefleht.

Gnade. Als ob es so etwas in der Bruderschaft jemals gegeben hätte.

»Zeiten ändern sich.« Entnervend langsam zog Renard den Reißverschluss des Sackes auf. »Auch deine Seele ist zerbrechlich.«

Drohte er ihm?

Keine Emotion in den hellbraunen Augen, keine Regung in der Miene.

Maurice suchte das Bad auf. Was interessierten ihn die Worte eines Seelenlosen? In acht Stunden lief die Frist ab. Bis dahin musste er das Westufer des Koitere Sees erreicht und die Hütte des Alten gefunden haben. Die Wegbeschreibung hatte er ihm stückweise entlockt. Sein Glück, dass das Haus zwischen Hindsby und Helsinki im Nirgendwo stand. Niemand hatte die Schreie gehört.

~*~

»Ich fliege zu ihm.« Shem sprang auf, stopfte sich das Smartphone in die Hosentasche, ohne das er offenbar keinen Schritt mehr gehen würde.

»Du verläufst dich schon auf dem Weg zum nächsten Supermarkt.« José verschränkte die Arme vor der Brust. »Gib dir ein paar Jahre, dann kommst auch du in unserer Welt zurecht.«

Shem sah den Spanier an, als wäre es allein seine Schuld, dass Keph in Schwierigkeiten steckte.

Daniel hörte die Nachricht ein drittes Mal ab. Nach dem ersten Mal hatte er das Team ins Besprechungszimmer gerufen. Nur Philipp und Ives fehlten. Laut Markus waren sie vorhin losgefahren, um Besorgungen zu erledigen.

»Keph klingt, als ginge es ihm erbärmlich.« Lucy malträtierte den Knopf eines Kulis im Nanosekundentakt. »Da ist keine Kraft mehr in der Stimme. Als gehörte sie einem Greis.«

Er war verletzt. Wie schwer? Betraf es lediglich seine Hülle, konnte er sich selbst heilen. Aber wenn nicht?

»Wo genau ...?«

»Wir füllen den Körper aus«, kam ihm Shem zuvor. »Komplett. Euer Gehirn ist als Schaltzentrale zu klein und nicht robust genug, um uns aufzunehmen. Entweder würde es durchbrennen oder wir würden wie Zombies durch die Gegend schlurfen.«

»Als ob du wüsstest, was das ist«, spottete José. »Dein letztes Update war vor fünftausend Jahren.«

Unvermittelt schlug Shem mit der Faust auf den Tisch. »Als mich Caym auf dem Landsitz der Grigorjews gefangen hielt, war ich mit zwei Dingen beschäftigt: Seine kranken Wünsche zu erfüllen und mich davor und danach davon abzulenken. Neben der Magd war der Fernseher mein innigster Freund.«

»Ist ja gut.« Der Spanier hob beschwichtigend die Hände. »Ich konnte nicht wissen, dass du auf Horrorfilme stehst.«

»Ich habe auf alles gestanden, was grausamer als meine eigene Realität war.«

»Immerhin hattest du eine Magd«, murmelte José mit einem Seitenblick zu Jade.

Die verschränkte ihre Finger in denen ihres Liebsten. Nicht die Spur Eifersucht oder Misstrauen in den blauen Augen.

»Wenn Keph mit der Klinge verletzt wurde, steht es schlecht um ihn.« Shem klang, als würde er am liebsten losbrüllen. »Während wir hier herumsitzen und Zeit verschwenden, stirbt er!«

Das Geräusch eines Dampfkesselpfiffes ließ das Team synchron zusammenfahren.

»Tschuldigung.« Markus fischte sein Handy aus der Brusttasche seines Hemdes. »Eine Nachricht von Mohammed.« Er rief sie auf, überflog den Text. »Er schreibt von zwei Einsätzen.«

»Aber Keph und diese Frau leben doch noch.« Ethan reckte den Hals und versuchte, einen Blick aufs Display zu werfen. »Ruf ihn an und frage ihn, wer die Leichen waren.« Er biss sich auf den Knöchel seines Zeigefingers.

»Auf diese Idee wäre Markus nie von allein gekommen.« José zog ihm die Hand vom Mund.

»Was ist?«, unterbrach Shem die eingekehrte Zwei-Sekunden-Stille. »Schlaf beim Lesen nicht ein!«

»Moment.« Markus wischte übers Display. »Ein junger Mann in der Agentur und ein Anton Kilpinen in seinem Haus.«

»Annes Großvater.« José wurde blass. »Ich habe etwas über ihn auf der Homepage der Agentur gelesen. Eine Festschrift zum fünfzigsten Jubiläum.«

»Lacroix hat ihren Opa umgebracht?« Lucy fiel der Kuli aus der Hand. »Warum?«

»Weil er so was macht.« Maurice war fällig. Es war nur eine Frage der Zeit.

»Der Sekretär stand ihm im Weg«, sagte Elija beiläufig. »Und von ihrem Großvater hat er sich etwas versprochen.«

»Und was?«, fauchte Lucy. »Er war ein alter Mann!«

»Eine Information«, antwortete Elija gelassen. »Dieselbe, die wir ebenfalls brauchen.«

Markus nickte. »Mohammed vermutet, dass ihn Lacroix verhört hat, bevor er ihn umbrachte. Die Finger der rechten Hand fehlten und vom lin-

ken Arm lag das meiste auf dem Boden.«
»Ist er wahnsinnig?« Lucy schüttelte es.
Daniel legte den Arm um sie. Sie schmiegte sich an seine Schulter, verwünschte den Mann, den sie zum Glück nie kennengelernt hatte.
»Er ist zu lange dabei.«
War Markus irre, ihn zu entschuldigen?
»Er hat zu viel gesehen, zu viel erlebt.«
»Er hat uns die Seelen aus dem Leib geschnitten!« José sprang auf, als wollte er über den Tisch hechten und seinem früheren Leidensgenossen an den Kragen gehen. »Er hat weder Verständnis noch Mitgefühl verdient!«
»Mitgefühl?« Markus runzelte die Stirn. »Wie sollte ich ...«
Die Empörung wich aus Josés Miene. Lediglich die Falten zwischen den Brauen senkten sich tiefer. »Richtig.« Er setzte sich, deutete ein Kopfschütteln an. »Für einen Moment dachte ich ...«
»Schluss jetzt!« Auf Shems Wangen zeigten sich rote Flecken. »Ich will dorthin! Sofort!«
»Dann wäre ein Jet passend.« Elija googelte offenbar nach Charterfirmen. »Einen Piloten können wir uns sparen. In jedem Cleaner-Team besitzt mindestens einer einen Flugschein. Die Ausbildung war gratis.« Er zwinkerte zu Daniel. »Baraq'el legt viel Wert auf die Multifunktionalität seiner Sklaven.«
Ironie? Von einem Seelenlosen?
»Bei uns ist es Philipp«, informierte Elija und sah sich um. »Ist er noch nicht zurück?«
»Doch.«
Blass wie ein Geist stand Philipp in der Tür.
Was sollte die Sonnenbrille?
Er nahm sich eine Tasse, schenkte sich einen Kaffee aus der Thermoskanne ein. Seine Hand zitterte. »Den letzten Teil habe ich mitbekommen. Ich soll euch nach Finnland fliegen?«
»Nur mich.« Shem streifte sacht Jades Finger von seinen. »Daniel bleibt mit den anderen hier. Ich werde das Gefühl nicht los, dass Mahawaj dahintersteckt. Er versucht uns zu schwächen, indem er uns auseinandertreibt.«
»Wir sind keine Kuhherde.« Shem vergaß anscheinend, dass es Mahawaj

ausschließlich auf ihn abgesehen hatte. »Du setzt keinen Schritt vor die Tür.«

»Und du willst mir das verbieten? Keph braucht meine Hilfe!«

»Er hat Roope.« Daniel leitete Kephs Nachricht an den Finnen weiter. Der würde sich über ein kleines Gemetzel freuen. Dass er nebenbei einen Engel retten sollte, musste er billigend in Kauf nehmen. »Glaub mir, der hievt jeden wieder auf die Beine. Gleichgültig, in welcher Verfassung er ist.« Er hatte Roopes beharrliche Fürsorge oft erlitten. Die Bitte, sich zum Teufel zu scheren und ihn endlich sterben zu lassen, hatte der Finne regelmäßig überhört.

»Ich fliege allein.« Shem baute sich vor ihm auf, presste ihm die Spitze des Zeigefingers auf die Brust. »Und du bleibst hier und beschützt das Wichtigste in meinem Leben vor einem rachsüchtigen Dämon.«

Caym. Den hatte er beinahe vergessen.

~*~

Flammen. Überall. Sie fraßen an ihm. Kein Fleisch mehr an den Knochen. Er schrie ohne Stimme. Die war verkohlt.

Caym tastete nach seinen Augen. Noch da. Nicht gebraten, nicht gekocht. Lag am neuen Körper. Hässlich war er. Dürr. Knochig.

Er kroch unter den Tisch.

Wo blieb sein Herr? Die Hülle war leergeblutet. Auf der Haut wuchsen Flecken. Morgen würde sie stinken.

Summen um seinen Kopf. Er schlug danach. Die Fliege wich aus, setzte sich auf die fahle Nase.

Maden. Sie würden im weichen Fleisch wachsen und sich dick fressen.

Niemand da. Nur der Hunger im Bauch. Nach was? Etwas Frischem, das sich zerfetzen ließ. Das von Lippen tropfte und übers Kinn rann. Das pochte, zuckte.

Caym nagte an seinen Fingerknöcheln. Knochen lugten an Sehnen vorbei. Nur wegen zwei Bissen. Seine Hülle taugte nichts.

Asasel hatte ihn reingestopft wie Mais in eine Mastgans. Zusammen mit der Gier, Shemhazai bis in alle Ewigkeit leiden zu lassen.

Caym schlug die Zähne ins Tischbein. Holz splitterte unter seinen Kiefern.
Einen Happen Fleisch. Ein Schluck Blut. Die Hände in Wunden baden, Schreien zuhören, Schönheit aus Gesichtern reißen.
Was willst du in Rom?
Der Heerführer suchte Baraq'el.
Asasel suchte Baraq'el.
Baraq'el war in Rom.
Und er? Steckte in diesem Fleischklumpen fest.
Caym schüttelte ihn ab, waberte durch die Tischplatte.
Was willst du in Rom?
Den Heerführer.

~*~

Zuerst dein Blut, Kepheqiah, Lakai von Baraq'el, der Schicksale stiehlt und Leben zerstört, dann seines.
Das Versprechen der Zigeunerin. Es vergiftete Tag und Nacht seine Gedanken.
Mahawaj neigte die Flasche. Tiefrot floss der Wein in das Glas. Er setzte es an die Lippen, schmeckte Blut. Seines? Seine Zunge täuschte sich. Kepheqiah lebte, beschützte die Frau, die er fürchten sollte.
Immer wieder las er Lacroix' Bericht. Dabei bestand er nur aus wenigen Zeilen. Ein ungeplantes Opfer hatte es bereits gegeben, ein zweites würde folgen.
Die Situation entglitt ihm. Kepheqiah war ein ernstzunehmender Gegner. Daniel hatte ihn ins Spiel gebracht. Er wollte die Zigeunerin. Wozu? Um sie gegen die Bruderschaft ins Feld zu führen? Dachte er, ihr Oberhaupt mit einem Messerwurf zu Fall bringen zu können?
Niemand drang unbemerkt in diese Mauern ein.
Auch kein Dämon. Den hellen Schimmer, der über die Wände huschte und sich in Sonnenflecken zu verbergen suchte, hatte er längst wahrgenommen.
Caym. Wer sollte es sonst sein? Der dreiste Handlanger Asasels wähnte

sich unentdeckt. Umso weniger würde er mit einem Schwertstreich rechnen, der seine beklagenswerte Existenz beendete.

~*~

Noch eine gute Stunde. Dann hatten sie es geschafft. Hoffentlich hielt Keph durch. Er war im Sitz zusammengesunken, hatte bis eben die Augen geschlossen. Doch nun wurde er unruhig, rutschte hin und her.

»Können wir kurz anhalten?« Er klang, als hätte er tagelang nichts getrunken, dabei hatte er die Flasche wie ein Verdurstender geleert. »Ich muss austreten.«

Anne fuhr an den Straßenrand. »Brauchst du Hilfe?«

»Nein, es geht schon.« Er hievte sich aus dem Wagen, schleppte sich zum Waldrand. Auf halbem Weg knickten ihm die Beine ein.

»Warte!« Anne rannte zu ihm, legte sich seinen Arm um die Schultern. Weshalb brauchten Männer immer etwas zum gegenpinkeln? Keph hätte sich angesichts seiner Verfassung mit dem Rücken ans Auto lehnen und es einfach laufen lassen können.

Er stützte sich schwer auf sie. Wie zwei Betrunkene torkelten sie zum nächstbesten Baum.

Ächzend ließ sich Kepheqiah mit der Stirn gegen den Stamm sinken. Seine Arme hingen schlaff herab.

»Deine Hose.« So wurde das nichts.

»Was ist mit der?«, fragte er erschreckend leise.

»Du musst sie aufmachen.«

Sinnfrei flatterten seine Finger über die Knopfleiste des Mantels. »Wo ist sie?«

Er schien seine Hände nicht mehr kontrollieren zu können.

»Ich helfe dir. Halt still.« Eine gute Gelegenheit, einen Blick auf seine Verletzung werfen.

Sie streifte den Pullover hinauf.

Das Büßerhemd. Er hatte es tatsächlich wieder angezogen. Eine Handbreit unter dem Schlüsselbein leuchtete ein roter Fleck.

So behutsam wie möglich schob sie das Hemd nach oben.

»So kalt.« Keph schüttelte es. »Mach das nicht.«

Ein haarfeiner Schnitt. Bloß zwei Fingerbreit. Wie tief ging er?

»Daniel wird mich ersetzen.« Er atmete schwer. »Vertraue ihm.«

»Du redest, als würdest du jeden Moment sterben. Hör auf damit!« Er durfte sie nicht alleinlassen. Nicht in diesem Chaos.

»Warte auf ihn«, murmelte er dem Stamm zu. »Frag ihn nach dem Namen einer Ratte. Sie heißt George. Sagt er etwas anderes, ist er's nicht. Dann bring ihn um.«

Angemessen.

Jetzt mit dem Kopf gegen den Baum schlagen und wenn sie erwachte, war alles wie früher.

»Du brauchst einen Arzt.« Sie mühte sich vergeblich, ihre Angst an einen Ort zu treten, der weit genug von ihrem Verstand entfernt lag.

»Schwöre mir bei allem, was dir heilig ist, dass du wegen mir keine Hilfe rufen wirst.« Er wandte sich zu ihr, schrammte dabei mit der Stirn über die Borke. »Schwöre es!«

»Du könntest sterben!«

»Mach, was ich dir sage.«

»Dazu kannst du mich nicht ...«

»Ich kann!« Sein Blick schleuderte sie zurück. Kaum menschlich, der Ausdruck seiner Augen, das fahle Gesicht.

War das der Mann, den sie gestern verführt hatte?

»Schwöre es!«

Anne schluckte hart an der Demütigung, wie ein Schulmädchen behandelt zu werden. Erwartete er, dass sie ebenfalls vor ihm auf die Knie sank?

Ihre Nerven ertrugen kein weiteres Drama. »Ich schwöre nicht.« Ihr schlichtes Wort musste ihm genügen. »Ich werde dich sterben lassen, wenn du das willst.« Was sagte sie da?

Er sah sie lange an.

Nach was suchte er?

Was es auch war, er schien es gefunden zu haben, denn er wandte sich wieder dem Baumstamm zu. »Ist die Hose noch da?« Er tastete an sich herum, fand jedoch nicht einmal den Hosenknopf.

»Moment.« Anne öffnete ihn. Ebenso den Reißverschluss. »Soll ich weitermachen?«

Keph nickte. Erneut verkrampften sich seine Kiefermuskeln.

»Ich kann Forellen mit der Hand fangen.« Stopp! Oder sie schlitterte ungebremst in die Katastrophe. »Mein Großvater hat's mir beigebracht.« Warum hielt sie nicht den Mund?

»Willst du mir damit sagen, dass das hier etwas Ähnliches ist?« Die Idee eines Lächelns huschte über das erschöpfte Gesicht. »Er wird dir nicht durch die Finger schlüpfen. Du brauchst ihn nicht so fest zu halten.«

»Oh.« Verdammt! »Leg los.« Sie umfasste ihn so locker wie möglich.

Keph atmete tief aus. »Anne ...«

»Schon gut. Es stört mich nicht. Wirklich nicht.«

Unter schweren Lidern hervor traf sie ein resignierter Blick. »Aber mich.«

Wem machte sie etwas vor? Nur sich selbst. Sie heuchelte Gelassenheit, während sie knapp am Nervenzusammenbruch entlang schrammte.

Um ihn nicht noch mehr in Verlegenheit zu bringen, beobachtete sie eine Amsel, die zwischen die ausladenden Äste der Kiefern flatterte. Als Keph fertig war, schüttelte sie den letzten Tropfen hoffentlich professionell ab und verstaute alles wieder an seinem Platz.

Keph hielt währenddessen die Augen konsequent geschlossen. Seine Miene war mittlerweile eingefroren. Erst als sie ihn am Ellbogen berührte, zuckte er zusammen. Er sah sich um, als müsste er sich orientieren. Dieses Mal legte er freiwillig den Arm um ihre Schultern.

Er war hilflos ohne sie. Wie sollte sie ihn sterben lassen? Eher würde sie ihr Wort brechen.

Der Rückweg war mühsamer, dabei handelte es sich nur um wenige Schritte.

»Das Schwert.« Keph lehnte sich an den Wagen. »Nimm es und behalte es in deiner Nähe.«

»Um was zu tun?«

»Dich zu verteidigen.«

Sie ertappte sich bei der Suche nach einer Bierflasche. Das Entsetzen kam prompt. »Und ich dachte, du wärst ein geheimnisvoller Held, der aus einem fernen Land ausgezogen ist, um mich zu beschützen.«

Etwas Helles funkelte in seinen Augen. »Ich bin ein geheimnisvoller Held und meine Heimat liegt weiter entfernt, als du dir vorstellen kannst. Aber wenn du endlich deine Erinnerungen zulassen würdest, hättest du keinen Schutz nötig.« Dass er die Worte stammelte, änderte nichts an ihrer Schärfe.

Anne öffnete die Kofferraumklappe. Ihre rechte Handfläche kribbelte, als freute sie sich auf die Berührung mit kaltem Stahl. Sie zog die Waffe hervor. Ein gutes Gefühl, wie sich ihre Finger um das Heft legten. Vertraut. Sie platzierte es in dem Spalt zwischen Fahrersitz und Mittelkonsole. Dort konnte es keinen Schaden anrichten.

Keph beobachtete sie, nickte. Schwerfällig stieg er in den Wagen.

Anne startete den Motor. Sacht tanzten ein paar Schneeflocken aus dem grauen Himmel. Der Scheibenwischer beendete ihre fragile Existenz.

»Tschüss, Realität.« Es wurde Zeit, dass sie sich dem Irrsinn stellte.

»Du nimmst es sehr sportlich«, murmelte Keph. »Weck mich, wenn der Zusammenbruch naht. Sonst wälzt er sich über dich wie eine Lawine.«

»Als ob du mir in deinem Zustand eine Hilfe wärst.«

»Zugegeben.« Seufzend schloss er die Augen. »Ich war schon besser beieinander. Dank dir aber auch schon schlechter.«

Nicht nachdenken. Keine Frage stellen. Dazu war die Straße zu einsam. Nervenzusammenbrüche hatten bisher nie zu ihr gehört. So sollte es vorläufig bleiben.

Nach wenigen Minuten schien Keph zu schlafen.

Litt er an inneren Blutungen? Betraf die Verletzung ein elementares Organ? Das Herz? Die Lungen? Dann wäre er vermutlich längst tot. Irgendeine wichtige Ader? Der Blutverlust wirkte rein äußerlich nicht bedrohlich. Woher stammte die Schwäche?

Ein Arzt, die Polizei, ihr altes Leben. Drei der Dinge, die sie sich brennend wünschte.

Anne trat aufs Gas. Je schneller sie ihnen davonfuhr, umso besser. Das penetrante Wispern in ihrem Kopf blieb. Sie musste sich ihm stellen.

Später.

~*~

Baraq'el trank. Sein Diener brachte ihm den Wein flaschenweise und häufig. Außerhalb des Appartements flüsterte er darüber mit der Leibgarde. Ob man ihm noch vertrauen könnte, ob es einen Nachfolger gäbe.

Interessante Informationen.

Asasel zog sich in die hellste Ecke das Zimmers zurück. Baraq'el durfte ihn nicht bemerken.

Caym hätte es leichter gehabt. Sein Geist waberte grau und diesig durch die Gegend und vermochte es, sich in jedem bisschen Schatten zu verbergen. Anscheinend hatten ihn die hüllenlosen Jahre ausbleichen lassen. Oder er hatte nie genug Licht besessen, was ihn von Beginn an als Dämon prädestiniert hatte. Cayms Finsternis schien von elementarer Art zu sein. Dasselbe galt für seinen Mangel an Intellekt.

Baraq'el starrte aus dem Fenster.

Lästig, ihm dabei zuzusehen. Weitaus informativer war die Erforschung des Gemäldes. Sankt Michael kämpfte mit dem Drachen. Hielt sich Baraq'el für einen Engel, der gegen das Böse der Welt zu Feld zog?

Hochmut kam vor dem Fall. Außerdem war das Böse Ansichtssache. Nur Ignoranten weigerten sich, das zu begreifen.

Irgendwo hinter dem Bild verbarg sich seraphisches Licht. Kein Funken, oh nein. Konzentriert und machtvoll.

Asasel glitt durch antiken Firniss, huschte ausgetretene Stufen hinab. Eine Stahltür. Kein Hindernis für einen Geist, zumal die Mauer daneben alt und rissig war.

Ein Bannspruch, um Wesen wie ihn abzuhalten, fehlte. Es wäre auch dumm von Baraq'el gewesen, sich selbst den Weg zu versperren.

Verwitternder Mörtel kitzelte sein Bewusstsein, als er durch die Steine waberte.

Ein Gespinst aus seraphischem Licht. Mitten im Raum. Dahinter ein transparentes Abbild der Welt. Punkte, die in regelmäßigen Abständen aufglommen. Mal schneller und intensiver, mal langsamer. Manche kaum merklich.

»Meine Kinder.«

Baraq'el. Er hielt ein Schwert vor sich.

Die filigrane Klinge, die gewundenen Gravuren darauf.

Asasel erkannte es sofort. Diese Waffe hatte er einst Shemhazai überreicht. Die Erste ihrer Art.

Baraq'el wagte es, ihren Schöpfer damit zu bedrohen.

»Dachtest du, du spazierst hier herein und ich bemerke nichts?« Baraq'els Lippen verzogen sich zu einem feinen Lächeln. »Niemand von uns vermag sich im Schatten zu verbergen.«

Wahrhaftig, er war schön wie der Sonnenaufgang nach einer Gewitternacht. Groß, sehr schlank mit einer Geschmeidigkeit in der Bewegung, die seine Stärke nur ahnen ließ. Das weißblonde Haar fiel wallend über seine Schultern.

Asasel hätte seinen ursprünglichen Körper niemals in Gefahr bringen dürfen. Kein Wunder, dass die Menschenfrauen hinter ihnen hergewesen waren wie die Teufel hinter schuldlosen Seelen.

»Ich danke dir für die Zusammenarbeit.« Baraq'el hob das Schwert. »Aber nun beende ich unsere Verträge.«

So billig kommst du nicht davon. Asasel komprimierte sich, bis er sich beinahe fest anfühlte. Eine Kugel aus Licht. Kaum größer als eine Kinderfaust.

Baraq'el hatte getrunken. Seine Geschicklichkeit hielt sich daher in Grenzen. Der Verräter wollte die Verträge brechen, ihn mit seinem eigenen Schwert beseitigen!

Ein gewagter Gedanke besetzte jeden Winkel seines Bewusstseins.

Der makellose Körper, das wie Gold glänzende Haar. Die übermenschliche Stärke. Baraq'el hatte all das lange genug genossen.

»Bis zu Shemhazais Tod hatte ich dir eine Gnadenfrist eingeräumt.«

Näher und näher. Nur noch wenige Schritte trennten den Obersten der Bruderschaft von seinem Schicksal.

Er holte Luft, setzte zum Sprechen an.

Der offene Mund.

Asasel schnellte vor.

Eng und dunkel. Er glitt tiefer. Dann erschreckend hell. Viel gleißender, als er jemals sein könnte.

Der Körper um ihn krampfte sich zusammen, bebte. Asasel wurde hin und her geschleudert. Baraq'els Geist schoss ihm entgegen, mehr entsetzt als wütend. Sofort löste Asasel die komprimierte Form. Statt aufzuprallen und ihn zurück zu schleudern, drang Baraq'el ungebremst durch ihn hindurch.

Ein metallisches Klirren von außerhalb, gefolgt von einem widerlichen Geräusch. Würgen?

Asasel dehnte sich bis in die letzte Faser seines neuen Zuhauses aus, ignorierte die Flüssigkeit, die schwallartig das Innere verließ. Er ballte die Fäuste, hob die Lider. Das panische Schlagen des fremden Herzens beruhigte sich, akzeptierte seinen Willen.

Nie erlebte Kraft, sie strömte in jede Zelle, verschmolz mit seinem Geist. Die ungewohnt feingliedrige Hand hob das Schwert auf. Ein Schlenker damit genügte, um den weißleuchtenden Nebelschleier zu zerschneiden.

Die Hälften zuckten zusammen. Dunkelheit, die von den Rändern in die Mitte wuchs. Sie fraß das Licht.

Ein beeindruckender Anblick.

»Hochkant rausgeschmissen.« Asasel wischte sich über den Mund. Seine Finger stanken sauer wie die Pfütze Erbrochenes zu seinen Füßen. »Hast du versucht, mich auszuspucken?« Wie erbärmlich.

Und diesem Mann war er hörig gewesen? Hatte fünftausend Jahre an dessen Kette gezappelt? Drecksarbeit erledigt, die Nachkommen seiner eigenen Sippe verraten? Ein einziger Hieb mit der brillantesten Waffe, die seinen Händen jemals gelungen war, hatte seine Knechtschaft beendet.

»Ich bin frei.« Die Worte hallten zwischen den Steinwänden. »Ich bin frei!« Frei das zu tun, was immer ihm beliebte. In Baraq'els übermenschlich starken Körper. Umgeben von seinen über Ewigkeiten gehorteten Schätzen, seinen Informationen, seiner sorgsam bewachten Macht.

Die Welt gehörte ihm. Sie war stets ein Spielplatz für Tyrannen jeglicher Art gewesen. Er würde seine Vorgänger bis ins Grenzenlose übertreffen.

Sein Lachen erschütterte den Raum, ließ ausdünnende Lichtfetzen erbeben.

Zwei Funken im Schatten.

Sie zitterten, erloschen.

~*~

NACHTKÄLTE

Der See lag vor ihnen. Nicht mehr lange und Anne konnte sich Sicherheit zumindest einreden.

Sie bog von der Straße ab in den Waldweg, der zu Antons Sommerhaus führte. Trotz der Kälte öffnete sie das Seitenfenster. Der Duft nach Kiefern, dem fauligen Laub vom vergangenen Herbst, Moos mit einem Hauch Schnee, strömte ins Wageninnere.

Anne inhalierte ihn bis in die Lungenspitzen.

Je näher sie dem Haus kam, umso erträglicher fühlte sich das Chaos an. Früher hatte sie ihre Sommerferien, später Wochenenden mit ihren Eltern und Celine und Anton hier verbracht. Ein Ort, an dem ihr nur Gutes geschehen war. Er durfte diesen Zauber nicht brechen. Sie verließ sich darauf.

Die Sonne war bereits hinter die Baumwipfel gesunken, als Anne am Ufer des Sees entlang zur Hütte fuhr. Sie parkte den Wagen hinter dem Gebäude, so war er nur von der Waldseite aus sichtbar.

Keph schlief nach wie vor. Mittlerweile wuchsen Schatten unter seinen Augen.

Wie von allein zog es ihre Finger zu seiner Wange.

Keph zuckte zusammen, sah sich erschrocken um. Als sich ihre Blicke trafen, runzelte er die Stirn. »Mich hat nie eine Frau auf diese Weise berührt.« Seine Stimme klang belegt. »Das hätte ich nicht zugelassen.«

»Bei mir lässt du es zu.« Das und noch viel mehr.

Ein mattes Lächeln umspielte seine Mundwinkel. Seine Hand zitterte, als er sie auf ihre legte.

Sie war eisig.

Er schmiegte sein Gesicht in ihre Handfläche, senkte die Lider. »Mir ist kalt.« Seine Lippen bebten beim Sprechen. »So furchtbar kalt.«

Anne fasste ihm ins Haar, fest genug, dass er die Augen öffnete. »Du musst durchhalten.« Vor Sorge verkrampfte sich ihr Herz. Es war so wichtig, dass er am Leben blieb und es hatte nichts mit Eelis Mörder zu tun.

Erneut entglitt ihr die Realität. Im Moment ein Dauerzustand.

Anne blendete alles aus, was hinter ihr lag. Nur der Augenblick zählte.

Sie schulterte Kephs Rucksack und hängte sich ihre Handtasche um.

Keph schauderte es. Er wand sich keuchend aus dem Auto. »Das Schwert.«

Richtig. Es fühlte sich erschreckend normal an, es zu berühren. Vertraut, wie einem Freund die Hand zu reichen.

Sie schwang es ein paar Mal hin und her. Fantastisch, das hohe Sirren. Sie bildete sich ein, Stücke aus dem spärlichen Nachmittagslicht zu schneiden.

Keph schwankte, als er sich vom Wagen abstieß.

Anne fasste ihn unter. Er stützte sich schwer auf sie.

Er ist dein Feind, herrschte sie eine messerscharfe Stimme in ihr an. *Es gibt einen Grund, weshalb du ihn in deinen Träumen erstichst.*

»Kann ich dir vertrauen?« Wozu fragte sie? Es war zu spät. Ihre Schicksale waren verschlungen wie gordische Knoten.

»Ich habe dich verraten.« Keph starrte geradeaus. »Du hasst mich.«

Schlechte Antwort. »Heißt das, ich werde dich wieder töten müssen?« Sie hatte es getan. Irgendwann.

»Nein.«

Warum lächelte er?

»Aber du wirst es dennoch tun.«

Szenen sprangen aus der Dunkelheit. Eine blutrünstiger als die andere. Anne trat sie zurück in den Abgrund. Später. Wenn Kepheqiah schlief und sie bereit war, ihren Verstand zu opfern.

»Es gibt nur einen Außenwasserhahn.« Mit ganzer Kraft klammerte sie sich an fadenscheinige Normalität. Um nichts in der Welt durfte sie sie loslassen. »Das Badezimmer ist im Anbau. Allerdings musst du vor dem Duschen heißes Wasser in den Tank füllen und beim Einseifen gleichzeitig mit dem Fuß auf das Pedal treten, sonst stehst du im Trockenen. Dasselbe gilt fürs Waschbecken.« Es spielte keine Rolle, ob Keph mitbekam, was sie redete. Jedes Wort galt nur einem Ziel: die Spannung in ihr abzubauen. »Das Klo ein paar Schritte entfernt im Wald. Dafür haben wir eine Sauna.« Die mit Holz angeheizt wurde. Kein Strom. Hätte Anton die Hütte nicht grundsanieren können?

Endlich erreichten sie die Eingangstür.

»Lehn dich an.« Sie bugsierte Keph an die Hauswand und deponierte ihr Gepäck daneben. »Ich muss den Schlüssel holen.« Er lag unter einem Stein neben der Sauna. Wenigstens befand die sich nicht so weit weg, wie das Plumpsklo.

Anne rannte zum Herzstück von Antons Feriendomizil. Noch während sie sich bückte, sank Keph an den Bohlen hinab.

»Hey!« Sie schnappte sich den Schlüssel, eilte zu ihm zurück.

Sein ganzer Körper bebte. »Ich bestehe aus Feuer.«

Sollte das Verzerren der Lippen ein Lächeln sein?

»Und Licht.« Sein Atem strich eisig über ihre Haut. »Wusstest du, dass es fließen kann?« Seine Hand glitt zögernd ihren Arm hinauf, legte sich in ihren Nacken. »Du bist so warm.«

Anne schüttelte es. Als ob ihr Eis in den Kragen rutschte.

»Es wird wieder gut.« Eine Lüge, die sich als Floskel tarnte. »Ich kümmere mich um dich.«

»Das ist nicht deine Aufgabe«, flüsterte er gegen ihren Hals. »Warte auf Daniel.«

Richtig. Sie sollte ihn sterben lassen.

Anne kickte Rucksack und Handtasche ins Dunkle. Auch das Schwert. Es schepperte, als es über den Boden schlitterte. Sie führte Keph zum Sofa und half ihm dabei, sich hinzulegen. Für einen Moment war das Klappern seiner Zähne das einzige Geräusch, das sie wahrnahm.

Gleich in zwei Wolldecken wickelte sie ihn ein. Sie rochen muffig, aber würden ihn hoffentlich wärmen. »Du bestehst aus Feuer und Licht?« Eine Fantasie. Geboren aus seiner Schwäche. Dennoch tröstete sie. »Ich habe beides für dich.«

Auf dem Küchentisch stand die Petroleumlampe. Anne schwenkte sie, es plätscherte. Die Streichhölzer lagen in der Schublade neben der Schachtel mit Lakritzen. Zwei der kleinen Rhomben verschwanden gleichzeitig in ihrem Mund. Während sie den Docht entzündete, füllten sonnengeflutete Szenen aus ihrer Kindheit ihr Denken aus.

Erstaunlich, Erinnerungen ließen sich lutschen.

Der Schein der Lampe scheuchte die Dämmerung der Hütte zurück in die Ecken und lockte stattdessen Geborgenheit hervor.

Der Zauber wirkte. Für einen Augenblick gab sich ihr Herz irrationaler Leichtigkeit hin. Bis ihr Verstand sie daran erinnerte, dass ein schwerkranker Mann auf dem Sofa lag.

Sie schnappte sich den Wasserkessel. »Bin gleich wieder da.«

Keph reagierte nicht. Lediglich seine Zähne schlugen aufeinander.

Diverse Flüche in Französisch und Finnisch drängten sich auf ihrer Zunge. Sie schluckte sie hinunter und trat vors Haus.

Nasskalter Wind streifte ihr Gesicht.

Das Wasser aus dem Außenhahn war eisig. Bei der Vorstellung, dass sie morgen früh in der Mäusebrause mit Fußpumpe unter einem pisswarmen Strahl zittern würde, bildete sich erneut eine Gänsehaut.

Nur eine kleine Sorge zwischen vielen gigantischen. Sie verschwand schneller, als sie gekommen war.

Ein Schwarm Vögel stieg vom Waldrand auf. So plötzlich, dass Anne zusammenzuckte. Ein Tier musste ihn aufgeschreckt haben.

Im Unterholz knackte es.

Eigenartig. So einsam wie heute hatte sie den See noch nie empfunden. Beinahe unheimlich.

Ein Geruch nach kalter Asche und Feuchtigkeit schlug ihr entgegen, als sie zurückkehrte.

Keph zitterte wie Espenlaub.

Ein heißer Tee und Feuer. Beides würde ihm helfen.

Neben dem Kamin stapelten sich Scheite und alte Zeitungen.

Anne zerriss die Seiten, knüllte sie zusammen. Aus dem Holz baute sie eine Pyramide und stopfte sie mit dem Papier aus. In der Stille klang das Ratschen des Zündholzes an der Reibefläche befremdlich laut. Auch das Knistern, als sich die Flamme durchs Papier fraßen. Jede Kleinigkeit nahm sie überdeutlich wahr. Nur nicht die Katastrophen in ihrem Inneren. Sie schichteten sich wie Brennholz höher und höher. Warteten auf den Funken, der sie in Brand setzen würde. In dem Inferno blieben von ihr nur Ascheflocken zurück. Keine Hilfe für Keph, keine Hilfe für irgendjemanden auf dieser Welt.

Weiter auf jeden Handgriff konzentrieren. Jeden Atemzug, jedes noch so leise Geräusch. Was außerhalb von ihr geschah, war erträglich. Das Verhängnis lauerte innen.

Endlich leckte das Feuer an den Scheiten, versengte die Kanten. Nicht mehr lange, und in der Hütte wäre es warm.

Anne drehte den Hahn der Gasflasche unter dem Herd auf, lauschte dem Zischen und entzündete eine der Kochstellen. Sie setzte den Kessel auf, pustete den Staub aus der Teekanne.

Zitronenschalen-Chilli-Ingwer-Tee. Wenn Keph davon nicht heiß wurde, konnte ihm nur die Sauna helfen.

Die Sauna!

»Keph! Hör mir zu!« Sie rüttelte ihn an den Schultern. »Du darfst nicht einschlafen!«

»Mir ist kalt«, stammelte er leise. »So furchtbar kalt.«

~*~

Unzählige Gläubige haben sich auf dem Petersplatz in Rom eingefunden, um mit ihren Gebeten dem Papst in den letzten Momenten seines Lebens ...

Daniel schaltete den Ton des Fernsehers aus. Ein sterbendes Oberhaupt einer weltweit operierenden Organisation brachte ihn sonst auf Ideen. Sie mussten warten. Im Augenblick gab es wichtigeres.

Ein Klopfen an der Tür unterbrach vatermordende Fantasien.

»Komm rein.«

Jade schlüpfte ins Zimmer. Ihr Lächeln wirkte verhuscht. »Störe ich?«

»Seit wann fragst du, bevor du bei mir reinplatzt?«

»Ich platze nie bei dir rein«, empörte sie sich. »Wie käme ich dazu?«

»Nein?« Selbst bei eindeutigen Geräuschen und Bewegungen unter oder über der Bettdecke schreckte sie nicht davor zurück, sich auf die Bettkante zu setzen und Lucy und ihm ihren zukunftsdeutenden Traum zu erzählen. Mit dem Hinweis, sich einfach nicht unterbrechen zu lassen, sondern das Gesagte lediglich intuitiv zu verarbeiten.

»Nein.« Sie setzte sich auf die Lehne seines Sessels, nippte an seinem Weinglas. »Der ist gut.«

»Nicht gut genug.« Der Tropfen vermochte es nicht im Ansatz, ihm die

Sorgen zu vernebeln.

»Sind Lucy und Ethan wieder zurück?« Ein zweiter Schluck verschwand in ihrem Mund. »Sie wollten den Louvre auschecken.«

»Was?« Ein Spaziergang durchs Viertel, um sich abzulenken. Davon war die Rede gewesen. Fürs Louvre war es zu spät. Das Museum schloss bald.

Daniel fuhr sich über die Stirn.

Und wenn schon. Dann würden sie morgen das Ding erneut in Angriff nehmen.

»Lucy meinte, die Planung eines mit angemessen hohem Risiko behafteten Kunstdiebstahls würde sie am effektivsten auf andere Gedanken bringen.«

»Ethan wird sich für die Mona Lisa entscheiden.« Das stand fest.

»Ja, das vermutet Lucy auch.«

Unglaublich, dieses Unschuldslächeln.

Daniel kämpfte gegen die Vision seiner in Handschellen abgeführten Liebsten an.

»Bist du beunruhigt?«

»Ein wenig.« Wie konnte er Ethan von Katastrophen abhalten, die Lucy hinter Gitter brachten?

»Philipp hat Angst«, wechselte sie das Thema ohne Vorwarnung. »Vorhin hat er gezittert.«

»Er kann sich nicht fürchten.« Jade wusste das. »Gefühle sind ihm fremd.« Das Zittern musste eine rein physische Ursache gehabt haben. Cleaner fingen sich wahrscheinlich genau wie alle anderen hin und wieder eine Erkältung ein.

»Das dachtest du auch bei José. Trotzdem verliebte er sich in Ethan lange bevor er auf Konstantin Grigorjew traf. Ethan und er, sie teilten sich damals eine Seele. Ich spürte es.«

»Unsinn!« Jades Hang zur Romantik ging mit ihr durch.

»José begann, sich zu sehnen«, erklärte sie ihm das Unmögliche. »Wie hätte er das ohne Seele fertig bringen sollen?«

»Ich weiß es nicht, aber Philipp ist nicht verliebt. Mit wem sollte er sich ...« Gütiger! Es war verrückt, sich mit einer Verrückten über das hypothetische Teilen von Seelen zu streiten.

»Mit uns allen«, beantwortete sie die abgebrochene Frage. »Ebenso wie Markus und Elija. Sie sind nicht mehr die Cleaner, die für die Anonymen Meister unauffällig Leichen entsorgt und den Tatort aufgeräumt haben. Oder warum meinst du, sind sie Baraq'el untreu geworden und zu dir gekommen?«

»Sie befolgten Rubens Anweisungen.« Was ihr Job gewesen war.

»Ruben war ebenfalls nicht zur Illoyalität fähig. Dennoch hat er dich Baraq'el vorgezogen.«

»Jade, worauf willst du hinaus?«

»Dass Philipp Kepheqiah in die Katakomben geführt hat, weil er alten Groll gegen ihn empfand. Er wollte Vergeltung für seine Schwester.« Sie tauchte den Finger in den Wein, strich damit über den Rand. »Aber an dem Tag besaß er noch keine eigene Seele. Ich hätte es in seinen Augen gesehen.«

Der hohe Ton vibrierte in Daniels Nerven.

»Und gezittert hat er auch nicht.«

»Komm auf den Punkt.«

»Jetzt zittert er.« Jade stellte das Glas beiseite. »Und er trägt eine Sonnenbrille bei Regenwetter.«

»Du meinst, er hat sich eine Seele genommen?« In seinen Gedanken kniete Philipp vor einem Sterbenden und schlürfte ihm gleißendes Licht aus dem Mund.

Ein Gefühl, würgen zu müssen und es doch nicht zu können, lenkte ihn von der Frage ab, die plötzlich in seinem Hirn auf Beachtung pochte.

Wessen Seele?

»Daniel?« Jade packte seinen Unterarm. »Sind das da die Lokalnachrichten?« Sie starrte auf den Fernseher, auf dem stumme Bilder hin und her huschten.

»Ja, ein Pariser Sender.«

Jade schaltete den Ton an.

... fand ein Beamter der Pariser Untergrundpolizei während seines Rundgangs ...

Ives. Sein Jungengesicht füllte den Bildschirm aus.

... die Stichwunde in seiner Brust ...

Es verschwand unter einem weißen Tuch.

»Susanna.« Jade wurde blass. »Wir müssen sofort zu ihr.« Sie sprang auf, rannte hinaus.

Der Junge hatte es wieder nicht geschafft. Daniels Herz pochte gegen die Kaltschnäuzigkeit seiner Gedanken an. Er war allein gestorben. In einem stinkenden Schacht, feucht, dunkel.

Einmal hatte er ihn gehalten. Es lag lange zurück. Ein Krieg, ein Schlachtfeld, auf dem Kinder wie Ives nichts verloren hatten. Niemand hatte sich darum geschert.

Pépin. Der Name streifte ihn zusammen mit dem Bild eines schlaksigen Knappen. Schwarzes Haar, eine vor Angst zitternde Unterlippe und ein Speer im Rücken.

Daniel hatte gewartet, bis das letzte Röcheln verklungen war.

Dieses Mal hatte ihm sein Mörder Gesellschaft geleistet.

Daniel folgte Jade auf vor Wut zittrigen Beinen.

Die Stimme des Nachrichtensprechers drang aus der Bibliothek.

Susanna kniete vor dem Fernseher, beide Hände auf den Mund gepresst. Jade hockte neben ihr, den Arm um die zuckenden Schultern geschlungen.

Lucy starrte auf den Bildschirm. Demnach hatte sie das Wachpersonal des Louvres tatsächlich nicht mehr reingelassen.

»Wer macht so was?« José griff nach ihrer Hand.

Ein seltsamer Anblick, seinen Tränen dabei zuzusehen, wie sie im schwarzen Bart versickerten.

»Caym, Mahawajs Handlanger, irgendein Irrer, dem er im Weg stand«, betete Lucy eine Litanei an Möglichkeiten hinunter. »Er hätte bei Phil bleiben sollen.«

»Ist er das nicht?«, fragte der Spanier.

Lucy schüttelte den Kopf. »Philipp hat mir gesagt, Ives wollte noch was erledigen und würde später kommen.«

»Ist es wahr?« Ethan drängte sich an Daniel vorbei. »Markus hat mir ...«

... Nun zum Wetterbericht. Morgen lässt die Sonne ...

»Es ist wahr.« Markus und Elija betraten nacheinander den Raum. Markus schaltete den Fernseher aus, wandte sich zu Daniel. »Boss?«

»Holt ihn nach Hause.« Der Junge hatte nichts in einem Gummisack verloren.

Elija stellte sich vor Susanna, nahm ihr die Hand vom Mund und zog sie auf die Beine. »Komm mit.«

»Bist du verrückt?« Lucy starrte ihn entsetzt an.

Der Cleaner achtete nicht auf sie. Er zog seinen Pulloverärmel über den Handballen, wischte Susanna damit die Tränen aus dem Gesicht. »Wir suchen ihm einen Platz unter einem weiten Himmel. Fern von Dunkelheit und Enge. Mit Blumen in der Nähe. Okay?«

Susanna nickte, während es ihr erneut vom spitzen Kinn tropfte.

Elija legte ihr den Arm um, führte sie hinaus.

Jade sah beiden hinterher. »Verstehst du jetzt, was ich meine, Daniel?« Auch ihr liefen Tränen über die Wangen. »Fürsorge und Mitgefühl. Ohne Seele?« Sie schüttelte den Kopf. »Niemals.«

~*~

Einem Schlafenden beim Schlafen zusehen, einem Zitternden beim Zittern, einem Sterbendem beim Sterben. Die Minuten beim Schleichen beobachten, die Glut beim Glühen, die Ingwerstückchen beim Tanzen im heißen Wasser.

Anne rührte Honig in den Tee. Der scharf-frische Duft stieg ihr in die Nase, gaukelte ihr wie die Lakritze vor, dass alles gut war. Kepheqiahs Zähneklappern entlarvte die Illusion. Zumindest lebte er noch und das musste so bleiben.

»Keph?« Vorsichtig rüttelte sie ihn an den Schultern. »Ich habe Tee gekocht.«

Langsam hob er die Lider. Ein Lächeln huschte über die blassen Lippen, als sich ihre Blicke trafen. Er murmelte etwas. Anne verstand es nicht.

»Komm hoch, sonst kannst du nicht trinken.« Sie fasste ihn unter, half ihm dabei, sich aufzusetzen. Er bewegte sich träge, als hielte ihn der Schlaf gefangen.

»Wie geht es dir?« Sie fühlte seine Stirn. Sie war eiskalt.

Die Sauna war gut für ihn. Oder nicht? Was würde sein Kreislauf zu dem Hitzeschock sagen? Eine heiße Badewanne wäre die klügere Wahl, doch die existierte nicht und eine simple Wärmflasche gebot seiner persönlichen Eiszeit keinen Einhalt.

Sie führte die Tasse zu seinem Mund, wartete, bis er ein paar Schlucke getrunken hatte.

Nur so viele Lebensgeister wecken, dass er den Weg in die Sauna schaffte. Eingehüllt in Hitze, ginge es ihm besser. Er bestand aus Feuer und Licht. Dann musste es helfen!

Anne biss sich auf die Lippen. Das hysterische Lachen sollte sich zum Teufel scheren. Sie kämpfte um jeden vernünftigen Gedanken. Den Geist konnte sie auch später aufgeben, falls ihr Plan nach hinten losging.

Der Druck in ihrem Hals nahm ihr den Atem. Sie schluckte dagegen an, betete um den Zipfel Fassung, der ihr durch die Finger schlüpfte. »Warst du schon einmal in einer finnischen Sauna?«

Keph runzelte die Stirn.

Vermutlich hieß das: nein. Oder: Bist du irre?

Mit beidem kam sie zurecht.

»Stell dir vor, du sitzt am Rand eines aktiven Vulkankraters. Das trifft es am ehesten.« Sie stellte die Tasse beiseite, wickelte Keph aus den Decken. »Vor dem Garen wird dir leider noch ein bisschen kälter werden. Ich muss dich ausziehen und dann rennen wir gemeinsam in Handtücher gewickelt da raus, okay?«

Keph schloss die Augen.

»Gut, *rennen* ist vielleicht zu optimistisch, aber wir schaffen das schon.« *Bitte, bitte! Lass alles gut werden und wach morgen früh einfach gesund neben mir auf.*

Ein Kampf mit dem Mantel, ein Zerren am Pullover, an diesem Dreckshemd!

Keph fiel zur Seite, zitterte wie Espenlaub.

Sie musste sich beeilen.

Schuhe abstreifen, Socken aus.

Ihre Finger flatterten.

Ein Knopf, ein Reißverschluss. Die verdammte Hose schien aus Widerhaken zu bestehen.

Anne schmeckte ihren Schweiß. Ihr Herz pochte vor Anstrengung. Ein Kinderspiel dagegen, sich selbst die Kleidung vom Leib zu schleudern.

Die Handtücher lagen im Wäscheschrank. Anne wickelte sich eines um.

»Steh auf.« Sie rüttelte an Kepheqiahs Schultern. »Los!«
Nichts.
»Keph, verdammt! Ich versuche, dein Leben zu retten!«
Bloß Zähneklappern.
»Steh auf!« Ihn auf die Beine zerren, nicht unter seinem Gewicht zusammenbrechen. Das mit dem Handtuch konnte sie vergessen, es rutschte ihm von der Hüfte, von den Schultern.
Fluchend trat sie es in die Ecke.
Immerhin setzte Keph die Füße voreinander.
Sie schwankten aus der Hütte. Jeder Schritt ein Kampf durch Dämmerung und Angst.
Keph wimmerte, als würde Eis in ihm splittern.
Anne war nach schreien.
»Wir schaffen das«, keuchte sie gegen uferlose Panik an. »Keph, bitte! Lass es uns schaffen!« Brach er hier draußen zusammen, war es vorbei.
Sie schleppte ihn weiter. Ein kurzer, endloser Weg. Als ihre Stirn gegen warme Bohlen schlug, schluchzte sie auf wie ein Kind.
Sie zog die Tür zur Sauna auf, hievte Keph auf die Bank und entzündete die Petroleumleuchte.
Kepheqiah sank zur Seite. Er wirkte bleich wie ein Geist.
»Keph!« Anne schüttelte ihn.
Keine Reaktion. Nur Kälte. Wie eine Wolke stieg sie von ihm auf.
Sie presste ihr Ohr auf seine Brust. Schlug sein Herz? So zögernd, so schwach. »Keph, bitte! Mach die Augen auf!«
Er zitterte nicht mehr. Atmete er noch? Sie hielt die Finger unter seine Nase. Da war nichts, gar nichts!
»Niemand erfriert in einer finnischen Sauna!« Alles falsch. Eelis Tod, ihre Träume, der Mann mit dem Schwert, die Entscheidung, Keph zwischen glühenden Steinen und knisternden Holzbohlen retten zu können.
Ihr rann es nass übers Gesicht. Keine Tränen, kein Schweiß. Flüssige Wut. Wie konnte er ihr das antun?
Sie schmiegte sich an die starre Brust.
Wie eine Eisfläche.
Das Gesicht in Neuschnee tauchen und lachen, wenn die Kälte in die

Wangen biss. Pferden die Flocken aus den Mähnen schütteln, einem Jungen den Rotz von der Nase wischen. Das Versprechen, ihn nicht allein zu lassen.

Sie hatte es gebrochen. Wann? Es lag so weit zurück.

Kahle Wände. Ein Messer, das Worte ritzte. Wutschreie in der Dunkelheit, Flüche, die allesamt ihr galten.

Jemand starb. Sie auch. Der Tod hing an ihr.

Finger in lange Haare graben, über den Dreitagebart streichen und sich erinnern, wie er beim Küssen gekratzt hatte.

Es lag hinter ihr, wie der Schwur eines geheimnisvollen Helden aus einem entfernten Land. Nur die Leichen blieben ihr treu.

Glut fiel zusammen, Funken stoben.

Die Augen schließen, zulassen, dass sich die Hitze durch ihren Körper fraß. Solange sie auch ihre Gedanken versengte, war es gut.

Ein Kuss. Zum Abschied. Genau aufs Herz.

Auf die Rippen, den Bauch, die Leiste. Ihr Mund wollte sich nicht von der kühlen Haut trennen. Sie duftete nach Keph, immer intensiver. Härchen kitzelten ihre Nase. Anne zupfte mit den Lippen daran.

Den Tod verführen. Es war konsequent. Immerhin verbrachte er viel Zeit mit ihr, kannte sie besser als jeder andere. Ihre intimsten Wünsche waren ihm vertraut. Keine Scham, keine Lüge spielte in seiner Gegenwart eine Rolle. Sacht wischte er die Masken von ihrem Gesicht, warf sie in die Flammen.

Wenn sie sich ihm hingab, nahm er sie dann mit?

Sie küsste zarte Haut, leckte ihren Duft, erstickte Gedanken in Hitze.

Ein Seufzen. Sehr leise. Von einem Ort außerhalb ihres durch und durch irrsinnigen Lebens.

Ein Zucken. Es schmiegte sich fest und warm an ihre Wange.

Anne fuhr mit der Zunge daran hinab, schloss die Lippen darum.

~*~

Ein Licht schimmerte zwischen den Baumstämmen hervor.

Hoffentlich handelte es sich dieses Mal um die richtige Hütte.

Zwei hatte er umsonst aufgesucht.

Maurice parkte den Wagen weit genug entfernt. Kepheqiah erwartete ihn, wusste, dass er sein Ziel nicht leichtfertig aufgab. Sollte er sich ein zweites Mal gegen ihn stellen, sahen sie sich im nächsten Leben wieder.

Maurice steckte die Pistole in den Hosenbund, folgte dem Leuchten. Für Kepheqiah genügte eine Kugel. Für die Zigeunerin nicht. Bevor er sich mit ihr ernsthaft befasste, musste er das Schwert finden.

Zwei Hütten. Eine große, die im Dunklen lag und eine kleine mit einem einzigen, schwach beleuchteten Fenster.

Eine Sauna? Das Weib besaß Nerven, in einer Situation wie dieser Wellness zu betreiben.

Geduckt schlich er näher, spähte durch die Scheibe.

Kepheqiah lag auf der Bank, den Oberkörper wie einen Bogen nach hinten gespannt. Den Mund weit geöffnet. Sein tiefes Stöhnen drang durch die Holzbohlen. Die Zigeunerin kniete auf dem Boden, den Kopf zwischen seinen Beinen. Ihre eine Hand hielt seine Hüfte, die andere verschwand im Schatten der Schenkel.

Das Miststück saugte einem Sterbenden den letzten Lebensfunken aus dem Leib.

Maurice schmeckte Galle.

Wie konnte sich Kepheqiah dem hingeben? Er? Der Heilige und Frauenverächter? Lag es an der Verletzung? Hatte sie bereits sein Hirn vernebelt?

Den Schwanz eingeklemmt in den Lippen einer lüsternen Frau.

Es gab üblere Todesarten.

Wie ihr Rücken vor Schweiß glänzte, wie sich ihre Finger in Kepheqiahs Fleisch gruben.

Sie verführte alles und jeden. Jonglierte mit Herzen, ließ sie fallen, sah zu, wie sie im Staub zerbrachen.

Eine Dämonin in Menschengestalt.

Sie gehörte ausgelöscht.

Das Schwert. Wo hatte sie es versteckt?

~*~

Keph klammerte sich an den Rand der Holzbank. Das Zittern, das durch seinen Körper floss, entsprang längst keiner tödlichen Kälte mehr. Er glühte. Sein Bauch, seine Lenden, die Schenkel, die er weit für sie spreizte.

Anne schloss die Lippen fester um seine Erektion.

Er atmete tief ein, ließ die Luft in einem rauen Stöhnen entweichen. Es klang so sehnsüchtig, so erleichtert.

Unter Annes Fingern spannten sich seine Muskeln, in ihrem Mund pulsierte seine Lust. Wer erregt war, starb nicht. Erregung war gut. War ihr Freund und Kephs Rettung.

Tränen mischten sich mit Schweiß. Ihr war schwindelig. Vor Hitze ebenso wie vor Glück.

Keph lebte. Plötzlich hatte sie sein Streicheln auf ihrer Schulter gespürt. Warm, zögernd. Seine leise Bitte, nicht aufzuhören, sein dankbares Seufzen, als sie seine Härte mit ihrer Zunge verwöhnte.

Anne schmeckte Lusttropfen. Sollte sie ihn erlösen? Ihm das geben, worum er keuchend bat? Danach würde die Schwäche erneut nach ihm greifen. Vielleicht stärker als zuvor.

Sie konnte die Nacht nicht in diesem Brutkasten verbringen.

Sie mussten in die Hütte zurück. Kepheqiahs Zustand verlieh ihm hoffentlich die nötige Kraft für den Weg dorthin.

Ein Abschiedskuss auf die feuchte Spitze.

Anne richtete sich auf, berührte seine Wange.

»Du bist grausam, Anne Perrin.« Sein Lächeln ließ ihr Herz singen. »Was tust du mir an?«

»Eine Menge.« Sie streichelte über die vorstehenden Wangenknochen. »Kannst du laufen?« Sie fasste ihn unter, half ihm auf die Beine.

Er schwankte, blieb jedoch aufrecht stehen. Für einen Moment tauchte er seine Nase in ihre Haare. »Statt mich zu töten, rettest du mein Leben.« Er nahm ihre Hand, legte sie sich auf die dünne Narbe. »Du wirst es bereuen.«

»Nicht heute Nacht.« Anne nähte der panischen Stimme in ihrem Kopf den Mund zu. Keph war krank, schwach. Er stellte keine Gefahr dar. Außerdem hatte er geschworen, sie zu beschützen. Es gab nichts zu bereuen.

Weder jetzt noch morgen noch irgendwann.

Sie stieß die Tür auf, sog die kalte Nachtluft bis in ihre Lungenspitzen.

Keph schauderte in ihrem Arm. Er ging sicherer als auf dem Hinweg, doch als sie die Hütte erreicht hatten und Anne die Tür hinter ihnen schloss, sank er erschöpft dagegen. Sie führte ihn zum Sofa, wollte ihn zudecken, aber er zog sie auf sich.

»Mach weiter.« Er küsste den Wunsch auf ihren Hals. »Ich bin längst nicht gesund.«

»Du warst tot.« Er hatte nicht geatmet, sich nicht mehr bewegt. »Wieso ...«

Sein Finger legte sich auf ihre Lippen. »Es ist schön, von dir verschlungen zu werden.« Er strich die Konturen nach. »Von deinem Schoß, von deinem Mund. Es ist wie Eintauchen in die Ewigkeit.«

Ein Gefühl, zu gewaltig, um in ihrer Brust Platz zu finden. Es breitete sich aus, verschlang alles Vertraute.

Anne ging darin verloren, genoss es dennoch.

Eine warme Hand in ihrem Nacken. Sie führte sie hinab, bis ihre Lippen Kepheqiahs Kehlkopf berührten.

Sachte Küsse, sanftes Streicheln mit der Nasenspitze. Weiter zu den Enden der Schlüsselbeine, zu dem Grübchen dazwischen.

Kepheqiahs Herz pochte.

Oder war es ihres?

Anne rekelte sich auf ihm, spürte seine Lust anschwellen. Langsam rieb sie sich daran, schürte die Hitze in ihrem eigenen Unterleib. Ein leises Keuchen verriet, dass ihm gefiel, was sie tat. Dann würde es ihm noch mehr gefallen, wenn sie seine Brustwarzen verwöhnte. Gestern hatte er es geliebt.

Sie küsste eine feuchte Spur bis zu ihrem Ziel, tippte es mit der Zungenspitze an.

Kepheqiah fuhr zusammen.

Seine empfindsame Stelle. Anne schloss die Lippen darum, saugte.

Keph bäumte sich auf, warf den Kopf in den Nacken. Sein heiseres Stöhnen flirrte durch ihr Bewusstsein, packten sie mit einer Macht, die alles andere verdrängte.

Nässe zwischen ihren Schenkeln. Sie stammte von ihr, gierte nach Kepheqiahs pulsierender Lust.
Anne senkte sich darauf hinab, nahm sie tief in sich auf.
Zu hungrig für Langsamkeit. Sie ritt ihn, als säße ihr der Teufel im Genick.
Keph schrie.
Der verzweifelte Laut stieß Anne über den Rand, ließ sie schweben, mit dem Mann verschmelzen, der behauptete, ihr Feind zu sein. Er log.
Eng umschlungen, eingehüllt von seiner Nähe, fielen Ängste und Zweifel wie Steine von ihrer Seele. Nur sie beide. In einem zeitlosen Raum.

»Seit wann fickst du deine Feinde, statt sie zu erstechen?«
Jemand packte sie im Genick, riss sie nach hinten.
Schmerz in ihrem Rücken. Ihr Kopf schlug an.
Kepheqiah sprang auf, stürzte sich auf den Mann.
Schokoladenhaare. Eine Faust. Sie schmetterte ihn nieder. Er verschwand in der Dunkelheit.
Finger schlossen sich um ihre Kehle, zerrten sie auf die Beine.
»Wo ist es?«
Ein Schlag in ihr Gesicht. Sterne tanzten. Über ihre Lippe floss Wärme, schmeckte nach Blut.
Anne wurde schlecht.
»Rede!« Der Griff um ihren Hals lockerte sich.
Eelis Mörder. Er hatte einen Namen. Maurice Lacroix. Was er auch hören wollte, er würde sie danach töten.
»Rede!« Er schleuderte sie gegen den Küchentresen. Der Aufprall stieß ihr die Luft aus den Lungen.
Der Lauf einer Pistole an ihrer Schläfe.
»Sag mir sofort, wo es ist.«
»Wo was ist?« Der Kerl war irrer als sie. Welch eine Leistung. Vor Kurzem hatte sie noch einem vermeintlich Toten einen geblasen.
Das hysterische Lachen drang eindeutig aus ihrem Mund, obwohl es kein bisschen nach ihr klang.

»Das Schwert.« Der Druck an der Schläfe verschwand. Lacroix holte aus, ein Schlag in den Magen.

Anne ging in die Knie, würgte.

»Ich habe unser letztes Zusammentreffen nicht vergessen.«

Kalt und schneidend. Sie hasste diese Stimme.

»Du Miststück hast mich einfach verrecken lassen.«

Ihr Sichtfeld flackerte, schrumpfte von außen nach innen. Bloß ein Tunnel. Am anderen Ende lag Lacroix blutend in einer dunklen Gasse. Sie kniete sich neben ihn, wischte das Messer an seinem Mantel ab. Keine braunen Haare, sondern graublonde. Dennoch war es derselbe Mann. Sie hatte ihn verfolgt. Jahrelang. Um ihm beim Sterben zuzusehen. Keine Genugtuung. Damals hatte es sie ebenso verwundert wie jetzt.

Ihr Herz gab das Rasen auf, pochte langsam und hart.

»Erinnerst du dich?« Er griff ihr in die Haare. Seine Finger glitten aus den kurzen Strähnen.

Die falsche Frisur für Machtspielchen.

»Ob du dich erinnerst!« Sein Handrücken klatschte ihr ins Gesicht.

Wenn er das unfreiwillige Kopfschütteln fehlinterpretierte, war es sinnvoll, die andere Wange freiwillig hinzuhalten.

Das war's, flüsterte eine Stimme in ihr. *»Aus. Vorbei.«*

»Halt verdammt noch mal die Fresse!« Der Hieb kam prompt. Anne schlug mit dem Hinterkopf an den Küchenunterschrank, dabei hatte sie Lacroix nicht einmal gemeint. »Ich erinnere mich.« Zeit schinden. Außerdem stimmte es.

Eine Ratte war aus einer Mülltonne gesprungen. Kaum, dass sich Anne ein paar Schritte entfernt hatte. Sie war zu der roten Pfütze gehuscht, hatte daran geschnuppert.

»Sie haben dich aufgefressen, die Ratten.« Nur eine Vermutung, aber sie lag nah. »Stück für Stück haben sie von dir abgebissen. So machen die das mit Bioabfall.«

Dieses Mal flog ihr Kopf in die andere Richtung. Anne schmeckte Blut. »Was willst du von mir?« Von diesem verdammten Schwert abgesehen. Irgendwann hatte sie es für einen kurzen Moment besessen.

»Dein Winseln.« Lacroix ging in die Knie. Sein Gesicht füllte Annes komplettes Sichtfeld aus. Was nichts bedeuten musste. In einem Tunnel war es eng.

»Damals, als du mich in den Stollen gelockt hast, habe ich dich angefleht, mich zu befreien. Ich hätte dich laufen lassen. Wir hätten einen Weg gefunden, es vor Baraq'el zu verheimlichen.«

Ach, von *dem* Tod sprach er.

Neues Leben, neues Glück.

Innerlich kauerte sich Anne zusammen und erfüllte seinen Wunsch. Sie winselte. Um Gnade, um Vergebung, um die Fortsetzung ihres seltsamen Daseins, während sie sich so fest auf die Lippen biss, dass ihr der Schmerz egal wurde.

»Du wandtest dich gegen mich.«

Sanft. Eindeutig. Die Schläge mussten ihr Hörvermögen geschädigt haben.

»Gegen mich, der ich dich immer geliebt habe.«

Liebe. Glut. Wunde Nippel. Männerdutt. Hagerkeit und Fältchen um die Augen. Lusttropfen von Leichen. Ein Date mit dem Tod. Schneeflocken auf Pausbäckchen. Sie schmolzen nicht.

»Du hast mein Kind erfrieren lassen.« Der Wespenschwarm schoss unter der Decke aus Blei hervor.

Lina, Víctor, Anne ... Nur Namen.

»Nein.« Er stand auf, zielte auf ihre Stirn. »Ich habe es weggeworfen.«

Ein sengender Schmerz. Konnten Hirne brennen? Herzen nicht.

Sie erstickten.

»Dreh dich um, Maurice.«

Kepheqiah.

Lacroix erstarrte. »Du bist zäh. Ich dachte, der Hieb wäre dein Ende gewesen.« Er fuhr herum, richtete die Waffe auf Kepheqiahs Brust.

Anne versiegte der Atem.

»Du hast mich tief verletzt.« Dunkelheit in der Stimme, die der Glut in seinem Blick spottete. »Ich wusste nicht, dass sterben so kalt ist.«

»Und warum bist du es nicht?« Lacroix' Finger stach in Annes Richtung. »Hat sie dir den Tod ausgesaugt?«

»Sie hat mir das gegeben, was ich brauchte.« Keph blickte zu ihr. Nicht länger als ein Wimpernschlag.
Feuer und Licht. Als stünden die Worte in seinen Augen.
Lacroix senkte die Lider, ging zögernd einen Schritt auf ihn zu. »Was bist du?« Seine Finger spannten sich fester um den Abzug.
»Dein Ende.«
Ein Lichtschein. Hinter Kephs Rücken hervor.
Ein hohes Sirren. Ein Knall.
Etwas Helles glitt durch Lacroix' Brust. Er starrte an sich hinab, versuchte vergeblich, nach Luft zu schnappen.
Das Schwert.
»Ich möchte deinen Tod betrauern.« Kepheqiah zog es aus dem Mann, der langsam auf die Knie sank. »Aber ich kann es nicht.«
Kein Entsetzen, nur maßloses Erstaunen. Ein seltsamer Blick für einen Sterbenden.
Anne kroch zurück. Weg von Blut, zerschnittenem Fleisch. Weg von sich, weg von Kepheqiah.
Die Hütte versank in Schnee. Er tanzte aus grauen Wolken, ließ Zweige brechen. Flocken legten sich auf ihr Gesicht, während sie in den Winterhimmel schrie.
Hatte sie sich nicht danach gesehnt? Einen Augenblick, um den Geist aufzugeben? Er war da.

~*~

Nässe berührte seine Zehen. Sie roch nach Blut. Wie die Luft, wie diese Nacht.
Kepheqiah trat zurück, sank auf die Knie. Das Schwert bebte in seiner Hand. Im Schatten neben der Tür. Dort hatte er ein Glimmen wahrgenommen.
Maurice nicht. Wer zu tief in Hass steckte, versank darin. Blind und taub hatte er nicht bemerkt, wie Kepheqiah durch den Raum gekrochen war. Noch glühend vor Lust, die Anne in ihm entfacht hatte. Leidenschaft taugte nicht nur zum Lieben. Auch zum Töten.

Jetzt verließ sie ihn. Zusammen mit der Wärme, die er Anne verdankte. Mit jedem Kuss, mit jeder Berührung hatte sie die Flammen in ihm gelockt, sie hochschlagen, das Eis schmelzen lassen.

Nur geliehen. Es wurde Zeit, dass er sie zurückgab.

Anne saß mit dem Rücken an den Küchenschrank gelehnt. Die verlöschende Glut des Kaminfeuers kleidete ihre Nacktheit in flackerndes Gold.

Eine Illusion. Sie genügte nicht, um die Kälte der Nacht von ihr fernzuhalten.

Kepheqiah schürte das Feuer, legte frische Scheite nach. Er nahm die Decken vom Sofa und schlang sie Anne um die Schultern.

Sie schien es nicht wahrzunehmen. Ihr Blick war auf Dinge gerichtet, die nur sie sehen konnte.

Es war entschieden. Keine Flucht mehr in ihre Umarmungen, keine Zweifel, wann er ihr die Wahrheit sagen sollte.

Sie kannte sie.

Die Frau mit den zärtlichen Fingerspitzen und grausamen Lippen. Sie hatte ihn aus der Kälte zurück ins Leben gelockt. Nun gehörte es ihr.

Seine Kleidung verteilte sich auf dem Boden. Er sammelte sie ein, zog sich an. Anne stand ein wenig Frieden zu. Er würde ihn nicht mit seiner Nähe vergiften.

»Egal wo du hingehst, ich werde dich finden.« Fast hätte das Knistern des Feuers ihre Worte übertönt.

»Ich bin vor der Tür, wenn du mich brauchst.« Er hatte nie vorgehabt, zu fliehen.

»Ich weiß, wer ich bin.«

So viel Verlorenheit in dem dunklen Blau ihrer Augen.

»Ich weiß, was du mir genommen hast.«

Kepheqiah setzte sich neben sie, ohne sie zu berühren.

»Hast du es jemals besessen?«

»Nein.« Einsamkeit fühlte sich ähnlich wie sterben an. Nur weniger kalt.

»Ich weiß auch, wer du bist.« Sie kroch zwischen seine Beine, schmiegte sich mit dem Rücken an seine Brust.

Kepheqiah legte die Arme um sie. Selbst durch die Decke spürte er ihr

Zittern. »Und dennoch duldest du meine Nähe.«

»Nur heute Nacht.« Ihr Blick glitt zu der blutigen Klinge. »Morgen werde ich dich töten.«

Seltsam, wie leicht sein Herz wurde. Er lehnte sich zurück, zog Anne mit sich. Eine tiefe Ruhe breitete sich in ihm aus. Er hatte sie lange nicht mehr gespürt.

~*~

»Monsignore, darf ich Ihnen noch etwas Gutes tun?« Der Lakai lächelte unterwürfig.

»Nein danke. Der Kaffee genügt vorerst.« Asasel wedelte mit der Hand, der Mann hob die Braue, trollte sich jedoch. War er auch von Mahawaj um vier Uhr morgens aus dem Bett geschmissen worden? Die erste Nacht in seinem neuen Körper war zu aufregend, um sie zu verschlafen. Seufzend lehnte er sich in dem prachtvollen Sitz zurück.

Monsignore hatte sich Mahawaj nennen lassen. Arroganter Geck.

Mit einem Schluck leerte er die lächerlich kleine Tasse.

Zartes Porzellan mit Blumenmuster. Die Kanne teilte ihr ästhetisches Schicksal. Baraq'els verträumte Seite war ihm bisher fremd gewesen.

Asasel goss nach. Er würde reichlich Nachschub brauchen, bis er das Naheliegendste seiner neu erworbenen Probleme gelöst hatte. Das Passwort des Laptops. So nostalgisch es anmutete, in überdimensionierte Poesiealben zu schreiben, so notwendig war die Verwaltung einer Organisation wie dieser. Irgendwo unter ihm, vielleicht in einem ähnlichen Raum wie der geheimen Kammer, existierten zahlreiche Hochleistungsserver. Selbst eingepackt in Fleisch und einer wohlproportionierten Muskulatur spürte er das elektromagnetische Feld vibrieren. Datenmengen, die den Lauf der Geschichte aus der Sicht eines Engels dokumentierten, aber auch schlichte Arbeitsverträge, Lebensläufe, Auftragsdateien und Sicherheitscodes.

Es genügte nicht, sich Baraq'els Hülle einzuverleiben. Er musste auch seine Funktion ausüben und dazu benötigte er das verdammte Passwort!

Asasel schlug die Beine übereinander. Lösungen lagen meist näher, als man vermutete. Sie in der Ferne zu suchen, verschwendete lediglich Zeit.

Mahawaj war alt gewesen. Nicht äußerlich, doch innen. Gebirge von Erinnerungen drückten aufs Gemüt, blockierten das Gehirn. Weshalb sollte es dem Obersten der Bruderschaft anders ergangen sein als ihm? Es gab zu viel zu bedenken, noch mehr zu vergessen.

Wenn man es nicht irgendwo aufschrieb. »Wo steckt dein kleines schwarzes Notizbuch?« Eventuell war es rot, seinethalben auch golden.

Asasel durchsuchte die Schreibtischschubladen. Auf der Innenseite der obersten hafteten zahlreiche Klebezettel. Eine chaotische Abfolge von Buchstaben, Zahlen und Zeichen. Natürlich war überall die Raute dabei.

Passworte. Vor jedem fanden sich zwei Buchstaben. BC, KC, PC, GA, SK, SP.

Der Zettel mit PC war auf den ersten Blick die beste Wahl, da einer mit LT nicht existierte.

Asasel klebte ihn neben den Laptop, tippte die Ziffern ins Passwortfeld. Mehrere Fenster öffneten sich. Die aktuelle Auftragsdatei für diesen Monat war unter ihnen.

Interessant. Ganz oben stand Anne Perrin, in Klammern dahinter *Verweigerung seit zwei Leben* und schließlich eine Auflistung ihrer Namen. Der Eintrag war mit einem Link hinterlegt. Asasel klickte darauf. Eine akribisch geführte Personaldatei inklusive Vermerken zu ihrem Charakter und ihrer Vorgehensweise als Meisterin und ihrer Todesarten. Allesamt recht unschön.

Aufsässig, ungehorsam, verweigert sich der Bruderschaft, Tötungsdelikte gegenüber dem rekrutierenden Meister.

»Mädchen, ich mag dich.« Wenn Maurice sie in die Finger bekam, wäre es endgültig aus mit ihr.

Ein Jammer.

Eventuell konnte er das jedoch ganz simpel mit dem Gebrauch des Festnetztelefons verhindern. Im Namensspeicher fand er den Meister erwartungsgemäß unter L wie Lacroix. Asasel drückte auf die OK-Taste und lauschte dem Freizeichenton.

Warum ging Lacroix nicht ran? Als Anonymer Meister im Dienst war es seine Pflicht, ständig für seinen Boss erreichbar zu sein.

Nichts. Erbärmliche Arbeitsmoral.

Welchen Sauhaufen hatte er übernommen?

Wie sollte überhaupt die Zukunft der Bruderschaft aussehen? Niemand würde ihn daran hindern, den Klub der wiedergeborenen Killer einfach aufzulösen. Andererseits wären damit Macht und Einfluss, die ihm der Mummenschanz in Mahawajs Körper ermögliche, dahin.

Weshalb ihn nicht zu seinen Zwecken nutzen? Die Meister würden ihn nicht hinterfragen. Sie führten ihre Aufträge aus, gleichgültig, worin sie bestanden. Baraq'el hatte stets mit ihrer Hilfe das Schicksal der Welt geändert. Ein lohnendes Erbe.

Die Dienste der Meister dazu verwenden, um in eine andere Position aufzusteigen? Sie den Weg ebnen lassen zu ...

Ja, zu was? Welcher Posten beinhaltete absolute Handlungsfreiheit? Der des amerikanischen Präsidenten? Bloß eine Marionette, wie die meisten Politiker. Der Papst? Die Kirche büßte im Jahrestakt ihren Einfluss ein. Trotz Mahawajs Bemühungen, die Menschheit durch den Märtyrertod eines Nephilim-Nachkommen zu demütiger Folgsamkeit zu bekehren. Außerdem lag der Pontifex im Sterben und selbst wenn nicht: Niemals würde Asasel seine prachtvolle Hülle gegen die eines gebrechlichen Alten eintauschen.

Macht. Wo steckte sie? Überall dort, wo Geld den Rhythmus der Herzen bestimmte und Profitgier matte Augen leuchten ließ.

Konzerne, der Aktienmarkt ... nah dran.

Bestechungen, Erpressungen, Beseitigungen, Eliminierungen. Nichts, was den Anonymen Meistern fremd wäre. Keine Fragen. Sie würden töten. Egal wen. Nie hatte seine Zukunft derart sonnig ausgesehen.

Zaghaft klopfte es erneut an der Tür.

»Herein!« Hoffentlich brachte der Lakai frischen Kaffee mit.

Eine Frau betrat das Appartement. Ihr appetitlich üppiger Körper schimmerte durch einen Hauch Seide. Leise schloss sie die Tür hinter sich, schritt barfuß über dicke Teppiche. Ihr Lächeln verriet, dass sie nicht zum ersten Mal diese Räume aufsuchte.

Mahawajs Spielzeug für einsame Nächte? Warum kam sie ungerufen? Oder hatte ihr der Diener einen Wink gegeben?

Sie setzte sich auf die Bettkante, ließ die Hände über ihre Brüste gleiten.

Rosiges, festes Fleisch. Zu lebendig, um ihn zu reizen. In seinem Leben als Ashton Walbrick hatte er fahlhäutige Vergänglichkeit zu schätzen gelernt.

»Es gibt zwei Arten, mich glücklich zu machen, meine Schöne.« Er trat auf sie zu, entledigte sich seiner Kleidung. »Dominiere mich.« Das letzte Abenteuer auf diesem Gebiet hatte er mit Walbricks Körper bezahlt. »Oder stirb für mich.« Für die erste Variante war ihr Lächeln zu devot.

Falsch. Zu erschrocken.

Dann blieb ihnen Nummer zwei.

~*~

FREMDE AUGEN

Ein heftiges Pochen stieß Kepheqiah aus einem vor Hitze flirrendem Traum.

»Hey Engel, alles klar?« Eine gigantische Silhouette vor gleißendem Morgenlicht. »Diese Sauerei, stammt die von dir?«

Welche Sauerei? Und warum lag er auf dem Boden? Seine Gedanken zogen Fäden vor Zähigkeit.

»Anscheinend bist du ohne meine Hilfe klargekommen.«

Die Bassstimme kannte er.

Roope. Er warf die Tür hinter sich zu, hockte sich neben Maurice' Überreste und stützte sich lässig auf seiner Streitaxt ab. »Sag bloß, du warst das?«

»Es war Notwehr.« Kepheqiah klang, als hätte er Asche geschluckt.

Roope hob eine Braue bis zum Anschlag.

»Glaub es oder lass es.« Langsam sortierte sich das Chaos in seinem Hirn. »Hat dich Daniel geschickt?« Wo war Anne und warum lebte er noch? »Du bist zu spät.«

»Kommt darauf an.« Roope verscheuchte eine Fliege von der Leiche.

»Worauf?« Kepheqiah hätte sie begraben sollen. Stattdessen hatte er Anne zugemutet, die Nacht in ihrer unmittelbaren Nähe zu verbringen.

»Darauf, wie diese Frau tickt.«

»Ich weiß es nicht.« Kepheqiah setzte sich auf. Sein Körper dankte es ihm mit einem dumpfen Schmerz, der bis in die letzte Faser ausstrahlte. »Sie hat sich erinnert, ich stand ihr bei und dann …«

»… hat sie dich immerhin nicht erstochen.«

»Du weißt es?« Ein wohlbekanntes Gefühl meldete sich zurück. Scham. Es wuchs unter Roopes Blick, bis es Kepheqiah bis zu den Haarspitzen ausfüllte. »Nett, dass du trotzdem gekommen bist.« Der Finne musste ihn für obrigkeitshörigen Abschaum halten.

»Daniel deutete ein paar hässliche Fakten aus deiner Vergangenheit an.« Roope nickte zu dem Toten. »Anscheinend hast du dich entschlossen, deine Schuld zu tilgen.«

»Da lässt sich nichts tilgen.« Dass er zwei Nächte mit Anne verbracht hatte, ohne ihr zu sagen, wem sie sich hingab, ließ seine Schuld ins Unendliche wachsen.

»Frauen sind komische Wesen. Sie machen die Rechnung immer ohne den Wirt. Woher willst du wissen, was du von ihr bekommst?«

War da ein Lächeln in den hellen Augen?

»Wo steckt sie überhaupt?«

»Hier.«

Eine Klinge an Roopes Kehle, eine schlanke Hand fasste ihm ins Haar und riss seinen Kopf in den Nacken. Alles geschah während eines Wimpernschlages.

War Anne aus der Diele gewachsen?

»Komm ihm nicht zu nah mit der Waffe!« Das Engelsschwert würde auch mit einem Minimum an Druck durch Sehnen und Knochen gleiten.

»Wer bist du?«, zischte sie dem Finnen ins Ohr. »Und wie hast du uns gefunden?«

»Respekt«, knurrte Roope mit ehrlicher Anerkennung in der Stimme.

»Solltest du jedoch einen meiner Bartzöpfe beschädigen, bist du fällig.«

Eine der drei geflochtenen Strähnen segelte hinab und landete von ihrem Besitzer unbemerkt auf dessen Knie.

Anne registrierte es mit einem Brauenzucken. »Du bist zu langsam, um mir Angst zu machen.« Spöttisch verzog sie den Mund. »Zu viele Muskeln. Zu plump.«

»Anne!« Ihr Selbstbewusstsein in allen Ehren, doch Roope schwang die Streitaxt wie ein Berserker und das Ding lehnte nach wie vor an seiner Seite. »Er ist ein Freund.« Bis zu dem Moment, an dem er den abgeschnittenen Zopf bemerken würde.

»So?« Anne trat die Axt weg. »Dann nenn mir den Namen einer Ratte.«

»Was soll ich?« Roope wandte den Kopf.

»Nicht bewegen!«

Ein rotes Rinnsal schimmerte durch die Reste des Bartes.

Roope brummte einen finnischen Fluch, den Anne mit einem französischen erwiderte.

»Anne!«. Es war unklug, ihn zu provozieren. Bemerkte er den fehlenden

Zopf, bekam sie ein Problem von zwei Metern Höhe und einem Meter Breite.

Zu spät. Sein Blick heftete sich auf das blonde Flechtwerk auf seinem Oberschenkel. »Du elendes, kleines ...«

Die Klinge verschwand, Anne wich wieselschnell bis zum Küchentresen zurück, die Schwertspitze nach wie vor auf den Finnen gerichtet. »Wie heißt diese verdammte Ratte?«

In Roopes Gesicht spiegelte sich Ratlosigkeit. »Welche Ratte?«

Verdammt, hatte er George vergessen? Unmöglich. Niemand vergaß dieses Vieh.

Annes kalter Blick wechselte von ihm zu Kepheqiah. »Diejenige, dessen Namen du der Meinung deines Freundes nach kennen solltest.«

Langsam und mit nur angedeutet erhobenen Händen stand Roope auf. »Sag nicht, dass sie Susannas quickenden Pfeifenputzer meint.«

»Ich brauchte einen Code, den jeder aus dem Team kennt.«

»Lacroix scheint dir mächtig zugesetzt zu haben, wenn dir nichts Besseres eingefallen ist.«

»Das hat er.« Anne wandte sich ab. Die Sorge in ihren Augen hatte Kepheqiah dennoch bemerkt.

Roope ebenso. Sein Blick fragte, was er verpasst hatte.

Kepheqiah schüttelte den Kopf. Was zwischen Anne und ihm geschehen war, ging nur sie beide etwas an. Es war vorbei.

»Ich kümmere mich um Maurice.« Eine Leiche zu entsorgen erschien leichter, als den Raum länger mit Anne zu teilen. Ihre Nähe war eine Illusion. Der harte Zug um ihren Mund verriet, dass sie seine Anwesenheit kaum noch ertrug.

Er wickelte die Überreste in die Decke, mit der er vor wenigen Stunden Anne vor der Kälte bewahrt hatte, und warf sich das blutende Bündel über die Schultern.

»Kriegst du das hin?« Roope hielt ihm die Tür auf. »Der Kerl scheint schwer zu sein.«

»Kein Problem.« Er konnte die Worte nur keuchen.

Roope zuckte die Brauen. »Wenn du das sagst.«

Hoffentlich sah er ihm nicht nach. Bei jedem Schritt gaben seine Knie nach. Kepheqiah schleppte seine Last ein paar Meter in den Wald hinein, bettete sie neben eine Kiefer. Eine angemessene Beerdigung musste er Lacroix schuldig bleiben. In dem verwurzelten Boden hätte er selbst mit einer Schaufel wenig ausrichten können.

Er bedeckte den Leichnam mit Zweigen, kniete sich zu ihm. Wie sollte er einen Mann verabschieden, der in den letzten Momenten seines Lebens zum Feind geworden war? Er würde ihm nie wieder begegnen. Maurice Lacroix' Seele existierte nicht mehr.

Der Geruch nach Blut stieg ihm in die Nase. Er stammte von seinem Pullover. Trotz der Decke hatte Maurice seine Spuren auf ihm hinterlassen. Kepheqiah zog ihn aus. Bevor er zur Hütte zurückkehrte, würde er sich im See waschen.

Kälte legte sich auf seine Haut, reizte einen Schnitt auf seiner Brust. Direkt unter der Narbe, die er Maurice verdankte. Er war frisch. Als er mit dem Finger darüber fuhr, begann er zu bluten.

~*~

Am liebsten hätte Anne den Kopf gegen die Wand geschlagen. So oft, bis die letzte Erinnerung an die Nächte mit Kepheqiah zu Schutt zerfielen. Da waren zwei Männer. Einer, der sie verraten und einer, der sie innig und hingebungsvoll geliebt hatte. Wie konnten die beiden es wagen, ein- und dieselbe Person zu sein? Das hätten sie ihr niemals antun dürfen. In ihrem Herz kämpfte alter Hass mit einem Gefühl, das zu zerbrechlich war, um seinem Gegner die Stirn zu bieten.

»Kaffee.« Der Riese zeigte mit dem Daumen zum Küchentresen.

»Wie wäre es mit *bitte*?« Er konnte sie nicht einschüchtern. Einem fliegenden Messer war es gleichgültig, in wie viel Masse ein Herz steckte. Lediglich die Klinge musste lang genug sein.

Verdammt, sie dachte wie früher. Dabei hatte sie sich unter den Straßen von Paris geschworen, eine andere zu werden. Das Töten, das Planen, die Reue endlich hinter sich zu lassen. Ihr nächstes Leben hätte normal und friedlich werden sollen. Immerhin hatte sie es fast dreißig Jahre geschafft.

»Ich bin Roope.« Der Kerl streckte ihr die Hand hin. »Ein Wiedergeborener wie du.« Er drückte ihre Finger zusammen, bis sie jeden Knochen einzeln spürte.

»Anne. Lass meine Hand los.« Solange sie sie noch benutzen konnte.

»Ich weiß.« Roope befreite sie von seinem Schraubstockgriff. »Daniel hält einiges von dir.«

»Aha.« Keph hatte von einem Daniel gesprochen. Ihr selbst sagte der Name nichts. »Wie hieß er, als wir uns begegneten?«

»Ebenezer.« Sein Grinsen war beeindruckend breit. »Er hat seine Eltern dafür gehasst.«

Der Mann mit dem verschatteten Blick, dem die Schwermut auf Schritt und Tritt gefolgt war. Sie hatten gemeinsam in einer Taverne in Rouen bei literweise Wein Trübsal geblasen. Bis zu ihrem ersten und einzigen Kuss. Schon hatte die Welt freundlicher ausgesehen, was daran gelegen haben mochte, dass sie ohnmächtig geworden war.

Thanatos. Der sanfte Tod. Ein Freund hatte sie vor ihm gewarnt, aber da war sie bereits neugierig gewesen.

»Hab nicht gewusst, dass Baraq'el Frauen im Team hat.« Roope machte sich am Küchenschrank zu schaffen. »Hätte ich ihm nicht zugetraut.«

»Beim ersten Mal war ich ein Mann. Suchst du das?« Sie reichte ihm die Dose mit dem Kaffeepulver. »Beim zweiten Mal auch. Anscheinend hat ihn das überzeugt.« Zu der endlosen Liste von Mahawajs Vergehen reihte sie Chauvinismus hinzu.

»Verstehe.« In aller Gemütsruhe schüttelte er den Wasserkessel und lauschte dem Plätschern. »Es liegt dir im Blut.« Er drehte das Gas an, entzündete die Flamme. »Eine geborene Mörderin.«

»Ich bin keine Mörderin!« Mit jedem mutigen Wort wuchs der Kloß in ihrer Kehle. Weshalb hatte sie sich wegen des Flaschenmord-Artikels die Seele aus dem Leib gekotzt? Aus reinem Mitgefühl für das Opfer? Seit gestern Nacht wusste sie ganz genau, was sie war. Anne klammerte sich an die wacklige Wahrheit, dass sie für jeden Mord einen triftigen Grund besessen hatte.

Einen Auftrag. Von Baraq'el.

Gott!

»Dann streiche Keph von deiner Liste.«

»Das kann ich nicht.«

»Wieso nicht?«

Woher nahm Roope die Nerven für dieses Gespräch?

»Weil ...«

»Ja?«

Sie hatte ein Leben gewollt. Ein normales Leben mit Mann und Kind und Glück. Weitab der Bruderschaft, weitab von Tod und Blut. Mahawaj hatte es in Stücke geschlagen und Keph hatte ihm dazu den passenden Hammer in die Hand gedrückt. Ob er wusste, wie nah er gestern Nacht dem Tod gewesen war? Die Spitze des Schwertes hatte bereits seine Brust berührt. Die Worte *Wach auf!* hatten sich in ihrem Kopf in einer Endlosschleife wiederholt. Einen Schlafenden hätte sie niemals erstochen. Doch ihre Lippen hatten sich geweigert, auch nur eine Silbe hervorzubringen. Schließlich hatte sie aufgegeben. Die Angst, dass sie nie wieder den Mut aufbringen würde, Kepheqiah büßen zu lassen, hatte ihr jede Minute bis zum Morgen vergiftet.

Verräter durften nicht liebenswert sein. Sich nicht hingeben, keine Berührungen genießen.

»Er war die rechte Hand Baraq'els.« Das musste Roope als Grund genügen. Ihr Privatleben ging ihn nichts an.

»Schwachsinn!« Die wegwerfende Handbewegung galt sämtlichen Existenzen, die jemals in Erscheinung getreten waren. »Er hat diesen Sausack längst zum Teufel geschickt.«

»Das macht nichts besser.«

»Und du bist ein Engel?« Er besaß den Nerv, ihr zuzuzwinkern. »Wir sind, was wir sind. Unsere Taten haben uns dazu gemacht. Die schändlichen mehr als die ehrenhaften. Das gilt für dich ebenso wie für ihn und diesen feigen Hund Baraq'el. Mit selbstsüchtiger Rache machst du nichts ungeschehen.«

»Und das sagt ein Mann, der mich wegen des Verlustes eines lächerlichen Zopfs töten wollte?«

»Nur eine Drohung.« Roope strich über die beiden verbliebenen. »Alles ändert sich in unserem Leben. Die Namen, das Aussehen, die Eltern. Es ist gut, etwas zu haben, das gleich bleibt.«

»Du trägst die Dinger in jeder Runde?«

»Ab dem Moment, wo ich mich erinnere.« Er füllte Unmengen Kaffeepulver in drei Becher. »Mich erwischt es meistens mit vierzehn. Erst haut es mich von den Beinen, dann will ich von der nächsten Brücke springen, dann fällt mir meine Musik ein und ich mache da weiter, wo ich aufgehört habe.«

»Und genau das will ich nicht mehr.« Nie wieder.

»Ich weiß, was dir Keph angetan hat.« Roope hielt ihr eine Tasse hin. »Aber dieses Mal hat er dich gerettet.«

»Die schändlichen Taten formen uns zu dem, was wir sind.« Seine Worte vor wenigen Minuten.

»Und die guten. Bleib fair.«

»Fair?« Die Tasse flog gegen den Herd. »Du weißt nichts!« Dampfende Scherben umgeben von einer dunklen Lache.

Kein Blut. Dieses Mal nicht.

Roope rieb sich die Finger. »Du auch nicht. Da kannst du Geschirr zerschlagen, wie du willst. Kriech aus deinem Sumpf und stell fest, dass mittlerweile die Sonne scheint.«

Tat sie nicht. Da war nur Schnee.

»Ich muss mit Anne sprechen.« Keph stand in der Tür. Auf seinem nackten Oberkörper leuchtete der Schnitt. »Allein.«

»Gute Idee.« Roope nahm seine Tasse. Beim Vorbeigehen landete seine Pranke auf Annes Schulter. Ein bisschen schwungvoller, und sie wäre in die Knie gegangen.

Kepheqiah schloss die Tür hinter ihm. Ohne ihr einen Blick zu schenken, schlenderte er zum Küchentresen und goss heißes Wasser in die verbliebene Tasse. »Warum hast du mich nicht getötet?« Nebenbei suchte er die Schubladen nach einem Löffel ab. Als er ihn gefunden hatte, rührte er das Kaffeepulver unter und lehnte sich an den Tresen, als ginge ihn sein eigenes Leben nichts an.

War sie die Einzige, deren Nerven flatterten? »Ich warte auf den perfekten Moment.« Ihre Stimme strotzte vor gespielter Ironie.

»Tu es jetzt.« Er nahm das Schwert, warf es ihr zu. »Dann haben wir es hinter uns.«

»Hast du es mit dem Sterben so eilig?« Ihre Hand zitterte. Dennoch schloss die die Finger fester um den Schaft.

»Ich vermisse die Wärme in deinen Augen.« Er klang traurig, doch keinesfalls ängstlich. »In den letzten Tagen warst du der Mittelpunkt meines Seins. Du schenktest mir Empfindungen, die ich mir nie zugebilligt hätte.«

Es war wundervoll gewesen, ihn gefangen in der eigenen Lust zu erleben. Den Schmerz der Ekstase in seinem Blick zu erkennen und zu wissen, dass sie die Ursache dafür war.

Dann hatte sie ihre Vergangenheit eingeholt.

Ihr Herz flüsterte von Zärtlichkeit und Leidenschaft, ihr Unterleib von tiefen Stößen, ihre Seele von der Gnade der Vergebung. Bloß ihr Verstand weigerte sich, zuzuhören.

Kepheqiah nippte am Kaffee und stellte den Becher beiseite. Nicht die Spur von Angst oder auch nur Besorgnis in der Miene.

Er überließ sich ihr. Im Rausch wie im Tod.

Hingabe an seine Mörderin.

Er war so wunderschön. Als ob er von innen leuchtete.

Feuer und Licht. Die Wahrheit?

Das Schwert drohte ihr zu entgleiten. Sie versagte. All die Racheschwüre aus der Vergangenheit änderten das nicht.

Keph legte seine Hand auf ihre, drückte sie fester um den Griff. »Es ist ganz leicht.« Langsam führte er die Waffe zu seiner Brust. »Du musst nur zustoßen.« Immer näher. Die Spitze streifte die Wunde, die sie ihm in der Nacht zugefügt hatte. Hätte sie genug Mut besessen, die Klinge tiefer in ihn zu rammen und nicht nur die Haut zu ritzen, stünde er nicht vor ihr.

Anne zitterte.

»Ganz ruhig. Atme aus und lehne dich nach vorn.«

Wie konnte er das sagen?

»Du willst es.« Sein Ton wurde schärfer. »Also tu es!«

»Lass mich los!« Sie war keine Mörderin. Doch. War sie. Nein!

Keph schloss die zweite Hand um ihre. »Du hast es schon oft getan. Du kannst es auch jetzt.«

Ein Ruck fuhr ihm durch den Körper, setzte sich in ihrem fort.

Blut rann über seine Haut.

Oh Gott, nein! »Keph! Ich will das nicht!«

»Du hast es geschworen.«

Wo nahm er die Entschlossenheit her? Es ging um sein Leben!

Wieder ein Ruck nach vorn.

»Keph! Nein!« Mit ganzer Kraft riss sie das Schwert zurück, stolperte gegen den Küchentisch. Es glitt ihr aus den Fingern. Sein Scheppern bohrte sich durch ihre Nerven.

Beinahe hätte sie ihn getötet. Erstochen. Wie so viele vor ihm. Blut, das nicht aufhörte, zu fließen. Das sie überschwemmte, bis sie darin ertrank. Ihr Magen rebellierte. Sie wischte sich über den Mund, stützte sich am Tisch ab. »Warum hast du das getan?«

Wärme an ihrem Rücken. Eine Hand, die sich beruhigend auf ihre Schulter legte.

»Du wusstest, dass ich dich nicht töten wollte.«

Die Tür flog auf. »Du aber nicht.« Roopes Blick schweifte zu der Waffe am Boden. »Er musste dich zu einer Entscheidung zwingen. Sonst hätte dich der Zweifel eines Tages irregemacht.« Sein Grinsen dehnte das ohnehin breite Gesicht noch weiter aus. »Wir müssen uns beeilen. In Joensuu wartet ein Jet auf uns. Daniel scheint an dir zu hängen, dass er ...«

Ein Knall. Er riss dem Hünen die Worte vom Mund. Er brach zusammen. In seiner Schläfe klaffte ein Loch.

Kepheqiah hob das Schwert auf, zog Anne hinter sich.

Ein Mann erschien in ihrem Sichtfeld. Der Lauf seiner Pistole richtete sich auf Keph. In den schwarzen Stoppelhaaren glänzten Schweißperlen.

»Philipp?« Keph starrte ihn an, als sähe er einen Geist.

Ein zweiter Knall. Kepheqiah taumelte gegen sie. Zu schwer, um ihn zu halten. Er entglitt ihren Händen, stürzte.

Der rote Punkt auf seiner Stirn war kein Loch. Niemals. Etwas anderes. Alles andere. Aber kein Loch.

»Lina!« Der Mann packte sie, zog an ihr. Nein, sie konnte nicht weg. Keph starb ohne sie.

Er starb auch mit ihr. Es war längst geschehen.

»Lina, erkennst du mich nicht? Ich bin Vernont!«

Ihr Bruder? Ein fremdes Gesicht. Natürlich. Sie hatte ebenfalls viele besessen. Sein Blick stimmte nicht. Zu ängstlich.

»Du musst mir glauben.« Er zerrte sie aus der Hütte. »Baraq'el hat mich bestraft. Meine Seele ist tot.«

Vernont, der nun Philipp hieß und keine Seele mehr besaß. Weshalb standen ihm dann Tränen in den Augen?

»Du lügst.« Anne wurde schwindelig. Kepheqiah war tot. Sein Mörder würde ihm folgen.

Das Schwert.

»Nein!« Philipp riss sie weg von der Klinge, nahm ihre Hand und führte sie an seine Wange. »Ich habe mir eine neue genommen.«

Seelen waren keine Wechselbälger, Fremde keine Brüder.

»Bitte glaube mir!«

Ein Junge mit strubbeligen Haaren. Die Mütze war ihm vom Kopf gerutscht. Der Mann mit dem roten Halstuch hatte ihn geschlagen. Lina legte ihm die Hand auf die glühende Wange. *Ich streichele dir den Schmerz weg, Vernont.*

Ihr kleiner Bruder schüttelte den Kopf. *Das kannst du nicht.*

Doch, kann ich. Sacht strich sie über die zarte Haut.

Die Tränen versiegten, der schmutzige Mund lächelte.

Anne zog ihre Hand aus dem fremden Griff. »Wenn du nicht verdammt schnell rennst, bist du tot.«

»Ich? Der da ist das Monster!« Mit spitzem Finger zeigte er auf Keph. »Er hat dir dein Glück gestohlen! Dein Kind! Du hast geschworen …«

»Ich habe vieles getan und gesagt, was ich bereue.«

»Er ist dein Feind! Wie kannst du vergessen, was er dir angetan hat?«

»Kann ich nicht.«

»Du vergibst ihm?«

»Er ist tot!« Vielleicht begegneten sie sich eines Tages wieder. In diesem Leben. Er ein Teenager, sie eine alte Frau. Anne presste sich die Handballen an die Schläfen. Der Schmerz dahinter pochte weiter. »Ich gebe dir eine Stunde Vorsprung.« Die brauchte sie, um sich von Keph zu verabschieden. Sie schluckte umsonst gegen den Druck in ihrer Kehle an.

Philipp wich vor ihr zurück.

Zitterte er vor Wut oder Angst?

»Ich habe meine Seele eingebüßt! Habe Freunde getötet! Um dir die Freiheit zu schenken!« Seine Augen drohten, aus den Höhlen zu treten. »Und was machst du?«
»Ich habe ihm sein erstes Mal geschenkt.« Unvergleichbar, wie ein verbotener Zauber in einem Märchen. Es war vorbei.
»Du hast ihn gefickt?«
Was sollte das fassungslose Erstarren?
»Wir haben uns geliebt.« So leicht, es auszusprechen. So schwer, die Erinnerung daran zu tragen. Nie hatte sie sich geborgener, lebendiger gefühlt, als in den Armen ihres Feindes. Für einen Augenblick teilte sie das Entsetzen des Mannes vor ihr. Dann fiel es von ihr ab, als hätte es nie zu ihr gehört.
»Du hast es vergessen«, flüsterte eine Stimme, die unmöglich einem Menschen gehören konnte. »Ich werde dich an einen Ort führen, an dem du dich erinnern wirst.« Er holte aus.
Die Pistole?
Der Schlag schmerzte.
Die Dunkelheit tröstete.

~*~

Ein Riss. Zuerst schmal und klein. Er zog sich durch die Nacht, klaffte wie eine Wunde. Er verschlang die Wände des Zimmers, teilte das Haus, erstreckte sich über Paris. Licht floss hinaus, verlor sich in Leere.
Jade streckte die Hand danach aus, streifte ein helles Prickeln, bevor es verschwand. Der Krater schloss sich nicht. Tief grub er sich ins Leben, zog alles in sich hinein.
Ives lag bereits zerschmettert am Grund. Roope daneben. Kepheqiah stürzte. Immer schneller. Unaufhaltsam. Shem klammerte sich an den Rand, doch niemand war da, um ihm zu helfen.
Eine Frau mit schwarzen Haaren träumte von ihrem Erzfeind und schenkte ihm ihr Herz. Es war zu spät. Die Karte des Eremiten war verschwunden. Von ihrem pelzigen Dieb keine Spur.
Ein Mann verlor den Verstand. In seinen Augen versteckte sich etwas,

das Ives ähnelte. Er sperrte es in einen Käfig, warf die Schlüssel Philipp zu.

Jade schlug die Hände vors Gesicht, sah dennoch das schwindende Licht in der Dunkelheit.

Spieler mit gezinkten Karten saßen zusammen, vertauschten Liebe mit Hass und Hass mit Liebe und niemand bemerkte es. Jeder glaubte, die Wahrheit zu kennen und ritt auf ihr, bis sie stumpf war.

Daniel musste es erfahren. Der Versuch, Kepheqiah zu retten, war gescheitert. Mit zitternden Beinen stieg Jade aus dem Bett. Hinter ihr versank das Vertraute im Nichts, vor ihr führte ein schmaler Pfad zu bröckelnder Hoffnung. Über schwankende Stufen, dunkle Flure. Die Klinke fühlte sich wie Eis unter ihren Fingern an. Sie stemmte Türen auf, Schweiß floss ihr aus den Haaren.

Licht. Nur eine Kerze am Rand sachter Bewegungen. Nackte Haut, die ihm Schein kupferfarben glänzte. Liebe. Jade klammerte sich an den Anblick. Immer fester, je stärker der Abgrund an ihr zog.

Erstaunte Blicke.

Daniel, der auf sie zurannte, sie festhielt. Lucy mit Angst in den Augen.

Worte verließen Jades Lippen, erzählten von Tod und Scheitern. Von Verrat und Verlust.

Daniel erbleichte, Lucy hielt sich den Mund zu. Beide glaubten ihr. Dabei war alles, was sie sagte, verworren und verdreht. Wie die Lüge. Nur die Wahrheit war gerade. Jade brach sie in Stücke, schluckte sie häppchenweise. Sie erstickte trotzdem daran.

Daniel griff zum Handy. Er würde Shem nicht erreichen, er hing am Abgrund und hatte keine Hand frei zum Telefonieren.

Jade hörte sich schluchzen, obwohl sie weit außerhalb stand.

Daniel raufte sich die Haare.

Eine dramatische Geste.

Angemessen, seine Freunde starben.

Er kleidete sich an. Sehr langsam. Sein Gesicht spiegelte die Leere, vor der Jade floh. Er telefonierte erneut. Dieses Mal mit Erfolg. Kurz danach betrat José das Zimmer. Daniel erklärte ihm beneidenswert klar, an was sie sich kaum noch erinnerte.

Träume waren Verräter. Erzählten Halbwahrheiten und täuschten Hoffnungen vor, nur um sie im Nirgendwo zu ertränken.

Ethan, Markus, Elija, der Susanna an der Hand hielt.

Ernstes Nicken, tiefe Betroffenheit.

José bedauerte ein Gespräch, aber er sagte es nicht. Seine Angst war unbegründet. Philipps Entscheidungen gehörten nur ihm. José trug keine Verantwortung. Sollte sie dem Krater entkommen, der wuchs und wuchs, würde sie es ihm eines Tages erklären.

Ethan nahm ihre Hände, führte Jade zu einem Sessel. Er redete so freundlich mit ihr wie noch nie. Er würde bei ihr bleiben. Zusammen mit Lucy, Susanna und Elija. Doch Daniel und Markus mussten nach Finnland.

Natürlich. Dort starb Shem.

Jade ließ den Kraterrand los.

~*~

Stirb, du verdammtes Ding! Der Herzschlag stockte, erklang erneut. Holperte, riss nicht ab.

Kepheqiah stemmte sich gegen die Hülle. Sie hielt ihn fest. Wie lange schon? Stunden? Tage? Das Leben hasste die Leere. Solange das Herz schlug, würde ihn der Körper niemals hergeben. Dabei gehorchte er ihm nicht mehr. Weder konnte er die Lider heben, noch hören, was außerhalb geschah.

Befand sich Anne in der Nähe? War sie Philipp gefolgt? An der Seite dieses Mannes schwebte sie in Gefahr. Dass er irgendwann einmal ihr Bruder gewesen sein mochte, änderte daran nichts. Wer Seelen stahl, fraß auch die eigene Schwester. Ein Blick in die Augen hatte Kepheqiah genügt. Zu viel Emotionen. Angst und blinde Wut überwogen. Es würde in Wahnsinn enden. Bis dahin musste er Anne gerettet haben.

Erneut riss er an unsichtbaren Fesseln. Umsonst.

Warten, bis die Hülle den Geist aufgab? Dazu fehlte ihm die Geduld. Er hatte genug Zeit in ihr verschwendet.

Sie heilen? Eine Kugel war ihm durchs Hirn gefegt. Das reparierte sich nicht in Minuten, es dauerte Stunden, vielleicht Tage. Hätte es nicht sein störrisches Herz treffen können? Darauf hatten es bisher alle abgesehen.

Irgendwo da draußen war Anne.

Zusammen mit einem Irren.

Die Sorge um sie fraß sich durch Kepheqiahs Bewusstsein. Raus aus diesem Gefängnis, einen Ersatz finden, ihr beistehen! Er warf sich vergebens gegen das nutzlose Konstrukt aus Knochen und Muskeln. Das Herz musste schweigen. Vorher gab ihn der Körper nicht frei. Kepheqiah schlang sich um den pulsierenden Muskel, konzentrierte jeden Gedanken auf den Tod dieses lästigen Dings. Es sollte Ruhe geben, ihn ziehen lassen.

Immer enger, immer fester. Ein Schlag. Dann nichts mehr. Wieder ein Schlag. Schwach und zittrig.

Wertvolle Zeit verrann.

Stille. Ein neues Schlagen, sehr leise.

Endlich schwieg es.

Zäh wie Pech floss er aus den Poren – um erneut in Dunkelheit zu tauchen. Es war Nacht? Weshalb hatte er das Herz nicht sofort erstickt?

Roope sah ihn blicklos an. Das Blut an seiner Schläfe war bereits getrocknet.

Trauer kam und ging. Sie würden sich wiedersehen.

Von Anne keine Spur. Auch nicht außerhalb der Hütte.

Kepheqiah schoss den Weg entlang, den sie gestern gekommen waren.

Ihr Lächeln, ihr Duft. Das Blitzen in den dunkelblauen Augen.

Was wollte Philipp von ihr? Dasselbe wie er? Ihre Liebe? Ihre Nähe? Sie waren Geschwister gewesen. Danach Freunde. Selbst seelenlos hatte der Cleaner keinen Hehl daraus gemacht, was sie ihm bedeutete. Begehrte er sie? Wollte er sie für sich?

Hätte Kepheqiah eine Faust besessen, hätte er auf den nächstbesten Baumstamm eingeschlagen. Die einzige Frau, der er sich offenbart hatte, durfte keinem anderen gehören. Lieber starb er unter ihrer Klinge.

Er brauchte Hilfe. Jemanden, der ihm zuhörte.

Er musste nach Paris.

~*~

English Breakfast. Eindeutig. Der Duft wehte durch die Nacht und vermischte sich mit Ethans Aftershave.

»Ich weiß, dass du nicht schläfst.«

Jades Matratze gab nach.

»Wen wundert's? Ich bekomme ebenfalls kein Auge zu.« Ethan verschränkte seine Beine zu einem Schneidersitz. Das laute Knacken schien von seiner Hüfte herzurühren. »Daniel meldet sich bald. Dann wissen wir mehr.«

Wenn er wenigstens Shem rettete. Vor was auch immer. Ein egoistischer Wunsch. Und Kepheqiah? Wie lange dauerte der Fall in die Tiefe? Irgendwann schlug er auf und war so tot wie Ives und Roope.

Der wunderbare, starke, durch nichts zu erschütternde Roope.

Sie würde nie wieder den Spott in den blauen Iriden sehen, das dröhnende Lachen hören oder mit ihm über die Funktionalität von Tarotkarten und Runensteinen debattieren.

Ethan beugte sich vor, wischte ihr mit einem Taschentuch über die Wange. »Vielleicht war alles nur eine Vision.«

»Natürlich war es das.« Deshalb fürchtete sie sich davor.

»Nein. Ich meine ...« Hilflos blickte er sich im Zimmer um. »... kann es sein, dass du nur eine Möglichkeit der Zukunft gesehen hast?«

»Der Tod ist nicht möglich, er ist wahrhaftig. Gib mir dein Taschentuch.« Ihre Nase tropfte, ihre Augen ebenfalls und auch sonst fühlte sich ihr Leben an, als würde es auseinanderfließen und in irgendwelchen Ritzen versickern.

Ethan wartete, bis sie sich geschnäuzt hatte, füllte zwei Tassen und reichte ihr eine davon. »Vermutlich hätte ein Aufguss von getrockneten Löwenzahnwurzeln deinem Chi oder deiner Aura oder meinetwegen deinem Karma besser getan, aber ich hätte es nicht runterbekommen. Außerdem kannst du im Anschluss aus den Teeblättern lesen.«

»Dein Ernst?« Bisher hatte er sie wegen ihrer Methoden mit Hohn und Spott bedacht.

Ethan zuckte die Schultern. »Bis wir etwas Genaueres erfahren, vergehen Stunden. Wenn du vorhin wirklich nur schlafgewandelt bist und Schwachsinn gebrabbelt hast, ist hier deine Chance, die Sache geradezurücken.«

»Ich bin eine Niete im Teeblätterlesen.« Meistens sah sie einen Schwarm aufsteigender Kraniche.

»Und was ist mit der Wölkchenformation von Sahne?« Ungefragt leerte er den Milchgießer in ihrer Tasse. »Da erkenne sogar ich was drin.«

»Stammt die aus meinem oder deinem Kühlschrank?«

»Aus deinem. Wieso?« Misstrauisch starrte er in die beigefarbene Brühe.

»Dann ist es Hafermilch.«

»Und?«

»Sie hat die falsche Konsistenz.«

»Soll das heißen, dass ich wegen eines Imitats bis zum Morgen Nägelkauen muss?« Verärgert stellte er die Tasse zurück. »Was ist mit Kartenlegen?«

»Der Eremit fehlt.« Wieder begannen ihre Augen zu schwimmen. »Aber danke, dass du so tust, als nähmest du mich und meine Methoden ernst.« Sie strich über seine kratzige Wange. »Wirklich, das tröstet mich.«

»Ich dachte, ein bisschen Hokuspokus würde dich ablenken.« Verlegen pflückte er ihre Hand von seinem Gesicht. »War ein Versuch.«

»Lieb von ...«

Ein sachter Hauch streifte ihre Arme.

Das Fenster war verschlossen. Die Tür ebenfalls.

Genau so war es bei Caym gewesen. »Wer ist da?«

»Na ich.« Ethan fühlte ihre Stirn. »Mädchen, mach mir jetzt keinen Kummer.«

Wieder der Hauch, dieses Mal deutlicher und wärmer.

»Ich brauche mein Ouija-Brett!« Wo zum Teufel steckte es?

»Alles klar.« Ethan schluckte. »Ich hole Lucy.«

»Nein!« Das dauerte zu lange. »Mein Brett!« Da, auf der Kommode.

Ethan zuckte zusammen, als ihre Hand knapp an seinem Kopf vorbeischoss. Er sprang auf, holte es. »Verrate mir wenigstens ...«

»Pst!« Jade schob die Planchette auf das G. »Wer bist du?«

»Oh Gott.« Ethan schüttelte den Kopf. »Dass du 'ne Meise hast, wusste ich, aber dass es so schlimm ...«

»Der Geist, nicht du.«

»Weißt du, es gibt Tabletten für so was.« Beinahe liebevoll tätschelte er ihr Knie. »Wenn du langfristig auf deine Leber verzichten kannst, ist das eine echte Option.«

»Leise!« Auf dem Nachttisch lag ihr Traumtagebuch samt Füllfederhalter. Jade drückte ihm beides in die Hand. »Schreib mit!« Sie brauchte einen Zeugen. Außerdem vertraute sie im Moment ihren kognitiven Fähigkeiten nur bedingt. War ihr Besucher gesprächig, bestand die Gefahr, dass sie später die Hälfte seiner Botschaft vergaß. »Leg los.« *Und wehe, du bist Caym.*

Die Planchette raste mit Jades Finger über das Brett.

KEPHEQIAH IN EILE SPAR DIR DIE FRAGEN ICH SAGE DIR SO ALLES PHILIPP HAT ROOPE ERSCHOSSEN UND MEINE HÜLLE LIEGT IN EINER HÜTTE AM KOITERE SEE BRAUCHE HILFE UND EINEN KÖRPER DER FUNKTIONIERT HABE KEINEN AUFTREIBEN KÖNNEN WARUM STERBEN HEUTE SO WENIGE WO IST JOSÉ ER MUSS HERAUSFINDEN WOHIN PHILIPP ANNE ENTFÜHRT HAT

»Entführt?«

JA ENTFÜHRT UND WAGE ES NICHT ETWAS ANDERES ZU DENKEN

»Ach du Scheiße!« Ethans Hand flog übers Papier. Ihm stand der Schweiß auf der Stirn.

KANNST DU LAUT SAGEN WO IST JOSÉ

»Auf dem Weg zu dir!«

WOZU DAS DENN

»Ich dachte, du stirbst.« Offenbar traf das nur für seine Hülle zu. »Wie geht es Shem?« Ihr Herz donnerte bis in die Ohren. Ein Wunder, dass es kein Echo warf.

KEINE AHNUNG WO IST ER

»Bei Philipp.« Ihr wurde schlecht.

ICH SUCHE IHN UND MELDE MICH SCHICK JOSÉ IN DIE SPUR ANNE DARF NICHTS PASSIEREN

»Wieso nicht?« Ethans Miene war ein einziges Fragezeichen. »Wenn du das Weib los bist, kann es dir nicht mehr an den Kragen.«

»Er liebt sie.« Der Gedanke verschwand zusammen mit einem zarten

Hauch. Jade sparte sich das Ziehen der Planchette auf *Auf Wiedersehen*. Kepheqiahs Angst vibrierte durch ihre Fingerspitze, mischte sich mit ihrer eigenen.

Ein Hinterhof in London. Ein dunkler Tag. Sie hatte für Shem die Karten gelegt, ohne es zu wissen. Was sie in ihnen gelesen hatte, hatte sie zutiefst erschüttert. Roope war vorbeigekommen, hatte die Karten in den Papierkorb geworfen und ein brennendes Feuerzeug gleich hinterher.

Regel Nummer eins: Glaube niemandem, der dir Angst macht. Erst recht keinem Engel. Regel Nummer zwei: Scheiß auf die Zukunft. Im Zweifel erlebst du sie nicht. Und Regel Nummer drei: Es gibt keine Magie. Einzige Ausnahme: Musik.

Oh Roope, ich werde dich vermissen.

~*~

Hätte er ein Herz besessen, Tonnen von Steinen wären von ihm gefallen. Jade wusste Bescheid, würde sich kümmern, so weit es in ihrer und Josés Macht stand. Um helfen zu können benötigte der Spanier lediglich einen Laptop und eine Internetverbindung.

Kepheqiah glitt durch die Nacht und konzentrierte sich auf den Ort, den er eben verlassen hatte. Die Möglichkeit, dass Anne freiwillig mit Philipp gegangen war, driftete bedrohlich nah an ihm vorbei. Zusammen mit der Sorge um Shem. Er weigerte sich, danach zu greifen.

Wolken, graue Wassermassen, Zweige, Nebelfelder. Die Welt streifte ihn, ohne dass er es spürte. Er vermisste die Feuchtigkeit auf der Haut, den Schmerz auf der Wange. Den Duft der Kiefernwälder bildete er sich ein, den Geruch geronnenen Blutes blendete er aus.

»Rein mit dir!«

Die Stimme durchdrang die Dunkelheit.

»Sofort!«

Shem. Er kniete vor der verlassenen Hülle, sein Blick richtete sich jedoch auf Kepheqiah. »Los! Mach schon! Ich habe nicht umsonst auf deine Brust getrommelt und dir in den Mund gepustet.« Eine Salve Flüche schloss sich an. »Oder denkst du, ich treibe hier in der Einöde irgendwo einen Sterbenden für dich auf?« Haare klebten ihm an der Schläfe. Zusammen mit getrocknetem Blut. »Heile das, wenn du Hände und Füße willst. Und die willst du! Weil ich sie brauche!« Er drückte die Kiefer des reglosen Körpers auseinander.

Keph floss hinein. Das kaum wahrnehmbare Pulsieren musste das Herz sein. Das sture Ding hatte trotz seines Mordversuchs durchgehalten. Er bildete sich ein erleichtertes Seufzen ein, als er sich bis in die letzten Zellen ausbreitete. Eine so treue Hülle hatte er noch nie besessen.

Er konzentrierte sich auf das zerstörte Gewebe im Kopf. Zum Denken brauchte er das graue Gekröse wahrlich nicht, doch ohne seine Hilfe ließ sich der Rest nicht steuern.

Sorgen und Zeit ausblenden. Die Stille und Blindheit im Inneren ertragen und auf den Moment warten, in dem sich die Lider öffneten.

Staub tanzte in der Luft. In gleichmäßigen Abständen vibrierte ein Schnarchen durch seinen Oberkörper.

Kepheqiah stemmte sich auf die Ellbogen. Ein schmerzhaftes Pochen hinter der Stirn nahm ihm für einen Augenblick die Sicht. Etwas Schweres rutschte von seiner Brust hinab zu seinem Bauch, drückte ihm bedenklich auf die volle Blase.

Shem. Den Mund leicht offen, die Augen geschlossen. Das Schnarchen stammte eindeutig von ihm. Der Rest seines Körpers teilte sich mit ihm den Fußboden.

Kepheqiah wand sich unter dem Kopf seines Freundes heraus. Beim Aufstehen drehte sich die Hütte um ihn. Torkelnd erwischte er die Klinke, stolperte ins Freie.

Wo war Roope? Direkt vor der Tür war er zusammengebrochen.

Eine breite Spur zog sich durch das Gras bis zum Waldrand. Kepheqiah folgte ihr. Sie endete auf einer Lichtung. Ein Haufen frisch aufgeworfener Erde. Sonst nichts. Im nächsten Frühjahr würden die Anemonen auf dem Grab blühen.

Kepheqiah hockte sich davor, ließ die Erde durch seine Finger rieseln. »Ich maße mir nicht an, mich deinen Freund zu nennen, doch es wird mir ein Vergnügen sein, dich eines Tages wieder zu treffen.« In Gedanken sah er eine mächtige Schulter zucken und lauschte einem Brummen, das alles und nichts bedeuten konnte.

Auf dem Rückweg stach ihn das schlechte Gewissen. Maurice hatte er nur unter ein paar Zweigen verborgen. Eine Schaufel suchen und auch für ihn ein Grab ausheben? Weder waren sie Freunde, noch näher als nötig miteinander vertraut gewesen. Die kalte Grausamkeit, mit der Maurice seine Aufträge erledigt hatte, hatte Kepheqiah von Beginn an abgestoßen.

Nein. Diesen letzten Dienst würde er ihm nicht erweisen. Außerdem gab es wichtigeres zu tun, doch vorher musste er sich erleichtern.

Nach all den Jahrtausenden empfand er die Bedürfnisse menschlicher Körper nach wie vor als lästig. Es gab Ausnahmen. Für einen Moment verlockten ihn sinnliche Erinnerungen.

Und skurrile.

Ich kann Forellen mit der Hand fangen. Der Satz streifte seine Gedanken, während sich Kepheqiah dem nächsten Baum zuwandte.

Anne mochte geschickt mit vielem und versiert im Umgang mit der Klinge sein, doch wer von den beiden hatte das Schwert an sich gebracht? Philipp besaß eine Seele. Hatte er gemordet und sie sich gestohlen? In seinen Augen hatte etwas Vertrautes gelegen – und Panik.

Anne war in seiner Nähe nicht sicher. Welche Tat er auch begangen hatte, ihr Schatten hatte ihn seinen Verstand gekostet.

»Sieht nett aus.« Shem verschränkte die Arme vor der Brust, lehnte sich an den Stamm einer Kiefer. »Ich meine deine Stirn, nicht deinen Schwanz.«

Es tat gut, sein grinsendes Gesicht zu sehen.

»Zwischendurch dachte ich, du bekommst es nicht hin.«

»Und deshalb bist du vor lauter Sorge auf mir eingeschlafen?«

Shem stieß sich ab, stellte sich breitbeinig neben ihn. »Ich steckte selbst im Reparaturmodus.« Er seufzte erleichtert, während er Kepheqiahs Beispiel folgte.

»Was ist passiert? Hat dich Philipp niedergeschlagen?«

»In einer ähnlichen Situation wie dieser.«

»Beim Pinkeln?«

Shem nickte betreten. »Einfach so, ohne Vorwarnung. Als ich erwachte, war er samt Auto verschwunden und ich hatte keine Ahnung, wie weit es überhaupt noch zu dir war. Ich stellte mich an den Straßenrand und streckte den Daumen raus. Eine nette Endachzigerin hat mich schließlich mitgenommen. Ich habe meinen ganzen Charme aufgeboten, um sie davon abzuhalten, mich ins Krankenhaus zu fahren. Den Rest schaffte ich mit deiner Wegbeschreibung.« Mit Stolz in der Miene ordnete er seine Hose. »Von wegen, ich würde mich auf dem Weg zum nächsten Supermarkt verlaufen.«

»Du hast ewig gebraucht, um mich zu finden.« Es war Nacht gewesen. Philipp hatte ihn am Morgen niedergeschossen.

Vierundzwanzig Stunden. So lange befand sich Anne bereits in den Händen des Cleaners. Der Schreck fuhr ihm eisig durch den Leib.

»Wir müssen aufbrechen.« Er hatte genug Zeit verschwendet. »Ruf José an und sag ihm Bescheid.«

»Was willst du von ihm?«, rief ihm Shem nach.

»Er und Daniel sind auf dem Weg hierher.«

»Hast du ein Handy?« Shem holte ihn ein. »Meines scheint Philipp mitgenommen zu haben, dabei war es neu und ich hatte gerade erst begriffen, was man alles damit machen kann.« Er zog etwas aus der Hosentasche, reichte es ihm. »Willst du ein Souvenir?«

Eine Patronenhülse.

»Da Blut dran klebt und ich sie hinter dir fand, schätze ich mal, dass du diesem Ding deinen spontanen Ausflug in die Körperlosigkeit verdankst.«

Kepheqiah tastete über seinen Hinterkopf. Unterhalb des Dutts fühlten sich die Haare wie gewachst an.

»Ehrlich, ich würde ...« Shem runzelte die Stirn, legte den Finger auf die Lippen.

Motorengeräusche. Sie näherten sich über den Waldweg.

»Rein mit uns.« Shem nickte zur Hütte. »Wenn das einer von Mahawajs Leuten ist, will ich wenigstens einen Schürhaken, den ich ihm über den Schädel schlagen kann.«

Ein Geländewagen holperte in beachtlicher Geschwindigkeit zwischen den Bäumen hervor. Der Fahrer hupte, winkte aus dem Fenster.

Daniel.

Steine und Erde spritzten von den Reifen, als der Wagen nur wenige Meter vor Kepheqiahs Füßen hielt. Daniel sprang heraus, holte aus, schmetterte ihm die Faust aufs Kinn.

Kepheqiah fiel rückwärts durch die Hüttentür. Sein ohnehin noch sensibler Kopf dröhnte, das Kinn fühlte sich taub an.

»So was machst du kein zweites Mal.« Daniel rieb sich die Fingerknöchel. »Oder ich werde es sein, der dir deinen Todeswunsch erfüllt.«

»Hilf mir hoch.« Wie ein Käfer vor ihm auf dem Rücken zu liegen, schmolz den letzten Rest seiner Selbstachtung.

Daniel reichte ihm die Hand. Einen Moment später stand Kepheqiah auf den Beinen.

»Was ist das?« Daniel musterte seine Stirn.

»Eine Narbe.« Bald wäre sie verschwunden.

Sekunden, in denen sie sich nur ansahen.

Plötzlich zog ihn Daniel in den Arm. So fest, dass Kepheqiah die Luft aus den Lungen entwich. »Idiot!«, schimpfte er leise und drückte noch fester zu. »Du hast dir von einem Cleaner ins Hirn schießen lassen?«

Daniel hatte ihn nie zuvor umarmt.

»Jade glaubt, dass er Ives umgebracht hat.« Daniel ließ ihn los. Erneut glitt sein Blick zu der Schusswunde. »Sie hat dich fallen sehen. Wir waren sicher, du stirbst.«

»Wäre er auch beinahe«, meldete sich Shem zu Wort. »Und ich ebenfalls. Aber das scheint niemanden zu kümmern.«

»Mein armer Engel«, seufze José und begann, an den blutverkrusteten Haaren herumzuzupfen.

»Lass das.« Shem schlug seine Hand weg. »Bekamst du etwas über die Zigeunerin und diesen Mistkerl heraus?«

»Nur, dass sie nicht den Jet genommen haben. Der steht nach wie vor auf dem Flugplatz von Joensuu. Wenn Philipp jedoch mit eurem Mietwagen geflohen ist, gibt es noch eine Chance, ihn aufzuspüren. Wie hieß die Firma?«

Shem nannte sie ihm und José googelte die Nummer.

Daniel nahm Kepheqiah beiseite. »Wo ist Roope?«

»Shem hat ihn begraben. Im Wald. Willst du hin?«

»Nein.« Er sah an ihm vorbei. »Irgendwann wird er wieder in mein Leben einfallen und mich vor selbsteingebrockten Katastrophen retten.« Sein schiefes Grinsen wirkte traurig. »Er kann nicht anders.«

»Eine gute und eine schlechte Nachricht.« José verstaute sein Handy in der Jackentasche. »Die Firma hat den Wagen vor etwa sieben Stunden in Lettland geortet. In der Nähe von Vilnius. Laut Vertrag hätte das Auto nur in Finnland bewegt werden dürfen und da Philipp auf ihren Anruf nicht reagierte, haben sie es über eine im Bordcomputer integrierte Software lahmgelegt.«

»War das die gute oder die schlechte Nachricht?«, fragte Markus, während er den besudelten Fußboden betrachtete.

»Die gute«, antwortete José kleinlaut. »Die Polizisten in Lettland, die sich um den Wagen kümmern sollten, haben ihn verlassen vorgefunden.« Er biss sich auf die Lippe, sah zu Kepheqiah. »Mit einem Blutfleck auf der Rückbank.«

Vor Kepheqiahs Augen flackerte es. »Wir müssen sie finden.« Weshalb standen alle tatenlos herum? »Los!«

»Philipp wird einen neuen Wagen organisiert haben.«

José verschwendete mit seinem Gerede Zeit.

»Wenn er nicht zufällig an einer Grenze kontrolliert und aufgehalten wird, kann er fahren, wohin immer er will.«

Kepheqiah packte ihn am Kragen. »Anne ist verletzt! Natürlich werden sie aufgehalten!«

»Nicht zwingend«, krächzte der Spanier gegen den Druck an seiner Kehle an. »Vielleicht liegt Anne im Kofferraum oder Philipp hat sie irgendwo ...«

»Nein!« Jeder Schlag seines Herzens gehörte ihr. »Wir werden sie finden!«

~*~

Der muffige Geruch war ihr vertraut. Auch die feuchte Kälte. Sie legte sich auf Anne, schnürte ihr die Brust ab. Ein Leichentuch. Sie wollte es von sich reißen, griff ins Nichts.

Ihr Verstand spielte ihr Streiche und scherte sich einen Dreck um den guten Geschmack. Makabre Szenen lösten vor Sinnlichkeit glühende ab. Bittere verdrängten die alltäglichen. Dazwischen Übelkeit, Zittern. Weshalb war es so kalt? War es nicht. Sonst liefe ihr nicht der Schweiß über den Rücken.

Eine endlose Fahrt mit dem Auto, verschwommene Straßen. Ein farbloser Himmel, Zapfsäulen, Pappbecher, ein bitterer Geschmack auf der Zunge. Wut, die nicht aus Wattewolken fand. Trauer, die zusammenzuckte, wann immer Anne einen Blick auf sie werfen wollte.

Manchmal blieb ihr Herz stehen. Dann rannte es vor ihr weg. Ihre Füße nicht. Die schlurften durch Geröll und stolperten über Steine.

Alles nur ein Traum. In Wirklichkeit lag sie in ihrem Bett.

Warum war die Matratze so hart?

Eine Hand in ihrem Nacken. Sie war klamm wie die Luft um sie her.

»Trink etwas.«

Angst in der Stimme. Vor was?

Schlug sie die Augen auf, würde sie in Dunkelheit blicken. Wie damals. Nach jedem Erwachen verschlang sie die Finsternis von neuem. Stille, bis auf ihr Herzpochen und das zischende Geräusch ihres viel zu schnellen Atmens. Schlaf und Ohnmacht hatten sich abgewechselt und schließlich dem Tod den Platz geräumt. Keine Erinnerung an das Danach. War es wieder so?

Wasser floss in ihren Mund. Sie schluckte, hustete, schluckte erneut. Der Griff in ihrem Nacken ließ nach.

Da war Licht. Irgendwo außerhalb ihrer Lider. Anne öffnete sie.

Der Schein einer Taschenlampe erhellte ein Gewölbe, tanzte auf einer dunklen Fläche. Ein unterirdischer See.

La mort est ton ami, stand in weißer Bubble-Schrift an einer der Wände.

»Passend, nicht?« Der Mann mit den schwarzen Stoppelhaaren kniete neben ihr. Mit bebenden Fingern versuchte er, den Verschluss einer Wasserflasche zuzudrehen.

Er hatte Keph erschossen.

Ihr Bruder? Im Leben nicht.

Sie schlug ihm die Flasche aus der Hand, tastet nach den Scherben.

»Lass das!« Der Fremde hielt sie am Handgelenk fest. Zu spät. Blut tropfte aus ihrer Faust. Leider nicht seines. Das war der Plan gewesen. Weshalb reagierten ihre Reflexe in Zeitlupe?

»Ich habe dich hierher geführt, um dir die Wahrheit zu zeigen.« Die Angst in den dunklen Augen tarnte sich als Bestürzung. »Aber dazu musst du bei Sinnen sein.« Er bog ihre Finger auf, zog die Scherbe aus ihrer Hand.

Kein Schmerz. Anne sah ihrem Blut beim Fließen zu.

»Ich habe dich zwei Tage ins Traumland geschickt.« Hektisch zog er ein Fläschchen aus der Jackentasche. »Siehst du? Das hat mir der Apotheker empfohlen. Zehn Tropfen. Bei Bedarf zwanzig.«

Der endlose Schriftzug auf dem braunen Glas blähte sich auf wie die Buchstaben an der Wand.

»Ich dachte, ich soll bei Sinnen sein.« Schwierig, unter Drogen.

Er führte den Zeigefinger zum Mund, begann, an dem Nagel zu kauen. »Ich musste das tun«, nuschelte er. »Sonst hättest du versucht, mich umzubringen.«

»Falsch.« Beim Versuch wäre es nicht geblieben. »Bring mich raus.« Bevor die Panik nach ihr griff. Der Mann ihr gegenüber war längst davon infiziert. Wie konnte er sich einbilden, Vernont zu sein? Ihr Bruder war ein Heißsporn gewesen, doch nie kopflos. Auf sein Wort hatte sie vertrauen können. Niemals hätte er ihr die Katakomben zugemutet. Er hatte gewusst, dass sie hier gestorben war.

»Wieso hast du Kepheqiah nicht getötet?« Er klang mehr verwirrt als empört. »Erst ihn, dann Baraq'el. So war dein Plan gewesen.«

Pläne? Die setzten Ordnung voraus. In ihrem Leben herrschte nichts als Chaos.

»Du hast den Kerl gefickt!«

Der Gedanke schien ihn wirklich fertig zu machen.

»Warum?«

»Du meinst die Frage ernst?«

Selbst während er nickte, blieb die Fingerkuppe zwischen den Lippen.

»Ich soll einem Irren erklären, weshalb aus einem Feind ein Freund wurde?« Mehr als ein Freund. Niemals war sie jemandem näher gewesen als diesem Mann. Selbst die Liebe zu Egmont hatte sich distanzierter angefühlt.

Die zu ihrem Kind nicht. Es war von Beginn an ein Teil ihres Herzens gewesen. Als es starb, gefror ihrer Seele. Keph hatte sie aufgetaut. In den Momenten, als er sich ihrer Wärme und Nähe hingegeben hatte.

»Wenn du siehst, was dort vorn auf dich wartet, erstichst du ihn mit einem Lächeln.« Der Mann zerrte sie auf die Beine. »Danach wirst du mir danken, dass ich dir die Augen geöffnet habe.« Mit der Taschenlampe leuchtete er den schlauchschmalen Tunnel entlang. »Nur noch ein paar Minuten.« Panisch huschte sein Blick hin und her. »Sie tun uns nichts. Sie stehen ganz still, bewegen sich nicht vom Fleck.«

»Was meinst du?«

»Die Wände.« Er zeigte wild fuchtelnd um sich. »Sie wollen mich erdrücken, aber das dürfen sie nicht. Erst muss ich dir etwas zeigen.« Er stieß Anne in den Rücken.

Sie stolperte nach vorn.

Der Lichtschein zuckte durch die Dunkelheit.

Anne wurde schwindelig. Was hatte der Kerl ihr gegeben? Ihre Beine gaben nach, ihr Herz begann zu rasen.

»Mir ist schlecht.« Sie stützte sich an der Wand ab, kämpfte mit der Übelkeit. »Bring mich hier raus!« Ihre Knie schlugen auf, in ihrem Kopf drehte es sich. Ihr Herz pochte immer schneller. Kälte, sie spürte ihre Hände kaum noch.

Gott, ihr war so übel.

»Wenn du wirklich mein Bruder bist, hilf mir!« Alles schwarz. Keine Luft mehr.

~*~

Bleich, Nässe auf der Stirn.

Philipp schüttelte sie, ihr Kopf schlug an die Felsen.

Sie war tot. Seine Schwester. Mausetot.

Er zerrte ihre Jacke auf, seine Finger flatterten. Pochte da was? Er presste das Ohr auf ihre Brust.

Er spürte nichts, hörte nichts. Das Klirren der Ketten war zu laut. Weshalb steckte er in einem Kerker? Warum dieses Mal? Verurteilt wegen Seelendiebstahl. Er konnte sich nicht mehr an das Gesicht des Richters erinnern.

Jemand schrie, wimmerte. Es hallte über das Wasser, echote durch die Finsternis.

Lina war in Gefahr, er musste sie fortschaffen. In einen der Tunnel, da wäre sie sicher.

Sie erkannte ihn nicht. Keine Brüder, keine Feinde. Sie brach ihr Wort, starb, statt sich und ihn und alle, die unter der Bruderschaft gelitten hatten, zu rächen.

Er hob sie sich auf die Schulter.

So schwer.

Ballast loswerden. Den Rucksack brauchte er nicht.

Laufen, taumeln, er stieß an die Wände. Nein, die Wände stießen an ihn. Oder an Linas Kopf?

»Meine Seele, deine Seele.« Seine Stimme krächzte durch die Dunkelheit. »Ich bring dich hier raus.«

Wer lachte da? Wer wagte es, ihn zu verspotten? Er rettete seine Schwester, ließ sie nicht allein, wie er es versprochen hatte. Vielleicht lebte sie noch. Während der Fahrt hatte sie oft so ausgesehen. Spielte sie ein Spiel mit ihm? Rate, ob ich tot bin? Mord im Dunklen? Der Detektiv und der Mörder. Beide Rollen hatte sie ihm zugeschustert. Lina war die Leiche, der einfachste Job. Rumhängen und sich durch die Gegend tragen lassen, während er sich das Hirn zerbrach, wer sie getötet haben könnte.

Einen Schritt nach dem anderen. Der Ausgang lag vier Ebenen über ihnen. Er musste klettern. Mit Lina auf der Schulter.

Später. Erst an dem Gang mit der Treppe. Der Hinweg war leichter gewesen.

Angst im Nacken. Oh ja. Die hatte ihn fertiggemacht. Doch Lina war gelaufen. Taumelnd. Na und?

Der Apotheker hatte ihm die Tropfen in die Hand gedrückt und dabei auf den Pistolenlauf gestarrt. Sie wären extrem stark, ob er wüsste, was er sich da einwerfen wollte? So ohne Rezept und ärztlichen Rat könnte es sein Leben kosten.

Besser, als Lina im Minutentakt niederzuschlagen. Er hatte sie ruhig halten müssen.

Das Auto hatte sie ihm vollgekotzt. Es stand irgendwo oben. Im Licht. In der Luft.

Kopfschüsse waren eine feine Sache. So verlässlich. Der Apotheker war tot. War notwendig gewesen. Keine Zeugen. Das wusste jeder Meister, jeder Cleaner.

Roope, Kepheqiah.

Lachen, schluchzen. Beide hatte er gemocht.

Was? Der erste war ihm egal, der zweite sein Feind gewesen.

Seelen betrogen.

Ein Gang rechts, ein Gang links.

Der rechte.

Nein, der linke.

Die Karte. In seiner Jackentasche.

Die andere Tasche.

Nichts.

Im Rucksack? Der war weg.

Rechts oder links.

»Ich gehe nachsehen, Lina.« Der Tunnel, der zur Treppe führte, war der richtige. »Du wartest hier auf mich.« Warum sagte sie nichts dazu? Ach ja, sie spielte immer noch die Leiche.

»Ich bin gleich zurück.« Er lehnte sie mit dem Rücken an die Wand.

Der rechte Gang. Es war bestimmt der rechte gewesen.

~*~

Eine Kuppel. Er mochte Kuppeln. Vor allem die großen.

Menschen auf dem Platz davor. Viele Menschen. Er mochte auch sie. Vor allem, wenn sie schrien.

Caym sank hinab, streifte Dauerwellen und Glatzen. Niemand reagierte. Nur ein Schatten. Ein läppischer Schatten. Niemand schrie wegen ihm. Es schrie überhaupt keiner. Stummes Starren nach Norden.

Ein Palast. Warum wollte niemand die Kuppel sehen? Sie war schöner.

Ungeduld, Heuchelei, Trauer. Sehr viel Trauer. Verzweiflung? Auch die. Ein sattes Aroma. Caym folgte ihm.

Marmor und Gold. Männer wie Harlekine. Gemälde, Blumen, der Geschmack eines nahen Todes. Vollmundig, weich. Leidensmienen um ein Sterbebett.

Wozu der Stress? Der Greis darin war überfällig.

Und reich, wenn er hier wohnte. Unzählige Diener, Seidengewänder. Hände, eine Zunge, Zähne.

Alles besaß er. Alles war nutzlos. Wie der Körper.

Auf der Bettdecke war es gemütlich. Das stockende Heben und Senken der Brust darunter störte kaum.

Eine Seele auf der Abschussrampe. Wären die fahlen Lippen nicht zugekniffen, wäre sie längst über alle Berge.

Morsche Knochen, marode Adern. Konnte er flicken. Bis zum Morgen. Kein Problem. Und dann? Ein paar Jahre in weichen Laken wälzen. Wein schlürfen, mit den dürren Fingern schnippen.

Besser: Sie um junge Kehlen legen, Blut trinken, Schreien lauschen.

Der faltige Mund ging auf. Ein Seufzen. Das letzte?

Caym machte sich bereit.

~*~

DAS GEHEIMNIS DES EREMITEN

»Geh zu ihm.« Lucy beobachtete ihn über den Rand ihres Weinglases. »Du bist sein Freund und es geht ihm beschissen.«

»Er will keine Gesellschaft.« Weder mit Shem noch mit ihm sprach Kepheqiah über das, was in der Hütte vorgefallen war. Tagsüber starrte er aus dem Fenster, nachts wanderte er durch Paris und kehrte erst in den Morgenstunden zurück.

Daniel schenkte sich Wein nach.

Einer seiner Freunde litt und er sah tatenlos zu. Einen Monat war es her, dass Philipp Roope getötet und Keph angeschossen hatte. In der ersten Zeit hatten sie alles in Bewegung gesetzt, Anne zu finden. Unter dem Vorwand eines geplanten Klassentreffens hatten sie ihre Eltern kontaktiert. Seitdem suchte die Polizei nach ihr und Anton Kilpinen. Aus welchen dunklen Quellen auch immer, José kannte den Stand der Ermittlungen.

Kilpinen würde niemand finden. Und Anne?

Elija hatte sich in Ives' Mordfall als Zeuge ausgegeben. Er hätte das Opfer mit einem Mann zusammen in der Tiefgarage gesehen. Eine detailliertere Beschreibung eines potenziellen Mörders war wahrscheinlich nie abgegeben worden. Der Cleaner hatte im Anschluss ein lückenloses Alibi vorweisen müssen. Seine genauen Kenntnisse waren der Pariser Polizei offenbar suspekt gewesen. Sie fahndete nun nach Philipp. Spürte sie ihn auf, bekäme ihn Daniel in die Finger und ließe Jade auf ihn los. Sie würde seine Gedanken hacken wie José die Netzwerke der Behörden.

Der Spanier suchte nach wie vor nach Anhaltspunkten. Dass selbst Keph die Suche aufgegeben hatte, schien ihm egal zu sein.

Gleich nach ihrer Rückkehr aus Finnland hatte Kepheqiah versucht, Baraq'el zu erreichen. Er war bereit gewesen, ihn um Hilfe anzuflehen. Baraq'el würde die Aufenthaltsorte von ihnen allen kennen. Also auch von Anne. Er hatte vergeblich auf eine Antwort gewartet.

Mit Shem zusammen war er nach Rom geflogen und schon am nächsten Tag zurückgekehrt. Die Zentrale der Bruderschaft war leergeräumt.

Keine Spur von Mahawaj Baraq'el. Elija war mit Mohammed Tufan und seinem Team in Kontakt getreten. Auch die Cleaner wussten nichts. Ihre Mails blieben unbeantwortet, Aufträge wurden keine mehr erteilt. Sie spielten mit dem Gedanken, ein zweites Mal abzutauchen.

Wie Philipp und Anne.

Sie waren Geschwister gewesen. Warum sollte Phil ihr etwas antun? Immer wieder hatte Daniel versucht, Keph diese Tatsache ins Hirn zu hämmern. Kehrte Anne nicht zu ihm zurück, dann aus einem einzigen Grund: Weil sie es nicht wollte.

Sie erinnerte sich daran, was er ihr angetan hatte. Wahrscheinlich hasste sie ihn noch stärker als zuvor. Immerhin hatte er mit ihr geschlafen und sie in dem Glauben gelassen, ein harmloser Tourist zu sein. Allein diese Täuschung genügte, um die Zigeunerin zum Messer greifen zu lassen. Keph konnte dankbar sein, wenn sie ihn nicht eines Tages aus einer dunklen Ecke ansprang und ihm irgendetwas Spitzes in die Kehle rammte.

Daniel lehnte sich an, senkte die Lider. Sie fühlten sich schwer wie der Rest von ihm an. Es war überheblich und leichtsinnig von ihm gewesen, eine Frau wie sie ins Team holen zu wollen und dabei Kepheqiahs Leben zu riskieren.

»Er hat die Liebe gefunden und verloren. Beinahe im selben Atemzug.« Lucy stellte das Glas beiseite, setzte sich auf seinen Schoß. »Wenn ich mir vorstelle, dass du plötzlich verschwinden würdest.«

»Das ist was anderes.« Sie waren ein Paar, kannten sich, vertrauten einander.

»Das hätte es für Keph auch werden können.« Sie strich ihm die Haare zurück, küsste sanft seine Lippen. »Geh zu ihm.«

»Wozu?« Er würde ihn hochkant rausschmeißen, wie er es im Moment mit jedem tat.

»Um ihn zu trösten.«

»Dazu bin ich der Falsche.« Selbst Shem scheiterte an dieser Aufgabe. Um seiner Enttäuschung darüber zu entfliehen und überhaupt etwas Sinnvolles nach all den Monaten Versteckspiel zu unternehmen, war er mit Jade vor ein paar Tagen aufgebrochen, Baraq'el aufzuspüren. Zwei der drei Engelsschwerter führte er als Duellierwaffen im Gepäck.

Im entscheidenden Augenblick würde ihn Jade davon abhalten. Das war allen klar, die die Elfe kannten.

Nur Shem seltsamerweise nicht.

»Er ist dein Freund«, bohrte Lucy in der ständig schwelenden Wunde. »Du kannst ihn nicht im Stich lassen.«

Einem heftigen Klopfen an der Wohnungstür folgte ein lautes Stapfen den Flur entlang.

»Daniel? Lucy?« Ethan stürmte das provisorisch eingerichtete Wohnzimmer. »Was sagt euch das?« Er knallte ein Tablett auf den Tisch. Der Pfannendeckel sprang hoch, gab einen köstlichen Duft frei.

»Backforelle, geschmorte Möhrchen mit zerlassener Butter, frische Petersilie, Bratkartoffeln nach Art des Hauses und eine Sauercreme ...« Mit hingerissener Miene küsste er seine Fingerspitzen, nur um eine Sekunde später die Stirn in tiefe Falten zu werfen. »Und was macht Keph?« Er hieb mit der flachen Hand neben die Pfanne und ließ den Deckel ein zweites Mal klappern. »Er schlägt mir die Tür vor der Nase zu! Dabei ist er bloß ein Schatten seiner selbst!« Sein Zeigefinger stach gefährlich nah in Daniels Gesicht. »Ich gebe ihm noch zwei Tage, dann lass ich ihn zwangsernähren.«

»Viel Erfolg.« Hatte sich Keph entschieden, seine Hülle aufzugeben? Wenn sie ihn freiließ, würde er sich keine neue suchen.

Der Gedanke wuchs sich zur Gewissheit und schmeckte gallebitter.

»So wie er aussieht, schläft er nicht, isst nicht, duscht nicht.« Ethan verschränkte die Arme vor der Brust. »Entweder prügelst du ihm Vernunft ein, oder ich mache das.«

»Daniel macht's.« Seufzend erhob sich Lucy von seinem Schoß. »Und zwar gleich.«

»Wie ihr meint.« Daniel schnappte sich das Tablett. Wahrscheinlich würde es Keph an die Wand werfen.

Das Haus war still, als er die Treppe bis zum Erdgeschoss hinabstieg. Er klopfte, erhielt jedoch keine Antwort. Immerhin war nicht abgeschlossen.

Aus dem Arbeitszimmer fiel Licht in den Flur.

Keph saß auf dem Boden. Er drehte eine leere Weinflasche. Auf dem Tisch standen ebenfalls einige.

Seine Haare hingen ihm in Strähnen ins Gesicht, verdeckten mehr von ihm als der wuchernde Bart. Dem Schmutzrand seines Shirts und dem Geruch nach, der von ihm aufstieg, hatte Keph seine Kleidung seit Tagen nicht gewechselt.

»Du lässt dich gehen, mein Freund.« So wie er selbst viele Male im Laufe seiner Leben. »Wir machen uns Sorgen um dich.« Samt Pfanne setzte er sich zu ihm. »Iss wenigstens was, sonst stopft dir Ethan einen Schlauch in den Hals.«

Keph stoppte die Rotation der Flasche. »Holst du mir eine neue?«, fragte er mit schwerer Zunge. »Der Wein ist gut. Gar kein Essig.«

»Woher hast du ihn?« Das Etikett war vergilbt, das Glas staubig.

»Du sagtest, ich solle mich bedienen.« Ein müder Blick aus rot unterlaufenen Augen streifte ihn. »Da unten. Im Gewölbe.«

»Das alte Zeug?«

Keph nickte träge.

»Wenn ich mich mit dir zusammen betrinke, isst du dann etwas?«

Keph hob den Deckel, senkte ihn wieder hinab. »Nein. Betrinkst du dich trotzdem mit mir?«

»Ich hole den Wein.« Diese Nacht gehörte seinem Freund. Sollte Daniel morgen früh seinen eigenen Namen nicht mehr buchstabieren können, war das eben so.

Auf dem Weg in den Keller verfolgte ihn der Gedanke, dass *Liebeskummer* in diesem Fall entsetzlich tiefgestapelt war. Wenn er sich nicht bald von Anne befreite, stürzte er wirklich in den von Jade prophezeiten Abgrund.

Im hinteren Teil empfing ihn tiefe Dunkelheit. Daniel schaltete die Taschenlampen-App ein. Etwas rollte weg, als er es mit dem Fuß traf. Eine leere Flasche.

Das wurmzerfressene Weinregal war von Keph anscheinend häufiger aufgesucht worden.

Sie stieß klirrend an die Bodenklappe, die in die Kanalisation führte. Sie stand offen. Nur einen Spalt. Daniel drückte sie gegen den Widerstand der verrosteten Scharniere zu.

Eine Spielkarte. Halb im Staub. Ein Alter mit grauer Kutte und Laterne in der Hand. Es musste eine von Jades Tarokarten sein. Wahrscheinlich diejenige, die von George verschleppt worden war. Die Ratte fand die Katakomben offenbar spannender als den Dachboden.

Susanna hatte sich mit dem Verlust ihres Haustieres abgefunden, nachdem ihr Jade erklärt hatte, welch freiheitsliebende Tiere Nager wären, und dass es George, wo immer er sich auch herumtriebe, sicherlich wundervoll ginge. Auf Ives durfte sie jedoch niemand ansprechen. Sie verließ sofort das Zimmer und zog sich für Tage zurück. In diesen Phasen duldete sie nur Elija in ihrer Nähe.

Daniel schrieb Jade eine Nachricht, dass der Eremit wieder aufgetaucht war. Es spielte zwar keine Rolle mehr, doch vielleicht freute sie sich darüber.

~*~

»Mach das nicht.« Shem stellte sich vor Kepheqiahs Wohnungstür. »Ich weiß, du meinst es gut. Aber wenn du dich irrst, fällt er nur noch tiefer ins Unglück.«

»Ich irre mich nicht.« Der Eremit war ein Zeichen. Keine ihrer Tarotkarten besäße die Unverfrorenheit, zufällig ausgerechnet neben dem Eingang zu den Katakomben verloren zu gehen. Annes Überreste aus ihrem vorherigen Leben befanden sich dort. Die Ursache für Kepheqiahs Leid, und genau durch diesen Zugang war er ihm begegnet. Anne hatte sich schon einmal da unten versteckt. Was, wenn sie es wieder tat? Sie wusste, dass sie in den Stollen vor Mahawaj sicher war und Philipp wusste es ebenso.

Es war feige von der Zigeunerin, Keph auf diese Weise hängen zu lassen. Ihm stand ein letztes klärendes Gespräch mit ihr zu. Sonst würde er sie niemals loslassen können.

Jade krempelte die Ärmel hoch. Aus keinem anderen Grund, als ihre Entschlossenheit zu zeigen.

»Liebes.« Shem streckte den Arm aus, um sie von der Klinke fernzuhalten. »Eine Ratte muss nicht zwingend etwas mit dem Schicksal eines Engels zu tun haben.«

»Diese schon.« Sie schob ihn beiseite. »Keph?« Es roch seltsam.

Shem schnupperte. »Oh nein.« Er ging vor, stieß die Tür zu Kepheqiahs Arbeitszimmer auf.

Weinschwaden schlugen Jade entgegen.

Daniel lag ausgestreckt auf dem Boden, eine leere Flasche im Arm, ein leises Schnarchen auf den Lippen. Von Kepheqiah keine Spur.

Jade suchte die Wohnung nach ihm ab, Shem versuchte vergeblich, ihn telefonisch zu erreichen.

»Ich frage die anderen. Irgendeiner wird wissen, wo er steckt.« Er nickte zu Daniel. »Versuch, den da wachzukriegen, bis ich zurück bin.«

Kaltes Wasser. Die effizienteste Maßnahme. Jade füllte eine der herumstehenden Weinflaschen und goss sie Daniel ins Gesicht. Statt aufzuschrecken, öffnete er die Lider im Zeitlupentempo.

»Jade?« In ähnlicher Geschwindigkeit runzelte sich seine Stirn. »Du bist weg.«

»Ich bin wieder da.« Der Besuch der Halbinsel Krim war ohne Erfolg geblieben. Ihr Kollege, ein Tartaren-Schamane, der sich mithilfe von spiritueller Fern-Psychokinesiologie auf das Auffinden verschwundener Personen spezialisiert hatte, galt seit einem Jahr als verschollen. Als Daniels Nachricht sie erreichte, hatten sie sich bereits auf dem Rückweg befunden.

»Wo ist Kepheqiah?«

»Sturzbesoffen an meiner Seite.« Seine Hand tastete den leeren Platz neben sich ab. Träge wandte Daniel den Kopf in dieselbe Richtung. »Nein. Ist er nicht.«

»Was ist passiert?« Nichts Gutes. Sie ahnte es auch ohne Hilfsmittel wie magischen Ringen oder Runen.

»Keine Ahnung«, murmelte er. Enervierend langsam zog er etwas aus der Tasche.

Die Karte des Eremiten.

»Ich glaube, ich habe ihm die hier gezeigt.«

»Sagtest du ihm auch, wo du sie gefunden hast und was es mit der Karte auf sich hat?«

»Kann sein.« Schlagartig wurde sein Blick klarer. »Denkst du, er ist da runter gestiegen, um Anne auf eigene Faust zu finden?«

»Ich gebe dir zehn Minuten zum Nüchtern werden.«

Im Treppenhaus lief sie Markus in die Arme. »Wo ist der Eingang zu den Katakomben?«

»Was willst du ...«

»Wo?«

Er zuckte zurück, ging endlich viel zu langsam vor ihr entlang.

»Renn!« Mit jeder Minute verirrte sich Kepheqiah tiefer in den Stollen. Markus verfiel in einen gemäßigten Trab. Jade stieß ihn fast die Kellertreppe hinunter.

»Da hinten.« Mit dem Handy leuchtete er in einen Gewölbedurchgang. Jade nahm ihm das Handy ab, rannte vor.

»Links«, rief ihr der Cleaner nach.

Neben einem Regal klaffte ein Loch im Boden.

»Die Klappe steht ja auf.« Markus trat an ihren Rand. »Jemand hat vergessen, sie zu schließen.«

»Keph.« Wann war er hinuntergestiegen?

»Er besitzt keine Karte«, bemerkte Markus sachlich. »Ohne die ist er aufgeschmissen.«

»Und wer hat die?« Sie mussten einen Suchtrupp zusammenstellen.

»Philipp.«

»Scheiße!« Sie lief zurück. »Daniel! Shem!« Sie brauchten einen Plan. »José!« Eine Idee, irgendetwas, das Kepheqiah helfen konnte. »Lucy! Ethan!«

»Ruhe!«, brüllte Ethan durchs Treppenhaus. »Es ist halb sechs!«

»Keph ist in den Katakomben!«

Nach einigen Sekunden Stille zeigte sich Ethans von verstrubbelten Haaren umrahmter Kopf über dem Geländer. »Weshalb?«

»Dreimal darfst du raten.« José eilte an ihm vorbei, knotete sich nebenbei den Gürtel seines Morgenmantels zu.

»Grundgütiger!« Endlich setzte sich auch Ethan in Bewegung. »Er wird doch nicht ...«

Doch, er würde.

~*~

Sein Schädel füllte problemlos das Besprechungszimmer aus.

Daniel nippte an der Kaffeetasse, die ihm Jade in die Hand gedrückt hatte. Trotz der frühen Uhrzeit wirkte jeder aus dem Team weitaus frischer als er. Wie viele staubige Flaschen er sich gestern Nacht unter den Arm geklemmt hatte, wusste er nicht mehr. Geleert hatte er zusammen mit Keph jede einzelne.

Er hätte nicht einschlafen dürfen. Was war er für ein jämmerlich unzuverlässiger Freund.

»Markus ist runter.« Elija betrat mit Susanna das Zimmer. »Er hat einen Kompass und ein Funkgerät dabei.« Er hielt das Pendant hoch. »Er hofft, dass ein betrunkener Engel in kompletter Dunkelheit nicht weit kommt, und dass ihn das Walkie-Talkie nicht völlig im Stich lässt.«

»Hat Keph sein Handy mitgenommen?« Lucy sprang auf, rannte aus dem Raum. Nach ein paar Minuten kehrte sie atemlos zurück. »In der Wohnung liegt es nicht. Sollte er trotz der Promille clever gewesen sein, hat er wenigstens ein bisschen Licht.«

»Er wird versuchen, zu Thérèses Grab zu finden.« José nickte mit düsterer Miene. »Und sich auf dem Weg dorthin hoffnungslos verlaufen.«

»Wir könnten ausnahmsweise die Polizei einschalten.« Ethan klang so vorsichtig, als hätte er Daniel ein unmoralisches Angebot unterbreitet. »Die haben Spezialtrupps für den Untergrund.«

»Anne weiß das.« Daniel stützte seinen Kopf auf die Hände. Würde er bloß weniger heftig pochen! »Denkst du, sie wird sich in den Graffiti- und Skulpturen-Stollen verstecken, die jeder Tourist längst kennt?«

»Und einer der Cataphiles?« Ethan ließ nicht locker. »Die Spinner kennen sich da unten aus wie kein anderer.«

»Sie ist seit vier Wochen untergetaucht. Philipp sagte, dazu benötigte man Freunde, die einen von außen versorgen. Wir müssen herausfinden, wer das sein könnte.« Oder sie lag auf den Malediven in der Sonne, schlürfte einen Sex on the beach und scherte sich einen Dreck um Kepheqiahs Wohl.

»Bis dahin ist Keph verschollen.« José funkelte ihn wütend an, als wäre das Dilemma allein seine Schuld. »Warum hast du ihm nicht erklärt, dass es sinnlos ist, jemandem hinterherzutrauern, der einen nicht will?«

»Habe ich.« Ebenso gut hätte er mit einer Kaffeemaschine reden können.

Kepheqiah brauchte einen Scout, der ihn aufspürte und nach Hause lotste und ihm anschließend diese Zigeunerin aus Herz und Hirn prügelte.

Einen Dämon? Sicher nicht. Shem? Dazu müsste Daniel zuerst die Hülle des Engels töten. Jade wäre wenig begeistert.

Er selbst. In einem Raben. Wie sollte er einen Vogel dazu bringen, in einen Kanalschacht zu fliegen.

Erwartungsvolle Augenpaare richteten sich auf ihn. Nur weil er lachte? Es geschah aus reiner Verzweiflung.

»Shem, Ethan. Ich brauche eure Hilfe. Jade, Lucy, ihr kommt auch mit.« Die Frauen hatten in den Katakomben nichts verloren. »José, du öffnest den Kanaldeckel vor dem Haus.« Eine Krähe dorthinein zu locken, war schwierig genug. Sie zu zwingen, in die hinterste Ecke eines Kellers zu fliegen, um in einem Loch abzutauchen, war noch unrealistischer als der Rest des Planes. »Du und Elija folgt dem Vogel mit Taschenlampen.« Die Viecher sahen zwar in der Dämmerung besser als Menschen, doch in völliger Finsternis waren sie ebenso blind.

»Du willst die Vogelnummer in Gängen bringen, die niedriger als zwei Meter und so schmal sind, dass sich Roope kaum hätte darin umdrehen können?« José schluckte, zuckte schließlich die Schulter. »Alles klar, du bist der Boss.« Er stieß Elija in die Seite. »Komm, in fünf Minuten müssen wir startklar sein. Daniel fackelt nicht lange.« Er zwinkerte Susanna zu. »Wenn wir George treffen, grüßen wir ihn von dir.« Als Antwort erhielt er einen ausgestreckten Mittelfinger.

Shem, Ethan, Jade und Lucy folgten Daniel ins obere Stockwerk. Erst auf der Schwelle zu seinem Schlafzimmer blieb Shem stehen. »Was ist mein Job dabei?«

»Mich festzuhalten.« Sonst erwachte er mit gebrochenen Knochen.

Daniel riss die Kordel von der Gardine, setzte sich aufs Bett und band seine Fußgelenke zusammen.

»Kannst du dich auch auf Anne fokussieren, obwohl du sie kaum kennst?«, fragte Jade. »Euch verbindet nichts Emotionales, oder?«

»Ich bin stocksauer auf sie.« Unterm Strich trug sie die Schuld für das

Schlamassel. »Das muss an Emotionalität ausreichen.«

Shem löste seinen Gürtel und wickelte ihn Daniel um die Handgelenke. »Ich habe noch nie versucht, in ein Tier zu schlüpfen.«

»Besser für das Tier.« Einige Raben überlebten Daniels Besuch nicht.

»Brauchst du etwas zum Initiieren?«

»Nicht, wenn es mir geling, mich stark genug zu konzentrieren.« Schwierig im Moment. Dennoch war das Gefühl, sich aus dem eigenen Körper zu werfen, plötzlich frei zu sein, mit dem Wind zu verschmelzen, unvergleichlich.

»Beachtenswert. Ich werde meine Hülle nur los, wenn sie tot ist. Und ich bin immerhin ein Engel.«

Klang Neid in seiner Stimme?

»Es liegt an dem Ritual, dem mich Baraq'el unterzogen hat.« Auch ohne die Augen zu schließen, tauchte die Rabenmaske des Schamanen auf. Dahinter hatte sich Mahawaj verborgen. Damals hatte es Daniel nicht geahnt. Die Klinge in seinem Fleisch, der Schmerz der Wunde und die Erkenntnis, sterben zu müssen, hatten all seine Sinne beansprucht. Doch soweit war es nicht gekommen. Plötzlich hatte er den Körper verlassen, war mit dem Wind geflogen. Bevor seine Kinderseele verlorenging, hatte sich ein Rabe ihrer angenommen.

Shem kletterte ans Kopfende des Bettes und schlang von hinten die Arme um Daniels Oberkörper. »Bereit?«

Seine Bemühungen reichten nicht annähernd an Roopes Klammergriff heran. »Achte auf meinen Kopf. Sollte ich dir damit das Nasenbein einschlagen, bist du mir keine Hilfe.«

»Aha.« Shem stopfte ein Kissen zwischen sich und Daniels Hinterkopf. »Leg los.«

Daniel schloss die Augen, atmete so ruhig wie möglich.

Weg mit störenden Gedanken und dem Gefühl in der Brust, das schwerer und schwerer wurde. Er brauchte Leichtigkeit, Freiheit.

Kälte erfasste ihn, zog an ihm. Er vertraute sich ihr an.

Kein Blick zurück. Nur der Himmel über Paris. Dächer und Schlote. Dicke Tauben auf Regenrinnen. Krähen, die sich über ein Stück Baguette hermachten. Unten, auf dem Platz vor Saint Sulpice.

Eine davon war fällig.

Daniel fuhr in die kleinste, wendigste. Sie kreischte auf, hob ab und fing sich erst nach wildem Hin- und Herflattern. Daniel übernahm die Kontrolle über den instinktgesteuerten Willen und lenkte sie zum Quartier. Bis auf José und Elija lag die Rue Servandoni einsam unter ihm. Mit etwas Glück bemerkte niemand, dass zwei Männer einer Krähe in die Kanalisation folgten.

Das winzige Herz raste, als er den Vogel in den Abgrund zwang. Die Flügel streiften die Wände, das panische Krächzen hallte durch kaum erleuchtete Dunkelheit.

»Nicht so schnell«, keuchte es hinter ihm. »Warte an den Abzweigungen auf uns!«

Zuerst Keph. Daniel fokussierte sich auf seinen durch die Finsternis taumelnden Freund. Ob er sich ohne die Prozente im Blut ebenfalls in den Stollen gewagt hätte?

Graffitis, Bierdosen, Weinflaschen, Zigarettenschachteln.

Tiefer hinein.

Kerzenstummel auf Mauervorsprüngen, Kunst aus Knochen. Ein Durchgang nach unten. Ein zweiter, ein dritter. Daniel folgte dem Ziehen, das sich in dem Vogelkörper manifestierte. Kaum möglich, die Orientierung zu behalten.

Hinter ihm rannten Elija und José, als ginge es um ihr Leben. Zum Glück bremste das Tier instinktiv die Geschwindigkeit, sobald es nichts mehr sah. In diesen Momenten wurde das Fluchen und Keuchen lauter, bis der Schein der Taschenlampen den Tunnel erneut ausfüllte.

Daniel flatterte um eine Biegung. Das Ziehen in ihm wuchs. Er kannte den Abschnitt des Stollens. Die Öffnung vor ihm führte in die Seitenkammer mit Thérèses Überresten.

Keph saß neben den Knochen.

Er hatte tatsächlich zurückgefunden. Ohne Karte. Respekt.

Er hob erstaunt den Blick, als Daniel den Vogel zwang, sich auf einen Mauervorsprung niederzulassen.

»Daniel?« Sein Lächeln wirkte traurig. »Danke, dass du mich besuchen kommst.« Er streckte den Arm aus. Der Vogel flatterte freiwillig darauf.

»Sie ist nicht da. Ich war naiv zu denken, sie würde sich ausgerechnet hier verstecken. Warum sollte sie das tun?« Das Krächzen schien er als Zustimmung zu deuten, denn er nickte müde. »Vielleicht ist eine Karte bloß eine Karte und ein Zufall bloß ein Zufall.«

»Himmel!« José stützte sich am Eingang ab. »Ich kappe dem Vieh die Fittiche, wenn es nicht einen Gang zurückschaltet!«

»Du den einen, ich den anderen.« Von Elijas Kinn tropfte der Schweiß.

Keph sah erstaunt von einem zum anderen. »Seid ihr wegen mir gekommen?«

Gut, dass Daniels momentan verfügbare Zunge nicht zum Sprechen taugte. Auch fehlte ihm die Hand, sich vor die Stirn zu schlagen, oder noch besser, Keph eins aufs Kinn zu geben.

»Weshalb sonst?« Elija hockte sich neben ihn. »Wir gingen davon aus, dass du dich verläufst. Warum hast du es nicht?« Seine Worte klangen deutlich nach Vorwurf.

»Ist da jemand?« Die Stimme hallte durch den Stollen. »Hey! Hierher!«

»Markus!« Elija und Keph sprangen gleichzeitig auf.

Die Krähe flatterte panisch zwischen den Wänden hin und her. Es kostete Daniels gesamte Konzentration, sie zu beruhigen.

»Weiter den Gang entlang.« José trabte Markus' Stimme entgegen. Daniel musste in die Schräglage kippen, um ihn überholen zu können.

Am Ende des Tunnels erschien der Cleaner im hin- und herhüpfenden Schein der Taschenlampen. Als ihn die Flügel streiften, zuckten er und der Vogel gemeinsam zusammen.

»Daniel?«

Wer sonst?

»Ich habe Phils Rucksack gefunden« Er zeigte hinter sich. »Keine fünfzig Meter von hier.«

»Und warum nahmst du ihn nicht mit?« José war schon wieder außer Atem.

»Der Gang hat sich abgesenkt. Das Wasser steht bis zu den Knien. Wie ein kleiner See. Phils Rucksack liegt auf der anderen Seite. Ich stand in der Mitte, als ich euch hörte.«

Daniel konzentrierte sich auf Philipp.

Nicht gern, aber was blieb ihm übrig? Anne war bei ihm gewesen. War sie es noch? Oder hatten beide diesen finsteren Ort längst verlassen?

Anne.

Da war ein Kribbeln, es breitete sich bis in die Spitzen der Schwingen aus. Das Keuchen hinter ihm wurde leiser, das Licht huschte nur sporadisch über die Wände. Schwierig, etwas außer der dunklen Wasseroberfläche zu erkennen.

Daniel schwebte darüber.

Regenwasser. Es musste durch die Ritzen im Felsen gesickert sein.

Ein Bündel am jenseitigen Ufer. Der Rucksack.

Hinter ihm plantschte es. Das Licht wurde heller.

Das Kribbeln verstärkte sich, lockte ihn zu einem Felsvorsprung. Wieder verschwand der Boden unter einem See.

Auf der anderen Seite lag jemand.

~*~

Keine Stimme mehr. Die Dunkelheit hatte sie geschluckt. Singen vertrieb Angst. Wie die Lieder ihrer Mütter. Flackernder Schein auf abgegriffenen Gitarren. Die Melodien der Nacht gestohlen. Die Worte aus dem Wind gepflückt. Goldfäden in bunten Kopftüchern.

Bleib im Lager. Es ist Nacht.

Lina ging dennoch. Nur zu den Pferden. Nicht weit.

Ein Mann mit hagerem Gesicht und hochgebundenen Haaren. Sie waren so schwarz wie Tonis Fell. Das Pony rieb seine Schnauze an dem fremden Mantel. Schlanke Finger verschwanden in der strubbeligen Mähne.

Komm her.

Meinte er sie?

Ich will dir nichts tun.

Sie kannte ihn. Woher?

Dunkles Wasser. Es spritzte in Lichtkegeln. Das Pony krächzte erschrocken auf, breitete Flügel aus und flatterte in einen pechschwarzen Himmel.

»Anne!«

Der Mann, ganz nah.

Kepheqiah. Was für ein Name. Hatte ihn seine Mutter nicht geliebt?
»Anne!«
»Sie ist tot.«
Eine fremde Stimme.
»Keph, es tut mir leid, aber was so aussieht, *muss* tot sein.«
Ein dumpfes Geräusch, ein keuchendes Fluchen.
»Sie lebt!«
»Wenn du das sagst«, nuschelte derselbe Mann, der eben noch geflucht hatte. »Danke, dass ich jetzt einen Zahn weniger habe.«
Finger an ihrem Hals. Sie tasteten hektisch an ihr herum, kitzelten. Was suchten sie? Lachen wäre schön gewesen. Gab ihre trockene Kehle nicht her.
»Anne?«
In der Nähe plätscherte es. Der See. Er war ihr bester Freund geworden. Plötzlich hatte sie ihn nicht mehr gefunden. Ihre Beine, ihre Arme, alles viel zu schwer.
»Bitte, sieh mich an!«
So viel Angst. Nur wegen ihr?
»Ich bin es, Keph.«
Ein Streicheln über ihre Wange.
»Bitte, du musst durchhalten. Ich bringe dich hier raus.«
Da war ein Keph gewesen. In ihren Träumen. Panik und Dunkelheit hatten Anne erstickt. Dann war er gekommen. *Fürchte dich nicht.* Sie hatten sich geküsst, geliebt.
Mit einer Kugel im Kopf küsste es sich schlecht.
So viel Wasser aus ihren Augen. Warum hatte der See nicht salzig geschmeckt?
Ihre Träume waren bei ihr geblieben. Die ganze Zeit. Hatten sie im Arm gehalten, ihr die Angst weggestreichelt und geflüstert, dass der Tod unter bestimmten Umständen eine feine Sache wäre. Anne hatte ihnen geglaubt. Aufzugeben war leicht. Viel leichter, als grundlos durchzuhalten.
Ein greller Blitz, das Kreischen eines Vogels.
Anne zuckte zusammen.
»Bist du irre?«

»Hey«, rief die fremde Stimme. »So was sieht man nicht alle Tage. Wenn sie erst im Kühlfach liegt, ist sie ...«
»Du hast sie nicht wirklich geknipst, oder?«
Noch eine Stimme. Auch die kannte sie nicht.
»Sie hat gezuckt! Du solltest mir dankbar sein!«
Warum sprach Keph nicht mehr?
Richtig, er war tot.
Jemand hob sie hoch. »Sie ist so leicht.«
Keph?
Er drückte sie an sich, rannte. »Du bist stark, Anne.«
Sie liebte den Klang seiner Stimme. Nicht schlimm, dass sie log. Obwohl Leichtigkeit Stärke nicht zwingend ausschloss.
»Du warst es immer. Erinnerst du dich?«
Lieber nicht. Ihre Erinnerungen waren dunkler als ihr Gefängnis.
Wie schnell er sie durch die Finsternis trug. Wie fliegen. Bis auf das Holpern. Es störte sie nicht.
»Ich schulde dir ein Leben, du schuldest mir einen Besuch in der Oper.«
Aida. Da starben auch alle.
»Bleib bei mir, sonst wird das nichts.«
Was war mit seiner Stimme los? Sie zitterte, brach ab.
Dann war er es wohl doch nicht. Nur eine Einbildung.
Sie war leicht? Nein, sie war unendlich schwer. Wie mit Blei ausgegossen. Keinen Platz mehr für Träume, keinen für Atem.
»Anne!«

~*~

»Ethan! Setz dich verdammt nochmal auf seine Beine!« Blut floss ihm aus der Nase. Shem wischte es an Daniels Schulter ab. Er hatte keine Hand frei. »Je stärker du ihn unten zappeln lässt, desto heftiger schmeißt er hier oben den Kopf hin und her.« War Daniel in einen Wirbelsturm geraten?
Ethan setzte sich auf die nach wie vor gefesselten Fußgelenke.

»Ich habe das schon mal durch«, keuchte er. »Ich bin zu alt für so was.«

»Du schaffst das.« Jade kletterte auf Daniels Oberschenkel. Zu zweit wippten sie in unregelmäßigen Abständen auf und ab.

»Ich hasse es, wenn er das macht.« Lucy biss sich die Lippen wund. »Ich hasse es wirklich.«

Shem spürte kaum noch seine Arme. Jeder Muskel brannte.

»Er kommt.« Jade sprang von ihm herunter, öffnete das Fenster.

Über den Himmel glitten Schatten. Immer wieder ballten sie sich zusammen, um sich im nächsten Moment unter lautem Krächzen voneinander zu trennen. Zwei der Krähen attackierten eine dritte, die direkt auf Daniels Schlafzimmer zuhielt. Erst kurz davor drehten die beiden anderen ab. Der völlig zerrupfte Vogel fiel wie ein reifer Apfel aus der Luft und schlug vor Jades Füßen auf.

»Sauviecher«, kam es leise aus Daniels Mund. Er hob die Lider, registrierte Shems blutende Nase und Ethans Bemühungen, von seinen Beinen aufzustehen. »Ich hab doch gesagt, es wird nicht leicht.«

»Untertrieben.« Immerhin wussten sie jetzt, warum er sich wie ein Verrückter aufgeführt hatte.

»Als ob die auf mich gewartet hätten.« Er ergab sich Lucys heftiger Umarmung und hielt ihr erst danach die gefesselten Hände hin. »Direkt hinter dem Gullischacht attackierten sie mich und trieben mich durch halb Paris vor sich her. Sie mussten bemerkt haben, dass mit ihrem Kumpel etwas nicht stimmt.«

»Oh Schatz!« Lucy fuhr ihm zärtlich durchs Haar.

»Ruft einen Krankenwagen.«

»So schlimm steht es nun auch nicht um dich.« Ethan massierte sich die Schultern. »Das meiste haben Shem und ich abbekommen.«

»Um mich geht es nicht.« Daniel streifte sich die Fesseln von den Fußgelenken. »Wir haben Anne gefunden. Sie sollen hierherkommen. Kepheqiah und José bringen sie zum Ausgang vor dem Haus. Markus und Elija suchen weiter nach Philipp.«

»Ich wusste es.« Jade hob den verletzten Vogel auf und strich ihm sacht übers Gefieder. »Und für dich wird ebenfalls alles wieder gut. Du wirst dich prächtig mit Rosalie verstehen.«

Während Ethan die Faust gegen die Stirn presste, zog Lucy das Handy aus der Hosentasche. »Wie geht es ihr?«

»Die Wetten stehen vier zu eins, dass wir eine Leiche geborgen haben«, sagte Daniel leise. »Mich wundert es, dass sie die Ratten in Ruhe gelassen haben.«

»Halt mal.« Jade drückte Shem den Vogel in die Hand. »Ich muss was holen.«

»Was soll ich mit dem Vieh machen?«

»Sanft streicheln«, erklang es bereits aus dem Flur.

Daniel gönnte ihm einen langen Blick. »Hast du was anderes erwartet?«

Nicht unbedingt.

~*~

Kepheqiah saß auf einem der beigefarbenen Stühle, die Stirn in die Hände gestützt, und wirkte in dem langen Krankenhausflur verloren. Erst als sich Jade neben ihn setzte, hob er den Blick. »Sie lassen mich nicht zu ihr.«

»Weißt du trotzdem, wie es ihr geht?« Vielleicht hatte er etwas aufgeschnappt.

Mit einer erschöpften Geste zeigte er auf eine Glastür schräg gegenüber. »Nicht gut, vermute ich.«

Jades Französischkenntnisse waren nicht berauschend, doch sie genügten, um zu ahnen, dass die Worte darauf Intensivstation bedeuteten. »Und die Ärzte sagen dir nichts zu ihrem Zustand?«

Kepheqiah schüttelte den Kopf. »Ich kann mich nicht einmal ausweisen.« Sein leises Lachen klang alles andere als fröhlich. »Da besitze ich zig Pässe mit den unterschiedlichsten Identitäten und im entscheidenden Moment habe ich keinen dabei.«

Jade nahm seine Hand.

Er sah so unglücklich aus.

»Davon abgesehen, wird sie mein desolates Erscheinungsbild abschrecken.«

»Und dein Geruch.« Als hätte ihn jemand durch ein Weinfass gezogen.

Die scharfe Note nach altem Schweiß versuchte Jade vergeblich zu ignorieren. »So lassen sie dich nie zu ihr.«
»Ist mir klar.« Er runzelte die Stirn. »Was machst du eigentlich hier?«
»Einen Freund trösten und seiner Liebsten auf die Beine helfen.« Sie gab ihm den Smaragdring, der schon Lucy vor dem Tod bewahrt hatte. »Ich hatte gehofft, du könntest ihn Anne heimlich zustecken. Nach dem, was Daniel erzählt hat, hat sie ein bisschen Nephilim-Lebenskraft bitter nötig.«
Kepheqiah schloss die Finger darum. »Ich wünschte ...« Er blickte den Flur entlang. »Sind das ihre Eltern?«
Ein ungemein attraktiver Knapp-Sechziger mit schwarz melierten Haaren und eine Frau mit intensiv blauen Augen. Sie war ein Stück größer als er. Beide hörten mit angespannten Mienen einem Mann in weißem Kittel zu.
»Sie sagen, Anne wird wieder gesund?« Die Frau hielt den Arzt am Ellbogen fest. »Warum liegt sie dann auf der Intensivstation?«
»Dem ersten Anschein nach befand sie sich in sehr schlechter Verfassung. Zum Glück wurden unsere Befürchtungen nicht bestätigt.«
Kepheqiah schloss die Augen, atmete aus. Was er murmelte, verstand Jade nicht, doch es klang unendlich erleichtert.
»Wann kann sie das Krankenhaus verlassen?«, fragte Annes Vater und legte beschützend den Arm um seine Frau.
»Sie ist untergewichtig, mangelernährt und es ist nicht klar, weshalb es zu dieser Situation kam.« Der Arzt faltete die Hände und senkte etwas die Stimme. »Könnten psychologische Faktoren eine Rolle spielen?«
»Nein.« Energisch schüttelte Annes Mutter den Kopf. »Anne ist ein Fels in der Brandung. Das war sie immer.«
»Ich gebe meiner Frau Recht. Unsere Tochter hatte nie einen Grund, seelisch aus dem Gleichgewicht zu geraten.«
Warum auch? Das Drama diverser Existenzen als Auftragskillerin war kaum der Rede wert. Jade verkniff sich ein empörtes Schnauben.
»Eine Entführung?« Annes Mutter wurde eine Spur blasser. »Mein Stiefvater ist zur selben Zeit verschwunden. Vielleicht liegt er ebenfalls irgendwo da unten ...« Sie hielt sich den Mund zu, unterdrückte ein Schluchzen.

»Alles, was Sie wissen, sollten Sie der Polizei melden. Wenn Ihr Stiefvater ...«

Die Glastür öffnete sich.

Kepheqiah sprang auf, eilte zu dem Bett, das hinausgeschoben wurde.

Ein eingefallenes Gesicht, beinahe so weiß wie das Kopfkissen, auf dem es lag. Wie weit die Wangenknochen vorstanden. Die Augen wirkten viel zu groß. Aber das Blau ...

Fantastisch.

»Anne!«

Ein Pfleger verstellte Kepheqiah den Weg.

Anne hatte ihn dennoch bemerkt. Sie blickte an dem Mann vorbei, direkt zu Kepheqiah. »Nein!« Sie versuchte, im Bett nach hinten zu flüchten. »Geh weg! Ich will es nicht!« Die Augen aufgerissen, als sähe sie den Teufel. »Geh weg!«

Kepheqiah erstarrte.

»Ich will es nicht«, schluchzte Anne verzweifelt. »Bitte, ich will es nicht!« Ihre Worte löschten das Licht aus Kepheqiahs Blick.

Ihre Eltern, der Arzt, der Pfleger, alle scharten sich um die Frau im Bett, die nicht aufhörte zu schreien.

Kepheqiah wurde schlohweiß, drehte sich um, ging erst langsam, dann immer schneller den Flur entlang.

Jade folgte ihm. »Sie ist verwirrt. Gib ihr eine Chance, sich zu erinnern.«

Kepheqiah hob die Hand, ohne sich umzudrehen.

Sie sollte schweigen und ihn in Ruhe lassen. Die Geste war klar.

Jade zwang sich, ihm tatenlos hinterherzusehen, bis er verschwunden war.

Wie könnte sie ihn trösten? Da war nichts, was sie hätte sagen können.

~*~

»Der Rucksack ist nur mit Kram gefüllt.« Markus schüttete ihn auf dem Tisch des Besprechungszimmers aus.

José klaubte eine Pistole und einen einzelnen Schalldämpfer aus dem entstandenen Chaos. »Kram wie dieser?«

Markus nickte. »Und wir fanden das hier.«

Ein Engelsschwert. Schmucklos, aber unverkennbar. Ein weiteres Exponat für ihre Sammlung.

Daniel lehnte sich zurück, legte die Füße auf die Tischkante. Jeder Muskel seines Körpers schmerzte, doch sonst hatte er keine Verletzungen davongetragen. Shem und Ethan hatten ihren Job gut gemacht. Shems Nase war angeschwollen und schmückte sich mit einem blauen Schimmer. Das nächste Mal wüsste er, auf was er achten musste.

»Philipp ist immer noch verschollen.« Elija spielte an einem Radio, das seinem Äußeren nach Jahrhunderte auf dem Buckel trug.

Nach der überraschenden Genesung von Papst ...

»Leiser!«, zischte Shem und hielt sich die Ohren zu. »Das Krächzen hält niemand aus.«

... nach schwerer Krankheit ...

»Tschuldigung.« Elija drehte an den Knöpfen.

... befindet sich Rom erneut in Aufruhr. In der vatikanischen Nekropole wurden die verstümmelten Überreste einer Touristin gefunden. Es handelt sich um den siebten Mord innerhalb weniger Wochen. Die Polizei ...

»Schalt das Ding aus«, wetterte Shem.

Ein Handy brummte.

Mit gerunzelter Stirn las José eine Nachricht. »Ich muss mal kurz was erledigen. Bin gleich wieder da.« Seinem Trauerton nach war es nichts Schönes.

»Alles in Ordnung?« Daniels Bedarf an Dramen war für die nächsten hundert Jahre gedeckt.

»Klar«, sagte der Spanier mit Grabesstimme. »Ist privat.« Mit hängendem Kopf verließ er den Raum.

»Ein Citroen DS Vintage.« Ethan sah seufzend aus dem Fenster. »In Weinrot.« Eine Hand legte er sich aufs Herz, mit der anderen öffnete er die Fensterflügel. »So einen will ich auch.«

»Was ist das?« Shem trat an seine Seite, spähte ebenfalls auf die Straße. »Ein Auto?«

»Eine Schönheit vergangener Zeiten.« Ethan seufzte erneut. Dieses Mal lauter. »Und das Goldlöckchen erst, das da aussteigt.«

»Mahawaj.« Shem flüsterte. Es hörte jeder im Zimmer.

Daniel sprang auf, stieß Ethan beiseite.

Überirdisch schön. Der lächerliche Begriff blockierte sein Denken. Wie eine Skulptur von Michelangelo, nur mit hüftlangen, weißblonden Haaren. Dieses Wesen konnte unmöglich der Mörder zahlloser Menschen und Knechter der Wiedergeborener sein.

Der Mann sah hinauf, lächelte. Hintertrieben, heimtückisch, zu allem fähig.

»Er ist es.« Kein Zweifel. Der Griff zum Schwert geschah automatisch.

Shem nahm es ihm ab. »Das ist mein Job.« Er stürmte die Treppe hinunter.

Daniel und der Rest von ihnen rannte ihm nach.

Shem riss die Haustür auf. »Komm rein und stirb auf Teppichen oder bleib stehen und verrecke auf der Straße!«

»Mir ist es ebenfalls eine Freude, dich wiederzusehen, Heerführer.« Eine elegante Verbeugung, während der Mahawaj keine Sekunde den Blick von Shem wandte.

Shem stutzte. »Heerführer?« Er trat einen Schritt zurück, musterte Mahawaj unter halbgesenkten Lidern hervor.

»Um deine Kombinationsgabe nicht unnötig zu strapazieren, ich bin nicht der, der ich zu sein scheine.« Mahawaj, oder wer immer sonst, richtete sich auf und setzte ein verboten charmantes Lächeln aufs makellose Gesicht. »Ich gebe zu, dass es mich ein wenig kränkt, dass du deinen Waffenschmied nicht wiedererkennst.«

»Asasel.« Shemhazai schüttelte den Kopf. »Ich fasse es nicht.«

»Bei einer Tasse Tee wäre ich bereit, dir und deinen ...« Ein abschätzender Blick nahm jeden von ihnen Maß. »... Freunden die wundersame Wandlung der Ereignisse zu erklären.«

Shem trat beiseite. »Komm rein.«

»Das Bollwerk deiner Kumpane hindert mich daran.«

»Macht Platz«, übernahm Daniel die Initiative. Das Team klebte am Eingang wie Schwalbennester an der Mauer. Nur zögernd wich es zurück. Durch die kaum schulterbreite Gasse schritt Asasel die Treppe hinauf.

In Daniels Kopf kreisten die Gedanken. Er gab es auf, sie zu sortieren.

Während sich Markus um den Tee kümmerte, versammelten sie sich im Besprechungszimmer.

»Ich erfuhr kürzlich von eurem Umzug.« Asasel sah sich um. Es war ihm anzumerken, was er von ihrem Provisorium hielt. »Manche mögen es Used-Look nennen. Ich jedoch finde es lediglich schäbig.«

»Was willst du hier?« Ein Kerl wie er schneite nicht zum Hallo sagen vorbei.

»Mir missfiel mein Sklavenstatus.« Asasel setzte sich, schlug die Beine übereinander. »Die besitzergreifende Ader Baraq'els ist euch sicherlich vertraut. Ich wurde seiner überdrüssig und entschied, dass die Welt ohne ihn eine freundlichere wäre.«

»Für wen?«

Lucys Frage war berechtigt. Jade hatte sich vor einiger Zeit in Asasels Gedanken geschlichen, als er noch unter dem Namen Ashton Walbrick sein Unwesen getrieben hatte. Sein morbider Hang zu absterbender Körperlichkeit zeichnete ihn kaum als Menschenfreund aus.

»Für uns alle.« Asasels Blick glitt über Lucy und das Leuchten in seinen Augen gefiel Daniel ganz und gar nicht. »Danke für den hinreißenden Tod, Diebin. Latex steht dir ausgezeichnet.«

Daniel ballte die Rechte. Klirrendes Geschirr lenkte ihn davon ab, sie Asasel aufs Kinn zu schmettern.

Markus stellte das Tablett in die Mitte des Tisches. »Nehmt euch selbst. Ich bin kein Hausmädchen.«

Während sich Asasel Tee einschenkte, erzählte er, was geschehen war. Das Hütchenspiel mit diversen Wirtskörpern verwirrte nicht nur Daniel. Auch die anderen starrten irritiert auf die perfekt geformten Lippen. Unter dem Strich blieb hängen, dass Mahawaj Baraq'el nicht länger existierte.

Die Information sackte langsam. Daniel schwankte zwischen Erleichterung und etwas Dunklem, Rachedürstigem. Dank Asasels Tat würde es nicht befriedigt werden.

»Mir ist an einer Co-Existenz gelegen.« Der einstige Schmied lächelte in die Runde. »Ich komme euch nicht in die Quere und ihr mir nicht.«

»Ohne Mahawaj gibt es für uns keinen Grund mehr, auch nur einen Finger zu rühren.«

»Baraq'el hat in engen Dimensionen gedacht. Europa, der Nahe Osten. Was ist das schon? Mit zieht es gen Westen.« Mit einer Geste, einer Diva würdig, warf Asasel sein Haar zurück. »Amerika hielt seit jeher bedeutende Aufgaben für große Geister bereit.«

Ethan schüttelte mit geschürzten Lippen den Kopf. »Wenn du mit dem Katzenfell-Toupét-Träger um den Job konkurrieren willst, vergiss es. Gegen den hast selbst du keine Chance.«

»Ein Handlanger-Posten reizt mich nicht«, sagte Asasel gelassen. »Die Zeiten sind vorbei, in denen ich Befehle ausführen musste.«

»Schade.« Ethan wirkte ernsthaft enttäuscht. »Du wärst das kleinere Übel gewesen.«

Schritte im Treppenhaus lenkten Daniel von dem Gespräch ab.

Susanna und Jade betraten das Zimmer. Ihre Mienen glichen Josés. Anscheinend war Kepheqiah bei der Zigeunerin geblieben. Hoffentlich ging es ihr gut.

Jade bemerkte ihren Gast, schnappte hörbar nach Luft. »Walbrick!« Langsam näherte sie sich ihm. »Was wollen Sie hier?«

»Diese Existenz liegt hinter mir.« Asasel erhob sich, nahm ihre Hand und hauchte einen Kuss auf die Knöchel. »Mein Name ist Asasel, Waffenschmied des obersten Heerführers der Grigori. Enchanté.«

»Stimmt«, murmelte Jade. »War mir entfallen.« Sie kniff ihre Augen zusammen, musterte eindringlich die hohe Stirn.

»Wir waren dabei, die Bedingungen für ein friedliches Miteinander auszuhandeln«, plauderte Asasel. »Zumal ich Europa verlasse und nach Amerika auswandern werde.«

»Um was zu tun?« Jade zog ihre Hand zurück.

Statt einer Antwort lächelte Asasel auf eine Weise, die selbst Daniel die Haare im Nacken hochstehen ließ.

»Nein.« Jade wich keuchend vor ihm zurück. »Das werden Sie nicht tun!«

»Ich befürchte doch, meine Liebe. Und im Interesse deiner Freunde rate ich dringend, mir keine Steine in den Weg zu legen.«

»Aber das werden wir.« Ihr Zeigefinger durchbohrte ihn durch die Luft. »Und wie wir das werden. Unzählige Petitionen werden Ihnen Ihr Vorhaben zu einem elenden Häufchen Bosheit zusammenschmelzen lassen.«

Asasel hob unbeeindruckt die Braue.

»Ich werde nicht zulassen ...« Sie blickte zu Shem, dann zu Daniel. »*Wir* werden nicht zulassen, dass Sie damit durchkommen.«

Sichtlich gelangweilt sah er auf seine Armbanduhr. »Wie die Zeit verrinnt, wenn man sich amüsiert.« Er erhob sich, wandte sich zu Daniel. »Nur eine Frage der Fairness halber. Im Nachlass deines Vaters befinden sich einige mehr oder wenige nützliche Kleinigkeiten. Ein kurioses Lichtspiel und ein mit Salzsäure gefülltes Bassin samt Schwenkarm.«

»Meinst du den Eliminator?« Kepheqiah hatte ihm die Vorrichtung zum rückstandsfreien Leichenentsorgen vor nicht allzu langer Zeit vorgeführt.

»Eliminator? Welch eine treffende Bezeichnung.« Asasels Augen leuchteten. »Solltest du ihn fürs Tagesgeschäft nicht benötigen, melde ich Bedarf an. Natürlich nur zu rein privaten Zwecken.« Sein Blick wanderte erneut zu Jade, der rote Zornesflecken auf den Wangen wuchsen.

»Behalte ihn.« Das Ding war ihm damals bereits suspekt erschienen. »Aber den Rest des Nachlasses will ich in Augenschein nehmen.«

»Selbstverständlich.« Das gelackte Grinsen verriet überdeutlich, dass Asasel das Meiste der Kostbarkeiten bis dahin längst fortgeschafft hätte. »Nichts tröstet einen trauernden Sohn mehr, als eine Erinnerung an den liebenden Vater.« Eine angedeutete Verneigung, die allen im Raum galt, und er zog sich zurück.

Auf der Treppe holte ihn Daniel ein. »Eines noch. Lass die Finger von den Wiedergeborenen.« Die Knechtschaft musste ein für alle Mal enden.

»Ein Mann wie ich benötigt fähiges Personal.« Er sah über die Schulter nach oben, wo sich der Rest des Teams am Geländer ballte, um sich die Hälse nach ihm zu verrenken.

»Du verstehst das sicherlich.«

»Das sind meine Freunde. Keine Diener.«

Ein erstaunlich langsamer Augenaufschlag bezichtigte Daniel der Lüge. »Ich gehe meine Wege, du deine. Sollten sie sich kreuzen, werden wir beide das dabei entstehende Scharmützel zu genießen wissen.« Er schritt an ihm vorbei, hob grüßend die Hand, bevor die Tür hinter ihm zufiel.

Dieser Mistkerl hatte ihm verschwiegen, wo er Mahawajs Besitz deponiert hatte.

Daniel sparte sich die beschämende Szene, ihm hinterherzurennen.

»Wir müssen ihn aufhalten«, empfing ihn Jade auf dem Treppenabsatz. »Ich habe Dinge in seinem Kopf gesehen, die ...« Sie ballte die Fäuste. »Ehrlich, Daniel. Der Kerl stellt deinen Vater lächelnd in den Schatten.«

Das stand zu befürchten. »Wo ist Kepheqiah?« Sie mussten sich beraten und er und Shem konnten Asasel am besten einschätzen.

»Er kommt nicht zurück.« José trat neben Jade. »Ich habe eben mit ihm gesprochen.«

»Da ist was Schreckliches im Krankenhaus geschehen«, gestand Jade kleinlaut. »Ich kann verstehen, wenn er Zeit braucht, um sich die Wunden zu lecken.«

Shem zog sie in den Arm. Seine Miene schwieg sich darüber aus, wie es ihm mit dieser Nachricht erging.

»Sieht fast so aus, als stünde uns demnächst ein neuer Umzug ins Haus.« Ethan fuhr sich über den Bart, zuckte die Schultern. »Was soll's? Ich war noch nie in Übersee.«

~*~

»Die Polizei will mich sprechen?« Anne setzte sich im Bett auf. Sofort wurde ihr schwindelig. »Was wollen die von mir?«

»Nur ein paar Auskünfte.« Die Krankenschwester verstellte das Kopfteil und drückte Anne sanft zurück. »Besser?«

»Danke.« Sie wollte raus hier. So schnell wie möglich. Aber solange ihr auf dem Weg zur Toilette die Beine wegknickten, wurde das nichts. Ein Kaffee. Am besten eine ganze Kanne. Alles in ihr schrie nach Koffein.

Die Schwester bat zwei Herren herein und schloss hinter sich die Tür.

Das Kinn des einen zierte ein spitzes Bärtchen, der andere musterte sie mit auffällig grünen Augen. Beide stellten sich vor, doch Anne vergaß die Namen einen Atemzug später.

Mit ihrem Kopf stimmte etwas nicht. Manchmal wusste sie nicht, ob sie träumte oder wachte oder sie erzählte ihren Eltern einen Schwank aus Leben, die sie nie miteinander geteilt hatten. Der Arzt meinte, das würde sich bald geben und läge noch an der Unterversorgung und dem Schock, den sie zweifellos während der vier Wochen in den Katakomben erlitten hätte.

Dunkelheit, endlose Träume, die vage Erinnerung an Angstzustände und an einen Mann, der sich als Vernont ausgegeben hatte. Sonst nichts. Galt das als Schock? An die Zeit davor erinnerte sie sich bis in jedes Detail. Vor allem an Kephs Anblick mit dem Loch in der Stirn. Sie würde ihn niemals vergessen.

Monsieur Grünauge reichte ihr ein Taschentuch.

Weshalb? Sie hatte keinen Schnupfen.

Er zeigte auf ihre Wangen und lächelte mitfühlend.

Anne strich mit den Fingern darüber. Sie waren nass.

»Es dauert nicht lang«, tröstete sie Monsieur Spitzbart. »Danach können Sie sich ausruhen.« Er zog sich einen Stuhl heran und zückte einen Kugelschreiber. »Wissen Sie, wer der Mann war, der Sie ins Krankenhaus gebracht hat?«

»Der Sanitäter?« Gestern war er kurz vorbeigekommen. Ein netter Kerl, der sich nach der Mumie der Katakomben erkundigen wollte. Sie sähe wieder akzeptabel aus, hatte er gemeint und sie mit einem Zwinkern alleingelassen.

»Was ist das Letzte, an das Sie sich klar erinnern?«

»Das ein Freund von mir mit einer Kugel im Kopf zusammenbrach.«

Beide Polizisten hoben synchron die Brauen.

»Am Koitere See. In der Hütte meines Großvaters.«

»Wann war das?«

»Etwa vor vier Wochen.« Ihre Eltern hatten ihr erzählt, dass sie einen Monat verschwunden gewesen war. Kaum vorstellbar. »Durchsuchen Sie die finnischen Zeitungen danach. Sicher hat eine davon berichtet.« Redakteure liebten Mord und Totschlag. Mit dem Flaschenmord an dem Anonymen Meister hatte sie die Presse rundum glücklich gemacht.

»Wir werden das prüfen.« Grünauge klackerte mit dem Kuli. »Kannten Sie den Mann, der geschossen hat?«

»Nein. Aber er stellte sich als Philipp vor.«

»Er kam, schoss Ihren Freund nieder und sagte dann: Ich bin Philipp?« Spitzbart zog sich ebenfalls einen Stuhl heran. »Das ist ungewöhnlich.«

»Ja.« So wie jedes einzelne ihrer verdammten Leben. Anne erzählte von Roopes Bartzöpfen, ihrer Wut auf Keph, streifte das Schwert und Maurice' Leichnam und schwenkte zu der Stelle, als dieser Philipp behauptete, vor zwei Leben ihr Bruder gewesen zu sein.

Der Kugelschreiber entglitt Grünauges Fingern. Der Blick zu seinem Kollegen sprach Bände. »Und an den Mann, der Ihre Hilferufe gehört und Sie aus dem Kanal gezogen hat, erinnern Sie sich nicht?«, fragte er beinahe sanft.

»Mich hat jemand rausgezogen?« Weshalb hatten ihre Eltern nichts davon gesagt?

»Derselbe, dem Sie Ihren Nervenzusammenbruch verdanken.« Wieder der Blickwechsel mit Spitzbart. »Was der Grund für unsere Vermutung ist, dass er etwas mit Ihrem Verschwinden zu tun haben könnte.«

Erst einmal in diesem Leben waren ihr die Nerven durchgegangen. Gerechtfertigt. Hätte sie gelassen auf Eelis Körperhälften reagieren sollen? Erneut tropfte es ihr aus den Augen. Dieser ganze Wiedergeburtsmist machte dünnhäutig. Als Hugo und Víctor war sie besser damit klargekommen.

»Vor zwei Tagen, kurz nachdem man Sie gefunden hatte, begegneten Sie ihm im Flur.« Spitzbart ignorierte Grünauges Kopfschütteln. »Sie gerieten außer sich, schrien ihn an, er solle weggehen und ...« Er blätterte in einem Notizbuch. »... Sie wollten es nicht.«

»Was wollte ich nicht?«

»Das wissen wir nicht«, gab er zu. »Er ist aus dem Krankenhaus geflohen.«

»Warum sollte ich meinen Retter anschreien?«

»Bitte versuchen Sie, sich zu erinnern. Wir ermitteln gegen ihn.«

Die erschrockenen Mienen ihrer Eltern, ein Mann im weißen Kittel, der ihr den Puls fühlte. Den hatte sie gewiss nicht angeschrien. Sein besorgtes Gesicht war ihr sympathisch erschienen. Doktor Vauxbert. Selbst der Name fiel ihr ein. Er sah oft nach ihr und hatte versprochen, dass sie bald nach Hause könnte.

Da war kein Mann gewesen, den sie ...

Einer ihrer Träume. Zähe Dunkelheit hatte sie umschlungen.

Jemand hatte sie in den Arm genommen und getröstet. Seine Stimme gehörte Keph. Sein Geruch nicht. Sogar im Traum war ihr die Lüge bewusst geworden.

Plötzlich war die Finsternis verschwunden. Licht, zu hell, um die Augen zu öffnen.

Eine Gestalt. Da, wo ein Gesicht hätte sein sollen, war nur ein Gleißen gewesen. In ihrer Hand hatte sie das Amulett gehalten.

Mahawaj Baraq'el. Er hatte sie aufgespürt, würde ihr Leben erneut in Trümmer schlagen.

Es war zu viel für sie gewesen.

Einen Freund verloren, einen Feind geliebt, im Tod versunken und dann noch dieser Mistkerl, der sich nicht schämte, nach ihr zu treten, obwohl sie längst am Boden lag.

Davon konnte sie den Polizisten nichts erzählen, dabei würde Baraq'els Akte überquellen, wäre sie je angelegt worden.

»Das ist ein Missverständnis.« Offenbar hatten sich Traum und Realität vermischt. Wurde Zeit, dass das endlich aufhörte. »Mich plagen häufig Albträume.«

»Laut Aussage des Pflegers waren Sie wach, als Sie Monsieur Angele angeschrien haben.«

»Monsieur wer?« Ein Zufall. Was sonst?

»Monsieur Kelian Angele«, las Spitzbart aus seinem Notizbuch vor.

»Das kann nicht sein.« Keph hatte sich mit diesem Namen vorgestellt. Wie viele Kelian Angeles existierten auf der Welt? Er war tot. In ihrer Kehle wuchs ein Druck, der sich bis zum Herz erstreckte.

»Zumindest gab er diesen Namen bei dem Arzt an, der Sie aufgenommen hat. Ausweisen konnte er sich nicht und der Pfleger hielt ihn für einen Obdachlosen.«

»Wie sah er aus?« Was für eine Schwachsinnsfrage. Es war ein Kopfschuss gewesen. Niemand überlebte das.

»Groß, sehr schlank, dunkle Haare, hochgesteckt und verfilzt, schmutzige Kleidung.«

»Ein Dutt?« Der Heilige, der nie betete. Sie würde es für ihn tun. Dass die Kugel in seinem Kopf nur zu ihren Albträumen gehörte, dass er nie zusammengebrochen war, er sie nie hintergangen hatte, Baraq'el lediglich ihrer Fantasie entsprang und alles endlich und irgendwie gut würde.

»Bitte was?«, fragte Grünauge irritiert.

»Ein Haarknoten am Hinterkopf.« Baraq'el war ebenso real wie Kepheqiahs Tod. Gleichgültig, was sie sich einredete. Wahrscheinlich existierten Kelian Angeles wie Sand am Meer und viele Männer trugen die Haare zu einem Knoten zusammengefasst.

Der Polizist zuckte die Schulter. »Da müssen Sie den Pfleger oder Ihre Eltern fragen. Die waren dabei.«

Und hatten ihr kein Wort davon verraten? Warum nicht? Um sie zu schützen? Um keine Wunden aufzureißen? Sie waren längst nicht verheilt. Andererseits verschwieg Anne ihnen ebenfalls eine Menge. Fünf Leben, fünf andere Mütter, fünf andere Väter. Alles in allem kein Pappenstiel.

»Haben Sie seine Adresse?« Sie musste ihn mit eigenen Augen sehen, um sich von diesem letzten, winzigen Restchen Hoffnung zu befreien.

Spitzbart schüttelte den Kopf. »Wie gesagt, er konnte sich nicht ausweisen.«

»Was ist mit dem anderen?« Monsieur Grünauge sah von seinen Aufzeichnungen hoch. »Laut Aussage der Sanitäter war ein zweiter Mann anwesend.«

Spitzbart blätterte. »Ein Monsieur José Fernández Jiménez. Der hat aber ebenfalls keinen Wohnsitz angegeben.«

Ihr Kopf schwirrte vor Namen.

»Tun Sie mir bitte, bitte einen Gefallen.« Sie vermochte kaum zu sprechen, so dick war der Kloß in ihrem Hals. »Lassen Sie mich allein.«

»Natürlich. Wir kommen später wieder, wenn Sie sich erholt haben.« Grünauge nickte ihr freundlich zu und tuschelte mit Spitzbart, noch bevor die Tür ins Schloss fiel.

Wenn die beiden Doktor Vauxbert über das Gespräch informierten, würde er sie hierbehalten.

Anne schwang die Beine aus dem Bett, kämpfte gegen den Schwindel an. Sie musste irgendwo hin, wo sie bei literweise Kaffee ihre Gedanken sortieren und das Pariser Telefonbuch nach Kelian Angeles durchsuchen konnte.

Im Schneckentempo wechselte sie ihren Pyjama gegen Jeans und Pullover aus. Beim Schuhe zu schnüren wurde ihr schlecht.
Und wenn sie sich an den Wänden entlang hangelte, sie blieb nicht hier, damit ihr Vauxbert noch mehr Beruhigungsmittel spritzte. Sie brauchte einen klaren Kopf.
Bevor sie die Tür erreicht hatte, klopfte es.
Verdammt, es war zu spät.
»Anne?« Ein schwarzhaariger Mann mit sorgfältig getrimmten Zorro-Bart huschte ins Zimmer. Er lehnte sich mit dem Rücken an die Tür, lächelte charmant.
Dass einer seiner Schneidezähne fehlte, störte kaum.
»Mein Name ist José Fernández Jiménez.«
Er verneigte sich höflich. »Ich gehörte zu der Gruppe deiner Retter, wenn ich das erwähnen darf.«
Der Raum drehte sich um sie.
»Ich habe jemandem versprochen, ein Auge auf dich zu haben«, lispelte er. »Mangels Sichtkontakt war es gerade ein Ohr.« Er hielt sie fest, führte sie zum Bett zurück. »Ich würde mich gern über einen gemeinsamen Freund unterhalten.«
»Kelian?«
»Kepheqiah.« Er zwinkerte. »Aus naheliegenden Gründen verfügt er pro forma über zahlreiche Decknamen.«
»Lebt er?« Wie konnte sie diese Frage stellen? Sie hatte ihn sterben sehen.
»Wenn ich *ja* sage, belässt du es dann dabei?«
Anne nickte, wusste kaum, was sie tat. »Wo ist er?«
»Weg.« Er nahm ihre Hand, lächelte traurig. »Er taucht oft unter, wenn ihn die Jahrtausende drücken. Und in diesem Fall hat es ihm regelrecht von den Füßen gehauen.«
»Es ist meine Schuld, ich war nicht bei Sinnen!« Was hatte sie angerichtet? »Wann kommt er zurück?« Sie musste ihn sehen, sich entschuldigen.
»Gar nicht.«
»Nein.« Keine Option. »Finde ihn!«
»So leicht ist das nicht. Ich habe keine Ahnung, wo er ...«

»Finde ihn!« Es existierte nichts Wichtigeres in ihrem Leben.

»Das geht nicht von heute auf morgen.« José rümpfte die Nase. »Er hat einen neuen Pass, ich kann die Passagierlisten der Flughäfen durchsuchen, aber das wird dauern. Wenn er zu Fuß oder als Tramper unterwegs ist, sogar noch länger, und sollte er sich Kreditkartenzahlungen verkneifen, wird's richtig kniffelig.«

»Fang an.« Sie rappelte sich auf, zog ihn hinter sich her. »Jetzt gleich, ich helfe dir.«

Er hielt sie fest, drehte sie an den Schultern zu sich. »Er ist ein Freund. Ich muss wissen, ob ich dir vertrauen kann.«

»Wie willst du das herausfinden?« Sie vertraute sich im Moment selbst nicht.

»Ich habe da so eine Idee.« Er verschwand kurz aus dem Zimmer, kam mit einem Rollstuhl zurück und setzte sie drauf. »Du siehst gesund genug aus.« Sein Blick zweifelte eindeutig an seinen optimistischen Worten. »Für den Rest müssen Vitamintabletten reichen.« Er linste auf den Flur, nickte entschlossen. »Leise und schnell. Dann haben wir eine Chance.«

»Und wohin bringst du mich?« Um erneut in Panik zu verfallen, war sie noch zu angeschlagen. »Keine Entführung, nein?« Sie legte den Kopf in den Nacken, musterte den Mann, der sie energisch durch die Gänge schob.

»Das wird sich zeigen.« Seine Zungenspitze lugte zwischen den Lippen hervor. Sie blieb da, während er mit ihr den Aufzug stürmte.

Die Frau an der Pforte war in ein Gespräch mit Besuchern vertieft. Anne hielt den Atem an. Die Eingangstür öffnete sich, ohne dass ihnen jemand in den Weg sprang und versuchte, sie aufzuhalten.

»Gleich«, murmelte José und pflückte sie aus dem Rollstuhl. »Siehst du den grünen Renault da vorn?«

»Also hinrennen kann ich nicht.«

»Niemand wird sich wundern, wenn vor einem Krankenhaus die Leute durch die Gegend schleichen.« José legte den Arm um ihre Taille. »Bloß erkennen darf dich keiner.«

»Meine Eltern wollten erst morgen wieder herkommen.« Wie sollte sie denen das Chaos erklären, das sechs Existenzen anrichteten?

Als sie den Wagen erreichten, fühlte sich Anne wie eine Hundertjährige.
»Noch einmal: Wohin bringst du mich?«
»Zu Freunden.« Er verzog den Mund, wählte einen Kontakt auf dem Handy. »Daniel? Ich komme mit der Zigeunerin im Gepäck.«
»Ich heiße Anne!«
José winkte ab. »Mich nennen alle den Spanier, und es hebt mich nicht an«, flüsterte er in ihre Richtung. »Ja, ich vertraue ihr«, sprach er wesentlich lauter ins Mikrofon. »Nein, meine Hand würde ich nicht einmal für Ethan ins Feuer legen. Ja, die Idee mit Jade kam mir auch. Gib uns eine Viertelstunde.« Er verstaute das Handy und drehte den Zündschlüssel im Schloss. Während der Fahrt pfiff er vor sich hin, ignorierte Vorfahrtsregeln und hupte an Ampeln. Lebte er schon länger in Paris? Nachdem er sich durch die Straßen Saint Germains gefädelt hatte, hielt er vor einem etwas schäbigen Gebäude.

»Genau davor haben wir dich aus dem Gulli gezogen.« Er half ihr beim Aussteigen und nickte zu einem Kanaldeckel. »Ich habe wegen dir eine Wette verloren.«

»Worum ging es?«

»Um deinen Tod.«

Sonnenklar. »Ich würde gern das Thema wechseln.« Es hatte sie in letzter Zeit zu oft verfolgt. Langsam büßte es an Spannung ein.

Ein Dandy-Typ auf hohem Niveau öffnete ihnen. Graue Haare, smarte Erscheinung, würde sich hervorragend als Escort für die Mittfünfziger machen. Bevor er sie begrüßte, zog er José an sich und küsste ihn auf den Mund. Seine Hand wanderte dabei am Rücken des Spaniers hinab, drückte den zugegeben knackigen kleinen Hintern.

»Alles klar«, keuchte José etwas aus dem Atem, als ihn der Mann freigab. »Dann wäre das auch gleich geklärt. Anne, das ist Ethan. Ethan, das ist Anne.«

Anne reichte Josés Freund die Hand.

Der übersah sie. »Wegen dir ist eine Menge Mist passiert und ich rede nicht von Josés verlorenem Zahn.«

»Ich habe damit nichts zu tun.« Sollte sie im Wahn um sich geschlagen haben? »Wenn doch, tut es mir …«

»Rein mit dir«, fuhr ihr Ethan ins Wort. »Daniel wartet.«
José winkte ab. »Keine Angst. Der meint es nicht so.«
»Sicher?«
»Ziemlich.« Er nahm ihren Arm, half ihr die Treppe hinauf.
Um einen runden Tisch saßen vier Männer, von denen ihr der Schwarzhaarige mit dem Pferdeschwanz irgendwie bekannt vorkam, und drei Frauen.
»Das ist ein Tribunal.« Nicht das erste ihrer Existenzen.
»Ach was«, murmelte José und schob sie in den Raum. »Das kommt dir nur so vor.«
Ethan drängte sich an ihr vorbei, nahm neben einer jungen Frau mit fantastisch langen blonden Haaren Platz.
Genau so hatte sich Anne immer Rapunzel vorgestellt.
»Ich werde dich aufpäppeln«, rief sie erfreut und tänzelte mit einem bezaubernd liebevollen Lächeln auf sie zu. »Doch vorher lass mich herausfinden, ob sich die Mühe lohnt.« Sie stellte sich auf die Zehenspitzen, um Anne auf beide Wangen zu küssen. »Es tut gar nicht weh, nur ein kurzer Blick in deine Gedanken.«
»Was?«
Die elfengleiche Frau strahlte sie an, als gäbe es nichts Wünschenswerteres. »Bereit?«

~*~

Neuseeland, sechs Monate später

»Gute Arbeit, Kelian.« Paul Mermack reichte ihm einen Umschlag mit dem Wochenlohn. »Wir sehen uns morgen. Oder willst du endlich mal einen Tag Pause machen? Steht dir zu. Weißt du auch.«
»Nein danke, ich arbeite gern.« Auf der Schaffarm in der Nähe von Dunedin gab es ununterbrochen etwas zu tun. Kepheqiah dankte diesem Umstand in jeder Minute. Je stärker ihm abends die Muskeln schmerzten, umso schneller schlief er ein. Manchmal träumte er von der Nacht in der Kälte. Er war sich so sicher gewesen, sterben zu müssen.

Hätte Anne es doch zugelassen.

Ein Ort, so weit weg von Anne wie möglich.

Er war nie in Neuseeland gewesen. Siebentausend Jahre auf der Erde und nie über den Tellerrand geschaut. Die Entscheidung für The Catlins im Südosten des Landes war nach ein paar Monaten in Nelson zufällig gefallen. Ein Truckfahrer hatte ihn mitgenommen und von der einsamen Gegend und der stürmischen Küste erzählt.

Ob er bei Paul Zäune reparierte oder woanders mit einem Fischkutter rausfuhr, spielte keine Rolle, solange sein altes Leben hinter ihm blieb.

»Kommst du in Emmas Hütte klar?« Paul goss ihm Tee ein und ließ ungefragt drei Würfel Zucker hineinplumpsen.

Nett von ihm. Auch wenn ihm Kepheqiah nie mitgeteilt hatte, dass er süßen Tee mochte.

»Musstest eine Menge reparieren, was?« Paul kräuselte die Nase. »Die alte Dame hat auf ihre letzten Tage nicht mehr viel auf die Reihe gekriegt. Hat mich gewundert, dass du ausgerechnet diesen Verschlag gekauft hast.«

»Ich mag es einfach.« Er hatte in Erdhöhlen und Grabkammern gehaust, wenn sein Geist nach Ruhe schrie. So gesehen stellten die vier Holzwände mit dem wackligen Tisch und der Pritsche einen echten Luxus dar. Vor allem der Blick aufs Meer, der ihn gefangen nahm, sobald er vor die Tür trat.

Paul hielt ihn für einen armen Schlucker. Einen Zivilisationsflüchtling aus der alten Welt. Er hatte ihn dennoch von Anfang an gemocht und das offen gesagt. Ein schönes Gefühl, ausnahmsweise nicht gegen Misstrauen und Hass ankämpfen zu müssen.

Eine Weile saßen sie zusammen, tranken Tee und Paul erzählte von seinen vier geschiedenen Frauen, den elf Kindern und einer Horde Enkel, die während der Schulferien auf der Farm wie die Heuschrecken einfielen. Das Lächeln verließ dabei keinen Augenblick sein Gesicht.

Ein glückliches, normales Leben.

Hatte Anne es gefunden?

Kepheqiah sprang auf. So unvermittelt, dass Paul die Stirn runzelte.

»Alles klar?«

»Ich muss los, danke für den Tee.« Er flüchtete aus dem Gebäude, eilte wie gehetzt zu dem schrottreifen Jeep. Paul hatte ihm das Vehikel zur Verfügung gestellt. Es genügte, um zur Küste zu fahren. Ein Steinwurf vom Meer entfernt stand sein vorübergehendes Zuhause.

Hoffentlich blieb der Gedanke an Anne in Pauls Büro hängen und verfolgte ihn nicht.

Wie sie ihn angesehen hatte. So unendlich erschrocken. Ihre panischen Schreie suchten ihn in seinen Träumen heim, schlichen sich in jeden unbewachten Moment.

Manchmal, in dem Wimpernschlag zwischen Wachen und Schlafen, gab er sich ihren Liebkosungen hin, versenkte sich in ihren feuchten, heißen Schoß, bis er kurz davorstand, die Illusion glauben zu wollen. Dann stieß er sich selbst zurück in die Realität, wusch sich den Samen vom Bauch und verbrachte den Rest der Nacht schlaflos am Meer.

Sein letzter Rest Selbstachtung hinderte ihn in solchen Nächten daran, wie ein sterbender Hund den Mond anzuheulen. Es würde nichts bringen. Weder das Reißen in seinem Herz mildern, noch die Sehnsucht nach dem Menschen stillen, der ihn verabscheute.

Die Schotterstraße wurde zu Fahrrillen im Gras. Der Dinosaurier auf vier Rädern hoppelte den Hang hinauf bis zu der windschiefen Hütte, die sich in den Schatten eines Felsens duckte.

Vor der Tür lag etwas.

Ein Paket. *Monsieur K. Angele.* Das war alles, was auf dem braunen Papier stand. Kein Absender, kein Poststempel.

Kepheqiah riss es auf.

Ein Jackett aus glänzend schwarzem Stoff, dazu die passende Hose, eine Bauchbinde, ein Hemd.

Ein Smoking.

Aus der Brusttasche lugten zwei schmale Papierstreifen.

Opernkarten für Romeo und Julia.

~*~

Wenige Minuten zuvor

Anne strich über das braune Papier.
Kepheqiah war nicht da. Wieder einmal. Sie jagte einen Schatten. In dieser Bruchbude konnte niemand wohnen. Dagegen war Antons Hütte ein Schloss.
Er war tot. Daniel hatte ihr die Nachricht mit einem Glas hervorragenden Rotweins kredenzt und sie hatte sie mit einer weiteren Flasche hinuntergespült. Keiner aus seinem Team hatte ihr übelgenommen, dass sie währenddessen ununterbrochen ins Glas getropft hatte. Sie würde Anton niemals vergessen. Gleichgültig, in wie viele Leben sie noch geschleudert wurde.
Nach bestandener Feuerprobe unter Jades tiefgehenden Blicken, hatten sich auch die anderen bereit erklärt, Anne zu vertrauen. Nachdem sie für einige Monate nach Helsinki zurückgekehrt war, um wenigstens zu versuchen, an ihr altes Leben anzuknüpfen, hatte sie die Leitung der Agentur vorübergehend Oles hoffentlich fähigen Händen anvertraut.
Die Suche nach Kepheqiah stellte alles andere in den Hintergrund.
Beinahe ein halbes Jahr war vergangen, ehe ihn José in Nelson aufgespürt hatte. Anne war Keph hinterhergereist, hatte ihn jedoch knapp verpasst. Erneut zogen Wochen ins Land, bevor ihr José einen nächsten Hinweis lieferte.
Nun stand sie vor diesem Verschlag, klopfte sich die Knöchel wund und niemand öffnete ihr.
Die Frau aus dem Lebensmittel-Store in Saint Claire hatte sie hierher gelotst. Es gäbe nur einen Kelian Angele in der Gegend. Ein Sonderling, der selten den Mund aufmachte und in Emmas Hütte hauste. Wäre er dort nicht, müsste sie bei Paul Mermack nachfragen.
Vielleicht war es Schicksal. Vielleicht sollte sie Keph nicht finden.
Fünf Tage bis zur Aufführung von Romeo und Julia. Nicht in Helsinki, sondern in Paris. Ein Scheintod, zwei reale. Keph und sie gemeinsam brachten es auf ein Vielfaches davon.
Ob sie ihm verziehen hätte.

Daniel hatte ihr diese Frage sehr eindringlich gestellt.

Anne wusste nur, dass sie ihn wiedersehen, sich bei ihm bedanken, ihn um Verzeihung bitten und ganz, ganz dringend unzählige Nächte mit ihm verbringen wollte.

Sie war seine erste Frau gewesen. War es dabei geblieben?

Ein Stich fuhr ihr ins Herz. Nicht vorzustellen, dass er sich in dieser glühenden Leidenschaft einer anderen hingab.

Ein tiefes, metallisches Röcheln drang zu ihr. Ein Jeep quälte sich über den Pfad zur Hütte.

Kepheqiah. *Bitte, sei es einfach.*

Anne floh um die Ecke, presste sich an die Bretterwand. Ihr Herz schlug so dröhnend, dass sie kaum die Schritte hörte, die sich näherten.

Sie verstummten. Papier raschelte.

Stille.

»Anne!«

Anne zuckte zusammen.

So laut, so verzweifelt hatte noch niemand nach ihr gerufen.

»Anne!« Keph rannte an ihr vorbei, bemerkte sie. Wie angewurzelt blieb er stehen, schwieg.

Minuten vergingen.

Die ungewohnte Bräune seiner Haut, der Bartschatten, das schmale Gesicht. Anne sog jedes Detail ein. Sechs Monate konnten sich zu einer Ewigkeit auswachsen. Sie hatte ihn in jedem Augenblick vermisst, sich in ein Universum geträumt, in dem Feinde zu Geliebten wurden und die Vergangenheit in Asche versank.

Es existierte nicht. Sein Blick bestätigte ihre Angst. Dennoch war der Traum zu schön, um ihn ziehen zu lassen.

Ihn festhalten. Riskieren, dass sie ins Leere griff.

Unter ihren Schritten schmolz die Distanz zu dem Mann, der ihr Glück zerstört hatte. Er wäre fähig, ihr ein neues zu schenken. Sie wusste es.

Seine Wangen glühten in ihren Handflächen. Sein Blick fragte, ohne eine Antwort zu erwarten.

Keph fasste ihre Handgelenke. »Ich werde dich nicht mehr gehenlassen.«

Die rau gewisperte Drohung wandelte sich in Annes Herz zu einem

Versprechen.

Sie nickte, nur um ihm zu zeigen, dass sie verstand.

Er hob sie hoch wie ein Kind, stürmte mit ihr in die Hütte, wischte einhändig Geschirr vom Tisch.

Er setzte sie auf die Kante, stellte sich zwischen ihre Schenkel. Mit der einen Hand fasste er sie im Nacken, die andere tanzte über die Knopfleiste ihrer Bluse.

Sein Blick bat nicht um Erlaubnis, er entschied für sie.

Er schob ihren BH unter ihre Brüste, saugte gierig an dem empfindlichen Gewebe.

Ihr Aufstöhnen beantwortete er mit einem tiefen Grollen. Es fuhr ihr in den Unterleib, ließ ihn brennen.

Er zerrte sich das Hemd vom Leib.

Anne verlor sich in dem Duft, der seiner braungebrannten Haut entströmte.

Kepheqiah schob ihren Rock hinauf. Fest strich seine Hand über ihren Schenkel. Er fasste Anne an der Hüfte, zog sie näher zu sich.

Das Klacken einer Gürtelschnalle, seine Spitze, die durch dünnen Stoff drängte.

Statt ihr den Slip auszuziehen, schob er ihn nur zur Seite. Kein sanftes Hineingleiten, keine Vorsicht wie beim ersten Mal. Er versenkte sich tief in ihr.

Nicht einen Moment gab sein Blick ihren frei. Anne hielt sich an ihm fest, beobachtete die Flammen in ihm, die höher und höher schlugen, ertrug, dass die Funken zu ihr übersprangen, sie in Brand setzten.

Kein Streicheln, keine zärtlichen Berührungen. Seine Hände hielten ihre Hüfte, ohne die Erschütterung der Stöße zu dämpfen.

Hitze. Sie schmolz ihre Vergangenheit zu einer Handvoll Licht.

Es rann ihr durch die Finger.

~*~

EPILOG

... der Kammerdiener, der vor einer Woche das Oberhaupt der Katholischen Kirche leblos im Bett vorgefunden hatte, bleibt nach wie vor verschwunden. Laut Aussage zweier Gardisten eilte er am Morgen nach dem Ableben des Papstes mit blutverschmierter Robe über den Petersplatz und tauchte in der Menschenmenge ...

»Wen interessiert's?« Lucy schaltete auf einen anderen Radiosender. Zum Takt von *I ain't your mama* tänzelte sie hinter Anne. »Wahnsinn.« Sie schüttelte ungläubig den Kopf. »Ich hätte Keph eine Menge zugetraut, aber nicht diesen exquisiten Geschmack.« Sie musterte Anne im Wandspiegel. »In dem Kleid bist du eine Königin.«

Anne schluckte. Der Druck in ihrem Hals blieb. Hoffentlich erwartet Lucy keinen Dank für das bezaubernde Kompliment. Anne traute ihrer Stimme nicht über den Weg. Das Kleid hatte heute Morgen zusammen mit einem Strauß auf dem Kopfkissen gelegen. Rote Rosen. Nicht die langstieligen mit nur einer Blüte, die nach drei Tagen verwelkten und nach nichts rochen, sondern die buschigen, mit vielen kleinen Dornen an den Stielen und einem Duft, der das Herz eroberte.

Tiefrot, wie das Kleid.

Wie Blut floss die Seide über ihren Körper. Der Ausschnitt am Dekolleté war moderat, der am Rücken verrucht.

»Ehe ich es vergesse.« Lucy klappte ein Etui auf. »Das ist für dich. Sozusagen als nachträgliches Willkommensgeschenk von Jade und mir.«

Ein Collier. Filigrane Goldornamente umfassten einen leuchtenden Smaragd.

»Der Stein birgt ein nicht ungefährliches Eigenleben und du solltest ihn nicht zu lange tragen, aber er passt perfekt zu deinem Outfit.« Lucy legte es ihr um, strich zärtlich über das Juwel.

»Das kann ich unmöglich annehmen.« Es war hinreißend.

»Doch, mach mal. Ursprünglich steckte das gute Stück in einer Ringfassung. Ich habe es einem Mann gestohlen, der danach wirklich sauer auf mich war.« In ihrem Zwinkern lag neben Stolz eine gewisse Gier. »Keph meinte, es würde meinen Charakter stärken, wenn ich mich von dieser

Trophäe trenne.« Nur sehr langsam zogen sich ihre Finger von dem Schmuckstück zurück. »Falls er sich irrt, gibst du mir den Klunker dann freiwillig oder muss ich ihn ein zweites Mal stehlen?«

»Du bekommst ihn gleich nach der Oper.« Schmuck hatte Anne nie etwas bedeutet. Dennoch musste sie zugeben, dass er umgeben von dem tiefen Rot fantastisch aussah.

Dort, wo er die Haut berührte, begann sie zu prickeln. Anne rückte den Anhänger hin und her. Das Prickeln wuchs sich auf ihr gesamtes Dekolleté aus.

»Nur nebenbei.« Lucy legte ihr Kinn auf Annes Schulter und betrachtete sie zufrieden im Spiegel. »Der Goldschmied, der dieses Kleinod gefertigt hat, ist auch verantwortlich für Baraq'els plötzliches Ableben.«

Daniel hatte Anne erzählt, dass sie Baraq'el von ihrer Liste streichen konnte. Wem sie diesen Umstand verdankte, hatte er allerdings verschwiegen. Nicht jedoch, dass sie Philipp gefunden hatten. Drei Wochen nach ihrer Entführung waren Jugendliche nur wenige Meter entfernt von einem Ausstieg in einer Tiefgarage über seine Leiche gestolpert.

Annes Trauer hatte sich in Grenzen gehalten, dafür freute sich Susanna umso mehr auf ein Wiedersehen mit Ives, nun, da seine Seele wieder frei und bereit für einen Neubeginn war. Sie hätte kein Problem mit jüngeren Partnern.

»Er ist nicht der Typ, der anderen gerne Gefallen erweist«, drang Lucys Stimme durch Annes Gedanken. »Schon gar nicht Kepheqiah oder Shem. Angeblich hat er es nur für dich getan.«

»Reizend von ihm.« Woher kannte sie der Goldschmied?

»Wenn du meinen Rat hören willst: Geh ihm aus dem Weg.« Lucy runzelte die Nase. »Sonst steht er eines Tages an erster Stelle auf deiner Liste.«

Im Moment befand sich kein einziger Name darauf. So sollte es bleiben.

Ein Klopfen an der Tür und Daniel trat ein. Seine Lippen spitzten sich zu einem stummen Pfiff. »Nicht übel.« Sein Blick wanderte an ihr hinab und wieder hinauf. »Da draußen wartet jemand auf dich, dem langsam die Hände feucht werden.« Mit einem galanten Grinsen reichte er ihr den Arm. »Er rennt schon den Fußboden durch.«

»Hat er dir verraten, was er vorhat?« Erst morgen wollten sie in die Oper gehen. Doch Keph hatte darauf bestanden, dass sie das Kleid bereits heute trug.
»Selbstverständlich.« Daniel lächelte eine Spur hintertrieben, während er sie die schmale Treppe hinabführte.
»Und?« Vor Neugierde wurde sie hibbelig.
»Ich habe ihm gesagt, dass er spinnt und sein Leben bei dem Stunt riskiert. Aber er hat nur gelacht und gemeint, das sei es ihm wert.«
»Sag mir sofort ...«
Kepheqiah. In dem Smoking, den sie für ihn gekauft hatte.
Er ging am Fuß der Treppe hin und her. Die Hände auf dem Rücken verschränkt, die Stirn in Falten geworfen. Rechts und links flankierten Shemhazai, Jade, Susanna, Ethan und José, Markus und Elija den Weg bis zur Hintertür.
Jeder sah sie an. Nur Keph schien nichts zu bemerken.
»Hey!« Shem hielt ihn am Ellbogen fest und stoppte den Tigerlauf seines Freundes. »Dein Tod kommt dir entgegen.«
Keph blickte irritiert zu ihm, dann zu ihr. Die Anspannung fiel von seiner Miene, machte einem Leuchten Platz, das Anne ohne Umwege ins Herz fuhr.
Wie erstarrt wartete er, bis Daniel ihre Hand nahm und sie Kepheqiah reichte. »Lass Milde walten, Zigeunerin«, flüsterte er ihr zu. »Ich hänge an dem Kerl.«
Shem applaudierte, Susanna lobte das Kleid, Ethan das Collier und Jade die Trägerin, während sich José flüchtig die Augen tupfte.
Die Stimmen mischten sich zu einem Hintergrundrauschen, wurden unwichtig. Da waren nur diese dunklen, von innen leuchtenden Augen.
Langsam führte Keph ihre Hand an seine Lippen, küsste sacht ihre Fingerknöchel.
Annes Herz schlug im Hals. Noch ein bisschen, und es explodierte.
»Wenn mir die Herrschaften bitte folgen möchten?« Markus öffnete die Hintertür, schritt vor ihnen entlang bis zum Kellerabgang. »Kepheqiah, das Tuch.«
Keph zog einen schwarzen Seidenschal aus der Innentasche des Jacketts.

»Vertraust du mir?« Die Fältchen in den Augenwinkeln gruben sich tiefer. Anne nickte. Für eine Antwort war der Kloß in ihrer Kehle zu dick. Da war Angst. Sie steckte ihr in jedem einzelnen Knochen. Und Neugierde. Erstaunlicherweise verbarg sie sich im Herz. Kühl schmiegte sich die Seide um ihre Schläfen, nahm ihr die Sicht.

»Elija und ich haben hart geschuftet, um euch einen Abgang zu ermöglichen, der die Absätze an deinen Schuhen verschont«, sagte Markus von schräg vorne. »Du solltest trotzdem langsam gehen, Anne. Ist kein Spaziergang, der vor dir liegt.«

Kepheqiah hielt ihre Hand. Tröstend und fest.

Stufen führten hinab. Ein Geruch nach Moder und feuchten Steinen schlug ihr entgegen. Etwas quietschte.

Keph schloss ihre Finger um kalte Metallstreben. »Ein Schritt nach dem anderen. Markus steht unter dir, er hilft dir weiter.«

»Wohin bringst du mich?«

»Fürchte dich nicht.« Eine zarte Berührung streifte ihre Wange.

Ein Gefühl, als stoppte Zeit. Anne kämpfte um Atem. Sie hatte sich geschworen, die Katakomben niemals wieder zu betreten. Es war nicht der erste Schwur, den sie wegen Kepheqiah brach.

Jemand fasste sie an der Hüfte, dirigierte sie auf einer Leiter nach unten. Kaum stand sie auf sicherem Grund, spürte sie Keph neben sich. Erneut nahm er ihre Hand.

Das Geräusch ihrer Schritte glitt an Wänden entlang, die sie nicht sah, doch fühlte.

Weiter ins Innere ihres Albtraums. Stufen in die Tiefe, dann eine zweite Leiter, geradeaus, links, rechts.

Anne verlor die Orientierung. Nur auf ihren Atem konzentrieren und das Wissen, dass sie nicht allein war. Kephs Finger umschlossen ihre. Sie würden sie nicht loslassen.

Leise Musik. Von irgendwo vor ihr. Mit jedem Schritt wurde sie deutlicher.

Ein Tango. In Moll.

Keph drückte ihre Hand fester.

Ein frischer, zarter Duft wehte ihr entgegen.

Das Seidentuch fiel hinab.

Kerzen in Mauernischen. Ihr flackernder Schein huschte über Knochen im Staub. Die Inschrift an der Wand darüber verriet längst vergangene Verzweiflung. Sie streifte Anne wie die schwermütige Melodie, die von überall her zu erklingen schien.

Kepheqiah führte sie zu einem Lager aus dunkelrotem Samt. Ein blühender Orangenzweig zierte es.

»Manchmal wird das Licht inmitten von Tod und Dunkelheit geboren.« Er streichelte ihr die Träger des Kleides von den Schultern, drückte Anne sacht zurück. »Durch mich hast du etwas unendlich Wertvolles verloren.« Keph beugte sich über sie. Sein Mund war so nah, doch er küsste sie nicht. »Bitte erlaube mir, es dir zurückzugeben.«

Leicht wie ein Lufthauch strichen seine Finger über ihren Körper, legten sich fest und warm auf ihren Bauch.

~*~

DANKSAGUNG

Mein Dank beginnt mit einer Entschuldigung an meine treuen Leser, die geduldig Jahr um Jahr auf den dritten Band der Trilogie gewartet haben. Eine Menge Romane sind mir im wahrsten Sinne des Wortes dazwischengekommen aber jetzt, endlich, hat die Geschichte der Wiedergeborenen und ihrer Freunde und Feinde ein Ende gefunden.

Manchmal benötigen Dinge Zeit und es bringt nichts zu hetzen.

Also: Herzlichen Dank für eure Geduld und das Vertrauen in mich, diese nicht ganz einfache Serie zu einem guten Ende zu führen. Ich hoffe, ich habe euch mit dem Ergebnis nicht enttäuscht. Auf dem Weg dahin haben mich so viele Menschen begleitet, dass die Liste ihrer Namen sacht ins Unendliche driften würde. Daher beschränke ich mich auf eine Handvoll.

Zuallererst gilt mein Dank der Namenspatronin meiner Heldin. Liebe Anne, ob deutsch, englisch oder französisch ausgesprochen, dein Name besticht jeden Autor durch elegante Kürze und Wohlklang. Ich habe ihn tausendmal lieber getippt, als zum Beispiel *Kepheqiah*.

Des Weiteren möchte ich mich bei meiner Familie bedanken, die mich wie immer mit Großmut und Geduld in den heißen und stressigen Schreibphasen ertragen hat, und auch meine Freundin und Vertraute Andrea soll nicht unerwähnt bleiben. Mit einem schier unerschöpflichen Vertrauen stellt sie sich meinen teilweise doch sehr eigenwilligen Geschichten und steht mir jederzeit gerne mit einem Rat zur Seite.

Auch an Eva mein herzlichstes Dankeschön. Ich weiß deinen Mut und deine Toleranz meinen Romanen gegenüber wirklich zu schätzen.

So, und nun der Dank außer Konkurrenz:

Liebe Alexandra!

Wir beide haben schon einige meiner Romane gemeinsam durchgeackert und ohne deine *hm's* hätten sie sich ungeschliffen und nackt der Leserschaft präsentieren müssen. Ich kann dir nicht oft genug sagen, wie sehr ich die Zusammenarbeit mit dir genieße.

Nun bleibt mir nur noch allen Lesern viel Vergnügen mit den *fallenden Engeln* zu wünschen.

Eure Swantje

WEITERE ROMANE VON SWANTJE BERNDT

Das Biest in ihm

Im Rausch der Gefühle wird Vincent zu einem Wesen, das er weder kontrollieren noch bezwingen kann. Er zieht sich zurück, um allen Verlockungen des Lebens zu entsagen. Doch das Schicksal führt ihn zu einer Frau, die sowohl das Biest als auch den Mann in ihm bis aufs Äußerste reizt.

Nina lebt mit ihren Brüdern in einer Gemeinschaft von Gestaltwandlern, die dafür sorgen, dass sie unentdeckt bleiben und Recht und Ordnung aufrecht erhalten. Als sie Vincent findet, gibt ihr Anführer ihm eine letzte Chance auf ein normales Leben.

Der Tod und der Diebin - Das Bündnis der Sieben 01

Nouel, Abay Coskun, Thanatos, der sanfte Tod ...

Daniel Levant besitzt viele Namen, doch sie schützen ihn nicht vor der Bruderschaft der Anonymen Meister, die ihn Leben für Leben zum Morden zwingt.

Als er auf eine junge Diebin angesetzt wird, gerät er an die Grenzen seiner über Jahrhunderte hinweg trainierten Disziplin.

Die ebenso schöne wie skrupellose Lucy Sorokin scheut kein Risiko. Sie schreckt weder vor dem kriminellen Russen Grigorjew zurück, den sie um einen antiken Smaragdring erleichtert, noch vor dem Mann mit den nachtschwarzen Augen, der sie plötzlich verfolgt.

Sie stiehlt sein Herz - und begreift zu spät, dass sie sich in den Tod verliebt hat.

Aus Feuer und Licht - Das Bündnis der Sieben 02

Jade Conway arbeitet für den ehemaligen Auftragskiller Daniel Levant. Seitdem ihr einer der Nephilimringe geschenkt wurde, beherrscht sie die Gabe, die Gedanken ihrer Mitmenschen visualisieren zu können.

Eines Tages soll sie einen Mann unter die Lupe nehmen, der verwirrt vor einer Höhle im bulgarischen Rhodopengebirge gefunden wurde. Niemand scheint die Kette aus Licht zu bemerken, die sich um seinen Hals schlingt.

Jade dringt in seinen Geist.

Und damit tief in die Geheimnisse der Bruderschaft der Anonymen Meister.

Fallende Engel - Das Bündnis der Sieben 03

Ein Heiliger, der nie betet. Anne Perrin kennt den Mann, der Nacht für Nacht ihre Träume heimsucht, um ihr ein silbernes Amulett zu überreichen. Doch wenn sie erwacht, kann sie sich nicht mehr an seinen Namen erinnern. Nur eines weiß sie genau: Sie hat ihn getötet.

Eines Tages sitzt ein Fremder auf den Stufen ihres Büros. Seine hageren Gesichtszüge und der tiefe Ernst in seinem Blick kommen ihr seltsam vertraut vor.

Anne nimmt sich des scheuen Mannes an, der selbst flüchtige Berührungen kaum zu ertragen scheint. Als er ihr ein silbernes Amulett zeigt, drängen ihre Träume unaufhaltsam in die Realität.

Schattenfürst - Geflügelte Seelen 01

In einem erbitterten Kampf tötet der junge Fürst der Nachtmahre versehentlich seinen grausamen Bruder. Von dessen Geliebten verflucht, verliert er seine menschliche Hülle und ist fortan zu einem Leben im Zwielicht verdammt. Auf der Suche nach seinem Körper durchwandert Ari die Träume der Menschen und begegnet dort der 17-jährigen Patrice.

Die Traummelodie der Street Art Künstlerin zieht ihn nicht nur wegen ihrer Sinnlichkeit, sondern auch wegen ihrer Widerstandskraft an. Schnell wird ihm klar, dass er sich schon lange nicht mehr so lebendig gefühlt hat.

Doch das vermeintliche Glück ist nur von kurzer Dauer, denn seine Widersacher sind ihm dicht auf den Fersen. Ein Wettlauf gegen die Zeit beginnt, der ihn durch die Schattenwelt der Bretagne bis nach Amsterdam treibt. Ari wird klar, dass durch seine Liebe zu Patrice mehr als nur ein Leben auf dem Spiel steht.